George Sand

Jeanne

Roman

Aus dem Französischen neu übersetzt
und mit einem Nachwort versehen
von
Heidrun Hemje-Oltmanns

Deutscher Taschenbuch Verlag

Vollständige Ausgabe.
Aus dem Französischen neu übersetzt
und mit einem Nachwort versehen von
Heidrun Hemje-Oltmanns.

Titel der Originalausgabe:
›Jeanne‹ (1844)

Von George Sand
sind im Deutschen Taschenbuch Verlag erschienen:
Ein Winter auf Mallorca (2157)
Sie sind ja eine Fee, Madame! (2197)
Nimm Deinen Mut in beide Hände. Briefe (2238)
Nanon (2282)
Sie und Er (2295)
Mauprat. Geschichte einer Liebe (2300)
Lelia (2311)
Correspondance (dtv zweisprachig 9234)

Neuübersetzung
August 1993
Deutscher Taschenbuch Verlag GmbH & Co. KG,
München

Umschlagtypographie: Celestino Piatti
Umschlagbild: Jindra Čapek
Gesamtherstellung: C. H. Beck'sche Buchdruckerei,
Nördlingen
Printed in Germany · ISBN 3-423-02319-8

Über dieses Buch

Jeanne, die Heldin des 1844 erstmals erschienenen Romans, begreift sich selbst als Schwester, als ideelle Nachfahrin der berühmten Kriegerin. Sie ist wie diese Hirtin mit den Tieren in der Natur aufgewachsen, im Schutz der keltischen Feen, die noch immer in der wilden und kargen Heidelandschaft des Berry ihr Zauberwesen treiben. Der Tod der Mutter, die verbrannte Behausung reißen sie jäh aus der Idylle und zwingen sie, ihrem Milchbruder Guillaume auf sein Schloß zu folgen. Ihrem Gelöbnis ewiger Unschuld droht nunmehr höchste Gefahr, denn ihre engelgleiche Schönheit ruft drei Freier auf den Plan, deren Begehren durch Jeannes Standhaftigkeit immer stärker angefacht wird. Als die Flucht vor den Nachstellungen des einen sie geradezu in die Arme eines zu allem entschlossenen Schürzenjägers treibt, spitzt sich das Geschehen auf tragische Weise zu.

Honoré de Balzac schrieb nach der Veröffentlichung des Romans, der hier erstmals seit fast hundert Jahren in einer ungekürzten Neuübersetzung vorgelegt wird, an George Sand: »Mein liebes Kind, ich habe gerade ›Jeanne‹ gelesen und muß Ihnen mein Kompliment machen; Sie haben in all Ihren Werken nichts Besseres geschrieben und haben, ohne Einschränkung, das Lob Ihres alten Freundes verdient.«

Literatur · Philosophie · Wissenschaft

Vorbemerkung

Jeanne ist der erste Roman, den ich verfaßt habe, damit er als Fortsetzungsroman veröffentlicht werde. Diese Methode erfordert eine besondere künstlerische Vorgehensweise, die ich mir nicht anzueignen versuchte, da ich mich nicht dazu imstande fühlte. Es war im Jahre 1844, als der alte *Constitutionnel* sich verjüngt hat und zum großen Format überging. Alexandre Dumas und Eugène Sue verfügten damals auf höchstem Niveau über die Kunst, ein Kapitel an einem interessanten, unerwarteten Wendepunkt zu beenden, der den Leser unablässig in begieriger und unruhiger Erwartung in Atem halten mußte. Ein solches Talent hatte Balzac nicht, und ich habe es noch weniger. Balzac, ein analytischer Geist, ich, von einem langsameren und träumerischeren Charakter, wir vermochten beide mit unserer Erfindungsgabe und Phantasie nicht gegen diese Fülle an Ereignissen, diese komplizierten Verwicklungen anzugehen. Wir haben oft gemeinsam darüber gesprochen; wir wollten es nicht versuchen, nicht, weil wir das Genre und das Talent anderer verachteten; Balzac war zu stark und ich zu sehr in meine intellektuellen Freuden verliebt, um andere zu verunglimpfen; denn die Verunglimpfung, das ist Neid, und man sagt, der mache sehr unglücklich. Wir wollten es nicht versuchen aus der Gewißheit heraus, die wir in uns fühlten, keinen Erfolg damit zu haben und dafür Arbeitsergebnisse opfern zu müssen, die auch ihren Wert haben, die zwar weniger glanzvoll sind, doch dasselbe Ziel erstreben.

Dieses Ziel, das Ziel des Romans, ist es, den Menschen zu zeichnen; und ob man ihn nun aus dem einen Milieu nimmt oder aus einem anderen, im Widerstreit mit seinen Ideen oder mit seinen Leidenschaften, im Kampf gegen eine innere Welt, die ihn beunruhigt, oder eine äußere Welt, die ihn erschüttert, es ist immer der Mensch, der allen Erregungen, allen Zufällen des Lebens preisgegeben ist.

Jeanne ist ein erster Versuch, und er hat mich dazu gebracht, später *La Mare au Diable, Le Champi* und *La Petite Fadette* zu machen. Holbeins Jungfrau hat mich stets als geheimnisvoller Typus in Erstaunen versetzt, und ich vermochte sie mir nur als ein verträumtes, schlichtes und einfaches Mädchen vom Lande vorzustellen; die unendliche Arglosigkeit der Seele und folglich ein tiefes Fühlen im ungewissen Nachsinnen, wo die Gedanken keine Form finden. Diese ursprüngliche Frau, diese Jungfrau des Goldenen Zeitalters, wo sollte man sie in der modernen Gesellschaft finden? Von dem Augenblick an, wo sie lesen und schreiben kann, ist sie zweifellos nicht weniger wert, aber sie ist eine andere und gehört einem anderen Genre der Beschreibung an.

Ich glaubte, sie nur auf den Feldern finden zu können, nicht einmal auf den Feldern, sondern in der Einöde, auf einer unbebauten Heide, auf einer ursprünglichen Erde, die die geheimnisvollen Stigmata unserer ältesten Zivilisation trägt. Diese heiligen Winkel, die noch nie ein Pflug gefurcht hat, wo die Natur wild ist, großartig oder trostlos, wo die Tradition fortbesteht, wo der Mensch seinen gallischen Typus und seinen phantastischen Glauben bewahrt zu haben scheint, sind in Frankreich nicht so selten, wie man nach so vielen Revolutionen, so viel Arbeit und Entdeckungen annehmen sollte. Im Gegenteil, Frankreich ist voll von Kontrasten zwischen moderner Zivilisation und antiker Barbarei, in Landstrichen, die zuweilen nur durch einen Bach oder einen Busch voneinander getrennt sind. Wenn man sich in einer dieser abgeschiedenen Gegenden befindet, wo der wilde Genius der Vergangenheit herrscht, kommt jedem dieser banale Gedanke: »Ebensogut könnte man meinen, daß man hier zweitausend Meilen von den Städten oder der Gesellschaft entfernt ist.« Man könnte ebensogut sagen, daß man sich dort zweitausend Jahre vom heutigen Leben entfernt fühlt.

Diese gallische Jungfrau, dieser Holbeinsche Typus oder der einer unbekannten Jeanne d'Arc, die sich in meinem Denken vereinten, aus ihnen versuchte ich, etwas Entwickeltes und Vollendetes zu erschaffen. Aber es ist mir nicht wunschgemäß geglückt. Ich mußte mich, um den Notwendigkeiten des Fortsetzungsromans zu genügen, ein wenig beeilen, und im übrigen wagte ich damals nicht, was ich später gewagt habe, nämlich meinen Typus in seiner wirklichen Umgebung zu zeichnen und ihn ausschließlich mit bäuerlichen Gestalten zu umrahmen, die sich mit dem, was ihnen gemäß ist, im Einklang befinden und, was in der Literatur nur begrenzt möglich ist, mit ihren Vorstellungen und ihren Gefühlen. Indem ich Jeanne mit Typen unserer Zivilisation vermischte, nahm ich ihr etwas, so fand ich, von der wahren Größe, die ich für sie erträumt hatte, und entstellte die für sie erforderliche Schlichtheit. Ich machte einen Roman der Kontraste, wie diese Kontraste von Landschaften und Sitten, von denen ich soeben gesprochen habe; doch ich fühlte mich abgelenkt von der strengen Oase, wo ich die moderne Welt und das gegenwärtige Leben so gerne vergessen und dazu beigetragen hätte, daß mein Leser sie vergißt. Mein eigener Stil, meine Sätze störten mich. Diese neue Sprache gab weder die Orte wieder noch die Gestalten, die ich mit eigenen Augen gesehen und in meinen Träumen geschaut hatte. Mir schien, als beschmierte ich die trockenen, glänzenden, naiven und flachen Gemälde der primitiven Meister mit Öl und Erdpech, als versuchte ich, einer etruskischen Figur ein Relief zu geben, als übersetzte ich Homer in Bilderrätsel, kurzum, als entweihte ich die antike Nacktheit durch modernen Faltenwurf.

Die Maler und Bildhauer der Rennaissance hingegen

haben es getan. Germain Pilon hat die heidnischen Grazien mit Musselin oder Taft bekleidet, aus keiner anderen Werkstatt hervorgegangen als aus der seines Genies; aber man muß entweder Germain Pilon sein oder die Finger davon lassen. Möge der Leser Nachsicht walten lassen, wo ich es schon selbst nicht vermag.

Nohant, im Mai 1852. George Sand

Prolog

In den Bergen der Creuse, zum Bourbonnais und zur Gegend von Combraille hin, mitten im wohl ärmlichsten, traurigsten und einsamsten Landstrich Frankreichs, Geschäftsleuten und Künstlern völlig unbekannt, werden Sie, sollten Sie jemals dort vorbeikommen, einen hohen, kahlen Hügel bemerken, von ein paar Felsen überragt, die ohne das, was ich Ihnen mitteilen will, kaum Ihre Aufmerksamkeit auf sich ziehen dürften. Erklimmen Sie diesen Hügel; Ihr Pferd wird Sie ohne Anstrengung bis zum Gipfel tragen; und studieren Sie diese Felsen, die dort in einer bestimmten, geheimnisvollen Anordnung als gewaltige, unförmige Masse auf kleineren Steinen sitzen, wo sie sich seit etwa dreißig Jahrhunderten unerschütterlich im Gleichgewicht halten. Ein einziger ist heruntergefallen, entweder unter der Wucht der ersten christlichen Bewohner oder durch die Macht des Winterwindes, der unablässig um die ihrer alten Wälder beraubten Hügel tost. Die prophetischen Eichen sind für immer aus dieser Landschaft verschwunden, und die Druidinnen würden auch nicht einen heiligen Mistelzweig mehr finden, um den Altar des Hesus zu schmükken.

Diese Blöcke, die wie riesige Pilze auf ihren schmalen Sockeln ruhen, sind die Menhire, Dolmen und Kromlechs der alten Gallier, Überreste zyklopischer Tempel, aus denen, wie es scheint, der Kultus der Kraft grundsätzlich den Kultus des Schönen verbannt hat; ungeheure Tafeln, an denen die barbarischen Götter sich mit Menschenfleisch sättigten und am Blut der Opfer berauschten; schreckliche Altäre, an denen man Gefangene und Sklaven niedermetzelte, um die unerbittlichen Gottheiten zu besänftigen. Becken und Rinnen, die man an den Ecken der Blöcke ausgehöhlt hat, offenbaren ihre abscheuliche Verwendung: sie scheinen dazu gedient zu haben, das Blut abfließen zu lassen. Eine Gruppe ist noch gewaltiger als die anderen und umschließt einen engen Innenraum. Vielleicht befand sich dort das Allerheiligste des Orakels, die geheimnisvolle Wohnstatt des Priesters. Heute ist es beim ersten Hinsehen nur ein Spiel der Natur, ist einer dieser Zufluchtsorte, die sich durch die Gruppierung einiger Felsen dem Reisenden oder Hirten bieten. Hohes Gras ist über die Spuren alter Scheiterhaufen gewachsen, die hübschen, wilden Heideblumen umhüllen die Sockel der unheilvollen Altäre, und ganz in der Nähe verbirgt sich eine kleine eiskalte Quelle, wie meistens im Pays Marchois von brackigem Geschmack, unter von Ziegenböcken abgeknabberten Büschen. Diesen unheilverkündenden Ort, wo Größe und Schönheit fehlen und ein Eindruck von Verlassenheit und Trostlosigkeit herrscht, nennt man die *Pierres Jomâtres*.

In den letzten Augusttagen des Jahres 1816 jagten drei stattliche junge Leute mit Vorstehhunden am Fuße des *Berges mit den Steinen*, wie man in der Gegend sagt.

– Freunde, sagte der jüngste, ich sterbe vor Durst, und ich weiß nicht weit von hier eine Quelle, zu der mein Hund schon hinläuft, als kenne er sie gut. Wenn Sie mir folgen wollen, so wird Sir Arthur sich vielleicht freuen, die Druidensteine aus der Nähe zu sehen, auch wenn er in Schottland oder Irland gewiß interessantere gesehen haben dürfte.

– Das werden wir dann ja sehen, antwortete Sir Arthur mit deutlich britischem Akzent; er begann, den Hügel an der steilsten Stelle hinaufzusteigen, und ging geradewegs auf die Pierres Jomâtres zu.

– Was mich betrifft, sagte der dritte Jäger, der weniger vornehm aussah als die beiden anderen, obgleich seine Gesichtszüge ausdrucksvoller und seine Augen lebhafter waren, so erwarte ich nicht, hier Wild zu finden, es ist ein verfluchter Ort; aber ich mache mich auf die Suche nach einer Ziege und erleichtere sie um ihre Milch.

– Das dürfen Sie nicht, sagte der Engländer, dem man wegen seiner Wortkargheit stets nur schlecht folgen konnte.

– Haben Sie acht, Marsillat, rief der erste Redner, der junge Guillaume de Boussac, der seine Schritte zur Quelle lenkte; Sie wissen, daß Sir Arthur unser Weltverbesserer ist und Ihre Angriffe gegen das Eigentum nicht gerne sieht. Er will nicht, daß man die Einfriedungen verwüstet, den Buchweizen verdirbt oder das Huhn des Bauern umbringt.

– Ach was! erwiderte der junge Rechtslizenziat, der Bauer übt hundertfach Vergeltung.

Sir Arthur war schon weit weg. Er hatte eine Art, durch die Gegend zu eilen, die weder besonders energisch noch leichtfüßig wirkte, mit der er jedoch die doppelte Geschwindigkeit seiner Gefährten erreichte. Er war ein mustergültiger Jäger; er verspürte weder Hunger noch Durst, und die jungen Leute, die ihm wetteifernd folgten, verfluchten oft seine unermüdliche Ausdauer.

Obgleich Guillaume de Boussac und Léon Marsillat sich nur in Sprüngen vorwärts bewegten und außer Atem gerieten, war der Engländer gleich dem Igel in der Fabel, der den Preis für den Wettlauf gegen den Hasen gewinnt, schon da und studierte seit einer Viertelstunde die Anordnung und die mineralogischen Eigenschaften der Pierres Jomâtres, als sich die beiden Freunde zu ihm gesellten.

– Teufelsquelle! sagte Monsieur de Boussac und schnitt eine Grimasse; sie schmeckt nach Kupfer und verschafft mir nicht gerade eine gute Vorstellung von dem *Schatz*!

– Diese verdammten Ziegen, sagte Marsillat, geben keinen Tropfen Milch! Statt zu grasen, denken sie nur daran, die Steine abzulecken. Sollten sie etwa das Gold schmecken?

– *Gold? Schätze?* fragte Sir Arthur und sah sie erstaunt an.

– Wir sollten Ihnen sagen, entgegnete Guillaume de Boussac, daß es eine Überlieferung, eine Legende zu diesem Ort gibt. Man könnte unsere Bauern nie davon abbringen, nach dem, was Marsillat behauptet, daß in diesem Landstrich ein Schatz begraben ist.

– Dieser Glaube macht sie verrückt, sagte Marsillat. Die einen vermuten, daß der Schatz unter diesen Druidensteinen vergraben ist; andere suchen weiter weg im Gebirge von Toull- Sainte-Croix, das Sie dort, etwa eine Stunde entfernt, sehen.

Der Engländer betrachtete den mageren, steinigen Boden, das Heidekraut, das das Grünfutter erstickte, die ausgemergelten Ziegen, die in der Nähe umherirrten.

– Es gibt einen Schatz in der brachliegenden Erde, sagte er; aber man braucht einen weiteren Schatz, um ihn zu heben.

– Ja, Kapital! sagte Marsillat.

– Und Bauern, fügte Guillaume hinzu, diese Erde ist entvölkert.

– *Von Menschen, und nur von Menschen*, erwiderte der Engländer.

– *Verstehe nichts*, sagte Guillaume lächelnd zu Marsillat.

– Keine Herren und keine Sklaven; Menschen und nur Menschen, erwiderte Sir Arthur, erstaunt, daß er nicht verstanden worden war, er, der glaubte, sich so klar auszudrücken.

– Gibt es in Frankreich Sklaven? rief Marsillat und hob die Schultern.

– Ja, und in England auch! antwortete der Engländer, ohne sich aus der Ruhe bringen zu lassen.

– Die Philosophie langweilt mich, sagte Marsillat leise zu seinem jungen Landsmann; Ihr Engländer verleidet mir den Liberalismus. Was gilt die Wette, Guillaume, fügte er lauter hinzu, daß ich auf den höchsten und glattesten der Pierres Jomâtres klettere?

– Ich wette, daß nicht, antwortete Monsieur de Boussac.

– Wollen Sie um das Geld wetten, das wir bei uns haben?

– Gerne. Das richtet mich nicht zugrunde. Ich habe nur einen Louis d'or.

– Ach herrje, ich habe nur ein Fünffrancsstück bei mir, erwiderte Marsillat, nachdem er alle seine Taschen durchstöbert hatte.

– Das ist egal, die Wette gilt! sagte Monsieur de Boussac.

– Und Sie, *Mylord*, fuhr Marsillat fort, was wetten Sie?

– Ich wette ein französisches Fünfsousstück, antwortete Sir Arthur.

– Pfui! Ich habe geglaubt, sagte Marsillat, daß die Engländer aufs Wetten verrückt sind. Sie verdienen ihren Ruf nicht. Fünf Sous dafür, daß ich da hinaufklettere!

– Das ist mehr, als es wert ist.

– Nicht möglich! Man kann sich Arme und Beine brechen!

– Also, ich wette nichts, oder ich wette tausend Pfund Sterling dagegen, daß Sie hinaufklettern.

– Das Geld ist nichts, der Ruhm ist alles! rief Marsillat fröhlich; ich halte Ihre fünf Sous und klettere hinauf.

– So bringt man sich um, sagte Arthur und nahm ihm ungerührt das geladene Gewehr aus den Händen, das er zu Hilfe nehmen wollte.

Marsillat unternahm unerhörte Anstrengungen, vollbrachte wahre Wunder an Geschicklichkeit, und nachdem er sich die Hände zerschunden hatte, weil er mehr als einmal auf die Erde zurückgerutscht war, nachdem er die Schulterriemen zerrissen und seinen Hund, der ihm nicht folgen konnte, zur Verzweiflung gebracht hatte, gelang es ihm, sich auf der Plattform des Dolmens triumphierend aufzurichten. Wißt Ihr, rief er, daß diese Steine Götzen waren? Nun stehe ich auf den Schultern eines Gottes!

– Hören Sie, Léon, rief der junge Boussac ihm zu, wenn Sie da oben die Druidin Velleda finden, sagen Sie es uns.

– Ach was! Ich liebe Eure Druidin nicht mehr als Euren Chateaubriand! antwortete Marsillat, der beanspruchte, ein Liberaler zu sein. Es lebe Lisette! Es lebe der bezaubernde Béranger!

– Ein Schriftsteller mit schlechten Manieren, erwiderte der junge Mann verächtlich; nicht wahr, Sir Arthur? Können Sie diesen Kneipensänger ertragen?

– Béranger! Großer Dichter! sagte der Engländer ruhig.

– Ein Dichter, der? Nennen Sie lieber Chateaubriand!

– Und Chateaubriand großer Dichter, erwiderte der Engländer, ohne sich weiter zu ereifern.

– Wirklich, Sie verstehen nichts von der französischen Literatur, lieber *Alliierter*, Sie sind ein echter Engländer.

– Ich bin, wenn ich das sage, ein echter Franzose, antwortete Sir Arthur, und eines Tages werden sich Chateaubriand und Béranger die Hand reichen.

– An diesem Tag, entgegnete der junge Adlige, wird Marsillat die Druidin auf dem größten Felsen der Pierres Jomâtres treffen.

– Was, Lisette, Ihr seids . .?

sang Marsillat, lief über die Plattform des Dolmens und sprang von einem Stein auf den anderen. Plötzlich blieb er stehen, und sein Gesang wurde von einem überraschten Ausruf unterbrochen.

– Was ist das denn? Ein Hase? Eine Schlange? rief Guillaume.

– Velleda? fragte Sir Arthur und lächelte ein wenig.

– Nein, Lisette! antwortete Marsillat, und gar nicht häßlich, fürwahr! Aber, ist sie tot?

Und er verschwand in dem Durchgang, der durch den Abstand zwischen den beiden größten Druidensteinen gebildet wurde. Guillaume de Boussac bemerkte, daß er auf seine Fragen keine Antwort mehr bekam, und schickte sich an, getrieben von seiner Neugier auf ein Abenteuer, den Felsen zu erklimmen; aber Sir Arthur, der es nicht so eilig hatte und recht gelassen war, machte ihn darauf aufmerksam, daß er sein Ziel schneller erreiche, wenn er die Felseinfriedung umrunde und sich durch den Innenraum zu Marsillat begebe. Dies war nach wenigen Augenblicken getan, und alle drei versammelten sich um die schlafende Druidin.

– Das ist ein kleines Kind, sagte der Engländer.

– Die da? Die ist vierzehn oder fünfzehn Jahre alt, antwortete Marsillat, älter vielleicht!

– Das hätte ich nicht gedacht, sagte Guillaume.

– Das ist die Rasse dieser Gegend, erwiderte Marsillat; die Mädchen sind bis zum Alter von sechzehn, die Jungen bis zwanzig recht klein und behalten kindliche Züge; mit einem Mal entwickeln sie sich und werden groß und stark, gerade wenn man meint, sie blieben für immer Wichte. Ebenso ist es mit den Fohlen und den Stieren.

– Ach, das ist doch nicht dasselbe, sagte Sir Arthur ganz aufgebracht, weil man so unbesonnen über die menschliche Spezies sprach.

– Wie sie schläft, sagte Guillaume de Boussac; nicht einmal ein Gewehrschuß würde sie wecken.

– Ich habe Lust, es zu probieren, sagte Marsillat und versuchte, Sir Arthur die Waffe abzunehmen, der sie standhaft verweigerte und den Scherz grausam und gefährlich fand.

– Sie schläft wie ein Engel oder ein Tier, bemerkte Guillaume. Nicht wahr, Léon, sie ist hübsch? Ich kann nur ihr Profil sehen, und das ist nicht häßlich.

– Ich möchte *ihre* Gesicht sehen, sagte der Engländer, der seiner gewöhnlich schwerfälligen Redeweise durch einige Fehler zuweilen unwissentlich eine drollige Note gab.

– Oh, *ihre* Gesicht ist *schöne*! antwortete Marsillat mit der Gleichgültigkeit, die er gegenüber einer wiederkäuenden Kreatur an den Tag gelegt hätte. Ich habe sie gesehen. Es ist der schöne Menschenschlag aus dem Bourbonnais, der sich an der Grenze vermischt mit dem nicht so strengen des Pays Marchois, der aber nach meinem Geschmack gefälliger ist. Wenn sie ihre Nase nicht unter dem Arm vergraben hätte, dann würdet Ihr eine echte Bourbonnais-Schönheit sehen, und das gefiele *Mylord*, da bin ich sicher, denn er hat Augen wie jeder andere, trotz seiner Philosophie.

Guillaume de Boussac wollte die Schläferin mit dem Peitschenende anstoßen, um sie zu wecken; der Engländer erhob Einspruch und sagte in einem Ton und einem Akzent, die Gelächter hervorriefen:

– Lassen Sie die Unschuld schlafen.

– Man kann sie dazu bringen, sich zu bewegen, ohne sie zu wecken, sagte Marsillat und wollte dem Hirtenmädchen mit der Hand den Kopf herumdrehen.

– Ziehen Sie Ihren Handschuh an! sagte Guillaume und hielt ihn zurück; die Kinder in dieser Gegend sind so unsauber!

– Das stimmt, erwiderte Marsillat und hob einen Grashalm auf, mit dem er das junge Mädchen im Gesicht kitzelte.

Sie machte eine Bewegung, als wolle sie eine lästige Fliege verscheuchen, und drehte sich mit einem tiefen, gelösten Seufzer um, wie er die Brust schlafender Kinder hebt, und der von so besonderer Harmonie und rein ist, daß er Rührung hervorruft. Und dann nahm sie, ohne die Augen zu öffnen, unwissentlich eine bewegend anmutige Haltung ein. Ihr Arm kam über dem Kopf zu liegen, ihre braune, aber schmale und kleine Hand schob die graue Stoffhaube zurück und ruhte halbgeöffnet auf den Haaren, die von herrlichem Aschblond waren. Es war das frischeste Menschengesicht, das jemals ohne Schleier oder Sonnenschirm der glühenden Mittagssonne ausgesetzt war. Im Berry und in den angrenzenden Provinzen gibt es gewisse Kantone, wo trotz fehlender Bäume und trotz einer dem Wind und der Sonne ausgesetzten Lebensweise der Teint der Bauern so rein und zart ist wie bei den Venezianern oder den Bergbewohnern der Grajischen Alpen. An den Orten, wo diese Eigenart nicht allgemein gegeben ist, bildet sie sich doch in gewissen Familien heraus und besteht dort fort, und die Meinung ist verbreitet, daß diese Familien englischer Herkunft seien, da die Engländer, wie man weiß, ziemlich lange unsere Provinzen im Zentrum besetzt hielten und ihr Blut mit dem der Einheimischen vermischt haben; aber wir möchten eher annehmen, daß das reine Blut der ursprünglichen gallischen Rasse sich bis in unsere Tage in einigen bäuerlichen Stämmen unserer Provinzen des Zentrums unvermischt erhalten hat.

Die Schläferin also war so weiß wie die Wiesensternblume und so rosig wie eine wilde Rose. Aber ihre Schönheit konnte auf die exquisiten Vergleiche der Müßiggänger verzichten. Ihre Züge waren wunderbar, die feuchte Stirn etwas niedrig, wie bei antiken Statuen. Die klarsten Linien und eine engelsgleiche Ruhe im Ausdruck gaben ihr eine verblüffende Ähnlichkeit mit den schönen Formen, die die griechische Kunst unsterblich gemacht hat. Ihre Gestalt war nicht entwickelt und kündete dennoch von Biegsamkeit und Kraft. Sie war in Lumpen gekleidet, deren malerische Unordnung sie nicht im mindesten entstellte. Die nackten Füße ruhten im Gras, und der leicht geöffnete Mund ließ herrliche Zähne sehen. Wahre Schönheit ist immer unschuldig und flößt ungewollt Achtung ein. Der Engländer war durchaus in der Stimmung, dies zu bemerken, und seine beiden unbesonnenen Gefährten erlagen ihrer unwiderstehlichen Macht.

– Fürwahr, das ist nicht Lisette, das ist Velleda, sagte Marsillat und sprach aus einem unbewußten Empfinden heraus leiser.

– Und warum sollte Lisette nicht so schön sein wie Velleda, fragte Sir Arthur.

– Ob nun Velleda oder Lisette! antwortete Marsillat;

wenn ich Maler wäre, würde ich diese göttliche Kreatur zeichnen. . .

Und wenn ich allein wäre, fügte er hinzu und war ganz der alte, würde ich gerne wissen, ob diese Ziegenhirtin ein ganz klein wenig Witz besitzt.

– Monsieur Marsillat, sagte Sir Arthur feierlich, lassen Sie uns gehen.

– Ja, ja, gehen wir, sagte Marsillat, nachdem er über die tugendhafte Besorgnis des Engländers gelacht hatte. Man bereut es immer, wenn man die Schönen des Pays Marchois angeschaut hat; die dümmste und unerfahrenste weiß allemal genug, um den Vorsichtigsten und Zurückhaltendsten unter uns in Gefahr zu bringen. Zum Teufel mit allen Velledas und Lisettes vom Lande!

– Ich begreife nicht, erwiderte Sir Arthur und erhitzte sich ein wenig am Feuer seiner inneren Empörung, daß Ihnen beim Anblick eines Kindes solche Gedanken kommen. Sie sind nicht würdig, meine Herren, eine solche Schönheit anzusehen.

– Ja, ja, *Mylord* ist als einziger würdig, die *Scheenheit* zu betrachten, sagte Marsillat, indes er den komischen Akzent Sir Arthurs nachäffte. Sir Arthur bemerkte es nicht. In seinem Ohr klang das Wort nicht anders, als er es soeben ausgesprochen hatte, und er lächelte in väterlichem Mitgefühl, wenn die jungen Leute ihn in ironischer Absicht als Mylord behandelten.

– Warten Sie, meine Herren, sagte Guillaume: Marsillat hat die Wette gewonnen, ich schulde ihm einen Louis, und ich fordere ihn heraus, ihn von dort wegzunehmen, wohin ich ihn legen werde.

Gleichzeitig legte er sanft in die immer noch geöffnete Hand der Schläferin den Napoléon, um den er gewettet hatte.

– Sie haben recht, sagte Marsillat, und es tut mir leid, daß ich zu Ihrem Almosen nur fünf Francs dazuschlagen kann. Halt, Mylord, fügte er hinzu, nachdem er sein Geldstück der kleinen Bäuerin in die Hand gelegt hatte und sah, daß Sir Arthur bei sich herumkramte. Sie haben nur fünf Sous verwettet, und mehr dürfen Sie nicht zur Gabe beisteuern.

– Vor allem, sagte Sir Arthur, als er bestürzt alle seine Taschen umgewendet hatte, wo ich nichts anderes bei mir habe.

– Das glaube ich Ihnen! Sie haben unterwegs alles weggegeben, entgegnete Guillaume, der die äußerste Freigebigkeit des Engländers kannte. Ihr hartnäckiger Schlummer amüsiert mich, sagte er dann und warf einen letzten Blick auf die Ziegenhirtin. Ich möchte ihre Verwunderung sehen, wenn sie beim Aufwachen die drei Geldstücke in ihrer Hand findet.

– Sie wird glauben, der Teufel sei beteiligt gewesen, antwortete Marsillat, oder zumindest die Feen, die, wie jeder weiß, die Pierres Jomâtres Schlag zwölf Uhr mittags und nachts heimsuchen.

– Da wir schon die Rolle von Feen spielen, sagte Guillaume, und zu dritt sind, eine in allen Wundermärchen geheiligte Zahl, meine ich, daß wir jeder einen Wunsch für dieses Kind sprechen sollten.

– In Ordnung, sagte Marsillat und hielt seine Hand über den Kopf des Kindes: meine Schöne, ich wünsche dir als Liebhaber einen kräftigen Burschen.

– Du Zauberhafte, ich wünsche dir einen reichen und großzügigen Beschützer, sagte Monsieur de Boussac lächelnd.

– Meine Tochter, ich wünsche dir einen ehrenhaften Gatten, der dich liebt und dir in allen Nöten beisteht, sagte nunmehr der Engländer mit dem Ausdruck so großer Ernsthaftigkeit und Überzeugung, daß seine Gefährten einen Augenblick lang in ihrer Lustigkeit innehielten.

Alle drei entfernten sich von den Pierres Jomâtres und glaubten, dem Kind Glück gebracht zu haben, jeder auf seine Weise, und sie hatten keine Ahnung, daß ihre Almosen in seiner kleinen Hand zu Werkzeugen ihres eigenen Geschicks werden sollten.

I

Die gallische Stadt

Rund vier Jahre nach diesem Erlebnis kam Monsieur Guillaume de Boussac zum erstenmal wieder am Fuße des Mont Barlot vorbei, auf dem sich die Pierres Jomâtres erheben; und als er die druidischen Monumente aus der Ferne sah, erinnerte er sich, in den Ferien auf Jagdausflügen dorthin geraten zu sein, aber er dachte nicht mehr an die sogenannte Druidin, deren Hand sein Almosen empfangen hatte. Dieser unbedeutende Zwischenfall war aus seinem Gedächtnis verschwunden, und er erinnerte sich erst sehr viel später wieder daran.

Der junge Baron de Boussac, einst ein liebenswürdiger und ausgelassener Schüler, war nunmehr ein reizender junger Mann, noch weiß und rosig wie ein Fräulein, nach dem, was die Leute in der Gegend sagten, aber dennoch recht kräftig und eher von ernsthaftem als unbeschwertem Gesichtsausdruck. Durch Zeit und Nachdenken war er in seinem Charakter, seinem Äußeren und in seinen Vorlieben gereift. Er begrenzte seine Ausritte nicht auf die Erforschung der Pierres Jomâtres, jenseits derer er sich einst kaum gewagt hatte; jetzt zog er auf seinem hübschen englischen Pferd in die Berge, mit einem leichten Felleisen ausgerüstet, das von Reiseplänen über zwei oder drei Tage kündete. Nachdem er vor weniger als einer Woche im Schloß von Boussac angekommen war, hatte er sich bald angesichts der zurückgebliebenen geistigen Verfassung der kleinen Stadt gelangweilt, er hatte seine Mutter umarmt und sie von seiner bevorstehenden Abwesenheit unterrichtet; sie hatte ihm ihrerseits, eher zärtlich als aufrichtig, versprochen, sich keine Sorgen zu machen. Der Tag war herrlich, die Morgensonne trocknete eben den Tau auf dem Heidekraut; unser junger Abenteurer konnte sich jedoch über die Bequemlichkeit der Unterkünfte, die ihn erwarteten, keinen Täuschungen hingeben. Man hatte ihm eher die schönen Aussichtspunkte und die Altertümer des Landes gepriesen als seine Herbergen, und er hoffte, als Stoiker, wenn nicht gar als Christ, die Strapazen und Entbehrungen eines poetischen Ausflugs in ein brachliegendes, entvölkertes und fast wildes Land zu ertragen.

Guillaume war nicht in direkter Linie ein Abkömmling des Marschalls de Boussac, der einer der Gefährten der Jungfrau von Orléans, einer der Sieger über die Engländer und einer der Befreier Frankreichs unter Karl VII. gewesen war. Um dem Grundsatz Rechnung zu tragen, daß die großen Namen nicht aussterben dürfen, hatte die Heirat einer Großnichte dieses Hauses zur Zeit Ludwigs XIV. einer Familie braver Edelleute aus der Gegend die Gutsherrschaft und den Namen eingebracht. Guillaume hatte seinen Stammbaum nicht sehr genau studiert; gleich einer guten Anzahl Adliger in der Zeit der Restauration hatte er in seiner Seele ritterliches Gedankengut wiederaufleben lassen, und indem er die Kraft des Blutes durch die der Phantasie ersetzte, meinte er besten Gewissens zu spüren, wie in seinen Adern unvermischt das Erbe der alten Recken floß. Er war ein tapferer junger Mann, etwas zurückhaltend und sehr aufrichtig, brav wie ein in der Familie, unter den Augen einer frommen Mutter aufgezogenes Kind, romantisch schließlich, wie man es vor zwanzig Jahren mit zwanzig Jahren war. Diese glückliche Zeit ist vorbei. Heutzutage sitzen unsere Söhne skeptisch und blasiert auf den Schulbänken. Aber im Jahre 1820 empfand man Hoffnungslosigkeit nur mit Werther, René oder Giaour, und das war unendlich viel günstiger; denn man praktizierte die Verzweiflung nur als Dilettant, als Mann von Geschmack ertrug man sie. Guillaume war nicht an dem Punkt angelangt, sich für unglücklich zu halten; er war nur melancholisch, und in der Dichtung des Christentums fand er so hübsche Anregungen, daß er, wenn auch nicht ernsthaft, so doch aus einer gewissen Seelenverwandtschaft heraus, im Schoße jener Religion Zuflucht nahm, die ganz frisch in Mode gekommen war. Fügen wir hinzu, daß er ein paar gute moralische Grundsätze und edle Instinkte hatte, daß alles, was feige und niedrig war, ihn abstieß und daß er zu viele schöne Bücher gelesen hatte, um aus seinem Los nicht eine Art romantisches Ideal zu machen, das ihn in einer vielleicht ein wenig überzogenen Achtung vor sich selbst bestärkte.

Gedankenverloren ging er im Geiste Marchangys prunkvolle Beschreibungen des poetischen Galliens durch, links ließ er das römische Lager von Soumans hinter sich und wandte sich auf gut Glück dem Berg von Toull zu, den aufmerksam zu besuchen er sich vorgenommen und den er bisher nur aus der Ferne gesehen hatte. Trotz der Vorhaltungen seiner Mutter hatte er sich von keinem Führer, keinem Dienstboten begleiten lassen wollen, damit er sich in der Einsamkeit besser den Eindrücken hingeben und vielleicht auch mehr Gefahren trotzen könne.

Er ritt an dem melancholischen Friedhof vorbei, der wie hingegossen am Hügel lag, als wolle er den Reisenden zum Gebet einladen, ließ sich zu den Kreuzen aus weißem Stein lenken, die dort wie Posten in gewissen Abständen aufgestellt waren, als sollten sie in schneereichen Zeiten vor Unfällen warnen; und gegen elf Uhr morgens kam er schließlich am Fuß des Berges von Toull an.

Der Berg von Toulx oder vielmehr Toull-Sainte-Croix war einst eine gallische Stadt, die unter Julius Cäsar von den Römern erobert und im vierten Jahrhundert unserer Zeitrechnung von den Franken zerstört wurde. Wie fast überall in Frankreich findet man dort römische Altertümer; aber das macht nicht den besonderen Wert dieser riesigen Ruine aus. Was davon übrig ist, diese ungeheure Anhäufung von Steinen, die kaum behauen sind und an denen man vergebens nach Mörtelspuren sucht, das sind die groben Baumaterialien der ursprünglichen gallischen Stadt, wie unsere Urahnen sie verwendet haben. Zu Vercingetorix' Zeiten bildeten drei Wälle aus Reisigbündeln und gestampfter Erde, die mit scharfen Steinen besetzt waren, am Hang ein Amphitheater. Der Hügel wurde seither erhöht durch die ganze Masse an Überresten, welche die Stadt gebildet hatten, und heute ist es buchstäblich ein hoher Steinberg – eine Vegetation ist nicht möglich – und von trostlosem Aussehen. Etwa fünfzehn Häuser, eine armselige Kirche, die als Grundmauer einen Turm aus feudaler Zeit hat, und ein einziger, schlechttragender Baum bilden am Gipfel des Berges einen elenden kleinen Marktflecken. Das also ist aus einem der bestbefestigten Verteidigungsplätze des Landes an der Grenze zwischen Biturriges und Arvernes geworden, einem nicht fest umrissenen Territorium, das durch die neuen Grenzziehungen dem Gebiet des Departement Creuse zugeschlagen wurde, das jedoch einst abwechselnd Berry war oder Pays Marchois, Combraille oder Bourbonnais. Die Grafschaft der Marche selbst war ein mittelalterliches Gebilde, das kleiner wurde oder sich ausdehnte, je nach dem Ausgang der Schlachten und dem wechselnden Vermögen der Fürsten. Toull war im Mittelalter der äußerste Grenzposten des Berry hin zum Combraille – nach der einstigen, gallischen Aufteilung. Das Combraille war das Land der *Lemovices*. Die Aufteilung der Departements ist in allen Punkten bewundernswert, außer in dem, daß sie einen letzten Schleier des Vergessens über die bereits ziemlich dunkle Geschichte der kleinen Örtlichkeiten wirft.

Der Bewohner dieser Berge, gefesselt an ein unfruchtbares Land und an knauserige Nüchternheit gewöhnt, ist der gewinnsüchtigste Mensch auf der Welt. Er ist tatkräftig und fleißig wie alle, die eine stiefmütterliche Natur unters Joch der Not spannt. Er liebt diesen unergiebigen Boden, der ihn nicht ernährt, und wenn er in seiner Jugend den Pferdehändler oder zigeunernden Maurer gemacht hat, kehrt er zurück, um unter seinem Strohdach am Fieber zu sterben und seiner Familie den Wert seiner Arbeit oder seiner Fähigkeiten zu hinterlassen. Er ist offener und zivilisierter als die Menschen in den glücklichen benachbarten Tälern des Berry, er nimmt den Fremden besser auf, mißtraut ihm aber mehr. Er ist, wie Balzac es ausdrückt, *liebenswert wie alle sehr verdorbenen Leute*. Indessen taugt er mehr als sein Ruf, und wenn er es darauf abgesehen hat, achtbar zu sein, ist er es nicht nur zur Hälfte. Er verbindet also Rechtschaffenheit und Ergebenheit mit Verstand, Tatkraft, Mut und Hartnäkkigkeit.

Auch die Frauen verlassen in ihrer Jugend die Heimat und verdingen sich gerne als Dienstboten in den benachbarten Provinzen. Wenn sie schön sind, werden sie schnell Dienerinnen oder Mätressen, und die legitime Ehefrau im Berry sollte nicht versuchen, gegen eine Konkubine aus dem Pays Marchois anzugehen. Diejenigen, die nach einem reinen und arbeitsamen Leben in ihre Berge zurückkehren und sich der Sorge um die Familie widmen, sind hervorragende Hausfrauen, und die, die niemals weggegangen sind, sind von einer Reinheit, die begehrenswerter ist als die Erfahrungen ihrer Gefährtinnen.

Der erste Eingeborene des Berges von Toull, an den Guillaume de Boussac das Wort richtete, war ein schlauer alter Fuchs, fröhlich, zu Scherzen aufgelegt und leutselig; aber er gehörte zu denen, die voller Mißtrauen sind, dieser Weisheit des Armen, der sich weder durch schöne Kleidung noch durch süße Worte blenden läßt. Er rückte auf dem Stein, wo er saß, nicht beiseite, aß sein schwarzes Brot und führte erst dann *gratis* ein Gespräch mit dem jungen Reisenden, als dieser seinen Bitten um Unterstützung das Wort »gegen Entlohnung« hinzugefügt hatte: was er, so hatte man ihm empfohlen, auf dieser Reise nie vergessen sollte. Sobald er die Zauberformel ausgesprochen hatte, klappte der alte Léonard geschwind sein Messer zu, steckte den restlichen Käse in die Tasche, nahm die Zügel des Pferdes, das nur noch mühsam den gepflasterten Weg hinaufstieg, und schickte sich an, Guillaume zur bestmöglichen Unterkunft zu führen.

– Ich möchte Sie am liebsten zum Schulmeister bringen, sagte er, aber der hätte Ihnen nur rohe Zwiebeln zu bieten. Ich könnte Sie ebensogut zum Herrn Pfarrer bringen, aber der hat meinen Jungen mitgenommen und ist in die Berge gegangen, um den lieben Gott zu einer sterbenden Frau zu bringen. Ich könnte Sie auch zu mir nach Hause bringen, aber meine Frau ist auf dem Feld, und ich muß das Grab für die Sterbende ausheben; ich bin nämlich der Küster in der Pfarrgemeinde... Ich könnte Sie auch zur Herberge bringen, aber es gibt keine. Ich führe Sie geradewegs zur Mutter Guite, die ein berühmtes Wirtshaus hat, und es wird Ihnen an nichts fehlen. Sie haben alles, was Sie brauchen, dabei? Haben Sie keinen Hafer unter Ihrem Koffer? Und drinnen haben Sie sicher Weißbrot und eine Flasche Wein?

– Ich habe nichts bei mir, antwortete Guillaume, und ich sehe, daß ich darauf gefaßt sein muß, nichts zu bekommen.

– Nichts?... Sie haben nichts?

– Nichts, nur ein wenig Geld, sagte Guillaume, der sah, daß der andere kurz davor war, sachte die Zügel von *Sport*, seinem schönen englischen Pferd, loszulassen.

– Mit Geld kann man allerlei machen, erwiderte der Küster; kommen Sie nur, und ich will versuchen, das für Sie zu finden, was Sie brauchen.

Guillaume ging zu Fuß, und bei jedem Schritt prüfte er die Steine, die zu beiden Seiten des Weges in weißlichen Haufen aufgeschichtet waren. Er drehte sie um und versuchte, eine Spur menschlicher Arbeit zu finden, und da er nur eine grobe und kaum wahrnehmbare entdeckte, begann er, die Existenz der Hauptstadt der *Cambiovicenses* für ungewiß zu halten. Da wandte sich der Bauer um, der seinen Gedanken erriet, und sagte:

– Das war Mauerwerk, Monsieur, zweifeln Sie nicht daran. Es gibt hier zwei Arten, das eine ist so gut zusammengefügt, daß man den Stein nicht vom Mörtel trennen kann (aber es ist sehr selten, und man muß graben, um es zu finden); das andere ist das ältere, wo der Mörtel immer nur in der Erde angerührt worden sein soll. Anscheinend war das in den alten Zeiten, zur Zeit der Gallier, vor wenigstens zweihundert Jahren... ach, was sag ich da, vor mindestens vierhundert Jahren... die Art zu bauen!

– Ja, mindestens, antwortete Guillaume lächelnd. Haben Sie die Gegend zuweilen verlassen?

– Oh, ja, Monsieur; ich war ziemlich oft in Boussac und auch in Chambon!

– Niemals in Paris?

– Niemals, und doch bin ich als Maurer so gut wie jeder andere. Bei uns muß man Maurer sein, weil es nur Steine gibt. Aber ich konnte den anderen nicht hinterher. Ich hinke, wie Sie sehen, und als junger Mensch war das schon so. Darum haben sie mich zum Küster gemacht; ich fege die Kirche aus und bin Meßdiener; ich bin auch Totengräber, und ich habe kochen gelernt. Ich mache die Hochzeitsessen und die Begräbnisse, und noch dazu helfe ich bei Taufen. Und Sie, Monsieur, waren Sie in Paris?

– Fast mein ganzes Leben lang.

– Sind Sie vielleicht Straßenbauingenieur? Sie müßten unsere in Ordnung bringen lassen.

– Das hätten sie dringend nötig; aber ich bin kein Ingenieur.

– Sind Sie auch kein *Kurzwarenhändler* (ein hausierender Kaufmann)? Nein, Ihr Paket ist zu klein, aber allemal hätten Sie da ein schönes Tier, um den Ballen zu tragen.

– Ich bin auch kein Kurzwarenhändler. Und Guillaume unterband kurzerhand die Fragen des Küster-Koch-Totengräbers und nahm ihm die Zügel seines Pferdes aus der Hand, um es durch die niedrige Tür vorsichtig in den Ziegenstall der Mutter Guite zu führen. Eine alte Hexe mit bärtigem Kinn kam und erwies ihm die Ehre, und während sie ihm half, die Flanken von Sport mit Stroh zu trocknen, spielte sie den zweiten Part im Duo der Fragen, die Léonard angeschnitten hatte. – Sind Sie das, der Junge von Monsieur Grandin von Gouzon? – Kommen Sie aus Boussac? – Wollen Sie in Evaux Wasser trinken? – Sind Sie vielleicht der Neffe von Madame Chantelac, der in Chatelus wohnt?

– Ich meine, sagte die Alte, ohne sich durch die knappen Verneinungen des jungen Mannes abschrecken zu lassen, Sie sind Monsieur Marsillat, nicht der alte, der ist tot, sondern der junge, ein *Mann des Gesetzes* in Boussac.

– Weder bin ich der alte noch der junge Marsillat, antwortete Guillaume.

– Was denn? Die Alte hat keine Augen im Kopf! versetzte der Küster. Ihr habt doch etliche Male den Jungen von Monsieur Marsillat gesehen! Er ist schwarz, und dieser da ist ein Blondkopf!

– Kann schon sein! aber ich, ich kann die Herrn nicht auseinanderhalten. Mir kommt es so vor, als wären sie alle gleich gekleidet und sähen gleich aus. Das ist die Wahrheit, ich kenne mich da nicht aus, meiner Treu!

– Eure Tochter ist anders als Ihr, Mutter Guite, sie kennt sie gut. Rufen wir sie doch mal, und dann sehen wir's! Claudie! Claudie! Komm her! Ich will mit dir reden!

– Was wollt Ihr denn? antwortete eine frische, klare Stimme oberhalb von Guillaumes Kopf; und beinahe sogleich sah er, wie eine dunkelhaarige, appetitliche und entschlossene Gestalt in der Klapptür zum Heuloch auftauchte.

– Bring uns was Frisches mit deiner Forke, sagte Léonard, und sieh dir diesen jungen Mann an. Kennst du ihn?

– Nein.

– Es ist also nicht Monsieur *Lion* Marsillat?

– Allerdings, das wißt Ihr doch, altes Einfaltsmensch! Ihr kennt Monsieur Marsillat ebensogut wie ich.

– Ach! Was! Claudie, das sind Lügen. Ich kenne ihn nicht so gut wie du!

Das junge Mädchen zuckte mit den Schultern, wurde rot und zog sich überstürzt von der Klapptür zurück.

– Warum sagt Ihr immer Dummheiten zu meiner Tochter, alter, gemeiner Kerl? sagte die Mutter Guite, die dabei nicht gerade sehr böse aussah.

– Muß ein bißchen lachen, vor allem vor den Bürgern, antwortete verschmitzt Léonard. Sonst halten sie uns für allzu dumm! Das war doch nur so, um Euch zu zeigen, daß Claudie die Herren kennt.

– Haltet Euer böses Mundwerk im Zaum! Claudie hat's nicht nötig, nach den Herrn zu gucken. Die Herrn gucken sie an, wenn sie's wollen.

– *Ratschlag an die Reisenden!* dachte Guillaume; aber ich werde Marsillat nicht ins Gehege kommen. Diese Art von Eroberungen führen mich nicht in Versuchung.

– Monsieur Marsillat kommt also oft hierher, fragte er den Küster.

– Öfter als er dran wäre! antwortete boshaft und mit einem Augenzwinkern Léonard.

– Kommt er in Geschäften her? fragte Guillaume erneut und tat so, als ob er nicht verstehe, um zu erfahren, unter welchem Vorwand Marsillat in diesem wilden Landstrich auftauchte.

– Er kommt sozusagen, um Tiere zu kaufen, Monsieur, denn wir züchten Vieh mit unserem Gras, und vor allem unser *Rößlein* hat einen guten Ruf.

– Ich weiß.

– Aber was soll's! Monsieur Marsillat feilscht um alle Stutfohlen und kauft doch nichts! Oder wenn er kauft, dann tut er so, als ob er's schnell satt hätte, und kommt und tauscht's um. Er setzt sich ziemlich ein. Aber wenn man sich amüsieren will, kostet's was. Sein Vater seinerzeit war genauso. Nur die Mutter Guite erinnert sich nicht mehr, seit sie um dreiviertel weniger sieht; aber ihre Tochter sieht für zwei.

– Haltet doch endlich einmal den Mund, oder lieber zweimal! sagte die Alte. Und nehmt die Heugabel. Ihr seht ja, daß der Herr das Strohlager schon selbst macht, während Ihr wie ein alter Vogel zwitschert.

– Werdet doch nicht böse, Guite! Eure Tochter ist nicht die einzige, die mit Monsieur *Lion* schwatzt.

– Und ich sage Euch sogar, daß er mit ihr am wenigsten schwatzt.

– Oho! Wohl wahr! Ich weiß genau, daß es da noch eine andere gibt, mit der er sich einigen möchte; aber da führt kein Weg hin. Claudie! Claudie! Ist's nicht so, daß da 'ne andere ist? Und wenn Ihr Euer Vieh im Wald von La Vernède oder nach den *Hohen Steinen* hin hütet, kommt Monsieur *Lion* vorbei mit seinem Gewehr, setzt sich in den Graben, hält sein Schwätzchen mal mit der, mal mit jener.

– Das alles ist ein Haufen Lügen! schrie Claudie scharf und kam wütend wieder zur Klapptür. Ihr habt die böseste Zunge im Ort, und da gibt's ja keinen Mangel!

– Trotzdem, fuhr Léonard lachend fort, eins von den hübschen Mädchen will nicht mehr mit Euch aufs Feld, denn Ihr zieht zu viele Leute an, sagt sie. Vielleicht will sie die Leute für sich selbst. Vielleicht seid Ihr auf sie eifersüchtig und murrt gegen sie. Vielleicht will sie auch so bleiben, wie es sich gehört, um *den Bullen einzufangen*.

– Redet nicht davon, rief die Mutter Guite und war wirklich wütend. Heut morgen habt Ihr den Teufel im Maul.

– Nein, vor Fremden soll man nicht vom Bullen reden, antwortete Léonard ironisch. Sie könnten ihn Euch wegnehmen. Behaltet ihn, gelt!

Da der junge Baron merkte, daß sie anfingen, in Rätseln zu sprechen, und es ihm wenig Spaß machte, den immer zotigeren Reden des Küsters zuzuhören, schickte er sich an, die Altertümer von Toull-Sainte-Croix zu erforschen, solange bis der Hunger ihn unabweisbar wieder in die traurige, nach Wäsche und Käse stinkende Unterkunft zurückführen würde. Er war von so ernsthaftem Verstand, wie man es in seinem Alter nur sein konnte, wenn man eine etwas verweichlichte Erziehung genossen hat. Aus der Ferne und in seiner Erinnerung liebte er das Land. In seinen Träumen war es schwermütig, einfach und streng, wie bei den Natchez von Chateaubriand. Aus der Nähe fand er es grob, unsauber und zynisch. Er entfernte sich, angewidert von der Lust, die er gehabt hatte, mit ihnen zu plaudern.

Nachdem er die drei Löwen aus Granit betrachtet hatte, Denkmale der englischen Eroberung zur Zeit Karls VI., die die Bauern zur Zeit der Jungfrau umgestürzt, zerschlagen und verstümmelt haben und die nun unförmig, mit der Nase im Dreck, mitten auf dem Platz von Toull liegen, wandte er sich dem mittelalterlichen Turm zu, dessen Grundmauern gut erhalten sind, so daß ein Bauer sich zur Aufbewahrung seiner Ernte darin einen Keller hergerichtet hatte. Auf der Höhe des ersten Stocks hatte er sie mit Erde bedeckt und aus Steinplatten eine Treppe errichtet, um zu einer kleinen Plattform hinaufzugelangen, die den höchsten Punkt des Berges und der ganzen Gegend bildete. Heutzutage, da durch die geistesgeschichtliche Entwicklung, das Studium des Altertums und das Interesse an Naturdarstellung selbst in dieser verlorenen Gegend die Forschung in Schwung gebracht wurde, kann es vorkommen, daß man zuweilen im Herbst auf der Plattform von Toull einen Gymnasiasten aus Bourges, der Ferien hat, einen Anwalt aus La Châtre, der einen Ausflug unternimmt, oder einen dilettierenden Fremdenführer aus Boussac antrifft. Aber in der Zeit, als Guillaume dort stehenblieb, hätte er schwerlich jemanden zum Plaudern gefunden. Die kleine Einwohnerschaft des Weilers war vollzählig auf den Feldern, und um die Mittagszeit hörte man kaum ein diebisches Huhn in den Gehegen gackern. Guillaume war von der

Endlosigkeit, die sich vor seinen Augen ausbreitete, wie berauscht. Auf der einen Seite sah er das unfruchtbare Pays Marchois, ohne Bäume, ohne Behausungen, mit seinen kahlen Hügeln, engen Tälern und dürren Hängen, das mitunter so wirkte, als habe ein Steinregen für immer jegliche Vegetation erstickt, und die alten Kromlechs erhoben sich in der Einsamkeit, als wollten sie im Namen der alten Götzenwelt Einspruch erheben gegen den Fortschritt der Generationen. Im Hintergrund dieser trübsinnigen Landschaft sah der junge Baron de Boussac die kleine Stadt, deren Namen er trug, und sein hübsches Schloß, das wie ein gelber Punkt zwischen den Felsen der kleinen Creuse verloren schien. Als er sich umdrehte, sah er zu seinen Füßen das Combraille und noch weiter weg das Bourbonnais mit seinen schönen Gewässern, seiner reichen Vegetation und seinen weiten Ebenen, die in blauen Streifen ähnlich wie Stufen bis zur kreisförmigen Grenze des Horizonts angeordnet sind. Es ist ein großartiger Ausblick, den man aber nicht lange ertragen kann. Diese Unendlichkeit macht einen schwindeln. Zuerst fühlt man sich gedemütigt, weil man nur mit den Augen dem Flug der Schwalbe durch die Herrlichkeiten des Raumes folgen kann; dann blendet einen die Tiefe des Himmels, der einen von allen Seiten her umhüllt; die Lebhaftigkeit der Luft, kalt noch in dieser Jahreszeit in den höher gelegenen Regionen, durchdringt einen und verschlägt einem den Atem. Mir scheint, daß man auf allen einsamen Gipfeln, wenn man das volle Rund des Horizonts sieht, die Kugelform des Globus spürbar erfährt, und man bildet sich ein, die schnelle Bewegung wahrzunehmen, die ihn in seine ewige Rotation schleudert. Man glaubt sich durch die Abgründe des Himmels mitgerissen in diesen unaufhaltsamen Lauf, und vergebens sucht man über sich einen Ast zum Festhalten. Ich weiß nicht, ob die Späher, die hoch oben im Turm eingesperrt waren, fünfzig Fuß höher noch, als man heute zu stehen kommt, nicht zu einer schlimmeren Strafe verdammt waren als die Gefangenen, die man in finsteren Kerkern vergrub.

Unser Reisender vermochte die traurige Größe eines derartigen Schauspiels nicht lange zu ertragen. Er hatte geglaubt, dort in Begeisterung auszubrechen; aber die, die sie suchen, entdecken sie nicht; sie kommt zu uns, wenn wir sie verdienen. Das Kind, das hinter der Poesie herlief, jedoch noch nicht genug gelebt hatte, um sie in sich selbst zu erzeugen, fand in diesem Versuch nur Furcht und Einsamkeit.

Also stieg er von dem Leuchtturm schneller herab, als er hinaufgelangt war, und da er sich plötzlich an einem glühendheißen Tag eiskalt fühlte, suchte er hastig eine Zuflucht gegen die strahlend kalte Luft der Plattform.

Er ging hinter dem Weiler herum und erreichte bald den Berghang, und in wenigen Augenblicken hatte er sich dem Süden zugewandt, das heißt, er hatte sich übergangslos in eine andere Natur, in eine andere Jahreszeit, eine andere Gedankenwelt gestürzt. Zur Creuse hin, geschützt von der Kirche von Toull, ist nur ein einziger Baum großgeworden, den Winden zum Trotz, die unermüdlich übers Heidekraut und die kahlen Berge des Pays Marchois fegen; zur Voëse hin aber wird der Anblick heiterer. Die sandigen Wege verschwinden unter kräftigen Hecken, und der Friedhof von Toull bietet sich auf einer sanft geneigten Ebene dar und liegt im Schatten schöner Bäume. Dieser Ort endlich schenkte der ermüdeten Stirn unseres Reisenden eine Zuflucht, die ihm in diesem Augenblick den elysischen Feldern der Klassik vergleichbar schien.

Leichtfüßig erklomm er die Steinblöcke, die Trümmer der gallischen Stadt, die diesen Ruheplatz umgeben, und da er sich völlig allein sah, ließ er sich bei den vergessenen Gräbern ins hohe Gras sinken. Eine sanfte Wärme kehrte in seine Glieder zurück; kein Lufthauch bewegte die Zweige der Kastanienbäume und Birken, die sich über seinem Kopf kreuzten und bis zu ihm herabhingen.

Der Horizont, schmaler jetzt, schimmerte noch durch die grüne Kuppel, aber als er sich ins kräftige, blühende Heu sinken ließ, das sich an den Überresten der Toten nährt, entzog sich dem jungen Mann bald der Anblick des strahlenden Himmels, der ihn verfolgte. Ein erholsamer Schlaf ließ seine Glieder matt werden, und eine Biene sammelte um ihn herum Honig und summte ein harmonisches Lied, das ihn in seine Träume wiegte.

So ruhte er zwei Stunden, als das Geräusch eintöniger Stimmen ihn nach und nach wach werden ließ. In dem Maße, wie er seine Gedanken sammelte und sich seiner Lage bewußt wurde, erkannte er zwei Stimmen, deren Tonfall er erst kürzlich vernommen hatte. Es waren der Küster Léonard und die Mutter Guite, die sich ganz in der Nähe unterhielten. Guillaume erhob sich und sah den Küster-Totengräber bis zu den Knien in einem Grab versunken, das er gemächlich aushob, und die alte Frau saß auf einer großen Wurzel über der Erde und wickelte eine Spindel mit blauer Wolle ab. Sie beachteten ihn nicht und begannen ein phantastisches Zwiegespräch, das dem jungen Baron wie die Fortsetzung der Träume während seines Schlummers vorkam.

II

Der Friedhof

Na, na, sagte der Küster fröhlich, Ihr braucht doch nicht so bös werden, Mutter Guite. Ich sag nichts mehr über die Claudie, auf Ehr und Gewissen! Und was den Bullen angeht...

– Das ist kein Bulle, weil's ein Kalb ist! entgegnete die Alte.

– Das ist kein Kalb, weil Ihr doch alle miteinander sagt, daß es Hörner hat. Also muß man sagen, daß es ein Stier ist.

– Sagt, was Ihr wollt, mit Euch will ich nicht drüber reden.

– Na gut, meine Frau ist nicht wie Ihr, sie redet mehr davon, als mir lieb ist; und je mehr ich mich über sie lustig mach', um so mehr glaubt sie dran. Ach, was sind die Weiber doch einfältig!

– Und was würdet Ihr denn sagen, wenn Ihr ihn gesehen hättet?

– Also habt Ihr ihn gesehen?

– Nein, aber ich war ein paar Mal kurz davor, ihn zu sehen.

– Wie bei mir, ich bin immer kurz davor; aber der Zeitpunkt geht vorbei, und ich seh nix.

– Ich weiß nicht, was daran so lustig ist, daß Ihr so lacht.

– Hört mal, Lachen ist doch nett, wo jetzt...

– Lacht mit uns, wenn's Euch Spaß macht, aber lacht nicht vor Fremden drüber, die nicht von hier sind. Das könnt' uns Unglück bringen.

– Wartet mal, Mutter Guite. Ich spür' was Hartes unter meinem Spaten. Ich glaube, das ist das Ding. Haltet Eure Schürze auf, ich werf' mein Goldgewicht rein.

– Pfui! Werft doch die Knochen von Christenmenschen nicht so auf mich! Ich krieg Angst!

– Das tut ihnen doch nicht weh! Seit ich die Erde umgrabe, das kann ich wohl sagen, habe ich immer nur das gefunden. Es gibt vielleicht Totenknochen!.. Da! Da!.. tot, was! Die müssen hier vor uns furchtbar viel Leut' umgebracht haben, denn es nimmt kein Ende mit den Knochen!

– Das ist vielleicht doch nicht so gut, zu graben! Je mehr man gräbt, je mehr man wühlt, je mehr man die Steine hervorholt, desto weniger findet man.

– Denkt Ihr denn ständig dran? Alle sind sie so, die alten Weiber. Sie erzählen sich Geschichten und machen sich gegenseitig verrückt.

– Aber wo man sich das doch immer schon in dieser

Gegend erzählt hat, seit die Welt besteht! Was man sich von jeher erzählt hat, kann nicht falsch sein.

Und die Alte fing lebhaft an zu schwatzen, allerdings in der Mundart des Pays Marchois, und auch wenn dieser Dialekt an sich nicht schwer zu verstehen ist, so ist er doch wegen seiner unvermittelten Auslassungen und der Zungenfertigkeit, vor allem der Frauen, für ungeübte Ohren unverständlich. Die Bewohner dieses Landstriches, der so lange Zeit zum Berry gehört hat, verwenden gleichermaßen jene Mundart und das naive alte Französisch, das man im Berry spricht. Aber sei es, daß die Langue d'oc der alten Frau vertrauter war als die Langue d'oïl, sei es, daß sie annahm, in ihrem Dialekt drücke sie sich geheimnisvoller aus, jedenfalls verführte sie ihren Gesprächspartner dazu, sich in seinen Antworten gleichfalls dieser Sprache zu bedienen, und Guillaume gab es auf, ihnen zu lauschen.

Und trotzdem, da indessen ihr Gespräch unter so manchem Gelächter des Totengräbers fortgesetzt wurde, schenkte Guillaume ihm ab und zu gegen seinen Willen Gehör und griff ein paar seltsame Worte auf, die ihn überraschten. Es war ständig die Rede vom *goldenen Bullen, goldenen Kalb,* vom *Schatz*, vom *goldenen Loch*, und diese Litanei weckte bei dem jungen Mann unbestimmte Erinnerungen aus seiner frühen Kindheit. Er war im Schloß von Boussac geboren; und dort war er von einer kräftigen, ergebenen Bäuerin genährt worden, an deren Namen er sich vergebens zu erinnern suchte.

Er hatte die Gegend im Alter von fünf Jahren verlassen, und er war nur einmal im Jahre 1816 zurückgekehrt, zu einem Zeitpunkt, als seine Mutter darauf verfallen war, in der guten Luft ihres Besitzes, den sie während des Empire ein wenig vergessen hatte, neue Kraft zu schöpfen. Bis zu diesem Augenblick hatte Guillaume nicht daran gedacht, sich nach seiner Amme zu erkundigen; aber die merkwürdigen Ausdrücke, die während der langen Monologe der Mutter Guite immer wieder vorkamen, weckten in ihm eine undeutliche Erinnerung an die Vergangenheit. Diese Mundart, die er vergessen hatte, die, so erinnerte er sich jetzt, hatte er einst mit seiner Amme gesprochen, bevor er Französisch sprach, und allmählich begann er, in ihr seine Muttersprache zu erkennen. Auch seine Amme hatte ihm von dem *goldenen Kalb* und dem *goldenen Loch* erzählt: Sie kannte darüber Hunderte von Geschichten und phantastischen Liedern, die ihn in seinen Träumen beunruhigt hatten; und diese getreue Wiegefrau, die gleich einer Sibylle die ersten Bemühungen der Phantasie anleitet, die erste Freundin des Menschen, das Kindermädchen, diese Person, die so treffend Amme genannt wird, diese wahre Mutter, auf die eifersüchtig zu sein die andere immer verurteilt ist, zeigte sich in Guillaumes Vorstellung nun als verehrungswürdiges Urbild, als ein heiliges Wesen, und er warf sich vor, sie so lange Zeit vergessen zu haben. Er fragte sich, warum seine Mutter, die in allem so gottesfürchtig und ehrenhaft war, ihm niemals von ihr erzählt hatte. Er legte es sich als Verbrechen zur Last, er, der *Génie du Christianisme* gelesen hatte und beim Klang der Glocken, *die über seiner Wiege erklungen,* gerührt war, daß er in seinem Herzen die Sorge, diese Frau in ihrer vermuteten Not ausfindig zu machen und zu unterstützen, hatte einschlafen lassen. Vielleicht war es die Mutter Guite! Guillaume stützte sich auf den Ellenbogen und betrachtete sie gerührt durch das hochgewachsene Gras. War es möglich, daß sie schon so alt war? Vielleicht hatte das Elend die Frau, die man ausgewählt hatte, um ihn zu stillen, als sie jung, kräftig und frisch war, schon bis zu diesem Punkt welken lassen? Immerhin war Claudie jünger als er, und in zwanzig Jahren altern Frauen, die zur harten Arbeit der Armut verdammt sind, oft um ein halbes Jahrhundert.

Während diese Vorstellung sich seines Gehirns bemächtigte, hatte Léonard dem Gespräch eine andere Richtung gegeben, und da er gewohnt war, mit seinem

Pfarrer zu plaudern, hatte er wieder zur französischen Sprache des Berry gegriffen.

– Es ist doch komisch, daran zu denken, sagte er, daß es, nachdem ich so lange für die andern gearbeitet habe, einen Dienst gibt, den ich mir selbst nicht leisten kann.

– Euer Sohn wird Euch Euer Grab schon schaufeln; er wird doch Euern Platz erben?

– Das hoffe ich schon. Wißt Ihr, auf wem Ihr sitzt, Mutter Guite?

– Ei! Wartet mal! Das müßte der alte Juniat sein, denn das Gras ist recht hoch, und er ist seit mindestens zehn Jahr tot.

– Hm! Nein, Ihr kennt die Geschöpfe vom *Brennesselgarten* (dem Friedhof) nicht. Da liegt der arme Lauriche. Das war ein guter Kerl! Ach, wie gut hab' ich mich seinerzeit mit ihm unterhalten! Das war ein Satansbraten! Erinnert Ihr Euch, wie er Euch bei der Hochzeit von der Jambette zum Lachen gebracht hat?

– Armer Bursch! Ich erinner' mich gut, und das Lied, das er so brav gesungen hat! . . .

– Mit zitternder Stimme in Moll fing die Alte an, zu einer sehr bemerkenswerten Melodie eines dieser Lieder aus dem Bourbonnais zu singen, deren Musik es wert wäre, gesammelt zu werden, wenn dies ginge, ohne ihre Anmut und Einzigartigkeit zu verändern; worauf der Küster mit Chorknabenstimme Antwort gab und versuchte, die spaßige Art des Verblichenen nachzuahmen.

– Seid doch still! sagte die Alte und unterbrach ihn; so darf man nicht über den Toten singen.

– Was denn! Wenn er uns hört, hat er sein' Spaß, der arme Lauriche! Morgen kommt eine her, der ich hier das Bett mache, die auch viele schöne Lieder gekannt hat. Ach! Was war sie seinerzeit für eine *zierliche* Sängerin.

– Ihr habt sie nicht dumm gefunden, stimmt's? Sie

wußt' viel, was wichtig ist über das *goldene Kalb* und über das *Ding*, über das Ihr Euch dauernd lustig macht.

– Sie hat nicht dran geglaubt; sie hat das bloß aus Spaß gesagt.

– Sie hat es immerhin gesehen.

– Sie hat sich über Euch lustig gemacht.

– Ach, nein! Es ist schon ein großes Unglück für uns, daß sie sich einfach so davonmacht, mit einem Mal... Sie kannte Geheimnisse.

– Nun, die hinterläßt sie ihrer Tochter.

– Ihre Tochter ist ein zu einfältiges junges Ding. Die Mutter, das ist eine Frau, die immer Unglück gehabt hat; sie hatte das Zeug, um gut zu verdienen, und sie hat's so gut verstanden, sich zu begnügen, daß sie so arm wie die andern gestorben ist.

– Sie hatte ein zu gutes Herz: sie hat nix verlangt; sie hat sich mit dem zufrieden gegeben, was man ihr gelassen hat; und dann haben sie sie vergessen ...

– Die Reichen halten die Armen ganz schön zum Besten!... Außerdem war da noch was... Die Dame hat sie sehr geliebt, sehr; und dann, urplötzlich, hat sie sie überhaupt nicht mehr geliebt! ... Das habe ich damals rausgekriegt ...

– Na ja! Dieser junge Mann, den sie großgezogen hat, wie kommt es, daß der nie an sie gedacht hat?

– Der war zu jung; und dann kommt er nie in die Gegend; der muß Soldat sein im Moment, oder aber General vielleicht; man sagt ja, daß sie ganz jung genommen wer'n, damit sie die Alten befehligen, seit es den Kaiser nicht mehr gibt ...

– Das wird gesagt, und trotzdem ist's komisch. Mit einem Wort, die arme Seel' hat im Schloß von Boussac das *goldene Loch* nicht gefunden, und ihre Tochter wird nicht viel Mühe haben, das Inventar aufzulisten. Ihr bleibt nur ein bißchen Vieh, drei oder vier Schafe, vier oder fünf Ziegen und das armselige Haus.

– Und ihre armselige Tante, die besser dran getan hätte, statt der andern zu gehen.

– Wenn die Jeanne doch auf die Bürger hören wollte, sie könnte sich fortmachen.

– Die Bürger, die Bürger! Da weiß die eine Hand nicht was die andere tut. Muß man sich nicht zu sehr auf die verlassen.

– Muß man also so arm sterben, wie man gelebt hat?

– Da wärn wir nicht die ersten, was, mein armer Léonard! sagte die Alte finster.

– Und nicht die letzten, was, meine arme Guite! antwortete der Küster philosophisch.

Und dann herrschte lange Schweigen, vom fernen Rollen des Donners unterbrochen.

– Ach, das bringt sie um, die arme Frau! sagte Léonard, und wenn sie sich nicht mit'm Sterben beeilt, wird der Herr Pfarrer aufgeweicht.

– Das hab' ich mir heut' morgen schon gedacht, entgegnete die Alte. Im Morgengrauen war so viel weißer Dunst auf den Teichen, daß ich zur Claudie gesagt hab': nach Mittag donnert's, und das bringt die arme Tula in die andere Welt, noch bevor die Sonne untergeht.

– Tula? rief Guillaume, erhob sich und ging tief ergriffen auf die beiden Bauern zu.

– Aah, mein kleiner Monsieur, was machen Sie mir für 'ne Angst! sagte die alte Parze und hob ihre Spindel auf, die sie in die Grube hatte fallen lassen.

– Sie haben einen Namen genannt, den ich lange gesucht habe... Tula, nicht wahr?... Die Frau, die im Sterben liegt, heißt Tula?

– Ja, Monsieur, haben Sie die gekannt?

– Ist es die Frau, die vor fünfzehn oder zwanzig Jahren bei Madame de Boussac gedient hat?

– Und die ihren Jungen gestillt hat.

– Und sie wohnt hier irgendwo?

– Unweit von hier, Monsieur, sie ist aus der Pfarrgemeinde, und sie wird hier beerdigt, da, in der Grube, die ich schaufele.

– Also besteht keine Hoffnung, daß sie gerettet wird?

– Ach nein, Monsieur, sagte die Mutter Guite; meine Tochter war gestern abend dort, und da lag sie schon im Sterben. Vor kurzem haben sie den Herrn Pfarrer geholt, mit den Sterbesakramenten, schnell, schnell. Man hat schon gedacht, er käme zu spät, um sie zu spenden.

– Léonard, Sie bringen mich zu der Frau, nicht wahr?

– Das tu ich nicht, Monsieur, nicht für Gold und nicht für Silber! Weil der Herr Pfarrer zurückkommt, und er hätte dann keinen, der seiner Stute ihr Heu gibt, und dann hole ich meine Sense und mähe ein bißchen dieses Gras da, daß sie nur einen Armvoll in der Krippe hat.

– Und Sie, Mutter Guite? fragte Guillaume ungeduldig.

– Ach, ich, Monsieur, ich kann nicht mehr so laufen wie Sie. Abwärts geht's schnell, aber das Steigen macht mir zuviel Müh' . . . Aber Sie können doch allein hingehen? Da, Sie sehen doch den Hohlweg, links, ganz da hinten! Die großen weißen Steine und daneben ein kleines Haus? Da ist es. Der Ort heißt Epinelle.

– Ich laufe hin.

– Warten Sie doch, warten Sie doch! rief Léonard ihm nach; nicht da entlang; da kommen Sie nicht mehr raus. Sie kennen, scheint mir, die Fischteiche nicht? Da drin kommen Sie um! . . Ich ruf' Ihnen jemanden, der Sie hinführt. Eben noch war die Claudie hier. Claudie, heda, Claudie!

Hinterm Gebüsch tauchte das frische Gesichtchen von Claudie auf, neben dem ihrer schwarzen Ziege, die ungeniert der Friedhofshecke zusprach.

– Führe diesen Herrn zur Tula, sagte der Küster, und schwatz nicht so viel unterwegs; er hat's eilig.

– Muß ich gehen? fragte Claudie ihre Mutter und blickte verwirrt und frech zugleich drein.

– Nimm deine Holzschuh und gib mir deinen Stock, ich pass' auf das Vieh auf, antwortete die Mutter ruhig.

Claudie eilte herbei, schürzte ihren Unterrock auf,

hakte ihren Umhang zu und schickte sich an, flink den Berg hinabzulaufen. »Hierher, Monsieur«, rief sie und trat mit ihrem lauten Schuhwerk lärmend die Steine los.

Unter viel Mühe und Leiden folgte ihr Guillaume. Die scharfkantigen Steine, auf denen das junge Mädchen Luftsprünge zu machen schien, brachen unter seinen Füßen weg und zerschnitten seine Schuhe. Er wunderte sich, daß sie ihn nicht über die abfallende Weide führte, die sich längs der Steinerhebungen erstreckte. Er wußte nicht, wie heimtückisch die *Fischteiche* von Toull sind. Es sind dies zahlreiche Quellen, die nicht über der Erdoberfläche entspringen, sondern den Boden unterspülen und unterirdisch versickern. Dichter Schlamm, mit feinem, kurzem Schilf überzogen, das man für Weidegras halten könnte, verdeckt sie und verbirgt vor dem unerfahrenen Auge völlig den nachgebenden Lehm, der ebenso gefährlich ist wie Treibsand am Meeresstrand: der Fuß sinkt langsam ein, und der Boden scheint geeignet, einige Augenblicke lang einen festen Körper zu tragen. Aber es handelt sich um eine Falle der bösen Berggeister. Man versinkt allmählich bis zum Knie, bis zur Taille, bis zu den Schultern, und jede Anstrengung, sich zu befreien, taucht einen nur tiefer ein. Am Ende kommt man ohne sofortige Hilfe um, ertrinkt nicht, sondern wird vom Schlamm erstickt; und die guten Frauen von Toull glauben, man werde auf die geheimnisvolle Stadt treffen, die von der Erde verschluckt wurde und deren Glocken sie zuweilen bei ruhiger Witterung zu hören meinen.

Claudie lief munter und leichtfüßig drei Schritt vor Guillaume her, und da sie es nicht wagte, ihn anzusprechen – erstaunt vielleicht, daß er nicht seinerseits das Schweigen brach –, sagte sie sich, der Herr sei recht stolz. Schließlich richtete jener, wenig empfänglich für die Rundung ihrer Beine und die Anmut ihres Gangs, ein paar Fragen an sie, die arme Tula betreffend. Claudie begann jedes Mal mit *es beliebt?*, die unvermeidliche einleitende Bemerkung des schlauen Bauern, der seine Antwort vorbereitet, indem er einen absichtlich die Frage wiederholen läßt, und als der junge Mann geduldig noch einmal angefangen hatte, sagte sie:

– Ja, Monsieur, ja, das war eine sehr brave Frau, sehr sauber, sehr aufgeweckt bei der Arbeit, eine gute Hausfrau und *sehr gut fürs Leben*.

– Was verstehen Sie darunter?

– Sehr gefällig gegenüber den Nachbarn, nicht kleinlich wie ihre Schwester, die *Grand'Gothe*.

– Hinterläßt sie mehrere Kinder?

– Sie hinterläßt keine Kinder, Monsieur; sie hat nur eine Tochter, sagte Claudie, die das Wort Kind, wie es die Berrichoner tun, nur für das männliche Geschlecht verwendete.

– Und diese Tochter, ist sie alt genug, um ihren Lebensunterhalt zu verdienen?

– Gewiß ja! Sie ist zwanzig oder einundzwanzig, denn sie ist viel älter als ich.

Diese Antwort lenkte Guillaumes Aufmerksamkeit nicht auf die siebzehn Jahre, die Claudie siegesgewiß vor sich hertrug. – Ist diese Tochter nicht im Schloß von Boussac geboren? fragte er.

– Vielleicht, Monsieur. Ich glaub', ja. Obwohl ich nicht daran gedacht habe, sie darum zu fragen, und übrigens war ich nicht dabei! Aber mir kommt es so vor, als hätt' ich es von meiner Mutter gehört.

– Sie ist meine Milchschwester, dachte Guillaume und beschleunigte den Schritt.

Als Claudie sah, daß es nichts mehr zu antworten gab, fing sie an, ihn auszufragen.

– Habt Ihr denn dieser Jeanne etwas zu sagen?

– Jeanne, rief Guillaume, sie heißt Jeanne? Wer hat ihr diesen Namen gegeben?

– Also bestimmt ihre Patin... Wie dumm dieser Herr ist, dachte Claudie.

– Und wer ist ihre Patin?

– Ach, das weiß ich genau! Es war die große Dame

von Boussac! Kennen Sie sie, die Dame vom Schloß von Boussac? Lebt sie noch? Ist sie im Lande?

Guillaume dachte nicht daran, ihr zu antworten. Er stand völlig unter dem Eindruck dieses seltsamen Zusammentreffens, das ihn nach Toull geführt hatte, damit er dort sähe, wie das Grab seiner Amme ausgehoben wurde, und das lange Vergessen seiner Familie wiedergutmache, indem er seiner Milchschwester, dem Patenkind seiner Mutter, seinen Schutz anbot. In diesem Zufall, der ihn nach Toull statt nach Crozant oder irgendeinem anderen romantischen Ort des Pays Marchois getrieben hatte, sah er eine Art Vorsehung, und er dankte Gott, der ihm gewissermaßen die Umrisse seiner Pflicht dort abgesteckt hatte, wohin er eigentlich um des Vergnügens willen gekommen war.

Als die kokette Claudie sah, wie wenig galant er war, verlor sie die innere Unruhe, die sie bereitwillig zu Beginn ihrer Zweisamkeit genährt hatte. Genauso neugierig wie fröhlich überschüttete sie ihn mit Fragen wie schon ihre Mutter und Léonard. Sie wollte wissen, wer er sei, woher er komme, und vor allem, warum er es so eilig habe, die Sterbende zu sehen, welches Interesse er der armen Frau und ihrer Tochter entgegenbringen könne.

– Ei! sagte sie plötzlich, seines geringschätzigen oder gedankenverlorenen Schweigens überdrüssig, ich meine, daß Ihr eine Bedienstete braucht und daß Ihr gekommen seid, um eine in der Gegend hier, wo sie einen guten Ruf haben, zu dingen. Ihr werdet gehört haben, daß die Jeanne ein gutes Mädchen ist, stark und beherzt bei allen Anstrengungen, und vielleicht habt Ihr die Absicht, sie mitzunehmen.

– Glauben Sie, es sei für sie von Vorteil, außerhalb der Gegend eine Anstellung zu finden?

– Ja, Monsieur, ja, sie hätte ihre Mutter niemals verlassen; aber seit sie krank ist, waren viele Leute aus der Stadt da, die ihr geraten haben, sich zu verdingen, und die ihr Angebote gemacht haben. Sie hat nie Lust gehabt, das Land zu verlassen; wenn man an einen Ort gewöhnt ist, verändert man sich nicht gerne; aber jetzt, wo sie mit ihrer Tante unglücklich sein wird, täte sie gut daran wegzugehen, und wenn Ihr Euch für sie interessiert, würdet Ihr Gutes tun, wenn Ihr sie mitnähmt.

Als sie so redete, lag im Gesichtsausdruck des jungen Mädchens die deutliche Absicht, Guillaume zu überzeugen, die ihm keineswegs entging, die er sich jedoch nicht erklären konnte. Er wich ihren Andeutungen aus und brachte vor, daß die arme Tula vielleicht noch nicht tot und daß keine Krankheit so schwer sei, daß man sich nicht erholen könne.

– Oh, für sie ist es aus! antwortete Claudie; da, Monsieur, seht Ihr, da drüben, der Herr Pfarrer, der auf dem gepflasterten Weg nach Toull hinaufgeht. Alles ist gesagt! Die Mutter Tula braucht nichts mehr.

Diese Feststellung, ausgesprochen mit der philosophischen Sorglosigkeit, die den Bauern kennzeichnet, rief in dem jungen Mann düstere Gefühle hervor. Ich komme zu spät, dachte er, ich kann meine Undankbarkeit nicht wiedergutmachen, und ich werde durch göttlichen Willen zu einer Toten geschickt, um eine schmerzhafte Buße auf mich zu nehmen.

In der Ferne rollte immer noch der Donner, und veilchenblaue Wolken ballten sich an mehreren Stellen des Horizonts zusammen.

– Müssen uns beeilen, Monsieur, sagte das junge Mädchen, als es merkte, daß er, wie jeder niedergeschlagene Mensch langsamer ging; wenn wir lange in Epinelle bleiben, werden wir naß.

Unwillkürlich beeilte sich Guillaume, und nach einem viertelstündigen Marsch erreichte er endlich die Schwelle der Hütte seiner Amme.

– Da seid Ihr nun, Monsieur, sagte Claudie bestimmt. Ich will da nicht hinein. Es ängstigt mich, Tote zu sehen. Ich wart' dort auf Euch und bring' Euch zurück; aber Ihr dürft Euch nicht zu lange aufhalten, weil das Gewitter kommt.

Guillaume zögerte einen Augenblick, bevor er sich einzutreten entschloß. Er hatte niemals eine Leiche gesehen, und diese erste Prüfung, verbunden mit der so unvorhergesehenen Bekanntschaft mit einer neuen Situation, verursachte in ihm ein unbehagliches Gefühl.

III

Das Haus der Toten

Ein starker Harzgeruch kam aus dem einzigen Raum, der mit dem schuppenähnlichen, mehrfach unterteilten Stall zusammen dieses ganze alte, mit Moos und vagabundierenden Pflanzen bedeckte Gemäuer ausfüllte; das Innere indessen war sauber und kündete von Ordnungssinn und Regsamkeit. Drei wie Leichenwagen geformte Betten, geschmückt mit verblichenen gelben Bogenbehängen, nahmen zwei der Wände ein. Auf dem mittleren sah man den Körper der Toten, der ganz mit einem weißen Laken verhüllt war, dem feinsten und besten im Hause. Vier Kerzen aus jungfräulichem Wachs brannten an den vier Ecken des Bettes. Zwei oder drei alte Frauen vom Schlage derer, die im tiefsten Pays Marchois wie in den schottischen Bergen mit abergläubischem Eifer allen Leichenbegängnissen beiwohnen, beteten rings um das Bett, und mitten unter ihnen ein großes junges Mädchen von bemerkenswerter Schönheit, das neben der Leiche kniete, den Blick auf den Boden gerichtet, und still vor sich hin weinte, die geöffneten Hände auf den Knien, in einer Haltung, die den jungen Mann an Canovas Magdalena erinnerte.

Im ersten Augenblick wurde Guillaumes Erscheinen von niemandem bemerkt, und er konnte diese engelsgleiche Gestalt betrachten, die er zu kennen meinte, obgleich er sie seit ihren ersten Lebensjahren soweit vergessen hatte, daß er nicht einmal von ihrer Existenz mehr wußte. Der reine Teint Jeannes, von Schmerz und Müdigkeit bleich, war vom matten Weiß des Marmors; die blauen Augen waren weitaufgerissen, dieweil Tränen, die sie nicht trocknete, ihr in Strömen unbemerkt über die Wangen liefen; die Klarheit der strengen Umrisse ihres Profils und die Unbeweglichkeit ihrer Bestürzung: all das verlieh ihr das Aussehen einer Statue.

Die erste, die die Anwesenheit des Fremden wahrnahm, war die Schwester der Verstorbenen, ein großes Mannweib von hartem und niederträchtigem Ausdruck. Sie bekreuzigte sich, wie um ihr Gebet ordnungsgemäß zu beenden, erhob sich und näherte sich Guillaume.

– Was wünscht Ihr, Monsieur? fragte sie mit einer lauten Stimme, die das ehrerbietige Schweigen zu entweihen schien, das man den Toten schuldet.

– Ich bin gekommen, um Neuigkeiten über die Kranke zu erfahren, sagte Guillaume verlegen.

– Seid Ihr Landarzt, Monsieur? fragte die Grand'Gothe. Ich habe Euch noch nie hier gesehen... Bei uns gibt es für Ärzte nichts zu verdienen... Meine Schwester ist seit einer Stunde tot.

– Ich bin kein Arzt, sagte Guillaume.

– Wenn das so ist, dann seid Ihr von der Gerichtsbehörde; Ihr habt es ganz schön eilig, Eure Siegel bei uns anzubringen. Wir brauchen Euch nicht; die Tochter ist volljährig; und da ich nichts zu beanspruchen habe, fügte sie in scharfem Ton hinzu, will ich auch nichts unterschlagen. Auf, auf! Geht Eures Weges! Wir kennen hier das Gesetz und wollen keine unnützen Ausgaben.

Als Guillaume sah, daß er Gefahr lief, gewaltsam hinausgewiesen zu werden, fand er sich, wenn auch beschämt, damit ab, daß er sich zu erkennen geben mußte. Er tat dies mit gesenkter Stimme, da er seitens dieser herrischen Frau noch schärfere Verweise befürchtete als die vorangegangenen. Aber statt ihm vorzuwerfen, daß er zu spät gekommen sei, änderte sie plötzlich Verhalten und Sprache.

– Ihr wußtet also, mein lieber Monsieur, daß meine

Schwester krank war, sagte sie einschmeichelnd; und Ihr seid gekommen, um ihr ein wenig zu helfen? Das ist allzu gütig von Euch, sich wegen so armen Leuten wie uns zu bemühen. Wir schämen uns, daß wir Euch keine Erfrischung anbieten können. Aber was wollt Ihr! Meine arme Schwester ist verschieden, und wir hatten nicht einmal die Zeit, das Haus in Ordnung zu bringen. Aber setzt Euch doch auf diesen Stuhl, und nicht auf die schlechte Bank, Monsieur; ich lege gleich ein weißes Tuch darüber, damit Ihr Eure Kleider nicht beschmutzt.

– Ich bin nicht gekommen, um Ihnen zur Last zu fallen, bei all Ihrem Kummer, antwortete der junge Baron, der Anstoß nahm an der Ungezwungenheit und Geistesgegenwart dieser Frau, die eine tiefgehende Herzenskälte verrieten. Ich habe gehofft, die letzten Augenblicke meiner armen Amme erträglicher zu machen, indem ich ihre letzten Wünsche entgegennehme und ausführe. Da ich zu spät komme, werde ich mich zurückziehen, denn ich will Sie in einem solchen Augenblick nicht stören; gleichwohl hätte ich gerne an meine Milchschwester einige Worte des Trostes gerichtet und ihr meine Dienste angeboten. Aber für diesen letztgenannten Fall komme ich zu früh, denn sie kann unmöglich an etwas anderes denken als an den Verlust, den sie soeben erlitten hat.

– Oh, wirklich, Monsieur, Ihr müßt mit ihr reden, erwiderte die Grand'Gothe entschlossen, sie kann Euch anhören, es ist zuviel der Ehre; Jeanne! Jeanne! Komm und rede mit diesem Herrn.

– Stören Sie sie nicht in ihrem Gebet, entgegnete Guillaume fest. Ich will es nicht. Ich warte, bis sie soweit ist, daß sie mir zuhören kann.

Er trat der Tante entgegen, die Jeannes Aufmerksamkeit auf ihn lenken wollte, er näherte sich der Toten und stand dort, in ernsthafte und schwere Gedanken versunken, die ihm dieses Totenbett nahelegte und ebenso diese Waise: sie war nun der Herrschaft jener gemeinen, zänkischen Natur ausgesetzt, die sich auf den abstoßenden Gesichtszügen der Tante abzeichnete.

Jeanne richtete den Blick auf den Fremden und senkte ihn sogleich wieder, da sie den Grund für seine Anwesenheit nicht verstand und nicht daran zu denken vermochte, ihn zu verstehen. Die anderen Frauen vergaßen, weiterhin ihre Gebete zu murmeln. Sie sahen ihn erstaunt an und standen nacheinander auf, um die Grand' Gothe zu fragen, was dieser junge Herr denn wolle.

Guillaume war daher mit Jeanne allein und entschloß sich, sie anzusprechen. Aber der stumme, fromme Schmerz des Mädchens gebot ihm eine Hochachtung, die ihn daran hinderte. Er entfernte sich langsam, und während sich die alten Frauen, trotz seiner Ablehnung, beeeilten, einen Tisch aufzustellen, um Milchspeisen aufzutragen, lehnte er sich traurig an das schmale Fenster, das mit Blattwerk überwuchert war und ein grünliches Licht auf das Leichentuch warf.

Aber seine traurige Träumerei machte der Überraschung Platz, als er durch die Zweige des rankenden Brombeerstrauchs Léon Marsillat sah, der neben Claudie auf der Bank unterhalb des Fensterchens saß. Sie sprachen lebhaft miteinander; und halb unfreiwillig, halb von Neugier getrieben, lauschte Guillaume folgendem Zwiegespräch:

– Ihr müßt ja ganz schön unverschämt sein, sagte Claudie mit zornerstickter Stimme, einfach so in dem Augenblick zu kommen, wo ihre Mutter die Augen schließt. Ihr glaubt also, Ihr könntet sie sofort hinten auf Eurem Pferdchen mitnehmen? Ach, Ihr habt Euch umsonst versteckt, ich habe es von weitem gesehen, Euer Pferd, das hinterm Haus an einem Baum angebunden ist, und ich habe mir gesagt: da ist der Wolf.

– Du bist ein Dummkopf, Claudie, antwortete Marsillat leise. Ich denke weder daran, mich zu verstecken, noch mich zu zeigen. Ist es nicht einfach so, daß ich in der Nähe des Hauses vorbeigekommen bin und weil ich wußte, daß es der armen Frau sehr schlecht ging, nach Neuigkeiten fragen wollte?

– Ei, und warum seid Ihr nicht hineingegangen, sondern habt Euch hinter diesem Gebüsch niedergelassen, wo Ihr nun unversehens von mir ertappt worden seid? Oh, ich habe Euer Kunststückchen gesehen, laßt nur! Ich hab' Euch da oben gesehen, und Ihr, Ihr habt mich nicht gesehen; Ihr wart zu sehr damit beschäftigt abzuwarten, ob die Jeanne nicht durch die kleine Tür des Ziegenstalls herauskäme; nun ja, Ihr kommt zu spät, mein Herr Galan; zunächst einmal kann die Jeanne Euch nicht leiden; sie hat es mir mehr als hundertmal gesagt, und ich sage Euch genauso oft, daß sie sich lieber in den Brunnen stürzen würde, als sich von einem Schürzenjäger wie Euch auch nur einen Kuß geben zu lassen. Und zweitens gibt es da drinnen einen jungen Herrn, der viel hübscher ist als Ihr und der gekommen ist, um sie nach Paris mitzunehmen.

– Was für Märchen erzählst du da, Claudie? Und was geht's übrigens mich an? Ich habe nicht an Jeanne gedacht, ich liebe nur dich; tu doch nicht so, als ob du daran zweifelst. Nun denn, ich gehe, schließen wir Frieden.

– Nein, nicht, Ihr sollt mich nicht küssen. Das braucht es wirklich nicht. Außerdem geht Ihr nicht weit.

– Auf mein Wort, ich reite nach Boussac zurück.

– Ja, wenn Ihr's geschafft habt, mit der Jeanne zu reden; wenn Ihr ihr gesagt habt: »Komm zu uns, meine kleine Jeanne, meine Schwester ist sehr leicht zu bedienen, ich gebe dir alles, was du willst.« Seit mehr als einem Monat singt Ihr ihr das Liedchen vor, aber so dumm, daß sie auf Euch hört, ist sie nicht.

– Wenn ich wollte, würde sie mir ebenso zuhören wie jede andere auch; aber das habe ich ihr nur aus Spaß gesagt. So schön ist sie auch wieder nicht, deine Jeanne!

– Gut! Das richte ich ihr aus von Euch, spätestens morgen.

– Sofort, wenn du willst! Aber wer ist bloß der junge Mann, der, wie du behauptest, da drinnen ist?

– Ach, das macht Euch Sorgen! Kenn' ich ihn denn? Seht doch nach. Das gibt Euch Gelegenheit, ins Haus zu gehen.

– Da hast du recht, sagte Marsillat ironisch, und er verließ die Bank, gefolgt von Claudie, die ihn nicht aus den Augen lassen mochte.

Vor dem Ende der Unterhaltung war Guillaume vom Fenster zurückgetreten, angewidert davon, in welchem Gegensatz diese zynischen, rohen Ausführungen zu der Achtung standen, die man der Gegenwart einer Toten und den heiligen Tränen Jeannes schuldig war. Er näherte sich ihr aufs neue und bezeigte ihr in ein paar Worten sein Beileid und Mitgefühl, was sie kaum hörte. Dann befreite er sich etwas verdrießlich von der unterwürfigen Zudringlichkeit der Tante, die ihm unbedingt am Bett der Toten das Essen servieren wollte, und machte sich zum Gehen bereit mit der Absicht, sich zu einem geeigneteren Zeitpunkt mit Jeannes Los zu beschäftigen – da fand er sich an der Türschwelle Marsillat gegenüber.

Marsillats Erstaunen und Verwirrung waren außerordentlich; aber dank der unbeschwerten Dreistigkeit seines Wesens war er bald obenauf und schüttelte seinem alten Jagdkameraden mit ungezwungener Herzlichkeit die Hand.

– Was zum Teufel machen Sie hier? fragte er, ohne ihm die Zeit zu geben, ihn seinerseits zu befragen.

– Meine Anwesenheit hier ist besser begründet als die Ihre, antwortete Guillaume mit etwas strengem Blick. Wissen Sie nicht, daß diese Frau, die soeben gestorben ist, meine Amme war, und war es da nicht meine Pflicht, zu ihr zu eilen, sobald ich von ihrer Lage erfuhr?

– Das ist richtig, Guillaume, das ist sehr gütig von Ihnen. Nun ja, mein armer Freund, Sie haben sie nicht retten können, und Ihre Mutter wird der Familie Hilfe zukommen lassen. Kehren Sie heute abend nach Boussac zurück?

– Ich glaube nicht, sagte Guillaume mit Absicht.
– Ah! Sie haben vor, die Nacht in Toull zu verbringen? Das ist ein schlechter Aufenthalt.
– Das macht mir nichts aus, auf Reisen mache ich aus allem das Beste.
– Sie machen also eine Kunstliebhaberreise? Ich habe in Chambon einen Verwandten besucht.
– Da haben Sie die schlechteste Route gewählt!
– Ja, aber die kürzeste! Kehren Sie jetzt nach Toull zurück? Wollen Sie, daß ich auf Sie warte und wir dieses Stück Wegs gemeinsam zurücklegen?
– Sie sind zu Pferd und ich zu Fuß. Wir haben nicht denselben Weg, wenn ich nicht den längeren nehmen will, und es droht ein Gewitter.
– Wenn dem so ist, breche ich auf, antwortete Marsillat, sichtbar verärgert, den jungen Baron bei Jeanne zu lassen.
– Auf Wiedersehen! Haben Sie Ihrer Frau Mutter etwas auszurichten? Ich kümmere mich darum.
– Ich wäre Ihnen sehr verbunden, antwortete Guillaume, riß ein Blatt aus seinem Notizbuch und fing an, für seine Mutter ein paar Zeilen mit Bleistift zu schreiben. Indessen drang Marsillat in das Haus ein, redete freundschaftlich mit der Grand'Gothe, bemitleidete einen Augenblick lang nach bestem Wissen und Gewissen den Tod ihrer Schwester und schluckte ohne Umstände die Ziegenmilch, die Guillaume zurückgewiesen hatte, weniger, um sich zu erquicken, als um Zeit zu gewinnen und Gelegenheit zu finden, ein paar Worte an Jeanne zu richten.

Die Grand'Gothe schuf diese Gelegenheit, sei es absichtlich, sei es infolge ihrer rührigen, zänkischen Art.
– Vorwärts, Jeanne, rief sie mit ihrer barschen, mißtönenden Stimme; komm und danke diesen ehrenwerten Herrn, die dir ihren Besuch abstatten und dir in deinem Unglück Gutes tun wollen... Los, wirst du wohl aufstehen?... Man darf sich nicht so gehenlassen... Die Toten

hören uns nicht mehr, mein armes Mädchen; wir können sie nicht am Fortgehen hindern. Der liebe Gott befiehlt es so, und wenn das Unglück uns zürnt, dann nützen Gebete nichts... Weinen nützt auch nichts, das hat noch keinen zurückgeholt... Willst du denn bis morgen früh auf den Knien liegen?... Was sind das für Dummheiten; du machst dich krank, und wer pflegt dich dann?... Ich warne dich, ich bin mit meiner Kraft am Ende und kann nicht mehr... Jetzt ist es aber genug... Sei tapfer, schick' dich ins Unvermeidliche, bei Gott!... Mußt an die Arbeit für die Beerdigung denken, das ist nicht wenig... Ah, was das kostet, diese gräßlichen Sachen!... Freilich! Ihr guten Frauen, Ihr müßt mir ein bißchen helfen und zur Seite stehen, denn ich weiß nicht mehr, wo mir der Kopf steht, und ich hab' nichts im Haus, keinen Sou, als armseliges Wochengeld... Jeanne! Jeanne! Schluß damit, red' ein wenig mit diesem jungen Herrn, deinem Milchbruder, der dich davon abhalten will, unglücklich zu sein. Da siehst du, daß sie an dich gedacht haben im Schloß... Deine Mutter hat immer gesagt: »Sie haben mich vergessen. Sie sind ganz schön hart mir gegenüber.« Da siehst du, daß sie unrecht hatte: sie haben an uns gedacht... Und außerdem ist da auch Monsieur Léon, der immer an dich gedacht und uns allerlei kleine Dienste erwiesen hat... Sieh ihn doch an, rede mit ihm! Frag' ihn, wie's ihm geht. Hol' ihm schnell einen Käse von unserer Ziege... Du siehst doch, daß er Hunger hat und gern ein Stück essen würd'. Na, hörst du mir zu?... Muß ich denn die ganze Arbeit machen?...Ich werde krank davon, bestimmt... Dieses Kind war niemals lieb zu seiner Tante!... Freilich, es ist ein großes Unglück für mich, daß ich meine arme Schwester verloren habe. Ich kann schon sagen, daß ich heut' alles verloren habe.

Als dieser Dialog beendet war, den Marsillat umsonst zu unterbrechen versucht und dem Guillaume nur mit Entrüstung zugehört hatte, fing die Grand'Gothe laut und unnatürlich zu schluchzen an, was lächerlich gewirkt hätte, wenn es nicht so empörend gewesen wäre. Jeanne, an Gehorsam gewohnt, erhob sich wie eine Aufziehpuppe. Sie versuchte, ihre Tante zufriedenzustellen, aber sie wußte nicht, was sie tat, und ließ einen kleinen Teller fallen, den sie Marsillat anbieten wollte, obwohl dieser aufgestanden war, um der unangebrachten Gastfreundschaft des Mannweibs zu entkommen. Beim Lärm, den der kleine irdene Teller machte, als er zerbrach, funkelten die kleinen, schwarzen Augen der Gothe vor Zorn, und wenn sie nicht befürchtet hätte, den Gästen zu mißfallen, die sie geneigt sah, für die Waise Partei zu ergreifen, hätte sie sie mit Schmähungen überschüttet.

– Nun, meine arme Jeanne, sagte Marsillat, nahm ihr die Scherben aus der Hand, die sie aufgehoben hatte, und warf sie hinaus, ich will nicht, daß du dich um mich kümmerst, und ich finde es sehr schlecht, daß man dich so quält; das ist unerträglich. Hören Sie, Gothe, wir hören auf, gute Freunde zu sein, Sie und ich, wenn Sie Jeanne Kummer bereiten, vor allem an einem solchen Tag. Sie müssen den Teufel im Leib haben.

Die freie Art, in der Léon mit dem Mannweib sprach, und die Autorität, die er über sie ausübte (denn sogleich beruhigte sie sich und nahm eine andere Haltung ein), bewiesen hinreichend, daß sie die Aufmerksamkeiten dieses jungen Mannes gegenüber Jeanne nicht ungern sah und daß sie vorhatte, aus seiner Neigung für die jungen Mädchen der Gegend von Combraille ihren Nutzen zu ziehen. Bei jeder anderen Gelegenheit hätte Guillaume es verschmäht, auf solch schändliche Intrigen zu achten; aber seine Fürsorge, die durch Jeannes Unglück geweckt worden war, und das reine Band zwischen ihm und ihr machten ihn sehr scharfsichtig. In diesem Augenblick verspürte er gegen den jungen Juristen eine wahrhafte Empörung, und er hörte auf, sich diesen gewissen Widerwillen vorzuwerfen, den Marsillat ihm, trotz ihrer ständigen Beziehung, seit ein paar Jahren eingeflößt hatte.

Léon Marsillat, der vier oder fünf Jahre älter war als Guillaume, war kein gewöhnlicher Mann, auch wenn die Ungeniertheit seines Verhaltens und seiner Redeweise die hervorragenden Fähigkeiten, mit denen er begabt war, nicht häufig sichtbar werden ließ. Klug, arbeitsam, tatkräftig, kühn und ausdauernd, egoistisch und liberal, war er ein typischer Marchois. Sein kräftiger Charakter zeigte sich beim Vergnügen wie bei der Arbeit, beim Genuß wie bei der Entbehrung. Seine physische und geistige Gesundheit, die Klarheit seines Verstandes, der unermüdliche Wille, glücklich zu sein, frei und stark, machten aus ihm im Guten wie im Bösen ein Wesen besonderer Art. Der edelsten und feigsten Taten fähig, ein zügelloser Lebemann und erstaunlicher Arbeiter, schwankte er zwischen dem Übermaß im Studium und dem der Sorglosigkeit, zwischen fieberhaften Geschäften und fieberhafter Leidenschaft. Rachsüchtig wie ein Bauer (sein Großvater hatte die Maurer mit Mörtel beliefert), war er auch großzügig wie ein Fürst, und nachdem er die Opfer seines Ärgers aufs bitterste verfolgt und mit seinen grausamen Epigrammen durchbohrt hatte, rehabilitierte er sie, und er hüllte sie in den Mantel seiner Prahlsucht, sobald er einen sanftmütigen Tag hatte. In gewisser Hinsicht eitel, ächtete er gewisse andere Eitelkeiten, die in seinem Alter und in seiner Position jedoch entschuldbar gewesen wären. Er verspottete den kindischen Luxus der jungen *Dandys*, die er hätte nachahmen können, die sich allerdings notwendige Befriedigungen versagten, um sich künstliche zu verschaffen. Selbstherrlich verachtete er die Mode und paßte sich ihr nicht an; er übte sich in der Geringschätzung gut geschnittener Kleidung, die die Bewegung stört, feuriger Pferde, die zwar gut gewachsen sind, aber keine Belastung aushalten, der Frauen, die in den Salons Furore machen, die man jedoch nicht ohne Erschrecken im Sonnenlicht ansehen darf; folglich hatte er immer die feinste Wäsche, das bestgewebte Tuch, die schmiegsamste Kleidung, das kräftigste und teuerste Pferd, die gewöhnlichsten Mätressen, aber die jüngsten und schönsten. Mit fünfundzwanzig Jahren war er bereits reich durch eine Erbschaft, und künftiglich würde er es sein durch sein Talent als Anwalt, das eine glanzvolle Karriere in Aussicht stellte; in kühner Weise hatte er sein Leben geordnet zur Zufriedenheit seiner edelsten und niedrigsten, seiner großzügigsten und lasterhaftesten Triebe. Er liebte seinen Beruf und verstand es, ganz in ihm aufzugehen; aber nach den übermenschlichen Anstrengungen, die er auf sich nahm, um die Zeit aufzuholen, die er dem Vergnügen gewidmet, brauchte er den Rausch neuer Ausschreitungen, um seine Kräfte zu stählen. Skeptisch und ein wenig atheistisch, empfand er gegenüber jeglicher Frömmigkeit einen instinktiven Haß; gleichwohl verstand er die Poesie des wahren Glaubens, und schwärmerische Inspirationen teilten sich ihm wie ein Stromstoß mit. Was ihn am Abend zum Lachen gebracht, darüber konnte er am nächsten Morgen weinen, und umgekehrt. Aufbrausend und ruhig, nacheinander Sklave seiner Begierden und Herr über sie, trug er zwei oder drei verschiedene Menschen in sich, wie es bei allen kraftvollen Naturen ist, und gleichzeitig erregte er in denen, die ihm nahekamen, so unterschiedliche Gefühle wie Bewunderung und Verachtung, Begeisterung und Mißtrauen.

Obwohl er sich einer gewöhnlichen Ausdrucksweise befleißigte und den Geist, der mit kleiner Münze bezahlt, mit Füßen trat, wovon man in der Gesellschaft viel Aufhebens macht, war er nicht mit Guillaume de Boussac zusammengetroffen, ohne daß dieser seine Bildung und Intelligenz und die Festigkeit seines Charakters bemerkt hätte. Diese beiden in derselben Stadt geborenen jungen Leute waren sich auf dem Gymnasium begegnet; dann während der Ferien und manchmal danach in Paris, nicht in der Welt der Gesellschaft, sie verkehrten nicht in den gleichen Kreisen, sondern im Schauspiel, auf dem Boulevard, im Bois, beim Schießen, in der Reithalle, im Gefechtssaal. In dieser Zeit war, wegen der Rückkehr der Bourbonen und der Neugestaltung des Faubourg Saint-Germain, die Mischung verdienstvoller Leute aus allen Ständen noch eine außergewöhnliche Tatsache. Daher glaubte Guillaume de Boussac, es sei eine mutige und liberale Tat, wenn er zuweilen in Paris seinen alten Gefährten, den Rechtslizenziaten, an seine Tafel und in den Salon seiner Mutter hole. Aber trotz dieser Annäherungen war der junge Baron gegenüber seinem alten Gefährten jeden Tag kühler geworden.

Als er noch ein Kind war, und bis zum Verlassen des Gymnasiums, hatte er sich durch ihn beherrscht gefühlt. Da er ein vertrauensseliges Herz und einen schwachen Charakter hatte, war er dem Einfluß dieser unabhängigen, starken Natur immer mehr unterlegen. Im Gymnasium war er oft bestraft worden, weil er auf dessen schlechte Ratschläge gehört hatte, und Marsillat hatte über die Demütigungen nur gelacht, die der empfindsamere junge Mann ernst genommen. Mehr als einmal hatte Guillaume Scham verspürt, weil die Natur ihn besser und weniger stark gemacht hatte als Marsillat, und wenn er sich der Phantasie hingab und ihn auch nur einen Augenblick lang nachahmte, hatte er völlig umsonst gesündigt, ohne den Beistand des mächtigen Dämons, der seinen Gefährten beschützte. Am Anfang dieser Geschichte haben wir gesehen, wie er noch dem skeptischen Léon auf seinen Irrwegen gefolgt war und mit ihm Sir Arthur verspottet hatte, den er im Grunde seines Herzens unendlich schätzte. Je mehr er im Leben voranschritt, durch Lektüre und Nachdenken gereift, hatte Guillaume begriffen, daß sein Weg zu verschieden von dem Léons war, um nicht das Objekt seiner Kritik und seiner Sarkasmen zu werden. Er hatte also ziemlich plötzlich aufgehört, ihm gegenüber offen zu sein, und die fortgesetzte Ironie des jungen Advokaten hatte bewirkt, daß er unter den Beziehungen zu ihm litt. Immer mehr hegte er ihm gegenüber eine geheime Antipathie, die er vollkommen unter höflichem und wohlwollendem Verhalten versteckte. Die Adligen dieser Zeit glaubten, sie müßten in dieser Hinsicht eine Art Scheinheiligkeit an den Tag legen. Sie meinten noch, sie seien durch Geburt den anderen Menschen überlegen, und bemühten sich, aus der Verantwortung ihrer Stellung heraus, um gönnerhaftes Verhalten.

Marsillat war von zu scharfem Verstande, als daß er nicht vortrefflich die Leutseligkeit und Abneigung des jungen Adligen verstanden hätte. Er machte sich darüber lustig und gefiel sich häufig darin, ihn leiden zu machen, indem er so tat, als nehme er die erkünstelten Höflichkeitsbezeigungen wortwörtlich. Er gebrauchte und mißbrauchte sie, wobei er sich sagte: Mein Freund, du möchtest gefallen, geliebt, geachtet und gefürchtet werden, alles auf einmal. Die Ehre deines Namens verurteilt dich dazu, uns Bürgerliche zu umschmeicheln. Du möchtest als guter, vorurteilsfreier Junge gelten, als liebenswürdiger Herr ohne Dünkel; und mit den meisten meinesgleichen gelingt es dir, weil es ihnen an Feingefühl fehlt und sie nicht sehen, wie deine Verachtung hinter deinem reizenden Lächeln hervorlugt. Aber mich täuschst du nicht; ich werde dich zwingen, unverfälscht und rücksichtslos mit mir zu sein, und wenn das so ist, werde ich dich um so mehr lieben – oder aber ich werde deinen Hochmut zur Ader lassen, indem ich dich behandele, wie du es angeblich tust, von gleich zu gleich.

Mit diesen Gedanken machte Marsillat sich eine übertriebene Vorstellung von Guillaumes Eitelkeit; aber in dem kleinen Scharmützel, das er ihm lieferte, gab es Punkte, die er unglücklicherweise ziemlich richtig traf.

Als sie sich in Jeannes Hütte trafen, brauchten die beiden jungen Leute nicht lange, bis sie merkten, daß sie sich gegenseitig beobachteten, daß Léon wünschte, einen gefährlichen Rivalen auszuschalten und Guillaume einen

Feind der tugendhaften Absichten, die er hinsichtlich der Waise hegte. Der Geschicktere von beiden faßte als erster einen Beschluß. Marsillat verabschiedete sich und band sein Pferd los, um aufzubrechen, aber er sorgte gleich dafür, daß ein Gurt zerriß, was ihn zwang, die Gothe um eine Schnur zu bitten, Jeanne um ein Messer und Claudie um ein Wort, und zehn Minuten in der Nähe des Hauses zu vertändeln und zu vertrödeln. Dieweil fing es zu regnen an, und der Donner erhob seine Stimme.

Guillaume seinerseits war zum Aufbruch entschlossen, aber er wendete eine kleine List an, um als letzter gehen und zusehen zu können, wie die kräftige Stute des Advokaten vor ihm hertrabte. Auch er hatte sich verabschiedet und versprochen, bald wiederzukommen, und er wartete auf Marsillats Aufbruch, indes er mit ihm, ein paar Schritte von der Hütte entfernt, über Dinge plauderte, die mit dem, was geschehen, nichts zu tun hatten. Claudie, gerissener als er, überwachte mit funkelnden Augen alle Bewegungen ihres Ungetreuen, als die dröhnende Stimme der Grand'Gothe, die glaubte, sie seien schon fort, sie zu lauschen zwang.

– Auf, du große Memme, Dummkopf, Herzlose, sagte sie zu Jeanne, nimmst du wohl deinen Umhang? Gehst du endlich? Oder willst du bis morgen warten, um nach Toull zu gehen? Wer soll wohl unsere Verwandten zur Feier einladen? Wer soll wohl die Besorgungen für das Mahl morgen machen? Willst du noch lange plärren? Komm, deine Mutter hört dich nicht mehr! Und du kannst ihr auch nichts mehr vorjammern über mich. Los, los, mach dich auf den Weg, du blödes Schaf! fügte sie im Feldwebelton hinzu, und wenn du nicht vor Sonnenuntergang zurückkommst, dann kriegst du's mit mir zu tun. Bei Gott! Nun geh doch endlich!

– Zu wem soll ich denn gehen? antwortete Jeanne mit klagender Stimme und erschien auf der Türschwelle.

– Du gehst zur Mutter Guite, zum Vater Léonard, zur Colombette, zu dicken Louise, zu deinem Onkel Germain, zu... Na ja, da geht sie schon, ohne auf mich zu hören! Was willst du denn holen? Du Schwachkopf!

– Ich hole, was Ihr wollt, sagte Jeanne resigniert.

– Du holst drei Gänse bei der Mutter Guite, zwei Brote bei der Gervoise und einen halben Sack Erbsen beim Herrn Pfarrer. Wenn du nicht alles tragen kannst, sagst du dem Jungen von Léonard, er soll dir helfen; das ist ein gefälliger Junge. Du sagst, daß wir zu Sankt Martin bezahlen, und wenn du bei dem einen keinen Kredit bekommst, dann gehst du zum andern. Los, verschwinde.

Niedergeschlagen kam Jeanne heraus, gerüstet jedoch mit der äußersten Geduld, die die einzige Größe ist, die man zu Teilen dem Armen und Schwachen läßt; sie schloß sich der kleinen Gruppe an, die auf sie wartete, und ohne ein Wort zu sagen, begann sie, neben Claudie herzugehen. Die war über so viel stummes, tiefes Leid auf ihre Weise gerührt, schob den Arm unter den ihren und fing an, ganz leise zu ihr zu sprechen, um sie, so gut sie es vermochte, zu trösten.

Marsillat, der sich mit Guillaume unterhielt, ließ sein Pferd im Schritt gehen; aber nicht weit von Epinelle entfernt kreuzte der steile Weg der Fußgänger den Schotterweg, und Guillaume verabschiedete sich von ihm.

– Es ist sehr schade, daß Sie Ihr Pferd nicht haben, sagte Marsillat. In zehn Minuten wären Sie in Toull gewesen und hätten nicht eine halbe Stunde Platzregen auf sich nehmen müssen.

– Fürwahr, das ist sehr schade! rief Claudie. Ihr hättet jeder eine von uns hinten aufsitzen lassen können, und wir wären nicht so lange durchnäßt worden.

– Willst du hinter mir aufsteigen, Claudie? Ich kann dich bis zur Croix-Jacques mitnehmen, und da Jeanne bei Monsieur de Boussac ist, braucht er dich nicht, um seinen Weg zu finden.

– Ah, mein lieber Monsieur Léon, das paßt mir gut!

Ihr seid trotz allem ein guter Kerl. Haltet Euer Pferd rechts neben dem großen Stein dort an, damit ich aufsteigen kann.

– Warte, warte, mein Mädchen, sagte der listige Marsillat, ich würde dich ja mit Vergnügen mitnehmen; aber ich glaube, es wäre besser, die arme Jeanne aufsteigen zu lassen, die so viele Nächte gewacht hat und sich kaum mehr auf den Beinen halten kann.

– Nein, Monsieur, nein, vielen Dank, antwortete Jeanne entschlossen.

– Ah, jetzt habe ich Euch erwischt! murmelte Claudie und durchbohrte Marsillat, der gleichmütig dreinschaute, mit wütendem Blick, Jeanne geht nicht mit Euch, da könnt Ihr sicher sein.

– Was, du, Claudie, du hast doch ein so gutes Herz, und du redest ihr nicht zu, mein Pferd zu nutzen und sich auszuruhen? Ach, Claudie, so kenne ich dich nicht.

– Bist du erschöpft, Jeanne? Möchtest du reiten? fragte Claudie und bemühte sich sehr, großzügig zu sein.

– Nein, meine Gute, nein, vielen Dank, antwortete Jeanne so ruhig wie zuvor; steig du auf, wenn's dir Spaß macht.

Sie nahm den Pfad, kümmerte sich nicht mehr um Marsillats Einladungen und sagte zu Guillaume: Nun, mein Pate, ich werde Euch führen.

Die jungen Mädchen meiner Heimat haben oft die Angewohnheit, dem Sohn ihrer Patin den Titel Pate zu geben, und umgekehrt den der Patin der Mutter des Paten. Diese liebenswürdige und sanfte Bezeichnung in einem so reinen Mund rührte das Herz des jungen Barons, und ein väterliches Gefühl verlieh diesem Milchbart einen zärtlichen Ausdruck.

Claudie war es gelungen, sich hinter Marsillat aufs Pferd zu hocken, und dieser, ein wenig verärgert darüber, daß er mit seinem abgewandelten Plan keinen Erfolg hatte, wollte die Eifersüchtige bestrafen und gab seinem Pferd *Fanchon* die Sporen. Als er es ausschlagen und an den Rand des Abgrunds springen ließ, gab die erschreckte Claudie laute Schreie von sich; aber sie klammerte sich kraftvoll an den Reiter, und als ein furchtbarer Blitz am Himmel zuckte, fiel die scheuende Fanchon in Galopp und trug das junge Paar weit weg von Jeanne und Guillaume, die daher inmitten des Gewitters traut beisammen waren.

IV

Das Gewitter

Wir haben den jungen Baron bei der sanften Jeanne gelassen, seiner Milchschwester, dem Patenkind seiner Mutter, die sich selbst auch das seine nannte – was einem Brauch des Ortes entsprach sowie der naiven und liebevollen Vorstellung, daß man nicht vom Oberhaupt der Familie adoptiert werden kann, ohne daß sich die ganze Familie dem anschließt. Mitten im Heulen des Sturms hallte dieses kindliche Wort *mein Pate* noch in Guillaumes Ohr, und das Aufeinandertreffen der romantischen Umstände, die ihn gerade rechtzeitig zu Jeanne geführt hatten, um die Gefahren abzuwenden, die ihr drohten, bewirkten in ihm eine Art hochherziger Befriedigung. Er bedauerte es nicht, in seinem Reisevergnügen so plötzlich durch ein derart trauriges Abenteuer unterbrochen worden zu sein. Schon träumte er ein ganzes ländliches Gedicht im Stil von Goldsmith, und es gefiel ihm, darin der tugendhafte und uneigennützige Held zu sein.

Aber noch fehlte in diesem Gedicht eine Heldin, die ihre Rolle und die ihres Beschützers auch wirklich verstand. Jeanne glaubte sich durch die Verführungskünste des jungen Anwalts so wenig bedroht, daß sie in dem jungen Adligen lediglich eine achtbare Person sah, welche mit ihrem Schicksal nichts zu tun hatte. Im übrigen beschäftigte derzeit keiner dieser schönen Herren Jeannes

Gedanken. Sie hatte immer noch ihre sterbende Mutter vor Augen, und das Gefühl ihrer Einsamkeit quälte sie weniger als die Angst, nicht genug getan zu haben, um die letzten Augenblicke eines Menschen zu erleichtern, der bis dahin das einzige Objekt ihrer Zuneigung gewesen war. Auf den Feldern galt Jeanne als sehr beschränktes Mädchen, weil sie keusch war und eine wilde Abneigung dagegen empfand, Eindruck zu machen. Sie liebte das Tanzen nicht, und man hatte sie nie auf den Dorffesten gesehen, die die jungen Bäuerinnen nutzen, um ihre Reize zur Schau zu stellen und Galane zu suchen. Ernsthaft, fleißig bei der Arbeit, eine begeisterte Hirtin ihrer Herden, ging sie fast immer allein an die verlassensten Plätze, die Spindel an der Seite, und lebte den ganzen Tag über von einem Stück Schwarzbrot, des Nachts ging sie nach Hause, um in Frieden unter den Fittichen ihrer Mutter zu schlafen.

Mutter Tula und ihre Schwester, die Grand'Gothe, galten als Zauberinnen, mit dem einen Unterschied, daß Jeannes Mutter, von allen geliebt und geschätzt, als weise Matrone betrachtet wurde und die Tante den Ruf einer bösartigen Hexe hatte. Man stellte fest, daß Tulas Tiere immer in gutem Zustand waren und stets mit vollem Euter zum Stall zurückkehrten, daß die Seuchen ihnen nichts anhaben konnten und daß diese so arme Frau, die mit dem Tod ihres Mannes und der Söhne alle Einnahmequellen verloren hatte, mit dem kümmerlichen Gewerbe, auf der Allmende eine kleine Herde zu unterhalten, das – für andere – sehr ungenügende Mittel gefunden hatte, sich vor den Schrecknissen des Elends zu bewahren. Gleichzeitig behauptete man, daß die Grand'-Gothe, die nie geheiratet hatte und knauserig lebte, ohne einem sichtbaren Handel nachzugehen, mit Talern gefüllte Säcke unter ihrem Strohsack versteckt habe und daß die Reichtümer ihr auf geheimnisvolle Weise durch ihr Einvernehmen mit den bösen Geistern zuflössen. Der Bauer sieht stets mit bösem Blick, wie sein Nachbar sich bereichert, und obwohl er keine Vorstellung hat von politischer Ökonomie, so hat er doch den richtigen Begriff von einer sozialen Verfassung und davon, daß niemand aus den Zufällen des Schicksals seinen Nutzen zieht, es sei denn zum Schaden derer, die keinen Nutzen haben. Aber diese einfachen, leidenden Wesen, die die Dinge nur im Fieber ihrer Phantasien bei Lichte sehen, bevorzugen es, den Erfolg der Geschickten und Schurken eher okkulten Einflüssen zuzuschreiben als schuldhaften Taten, die leichter festzustellen wären. Der Bauer schreitet vom Unbekannten zum Bekannten. Er ruft übernatürliche Mächte des Himmels und der Hölle an, wenn es auch um noch so augenscheinliche Tatsachen geht. Für seine Familie, seinen Bullen oder Esel leistet er Gelübde und geht auf Pilgerfahrten, die eher heidnisch als katholisch sind, und er verschmäht es, sich um die Wissenschaft zu bemühen oder bei hygienischen Vorsichtsmaßnahmen Zuflucht zu nehmen, um damit Personen oder Besitztümer zu retten, denen die Rachsucht irgendeines Hexenmeisters oder der Zorn eines bösen Geistes mit unsichtbaren Pfeilen droht.

Darum also sagte man, daß die Grand'Gothe niemals am Stall ihres Feindes ohne einen bösen Zauberspruch vorbeiginge. Ihr Blick verursache das Fieber, und es gäbe nichts Schlimmeres, als ihr bei aufgehendem oder untergehendem Mond in der Nähe der Pierres Jomâtres zu begegnen. Wenn dies in der Heiligen Nacht geschehe, zur unseligen Stunde, wo der große Pilzhut der Druiden erzittere und kreischend auf den drei Steinen tanze, die ihn im Gleichgewicht halten, dann könne man sicher sein, sich, zu Hause angekommen, ins Bett zu legen und nie wieder aufzustehen. Den Beweis dafür, daß die Gothe eine böse Hexe sei, könne man darin sehen, daß die Milch der Ziegen versiege, mit deren Hirtinnen sie häufig rede; ihre Mutterschafe verlören vor der Schur die Wolle und ihre Füllen lahmten, wenn sie über die Felsen galoppierten, oder sie gingen in den Fischteichen verloren.

Gleichwohl gab es für alle diese Wunder eine recht natürliche Erklärung, die die kräftigen Gemüter aus Toull und der Umgebung, unter anderen der alte Léonard, vergebens den vielen anderen vorhielten, die vom Wunderbaren gefesselt waren. Die Herde von Jeanne gedieh, weil Jeanne, die weder kokett noch faul war, sich sorgfältigst um sie kümmerte. Denen ihrer Gefährtinnen ging es, wenn sie den üblen Worten der Gothe lauschten, immer schlechter, weil die Gothe einigen reichen und sittenlosen Bürgern sehr verbunden war, die sie mit ihren geheimen Angelegenheiten beauftragten und ihrer verbrecherischen Erfahrung oft Mittel zur Bestechung anvertrauten, die, leider Gottes, unwiderstehlich waren. Dies war die Quelle der Geldsäcke, die die Hexe in ihrem Stroh versteckte. Das war auch der Grund für die Krankheiten und Unfälle des Viehs, welches von den sorglosen und mit anderen Dingen beschäftigten Hüterinnen vernachlässigt und oft im Stich gelassen wurde.

Jeannes Schönheit hatte sich unbemerkt entwickelt. Sie hatte die Vergnügungen gemieden und niemals einen Fuß in die Stadt gesetzt, niemand kannte sie, und um sie zu entdecken, hatte es des Zigeunerlebens von Marsillat während seiner Ferien bedurft, seines Luchsauges und seiner Vorliebe für schwierige Eroberungen. Das einfache Mädchen hatte noch nicht begriffen, warum es innerhalb von vierzehn Tagen wenigstens zweimal in der Woche, wenn es seine Herden nach Hause führte, unterwegs Léon getroffen hatte. Sie glaubte, er sei nur mit Claudie beschäftigt, und ihr keuscher Instinkt hatte ihr nahegelegt, dieses Paar zu meiden, das sich um sie bemühte, aber Marsillat hatte in seiner ergiebigen Phantasie immer einen Vorwand gefunden, um seine verliebten Ausritte mit Claudie zu den Orten zu lenken, wo Jeanne vorbeigehen mußte. Die ängstliche und stolze Zurückhaltung, die offenbar Jeannes Charakter bestimmte, hatte indessen ihren Ursprung nicht in einer argwöhnischen und hochmütigen Seele; wenn man sah, wie sie von klein auf ihrer Mutter gedient und beigestanden hatte, mit wieviel Opferbereitschaft sie ihr ihr Leben gewidmet, mit welcher Inbrunst sie sie Tag und Nacht, bis zu ihrer letzten Stunde gepflegt hatte, so hätte man erahnen können, daß ihr Herz der größten Hingabe fähig war; aber wer, mit Ausnahme von Tula, kannte Jeanne? Und jetzt, wo sie niemanden mehr hatte, dem sie sich widmen konnte, wer konnte da wissen, ob sie ein wertvolles Wesen war oder eine dumme Kreatur, gekettet an ihre schlichte Arbeit wie der Ochse an den Pflug? Marsillat sah in ihr nur eine Jungfrau mit blauen Augen, weiß wie eine Lilie, von der Gestalt einer antiken Statue und dumm wie ein Schwan, so drückte er sich aus. Die Grand'Gothe, außer sich, weil es ihr noch nicht gelungen war, jemandes Aufmerksamkeit auf sie zu lenken, sah schließlich in ihrer Nichte ein einträgliches Objekt für die Bemühungen des jungen Lebemanns, und um sie zu veranlassen, in die Dienste von Léons Familie zu treten, nahm sie sich vor, nun, da Tula nicht mehr zwischen ihnen stand, ihr zuzusetzen und sie schlecht zu behandeln.

Noch sah Guillaume de Boussac seinerseits in Jeanne nichts weiter als eine Schönheit wie auf einer englischen Vignette, bestenfalls ein Thema für eine Ballade; in diesem armen Mädchen, demgegenüber er Pflichten zu erfüllen hatte. Jeanne war also in diesem Augenblick seines Lebens eine verlorene Seele in der Unendlichkeit der geistigen Schöpfung, ein unbekanntes Wesen, das unbemerkt blieb wie diese herrlichen Einsamkeiten in der Neuen Welt, die, wenn man so will, niemals existiert hätten, wenn sie nicht durch einen Künstler oder einen Dichter entdeckt worden wären, oder wie die Schönheiten dieser unbewohnten Inseln, die noch kein Seefahrer verzeichnet hat und die daher in Wirklichkeit für uns nicht existieren.

– Jeanne, sagte Guillaume, nachdem er ein wenig überlegt hatte, mittels welcher Sprache er sich einer Bäuerin verständlich machen könne, Sie haben mich Ihren Paten genannt, und das macht mir Freude; ich nehme so sehr an Ihrem Unglück teil, daß ich zum wenigsten beweisen möchte, daß Sie heute eine Stütze gefunden haben.

Jeanne blickte mit ihren schönen, vom Weinen geröteten Augen zu Guillaume auf und bemühte sich, dieses Wort *Stütze* zu verstehen, das in diesem Sinne neu war für ihr Ohr. Aber der Geist der Bauern ist für Metaphern offen, und sie erraten bildliche Ausdrücke schnell. Jeanne begriff, und sie antwortete sanft, aber mit einer Betonung, die weder einen Wunsch noch eine Hoffnung ausdrückte: Ihr seid sehr gütig, mein Pate.

– Nein, ich bin nicht gütig, erwiderte der junge Baron, da ich meine arme Amme so lange vergessen habe.

– Sie war Euch darum nie böse, mein Pate, denn es ist die Wahrheit, wenn man sagt, daß sie gut war! Und Jeanne fing wieder still zu weinen an.

– Sie werden mit Ihrer Tante nicht glücklich sein, nicht wahr, Jeanne?

– Wie es dem lieben Gott gefällt, mein Pate!

– Ist es Ihnen nicht zuwider, mit ihr zu leben?

– Nein, mein Pate, meine Tante hat nichts gegen mich, sie ist eine sehr anständige Frau.

– Aber sie ist schwierig?

– Ach nein, mein Pate, was das Essen angeht, ist sie nicht schwierig, und außerdem macht sie alles selbst.

Jeannes Schlichtheit brachte Guillaumes Roman ein wenig durcheinander. Sie antwortete auf natürliche Weise, gehorsam wie ein Kind, das nicht weiß, was man von ihm will, sich jedoch bemüht, den Lehrer zufriedenzustellen.

Ich langweile sie, denn sie versteht mich nicht, dachte der junge Mann; es wäre ihr lieber, wenn man sie nicht von ihrem Schmerz ablenkte. Kann ich denn nicht den

Weg zu ihrem Herzen finden, wenn ich mich ganz einfach ausdrücke?

– Sagen Sie mir, mein Kind, fuhr er fort, hat Ihre Mutter der Gedanke nicht bekümmert, Sie alleine zu lassen?

– O doch, mein Pate, antwortete Jeanne, die bereitwillig mitteilsam wurde, wenn sie von ihrer Mutter sprach. Noch heute morgen hat sie gesagt: »Gottes Wille geschehe! Aber was mich vor allem betrübt, wenn ich nun gehen muß, ist der Kummer, den das meiner Jeanne bereitet.« Ach, sie hatte recht! Es tut schrecklich weh, seine Mutter zu verlieren! Der liebe Gott soll dafür sorgen, daß Ihr Eure behaltet, mein Pate!

Die Ausdrucksweise Jeannes war sehr primitiv, aber der Klang ihrer Stimme glich ihre ungenügenden Worte aus; ihre aufrichtige Verzweiflung, verbunden mit der hochherzigen Gutmütigkeit ihres Fühlens, die sie dazu bewegte, sich mit der Zukunft ihres jungen Paten zu beschäftigen, bewirkten in diesem eine tiefe Gerührtheit. Plötzlich traten ihm Tränen in die Augen, und er antwortete mit veränderter Stimme: Sie sind gut, Jeanne, so gut!

– Nein, mein Pate, antwortete sie treuherzig, Ihr seid gut, weil Ihr das sagt! Aber, mein Pate, das Wasser stürzt vom Himmel, daß man sich den Tod holt, und Ihr habt fast nichts auf dem Leib.

– Kümmern Sie sich nicht darum, mein Kind.

– Ach, mein Gott, so hat meine arme Mutter sich ihre Krankheit geholt. Sie hat mich von den Feldern holen wollen, weil das Wetter so scheußlich war wie heut' und sie Angst gehabt hat, daß ich nicht über den Bach käme, um nach Hause zu gehen. Wenn sie sich um mich Sorgen machte, dann kannte sie nichts, die arme Seele! Auf halbem Wege hat sie mich entdeckt; aber sie war so naß von den Füßen bis zu den Knien, daß sie am nächsten Tag Fieber bekam.

– Haben die Ärzte sie denn so schlecht behandelt?

– Ach, mein Pate, wir haben keinen Arzt gerufen; an

so was glauben wir hier nicht. Mag sein, daß wir unrecht haben und der Arzt etwas ausgerichtet hätte, aber sie wollte nicht einmal, daß man davon redete. Sie hat uns gesagt, wie wir sie pflegen müssen, und wir haben ihre Befehle ausgeführt. Aber es hat nichts genützt! . . . Nun, mein Pate, Ihr dürft nicht so naß werden, Ihr müßt Euch meinen Mantel über den Rücken hängen. . . o nein, er ist nicht schmutzig; es hat niemals Schmutz bei uns gegeben. Herrje, wenn Eure Mutter wüßte, daß Ihr bei so einem Wetter draußen seid, dann wär sie ganz bekümmert.

– Nie, Jeanne, nie würde ich dulden, daß du statt meiner naß wirst; und Guillaume legte Jeanne wieder den grauen Wollmantel über die Schultern, den sie seinetwegen bereits abgenommen hatte.

– Nun, wartet, mein Pate, wenn Ihr nicht wollt, dann bringe ich Euch an einen Ort, wo Ihr geschützt seid; vielleicht regnet's gleich nicht mehr so stark! Und Jeanne lief quer über den Hang bis zu einer Felsmasse, in der es eine tiefe Aushöhlung gab.

– Paßt auf, mein Pate! sagte Jeanne und nahm mit der sittsamsten Vertrautheit und ehrerbietiger Fürsorglichkeit seinen Arm: da ist ein Brunnenschacht, den Ihr bestimmt nicht seht; und sie führte ihn tief in die Grotte, weil der vom Wind aufgepeitschte Regen ziemlich weit hineingetrieben wurde. Guillaume, erschöpft von den Strapazen – er hatte seit dem Morgen nichts mehr gegessen – setzte sich auf eine in den Felsen gehauene Bank, und Jeanne, zu gut erzogen, um sich neben ihn zu setzen, lehnte sich gegen einen großen Stein in der Nähe des Eingangs, befand sich also im Licht, das von draußen hereinkam und ihre ernsten, sanften Umrisse anstrahlte wie die einer Madonna, dieweil Guillaume, im Schatten verborgen, sie voll Bewunderung betrachtete.

Die Dunkelheit der Grotte, der Eifer, den Jeanne ihm bezeigte, die völlige Abgeschiedenheit mit einem so schönen Mädchen, fern all der Blicke, und vielleicht auch die nervliche Erregung, die dieses machtvolle Schauspiel und das majestätische Lärmen des Gewitters in ihm verursachten, endlich auch ein wenig befriedigte Eitelkeit bei der Vorstellung, der geschickte Marsillat habe sein Zusammensein recht teuer bezahlt und er selbst habe ohne besonderes Geschick Jeannes Vertrauen errungen, alle diese Gefühle zusammen bewirkten in den ersten Augenblicken eine Art Fieber im Gehirn des jungen Barons. Er achtete die Lage seines Patenkinds und seine eigene zu sehr, als daß ihm der Gedanke, sie zu mißbrauchen, nicht verhaßt gewesen wäre. Aber er fand ein geheimes Vergnügen darin, sich zu sagen, daß andere nicht so zartfühlend wären, hätschelte in sich das Gefühl seiner eigenen Tugendhaftigkeit und fand schließlich diese Tugend gar noch verdienstvoller, als er es sich noch vor einer Stunde hätte vorstellen können, da er mit der lästigen Claudie den Berg hinabging. Jeanne war so anders, so wahrhaft schön, so rein und für seine süße Anteilnahme geeignet! Die Vorstellungskraft des jungen Mannes arbeitete an folgendem Thema: »Wenn ich ein zärtlicheres Gefühl in ihr wecken wollte, könnte sie sich dann in einem solchen Augenblick dagegen wehren, wenn ich ihr zu verstehen gäbe, daß ich von nun an ihr einziger Freund bin auf dieser Welt, die Stütze, die sie braucht und die ihr die Vorsehung geschickt hat?« Aber bei diesem Gedanken an die Vorsehung befürchtete Guillaume, der von Natur aus von schwachem Charakter war, jedoch durch das romantische Christentum der Zeit zur Lust an Größe bekehrt, gotteslästerlich zu sein, wenn er den Himmel anrief, um seine unwillkürlichen Regungen zu rechtfertigen; und er schwieg und betrachtete im Licht der Blitze weiterhin Jeanne.

Jeanne ihrerseits dachte kaum daran, sich vor einer Gefahr zu schützen, die sie sich nicht einmal vorstellte; und wie sie sich wieder in sich selbst zurückzog, fing sie erneut zu weinen an. Es war ein stilles, ergebenes Weinen, das sich weder zurückhalten ließ noch sich zeigen wollte.

Die Hirtin von Toull, an das einsame Leben gewöhnt, vergaß gewöhnlich die anderen, wenn sie sich nicht von ihnen gebraucht fühlte, und verlor sich in ihren Gedanken. Aber welcher Art mochten die Gedanken eines Naturkindes sein, das nicht lesen gelernt hatte und dessen geistige Fähigkeiten (sofern es denn welche besaß) keinerlei Förderung erfahren hatte?

Genau das fragte sich Guillaume, als er sah, wie sie in ihrer Haltung verharrte, die Augen auf den von Blitzen erleuchteten Horizont gerichtet... Und die gleiche Frage haben wir uns selbst oft gestellt, wenn wir eine Hirtin mit edlen Gesichtszügen betrachtet haben oder eine ernste Matrone, die stundenlang irgendwo auf der Weide gemessen ihre Spindel betätigte. Wer kann uns die Existenzweise dieser so wenig entwickelten Seelen enthüllen? Woran denkt der Landmann, der geduldig seine eintönige Furche gräbt? Woran denkt der Bulle, der im Gras liegt und wiederkäut, die erstaunte Stute, die einen durch das Buschwerk prüfend anschaut? Ist es also dasselbe Leben, das gemächlich in den Adern des Menschen und in denen des Tieres fließt, das zur Bearbeitung des Bodens angeschirrt wird? Hat die undankbare Rhea ihre Kinder und ihre Diener mit Stumpfsinn geschlagen?

Wir haben oft die Luft der Felder geatmet und viele Nächte am bäuerlichen Herd gewacht, um diese Aneinanderreihung von Träumereien zu verstehen, die im Kopf des Bauern die Arbeit des Nachdenkens ersetzt und die den Zustand des Wachens wie den des Schlafs zu einer Art ruhiger Ekstase macht, wo die Bilder, wunderbar, schrecklich und fröhlich, einander rasch folgen. Es ist dieselbe Tätigkeit, dieselbe Poesie und dieselbe Ohnmacht, mit der das Kind sich bemüht, das Unbekannte seiner Existenz vom Schleier zu befreien, der darüber liegt. Es ist dies der Genius der Träume, der sich im breiten und schwachen Gehirn des gallischen Herkules zu schaffen macht.

Jeanne dachte in diesem Augenblick an ihre Mutter,

und ihr schmerzhafter Traum führte sie zu all den Erinnerungen an eine Vergangenheit, die sie nicht mehr verlassen konnte. Kein Schluchzen erfüllte die Grotte; aber das geheimnisvolle Echo dieses hallenden Ortes wiederholte in jeder Minute ein schwaches Seufzen aus ihrer bedrückten Brust, dem, geheimnisvoller noch, das Geräusch eines Wassertropfens Antwort gab, der sich in regelmäßigen Abständen vom feuchten Gewölbe löste und in die unsichtbare Quelle fiel.

Diese beredte Stille berührte Guillaume immer mehr, und er dachte nicht mehr daran, sie zu brechen. Aber er fand sich, ohne zu wissen wie, neben Jeanne sitzend, und seine Hand lag auf der ihren.

V

Die Gelehrtheit des Landpfarrers

Jeanne wandte sich erstaunt um, und wie sie Guillaume im Licht neben sich fand, sah sie Tränen in seinen Augen. Statt gerührt zu sein oder erschrocken, sagte sie unbefangen:

– Habt Ihr Angst vorm Gewitter, mein Pate?

Guillaume konnte sich eines Lächelns nicht erwehren und ließ Jeannes Hand los: Nein, mein liebes Kind, ich denke nicht ans Gewitter, sondern an dich. Dein Kummer macht mir das Herz schwer, und ich möchte mit dir weinen können...

– Ach, Ihr dürft nicht weinen, mein Pate. Das würde Euch weh tun. Es ist einfach so, daß ich nichts dagegen machen kann! Sie war meine Mutter! Aber für Euch war sie nur die Amme, und Ihr kanntet sie nicht mehr. Ihr könnt Euch nicht an sie erinnern.

– Heute erinnere ich mich an sie, Jeanne, und wenn ich mich nicht an sie erinnern würde, möchte ich doch um deinetwillen weinen. Verstehst du das nicht?

Jeanne schwieg; sie verstand es nicht.

– Sag, Jeanne, wenn ich eben meine Mutter verloren hätte, die du nicht kennst und an die du dich nicht zu erinnern vermagst, fühltest du dann nicht auch Mitleid mit mir?

– O doch, mein Pate!

– Würdest du nicht versuchen, etwas zu sagen, womit du mich trösten könntest?

– Oh, ja doch, mein Pate! wiederholte Jeanne mit Überzeugung.

– Nun gut, sage mir, was du mir sagen würdest, damit ich dir das jetzt sage.

– Ach! Mein Pate! Das würde mir viel Kopfzerbrechen bereiten; aber ich wüßte nicht, was ich sagen könnte.

– Genau wie ich, dachte Guillaume... Aber, fügte er hinzu, tröstet die Freundschaft nicht ein wenig? Würdest du in einem solchen Augenblick... nicht Freundschaft für mich empfinden?

– Oh, ja doch, mein Pate!

– Nun gut, begreifst du nicht, daß ich gerade welche für dich empfinde?

– Ihr seid so gut, mein Pate; dafür werdet Ihr belohnt!

– Wirklich, Jeanne? rief Guillaume und nahm ihre Hand, wirst du mir dafür Dank wissen? Wenn du zuweilen daran denkst, wird das mein Lohn sein.

– Ach, mein Pate! Ich bin zu arm, antwortete Jeanne sanft, ich kann niemanden belohnen; aber der liebe Gott wird Euch Eure Freundschaft für mich lohnen.

Guillaume war etwas verwirrt, wurde aber bei dem Gedanken ruhiger, daß in seinen Worten keinerlei schuldhafte Absicht gelegen war, und so hielt er Jeannes Hand fest. Sie entzog sie ihm und bekreuzigte sich.

– Warum bekreuzigst du dich? fragte er sie.

– Habt Ihr denn den großen Blitz nicht gesehen, mein Pate?

– Du, meine arme Jeanne, hast Angst vorm Gewitter!

– Ach nein, mein Pate, das war, um das Unglück von den anderen abzuhalten.

– Du redest wenig, Jeanne; aber du redest gut.

– Ach nein, mein Pate, ich kann nicht gut reden.

– Alles, was du sagst, sagst du guten Herzens.

– Ich kann kein schlechtes Herz haben, wo doch meine Mutter ein so gutes hatte! Aber gut reden, das kann ich nicht; ich habe es nie gelernt.

– Du warst nie auf der Schule?

– Nein, mein Pate, ich hatte keine Zeit.

– Aber du kannst lesen?

– Ach nein, mein Pate, das kann ich nicht.

– Und das bedauerst du nicht?

– Es würde mir nichts nützen. Ich bin mit den Tieren großgeworden. Das ist mein Tagewerk. Meine Mutter war damit zufrieden.

– Aber jetzt, wo du das nicht mehr brauchst, willst du da nicht anders leben?

– Nein, mein Pate.

– Nein? Aber deine Tante taugt nicht so viel wie deine Mutter?

– Das ist wahr, mein Pate, aber sie ist schließlich meine Tante. Allein würde sie's verdrießen.

– Da du aber auf den Feldern lebst, sieht sie dich kaum.

– Wir sehen uns immer abends ein wenig. Wir essen zusammen.

– Und jeden Abend behandelt sie dich so, wie sie es gerade eben getan hat?

– Ich bin daran gewöhnt, mein Pate, und ich bin ihr nicht böse.

– Aber wenn sie böse Absichten mit dir hätte, Jeanne?

– Wie kommt Ihr darauf, mein Pate?

– Ich sage dir, deine Tante ist eine böse Frau...

– Oh, da irrt Ihr Euch. Sie ist etwas lebhaft, das ist alles.

– Ist es dir also sehr wichtig, Jeanne, bei ihr zu bleiben?

– Wo es doch meine Pflicht ist, mein Pate!

– Und wenn sie dich aus dem Haus jagt?

– Das Haus gehört mir; und außerdem tät sie das nie.

– Wenn sie nicht mit dir zusammenleben will?

– Ich kann sie nicht zwingen zu bleiben; aber warum sollte sie weggehen? Ich widerspreche ihr nie.

– Es kann Gelegenheiten geben, wo du es tun mußt. Wenn sie verlangt, daß du irgend etwas Böses tust?

– Das würde sie nie verlangen, mein Pate.

– Bist du dir da sicher?

– O ja, mein Pate!

– Recht so, sagte Guillaume, den Jeannes Aufrichtigkeit ein wenig beunruhigte, und da er nicht mehr wußte, ob er ihre Treuherzigkeit bewundern oder ihre Tugend beargwöhnen sollte, erhob er sich und ging ein paar Schritte in der Grotte hin und her und fühlte in sich einen gewissen Ärger, dessen er sich schämte.

– Bei all dem, fuhr er fort, hast du gewiß die Absicht, bald zu heiraten, Jeanne?

– Nein, mein Pate, antwortete sie ohne zu zögern oder verlegen zu sein.

– Etwas früher oder später bestimmt, und dann hast du von deiner Tante nichts mehr zu befürchten.

– Nein, niemals, mein Pate, erwiderte Jeanne mit ruhiger Entschlossenheit.

– Niemals? sagte Guillaume verwundert; das ist das Gelübde eines kleinen Mädchens; du aber kannst das nicht beschwören, Jeanne, fügte er lächelnd hinzu.

– Ich hab meinen Schwur abgelegt, antwortete Jeanne.

– Das ist sonderbar; machst du dich über mich lustig, Jeanne?

– Oh, mein Pate! erwiderte sie mit kläglicher und aufrichtiger Stimme, nicht an einem solchen Tag!

– Verzeih mir, liebe Jeanne, daß ich an deinem Wort gezweifelt habe... Aber das ist so ungewöhnlich!... Und wenn ich dich fragte, warum... hättest du genug Vertrauen zu mir, deinem Milchbruder und Sohn deiner

Patin, um mir den Grund für eine solche Entscheidung zu nennen?

– Ich kann es Euch nicht sagen, mein Pate: es ist mir verboten.

– Verboten?

– Ja, mein Pate; verzeiht mir, ich drücke mich nicht gut aus.

Guillaume wußte nicht, daß *verboten* im Berry die Bedeutung von *unmöglich* hat, und diese Verwechslung, die Jeanne nicht aufzuklären vermochte, weckte erneut den Verdacht, den er zuvor geschöpft. Und warum, mit all ihrer Herzensgüte und mangelnden Voraussicht, sollte sie nicht Marsillat lieben? Er hat ein angenehmes Gesicht, ist jung, unternehmungslustig; er versteht es, sich diesen Mädchen verständlich zu machen; vielleicht hat er die arme Jeanne schon betört, genauso wie Claudie.

Diese Überlegung ließ in dem jungen Mann recht peinliche Empfindungen entstehen, und sein Roman löste sich in Rauch auf, sehr zu seinem Bedauern.

Um jene Demütigung abzuwenden, die er verspürte, weil er seiner Phantasie auf so prosaischem Feld freien Lauf gelassen hatte, versuchte er zu vergessen, was er in Jeanne gesehen zu haben glaubte, und nach wenigen Augenblicken vergaß er sie selbst soweit, daß er nicht mehr auf die Tränen achtgab, die sie unablässig verströmte.

– Was ist das denn für eine Grotte? sagte er ganz laut und war zum erstenmal beeindruckt vom Anblick dieses unterirdischen Bauwerks.

Jeanne, die es sich zur töchterlichen Pflicht machte, ihm trotz all ihrer Tränen zu antworten, sagte:

– Das ist das *Loch der Farblosen*, mein Pate.

– Die *Farblosen*! Willst du nicht sagen, die Feen?

– Ich kenne die Feen nicht, mein Pate.

– Aber was ist das, die Farblosen?

– Das sind Frauen, die man nicht sieht, die aber Gutes oder Böses tun.

– Glaubst du daran, Jeanne?

– Ei, ja doch, mein Pate, natürlich glaub ich dran.

– Du hast sie jedoch nie gesehen, denn man sieht sie ja nicht?

– Ich hab auch den lieben Gott nicht gesehen, und dennoch glaube ich an ihn. Außerdem hat meine Mutter daran geglaubt, und ich glaube, was sie mir gesagt hat.

– Und haben sie dir Gutes oder Böses getan, diese Farblosen?

– Sie haben mir nie etwas Böses getan, mein Pate.

– Auch nichts Gutes?

Jeanne gab keine Antwort. Die Neugier Guillaumes indessen war geweckt, aber er fand es unmenschlich, sie an einem solchen Tag zu ärgern, indem er sie zwang, ihm weiterhin zu antworten.

– Es regnet nicht mehr soviel, sagte er, ich kann meinen Weg jetzt allein finden; wenn du länger verweilen willst, Jeanne, dann laß dich bitte nicht von mir stören.

– Ach, mein Pate, Ihr ginget vielleicht in die Fischteiche. Ich führe Euch, ich bin nicht müde.

Sie erhob sich, und Guillaume bemerkte, daß sie etwas in einen Felsspalt steckte.

– Was tust du da hinein, Jeanne? fragte er sie, neugierig auf die abergläubischen Bräuche der Gegend.

– Das ist etwas Feldthymian, den ich gepflückt habe, bevor ich hereinkam, antwortete sie.

– Für wen ist diese Gabe, Jeanne? Für die Farblosen?

– Das ist bei den Mädchen so Sitte, mein Pate.

– Und die Jungen, was geben sie?

– Einen kleinen Stein, mein Pate. Ich lege einen für Euch hinein.

– Sonst wären die Farblosen ungehalten über mich und würden mir einen Streich spielen?

– Das ist möglich, mein Pate. Es kostet ja nicht viel, einen kleinen Stein hineinzustecken.

– Ich stecke zwei hinein, Jeanne, um dir eine Freude zu machen.

Aber als sie die Grotte verließen, sagte sich Guillaume,

der erneut schlechte Gedanken hegte, daß diese Quendelblume vielleicht ein Zeichen sei, ein Versprechen für ein Rendezvous, das Jeanne für das Objekt ihrer geheimnisvollen Liebe zurückließ.

Sie legten die letzte Wegstrecke schweigend zurück. Der Wind, der die ersten Wolken verjagt hatte und neue vor sich hertrieb, machte ihren Weg schwierig und jede Unterhaltung unmöglich. Als sie den dritten Ruinenwall erreicht hatten, der das höchstgelegene Amphitheater von Toull bildet, nahm Jeanne, nachdem sie ihren Paten gefragt hatte, ob er irgendwo Obdach gefunden, mit folgenden Worten Abschied:

– So, mein Pate, ich dank Euch für Eure Freundlichkeit. Laßt es Euch gutgehen und verzeiht mir, wenn ich Euch gekränkt habe. (Das bedeutet im Stil der Gegend, sich dafür zu entschuldigen, daß man den Gast nicht gut zu empfangen vermocht oder es nicht verstanden hat, ihm in angemessener Weise Komplimente zu machen.)

– Warte, meine liebe Jeanne, sagte der junge Baron; du mußt einige Ausgaben tätigen, und vielleicht wird es schwierig, Kredit zu erhalten. Da hast du etwas, womit du die Ausgaben für die Mahlzeit, die du morgen geben mußt, bestreiten kannst.

– Oh, danke, mein Pate. Behaltet das. Vielleicht habt Ihr nicht soviel für Eure Reise, und ich, ich brauche es nicht. Hier kennt mich jeder, und man gibt mir Kredit.

– Jeanne, du bist nicht reich, und ich bin es ein wenig; ich habe das Recht, die Ausgaben für das Begräbnis meiner armen Amme zu übernehmen.

– Wie Ihr wollt, mein Pate, antwortete Jeanne, die befürchtete, unhöflich zu sein, wenn sie ablehnte, aber das ist viel zuviel.

– Du behältst den Rest, Jeanne.

– O nein, mein Pate! Das da ist Gold, und ich will es nicht. Gold, so glaubt man bei uns, bringt Unglück.

– Wirklich? Wenn das so ist, so hast du hier Silber.

– Danke vielmals, mein Pate. Ich weiß nicht, wieviel

das ist, was Ihr mir da gebt. Aber ich werde einkaufen, was meine Tante mir aufgetragen hat, und Euch den Rest zurückgeben. Ihr brecht doch nicht sofort wieder auf?

– Nicht sofort, und ich würde mich sehr freuen, dich wiederzusehen, aber von dem, was ich dir gegeben habe, nehme ich nichts zurück. Auf Wiedersehen, Jeanne!

– Auf Wiedersehen, mein lieber Pate! Und Jeanne ging fort und weinte immer noch.

Ein seltsames Geschöpf, dachte Guillaume und sah ihr zu, wie sie in Toull in eine Hütte trat; sie ist vollkommen geistesgegenwärtig, scheint sich in alles zu schicken und zugleich untröstlich zu sein. Guillaume wußte nicht, daß die Bäuerin, wenn sie empfindsam ist, was nicht selten vorkommt, einfach so ist. Die gewohnheitsmäßige Arbeit und die Unmöglichkeit, sich von ihren Pflichten auf anderen Menschen auszuruhen, hindern sie daran, sich der unmäßigen Schmerzbezeugung hinzugeben; aber dieser geduldige, einfache Schmerz ist in ihrem Herzen vielleicht tiefer verwurzelt als in jedem anderen.

Guillaume versuchte gerade, die Hütte der Mutter Guite wiederzufinden, als er sah, wie der Pfarrer des Ortes auf ihn zukam und sich entschuldigte, daß er ihn bei seiner Ankunft nicht habe empfangen können. Er führte ihn zum Pfarrhaus, wohin er bereits Sport hatte bringen lassen, obwohl er den Namen des Reisenden noch nicht kannte, dem dieses herrliche Tier gehörte. Guillaume beeilte sich, seinen Namen mitzuteilen sowie das Ziel seines Ausflugs nach Epinelle, denn er meinte, den liebenswürdigen Eifer seines Gastgebers nicht durch die Unhöflichkeit eines Inkognito enttäuschen zu dürfen.

Wenn man in dergleichen Einöden einen Priester trifft, so kann man, wenn er noch jung ist, sicher sein, daß es sich um einen intelligenten Ketzer handelt, der beim Bischof des Kirchsprengels in Ungnade gefallen ist; wenn er alt ist, so handelt es sich um einen Atheisten, dessen Lebenswandel Anstoß erregt hat und der nun Buße leistet. In beiden Fällen gibt es eine zweite Hypothese, daß nämlich eine bestimmte Unfähigkeit ihn ungeeignet erscheinen läßt, zum Nutzen des Klerus in der Gesellschaft zu intrigieren. Der Mann, den Guillaume vor Augen hatte, war jedoch nichts von alledem. Er war von vornehmer Wesensart und recht gebildet; ein Intrigant war er aber auch nicht, und so vergaß man ihn in seiner Verbannung, ohne daß er daran gedacht hätte, nach einem gesünderen Klima und einem zivilisierteren Amtssitz zu trachten.

Es war beinahe vier Uhr, und Guillaume, ermattet durch Müdigkeit, Hunger und Durst, befand, daß niemals eine Gastfreundschaft zur besseren Zeit kam als die, deren Objekt er nun war. Trotz seiner gewohnten Höflichkeit beinahe taub für den Eifer des Pfarrers, war er erst, nachdem er mit dem Appetit des Zwanzigjährigen ein bescheidenes Mahl verschlungen hatte, in der Lage, ihm zuzuhören und Antwort zu geben.

– Ihr Landstrich ist in der Tat sehenswert, Herr Pfarrer, sagte er beim Dessert, und ich bedaure sehr, nicht über den geübten Blick eines Altertumsforschers zu verfügen, um in jedem Stein, auf den ich treffe, die Spur eines gallischen oder römischen Wohnsitzes, eines Altars der Druiden, einer Statue des *Huar-Bras*, des gallischen Kriegsgottes, oder eines berühmten Grabes zu entdecken – kurz, alles eben, was Gelehrte unter einer zwei- oder dreitausend Jahre alten Flechte und auf unförmigen Blökken wahrnehmen und feststellen, die in meinen Augen gar nichts zu bedeuten scheinen.

– Herr Baron, erwiderte der Pfarrer etwas empört, Sie sind, wie ich sehe, im Vertrauen auf den sehr gelehrten Monsieur Barailon gekommen, um unsere Herrlichkeiten zu bewundern, und Sie fühlen sich ein wenig enttäuscht, nicht ebenso fließend wie er die keltischen Hieroglyphen lesen zu können. Indessen haben Sie an dem Ort, wo Ihre arme Amme gewohnt hat, aufgerichtete Steine gesehen, die so sonderbar sind wie die *Jo-mathr.* Es gibt dort einen, dessen Gleichgewicht noch erstaunlicher ist als das des großen Pilzes vom Mont Barlot. Er wird auf so kunstvolle Weise gehalten, daß der geringste Hauch ihn bewegt, und wenn die Luft auch nur etwas lebhafter ist, läßt sie ihn auf seiner Stütze erbeben und knirschen, was einen merkwürdigen Ton, nicht ohne Zauber, ergibt. Das würde mir hinreichend die geheimnisvolle Stimme des Götzen von Memnon bei Sonnenaufgang erklären, das heißt nämlich: bei den ersten Morgenlüften. Der Stein von *Ep-nell* ist sehr viel wohlklingender, denn sein Gesang hat einen Dauerton, und unsere armen Bauern wollen, daß in ihm ein Geist eingesperrt sei, der von der Vergangenheit berichtet, die Zukunft vorhersagt und dabei über die Gegenwart weint. Beachten Sie, Monsieur, den Namen Epinell, den man diesen Steinen entstellend gibt. Er kommt von *Ep-nell*, einem gallischen Wort, das *ohne Oberhaupt* heißt. Wohingegen *Jo-mathr* so etwas bedeutet wie schneiden, verstümmeln, das Opfer auf dem Stein der Sühne bluten und weinen lassen. Es ist, als sagte man *heiliger Mord*. Bemerken Sie weiterhin, daß man auf den *Jo-mathr* Menschenopfer darbrachte, was durch die Becken, die das Blut aufnahmen, und die Rinnen, durch die es abfloß, hinreichend bewiesen ist, während die *Ep-nell* nur Becken und keine Rinnen haben (was darauf schließen ließe, daß diese Steine nur für harmlose Reinigungen bestimmt waren); ich mache Sie auch darauf aufmerksam, daß die erstgenannten sich auf einem hohen Berg befinden, der nach Norden blickt, und die anderen in einem finsteren Tal bei einem Bach, und nach Süden gedreht sind...

– Was wollen Sie daraus schließen, Herr Pfarrer?

– Daß in dieser wichtigen und dichtbevölkerten Stadt Toull, ihre Wichtigkeit ist unwiderlegbar, Herr Baron, nicht allein wegen der gewaltigen Bauwerke, deren Trümmer man auf diesem Berg und auf allen umliegenden Hügeln und in allen Tälern findet, sondern auch wegen ihrer Lage an der äußersten Grenze des alten Berry und des Combraille, der *Biturriges* und der *Lemovices*, was beweisen würde, daß Toull, Tullum, Turicum, *vel* Taricum mit Gewißheit die *Gergovia, Gergobina Boiorum*, diese großartige Stadt war, die Rivalin der Gergovie des Arvennes, deren Spuren man vergebens in diesem Gattungsnamen gesucht hat...

– Da sind wir weit entfernt von den Druidensteinen, Herr Pfarrer.

– Ich komme darauf zurück, Herr Baron. Eine Stadt wie Toull mußte notwendigerweise zwei Kulte aufweisen, und sie hatte sie. Es gab einen offiziellen und vorherrschenden Kultus auf dem Mont Barlot; es gab einen tolerierten oder verfolgten Gegenkult in der Tiefe des Tals von Ep-nell. Der freie, ketzerische Kult, wenn ich mich so ausdrücken darf, rühmte sich, *ohne Oberhaupt* zu sein... wohingegen die offizielle Kirche (es ist nicht recht, einen so ehrenwerten Namen auf diese dreiste Götzenanbetung anzuwenden), ich sollte sagen, der Tempel, wo in despotischer Weise die Druiden herrschten, bei den Steinen *Jo-mathr war.* Es könnte auch sein, daß dieser abscheuliche Kult außer Gebrauch kam und eine reinere Bemühung um den rechten Glauben sich in Ep-nell durchgesetzt hat; vielleicht aber auch, daß vor der Invasion der Kelten Kimris unsere Vorfahren, die Gallier, ihre Altäre nicht mit Blut besudelten und dieser friedliche Tempel von Ep-nell ein Rest von Widerstand der verfolgten Religion gewesen wäre... Was halten Sie davon, Herr Baron? Finden Sie das nicht auch klar wie den lichten Tag?

– Es ist ein wenig wie der dunkle und verhangene Tag, den das Gewitter uns gerade eben beschert, Herr Pfarrer; aber auf alle Fälle sind Ihre Forschungen und Vermutungen sehr gut ausgedacht, sind gleichermaßen die eines Dichters wie auch die eines Altertumsforschers.

– Warten Sie, Herr Baron. Da Sie von Poesie reden – ich habe auch noch glaubwürdigere Beweise, nämlich die Traditionen der Gegend. Es gibt hier zwei Arten von

Hexerei, die eine, böse, bezieht sich in ihren Ursprüngen und Praktiken auf die *Jo-mathr*-Steine. Alle Hühner- und Gemüsediebe, alle bösen Zauberinnen, die den jungen Mädchen schlechte Ratschläge geben oder die aus Rache die Herden des Nachbarn vergiften, *exemplum* die Grand'Gothe, die Sie heute gesehen haben, leisten ihren Schwur auf dem Mont Barlot. Die *Frauen, die das Wissen haben*, wie man sie hier nennt, die die Kranken heilen, ihre Gebete gegen die Geißeln des Landlebens, Hagel, Tollwut, Feuer, Seuche etc. sprechen, diese guten Frauen hingegen sind, wenn auch mit Irrtümern befleckt, in ihren Absichten gottesfürchtig und völlig harmlos. Sie sind nur ein wenig eigensinnig, was ihre *Ep-nell*-Steine angeht und ihr *Loch der Farblosen*, das in derselben Richtung liegt. Eine solche Frau war die arme Tula, die man Tulla nennen müßte, ein Name echt gallischen Ursprungs, was vielleicht ein Zeichen ist für die Abstammung Ihrer verblichenen Amme von der Göttin oder vielmehr Druidin *Tulla*, vel *Turica*, deren Tempel Sie an seiner Lage und an seinen Fundamenten mit doppelter Umfriedung auf unserem Berg haben erkennen können.

– Ich bewundere Sie, Herr Pfarrer! Sie kennen die Etymologien und Ursprünge aller Dinge. Sie wecken meine Wißbegierde, und ich bitte Sie, mir ein Gespräch zu erklären, das ich heute morgen gehört habe und das mich an Geschichten erinnert, mit denen mich einst meine arme Amme in den Schlaf gewiegt hat.

Als Guillaume von dem Zwiegespräch berichtete, bei dem er die Mutter Guite und Léonard auf dem Friedhof überrascht hatte, da antwortete der Pfarrer mit einem Seufzer, weil er vielleicht befürchtete, sich bei den vorangegangenen Erklärungen nicht als guter Katholik erwiesen zu haben, und er kämpfte doch mit der größten Gewissenhaftigkeit der Welt gegen seine Neigung für Wissenschaft, Poesie und Literatur.

– Es ist traurig, diese Dinge einzugestehen, Herr Baron ... Aber ich darf Ihnen nicht verhehlen, daß ich in den vier Jahren, die ich in diesem Marktflecken verbracht habe, der Geißel des Aberglaubens nur geringen Schaden habe zufügen können. Dieser Ort hier nimmt den ersten Rang ein, was die Ausübung des Götzenkults angeht; und seit ich mich aus heller Verzweiflung angeschickt habe, auch um mich zu zerstreuen, die Ursprünge der gallischen Überlieferungen zu untersuchen, widerfährt es mir zuweilen, daß es mir mehr Vergnügen macht, ihnen zu lauschen und sie aufzuklären, als es mir erlaubt ist. Ich versichere Ihnen, Herr Baron, daß es hier für einen Gelehrten, ja sogar für einen Dichter recht interessante Dinge festzuhalten gäbe, und wenn wir einen Walter Scott hätten, um sie aufzuschreiben... Aber Sie werden mir sagen, fügte er plötzlich hinzu, von einem Mißtrauen gepackt, welches für den Priester noch charakteristischer ist als für den Bauern, daß es nicht Sache eines Geistlichen ist, Romane zu lesen und sich zu wünschen, daß die Zahl dieser verderblichen Werke vervielfacht werde.

– Verderblich, Herr Pfarrer, sagte Guillaume, sind die von Scott nicht. Es gibt solche und solche Romane!

– Zumindest sind sie für einen Kirchenmann eine oberflächliche Lektüre, erwiderte der Pfarrer von Toull und sah seinem jungen Tischgenossen forschend ins rosige, offene Antlitz.

– Sie haben zu viele Bedenken gegenüber einem unschuldigen Zeitvertreib, antwortete Guillaume; und ich an Ihrer Stelle würde mich nicht darauf beschränken, Romane zu lesen, ich würde welche schreiben.

– Ein guter Scherz, sagte der Pfarrer; aber an Stoff würde es nicht fehlen. Es gibt hier so viele Erinnerungszeichen, die im Denken der Bauern zur geschichtlichen Tradition gehören, dank dichterischer Deutungen! Was Sie auf dem Friedhof gehört haben, mag Ihnen eine Ahnung geben.

– Man glaubt also ernsthaft an diesen versteckten Schatz?

– Bis zu einem Grade, Monsieur, daß Sie Glück haben,

durch Erbrecht in unserer Umgebung schon Ländereien zu besitzen, denn es würde Ihnen kaum gelingen, welche zu kaufen. Man hätte Angst, daß Sie den Schatz erwerben.

– Ich habe hier also Ländereien, dachte Guillaume, der es nicht wußte oder sich nicht mehr daran erinnerte, so gering ist der Wert dieser unbebauten, unfruchtbaren Böden.

– Und selbst, Monsieur, fuhr der Vikar fort, wenn Sie großzügig Kapital mitbrächten mit der Absicht, es hinzugeben und den Boden zu verbessern und folglich das Los der Bauern, die ihn bewirtschaften, wären Sie vielleicht bei einigen schief angesehen. Man wäre davon überzeugt, daß Sie die Erde umgraben lassen, um ihr die Goldstücke zu entreißen, die die Wurzeln der Pflanzen verbrennen, und zweifellos auch die Wagen aus massivem Gold und Silber, die schimmernden Helme und Edelsteingürtel Ihrer Vorfahren, der gallischen Anführer, die an diesem Ort von den Römern vernichtet und geopfert wurden und später von den Barbaren. Diese Überlieferung hat (wie alle Überlieferungen) ihren wahren historischen Kern. Wenn ein gallischer oder keltischer Anführer starb, gab man ihm, nachdem man auf dem Grab seine Sklaven, seine ergebenen Diener und Pferde geopfert hatte, als Ruhestätte einen Berg, wie Sie wissen, und begrub mit all diesen Leichen zusammen Gold- und Silberbarren, die kostbarsten Waffen, kurz, riesige Reichtümer. In den Urnen von Grabhügeln, genannt *tumulus*, hat man in unserer Gegend goldene Ketten gefunden... Aber ich langweile Sie, Herr Baron?

– Im Gegenteil, Sie haben mein ganzes Interesse, Herr Pfarrer; aber diese *tumulus* waren römische Monumente?

– Oder gallo-romanische; und wenn man aus einer früheren Zeit welche fände, wären da anstatt einfacher Verzierungen vielleicht...

– Ach, Herr Pfarrer, Sie glauben auch ein bißchen an den Schatz, geben Sie es zu.

– Ich könnte daran glauben, sagte der Pfarrer lächelnd, ohne ihn mir aneignen zu wollen, und ich wünsche von ganzem Herzen, daß er sich auf Ihren Ländereien und nicht in meinem Garten befindet, wo ich, freilich ohne etwas zu suchen, beim Anpflanzen meines Salats recht schöne römische Münzen gefunden habe, die ich Ihnen verehren möchte.

– Ich will sie Ihnen nicht wegnehmen, antwortete der junge Baron; aber ich würde mich freuen, sie anzusehen.

Der Pfarrer öffnete die Schublade eines alten Eichenholztisches, und zwischen Brucheisen, rostigen Schlüsseln, krummen Nägeln und anderem wertlosem Kram, einer Sammlung, die die sparsamen Gewohnheiten der Armut verriet, holte er mehrere Münzen von Antoninus Pius heraus, von Gallienus, Agrippa und Philippus Arabs, die sich in Hülle und Fülle und besonders gut erhalten in unseren Provinzen des Zentrums finden.

Während unsere Dilettanten wißbegierig die Münzen untersuchten, hatte das Gewitter erneut zu wüten begonnen. Der einzige Baum der *Stadt* Toull bog sich und ächzte im Wind, und der Hagel prasselte auf die Ziegel des Pfarrhauses. Das trostlose Bimmeln der Glocke vermischte sich mit dem Tosen des Gewitters.

– Mir scheint, sagte Guillaume, daß Sie den Meister Léonard daran hindern sollten, seine Kräfte derart zu verausgaben, falls Sie die Folgen des Blitzes fürchten.

– Es wäre nicht möglich, sich dem zu widersetzen, antwortete der Pfarrer, und im übrigen ist Léonard einer der Vernünftigsten. Und wenn er auch nicht an die Farblosen glaubt, so doch an seine Glocken. Das ganze Dorf glaubt an sie, und wenn ich sie zum Schweigen bringen wollte, liefe ich Gefahr, gesteinigt zu werden.

– Bei alledem sind Ihre Pfarrkinder also gläubig?

– Allzu gläubig, in einem gewissen Sinn, denn sie glauben an alles, an die Wahrheit wie die Lüge, an die Götzenanbetung wie die Religion, an den Druidismus wie an den Polytheismus. Die guten und die schlechten

Geister bringen mit den Kräften, die man ihnen zuschreibt, das Leben der Leute durcheinander. Die Farblosen spielen hier eine große Rolle, und die Gegend von Toull ist ja mit Löchern und Vertiefungen durchsiebt, die einst Menschen geschaffen haben: wilde Wohnstätten unserer Urväter oder Höhlen, die den Orakeln der gallischen Seherinnen geweiht waren. Nun ja, alle diese Grotten, sehr interessant für den Altertumsforscher, sind bei unseren Bauern ein Gegenstand großer Verehrung, weil sich dort unsichtbare Wesen aufhalten sollen, die er sich gewogen zu machen versucht, indem er irgendeinen Tribut in ihr Heiligtum bringt, ein Blatt, ein Mooszweiglein, egal was, es muß nur ein Zeichen des Gedenkens und der Hochachtung sein.

– Ich habe gesehen, wie meine Milchschwester dieser Förmlichkeit nachgekommen ist, rief Guillaume, der schon lange an das junge Mädchen dachte, ohne daß er die Gelegenheit gefunden hatte, bei all der Gelehrtheit des Vikars ihretwegen eine Frage einzuflechten. Sagen Sie mir, Herr Pfarrer, ist Jeanne als Tochter und Nichte von Hexen nicht selbst ein wenig Hexe?... Aber fehlt Ihnen denn etwas? fügte Guillaume hinzu, als er sah, wie der junge Pfarrer wie aus heiterem Himmel rot und blaß wurde.

– Es ist der Donner, der mein Blut etwas aufwühlt. Macht er Ihnen nichts aus, Herr Baron?... Jeanne ist ein ehrenwertes und gutes Wesen, das kann ich Ihnen versichern. Sie ist der größten Anteilnahme würdig.

– Das scheint mir auch, antwortete Guillaume, und ich freue mich sehr, offen mit Ihnen über sie sprechen zu können, Herr Pfarrer; denn ich habe ihr gegenüber Pflichten zu erfüllen, die ich allzu lange vergessen habe, und ich wünschte mir, von Ihnen zu erfahren... unter uns und im Vertrauen, ob Sie es nicht für meine erste Pflicht halten, sie vor gewissen Gefahren zu schützen und sie bei meiner Mutter unterzubringen...

Der Pfarrer wurde verlegen, zögerte und sagte bewegt: Ich verstehe nicht, Monsieur, welche Gefahren?...

– Die jungen Leute im Dorf, könnten sie nicht, angezogen von einer so bemerkenswerten Schönheit, daran denken, jetzt, wo sie einer bösen Frau ausgeliefert ist...?

– Sie erleichtern mir das Herz, Herr Baron, antwortete der Pfarrer, wie wiederbelebt durch diese Eröffnung, ich hätte befürchtet, daß mein Urteil zu vermessen ist, aber da Sie bei diesem Thema dieselben Bedenken haben wie ich, werde ich Ihnen sagen, daß seit einiger Zeit, aber ich will keine Namen nennen...

– Ich nenne ihn, sagte Guillaume, aber er hatte keine Zeit dazu und ließ den Namen auf seinen Lippen ersterben, als er den sah, der ihn trug: Léon Marsillat, der plötzlich die Tür öffnete und sich ungeniert dem im Herd knisternden Feuer näherte, um seine regennassen Kleider zu trocknen.

VI

Das Himmelsfeuer

– Gegrüßt sei die Perle aller Pfarrer! sagte Léon Marsillat und schüttelte dem Vikar vertraulich die Hand. Ich bin es schon wieder, mein lieber Guillaume. Pfarrer, Sie werden mir die Gastfreundschaft nicht verwehren und mir Ihr Feuer und ein Glas Wein anbieten, denn ich bin völlig durchgefroren. Wie dieser teuflische Orkan plötzlich so völlig die Luft verändert hat!

– Ich dachte, Sie seien schon weit von hier, auf der Straße nach Boussac! sagte der junge Baron.

– Es hat mich erbarmt, die Dulcinea, die ich hinter mir auf dem Pferd hatte, durch den Dreck stapfen zu lassen, und als echter Don Quichotte habe ich sie mitten in Toboso abgesetzt. Mein Pferd, das den holprigen Weg mit zwei Personen auf dem Leib hinaufklettern mußte, kam nicht schnell voran. Da schlag doch Gott den Teufel tot! Wie schlecht haben sich die Gallier auf das Pflastern von Straßen verstanden! Aber da es dem Donner und dem Hagel beliebt, mit ihrem Krach von vorn anzufangen, reiße ich mich nicht darum, mich dem ohne Not auszusetzen. Ich warte das schöne Wetter in zu guter Gesellschaft ab, um die Geduld zu verlieren.

– Monsieur Léon, sagte der Pfarrer, der gerade die Magd gerufen hatte, damit sie das Feuer wieder anfache und den Weinkrug auffülle, Sie haben stets irgendeine Reisegefährtin, die Sie im Triumph die Wege entlang spazierenführen. Wissen Sie, daß über unsere jungen Mädchen geklatscht wird?

– Und Sie hören auf das üble Gerede? Ein Schmuckstück, ein Musterpfarrer wie Sie! Ich bin entrüstet! Sie tadeln mich, Sie, weil ich menschlich und barmherzig bin? Das ist abscheulich von Ihnen, Abbé!

– So antwortet er immer! sagte der Pfarrer, der an sich von größter Gutmütigkeit war und nicht böse darüber, öfter einen gebildeten Mann zu treffen, dem er seine wissenschaftlichen Schlußfolgerungen mitteilen konnte, und der Léon Marsillat liebte, ohne ihn besonders hochzuschätzen. Man möchte ihn schelten, und dann ist er es, der einem eine Predigt hält.

– Ist es nicht unser beider Beruf zu predigen! Ein Pfarrer auf seiner Kanzel, ein Anwalt auf seiner Bank, das ist ein- und dasselbe.

– Nein, nein! sagte der Pfarrer, das ist zweierlei.

– Recht so! Zwei Schwätzer, zwei Rechthaber. Ach, mein liebster Pfarrer, wie angenehm Ihr hübscher Wein mir in der Kehle kratzt! Ich habe ein Gefühl, als hätte ich eine Bürste verschluckt; von wo beziehen Sie diesen Nektar der Götter?

– Von Saint Marcel. Wollen Sie einen von Argenton?

– Sie werden mir wieder sagen, daß dies zweierlei sei, nicht wahr? Aber ich beklage mich nicht über diesen leichten Wein, er ist reizend. Nun, Guillaume, was haben Sie denn? Wollen Sie mir nicht Gesellschaft leisten? Und Sie, Pfarrer? Los, helft mir, oder ich drehe mein Glas um... Ich muß Ihnen nämlich eine schöne Entdeckung anvertrauen.

– Eine archäologische Entdeckung?

– Nein, geologisch! Wissen Sie, was Claudie mir unterwegs erzählt hat? Sie werden sehen, daß es zu etwas gut ist, wenn man die Mädchen aufs Pferd nimmt: man bildet Geist und Herz. Wenn Sie mir nur glauben wollten, Sie würden niemals auf Ihre *Grise* steigen ohne irgendeine kleine Brünette als Felleisen, damit sie Ihnen Heiligengeschichten erzählt.

– Immer noch Ihre schlechten Witze?

– Sind Ihnen denn die Blonden lieber? Dann nehmen Sie Blonde.

Der Pfarrer geriet noch mehr außer Fassung; aber Guillaume, der sich dem Kamin zugewandt hatte, bemerkte es nicht, und Marsillat gab sich nicht den Anschein, es zu merken.

– Nun, lassen Sie uns Ihre Geschichte hören, erwiderte der Pfarrer, um ein wenig Haltung zu bewahren; irgendwelches Geschwätz!

– Hören Sie! Sie kennen doch den Felsen von Baume, auf dem man den Abdruck eines menschlichen Fußes sieht?

– Das ist der Fuß des heiligen Martialis, der höchstpersönlich gekommen ist, um in Toull-Sainte-Croix im Jahre des Herrn den Götzenkult zu zerstören und das Christentum zu predigen...

– Es geht ja um den heiligen Martialis und unseren Herrn! Tun Sie so, als glaubten Sie daran. Ich meinerseits sage Ihnen, daß die *Große Farblose*, die Königin der Feen, die ungehalten war über die Ehre, die man Ihrem Heiligen erwies, zornig mit dem Fuß zugetreten und die Warmwasserquelle zum Versiegen gebracht hat, die hier floß, und sie in Evaux hat entspringen lassen.

– Nun, ich kenne Ihre Geschichte; ist das Ihre ganze Entdeckung?

– Ach, ein Pfarrer ohne Tiefsinn!...Und ziehen Sie nicht Ihre Schlußfolgerungen?

– Ich schlußfolgere, daß Claudie die Albernheiten ihrer Großmutter wiedergibt.

– Nun, falls Ihr Gedankengebäude richtig ist und die mündliche Überlieferung die Geschichte wiedergibt, die man in den Büchern ausgelassen und in den Symbolen des Volkes bewahrt hat, dann schlußfolgere ich, daß es in Bord-Saint-Georges und in Toull warme Quellen gab!

– Und was soll aus ihnen geworden sein?

– Schöne Frage! Pfarrer, in Wahrheit lassen Sie nach! Bei der Zerstörung Ihrer gallischen Stadt, einer gewaltsamen und plötzlichen Katastrophe, wurden die Warmwasserbäder, die gewiß in der Zeit der römischen Herrschaft am Berghang eingerichtet worden sind, zerstört und zugeschüttet, und die Quelle ist unter einem Haufen von Schutt und aufgehäufter Erde verschwunden.

– Warum sagen Sie, am Berghang? sagte der Pfarrer, der anfing, aufmerksam zuzuhören.

– Und was machen Sie mit den Fischteichen? Was ist das denn, die Fischteiche? Sie haben also nie daran gedacht! Diese Fischteiche, die mitten im Winter dampfen wie Wasserkessel? Diese Fischteiche, deren Grund man nicht findet? Diese Fischteiche, die keine Sümpfe sind und das Regenwasser aufnehmen, da sie ja an einem trockenen Abhang liegen, wo alles abfließt? Diese Fischteiche endlich, die vielleicht Mineralquellen in sich haben, die wärmer, wirksamer und ergiebiger sind als im drei Meilen von hier entfernten Evaux? Und Sie suchen den Schatz unter den Steinen? Im Wasser muß man ihn suchen. Das wäre der wahre Schatz, der plötzliche Reichtum der Gegend. Ich wette, daß Sie nie daran gedacht haben, ein wenig in den Fischteichen herumzugraben!

– Niemals, und doch wiederholen die Bauern ständig, daß irgend etwas da unten sei!

– Und Sie haben nie daran gedacht, ein Thermometer hineinzuhalten, um herauszufinden, ob dieser an der Oberfläche lauwarme Schlamm nicht sechs Fuß unter der Erde glühendheiß ist?

– Oh, wie gerne hätte ich ein Thermometer, rief der Pfarrer und erhob sich, ich muß mir eins besorgen! Ist das teuer, Monsieur Léon?

– Ich habe ein großartiges zu Hause. Morgen bringe ich es Ihnen.

– Morgen, wirklich?

– Und wir führen gemeinsam das Experiment durch.

– Morgen, morgen! Und Sie machen sich nicht über mich lustig?

– Schlagen Sie ein! rief Léon und streckte dem Pfarrer die Hand hin.

Mit der Freude und dem Vertrauen eines Kindes schüttelte ihm der Pfarrer kräftig die Hand.

– Oh, meine arme Jeanne! dachte Guillaume, als er diesen Dialog vernahm, du bist ein schlecht bewachtes Mädchen, und dem Feind deiner Tugend ist es ein leichtes, die Achtsamkeit deiner natürlichen Verteidiger einzuschläfern. Dieser gute Pfarrer hat eine fixe Idee, aus der Marsillat unter geringen Kosten Nutzen zu ziehen versteht. Ich allein bleibe dir, du arme Waise! Nun, ich lasse dich nicht im Stich, und wenn es zu spät ist, dann werde ich zumindest den traurigen Folgen deines Fehlers zuvorkommen.

– Sieh einmal an! Da ist die arme Jeanne, sagte Marsillat und sah aus dem Augenwinkel zum Vikar hin, der noch einmal die Gesichtsfarbe wechselte, als er merkte, daß er in die Falle getappt war.

Guillaume auf seinem Stuhl zuckte zusammen und drehte sich rasch um, damit er den Gesichtsausdruck Jeannes und Marsillats sehen konnte; aber dank der Dreistigkeit des einen und der Unschuld der anderen gab es in beider Ausdruck keinerlei Einvernehmen.

– Guten Abend, Herr Pfarrer, sagte Jeanne. Guten

Abend, Monsieur Léon. Ich suche meinen Paten. Ah, guten Abend, mein Pate. Hier, mein Pate, dieses ganze Geld ist übriggeblieben, und ich bringe es Euch zurück. Danke vielmals, mein Pate.

– Ich habe dir gesagt, daß ich es nicht nehmen werde, meine gute Jeanne.

– Was soll ich denn damit machen, mein Pate? Ich brauche kein Geld. Das sind doch mindestens ... vierzig Francs!

– Kaufen Sie sich Trauerkleider, Jeanne, sagte der Pfarrer mit einer sonderbar sanften, väterlichen Stimme, und behalten Sie den Rest für Ihren Bedarf oder für den Ihrer Verwandten, Ihrer Freunde.

Ebenso aufmerksam, wie Guillaume die Gesichter von Jeanne und Marsillat erforscht hatte, studierte in diesem Augenblick Marsillat Jeanne und den Pfarrer. Die unwillkürliche und geheime Aufregung des tugendhaften Pfarrers war deutlich sichtbar für ihn. In Jeanne lag nichts Widersprüchliches, und für Marsillat, der sich darin besser auskannte als Guillaume, war das Herz der Hirtin von Ep-nell von Liebe und Mißtrauen gleichermaßen frei.

– Jetzt will ich Euch guten Abend sagen, mein Pate, ich habe mich gefreut, Euch wiederzusehen, sagte Jeanne; sie warf Guillaume mit Hingabe und bäuerlicher Vertraulichkeit die Arme um den Hals und küßte ihn auf beide Wangen, ohne auch nur einen Augenblick lang ihre ruhige und ernste Unschuld aufzugeben.

Diese keusche Umarmung, die Spuren von Jeannes Tränen auf Guillaumes Wangen hinterließ, erstaunte weder Marsillat, noch empörte sie den Pfarrer. Sie kannten die Sitten und Gebräuche des Landstrichs. Aber man ginge viel zu weit, wollte man behaupten, daß der Pfarrer diese Umarmung gesehen hatte, ohne zu leiden; Pfarrer küßt man nie. Und was Léon angeht, er sah es vor Ärger bebend: nur Paten werden geküßt!

Guillaume, zunächst berauscht von diesem Zeichen der

Achtung, das er für einen Beweis äußersten Vertrauens hielt, fand bald seine Geistesgegenwart wieder und erinnerte sich, daß vor acht Tagen, als er in Boussac ankam, eine dicke Bedienstete, die keiner Koketterie verdächtig war, ihn in der gleichen Weise vertraulich umarmt und ihren *kleinen Herrn* genannt hatte.

– Mein liebes Kind, sagte er zu Jeanne und nahm, wegen Marsillat, einen sehr ernsten Tonfall an, ich sage dir nicht Adieu! Ich sehe dich morgen beim Begräbnis meiner armen Amme, dem ich beiwohnen will.

– Das wäre eine große Ehre für uns, mein Pate, sagte Jeanne.

– Das ist gut von Ihnen, Herr Baron, rief der Pfarrer; das ist sehr schön. Ich wage zu sagen, daß es in den höheren Klassen wenig junge Leute gibt, die eines so demutsvollen Gefühls und einer so frommen Tat fähig sind. Meine liebe Jeanne, Sie haben da einen guten Paten, einen wahren Freund. Fassen Sie also Mut, meine Tochter, und wenn Sie ergeben das Unglück annehmen, das Sie heute getroffen, so denken Sie auch daran, der Vorsehung zu danken, die Ihnen im rechten Augenblick einen großherzigen Beschützer gesandt hat, als wolle sie Sie vor den Schrecknissen des Verlassenseins bewahren. Ich wünsche inniglich, daß die ehrenwerte Mutter des Herrn Baron Sie zu sich nehme, damit Sie in ihr eine zweite Mutter finden, wie Sie bereits einen wahren Bruder in Jesus Christus in der Person ihres Sohns haben.

– Mein lieber Pate, Ihr erweist mir mehr Freundlichkeit, als ich es verdiene; ich werde zum lieben Gott für Euch beten und für Euch auch, Herr Pfarrer. Und im Herzen zutiefst von der Anteilnahme gerührt, die man ihr erwies, ging die gute Jeanne schluchzend davon.

Der Pfarrer ging hinaus und half ihr, den Sack mit den Vorräten für das Leichenbegängnis aufzunehmen, den sie vor der Tür gelassen hatte. Der Sohn von Léonard, ein dicker Junge von sechzehn Jahren, unbestreitbar häßlich und frohsinnig, wartete in der Küche auf Jeanne, um sie nach Hause zu bringen und ihr beim Tragen der restlichen Dinge zu helfen. Der Regen hatte aufgehört, aber der Wind wehte noch heftig, und die Nacht legte sich wegen der dichten Schleier, die die Sonne verhüllten, rascher als gewöhnlich über das Land.

– Ja, Herr Baron, sagte der Pfarrer bewegt, als er in den hohen Raum zurückkehrte, wo noch seine beiden Gäste waren, Jeanne wäre für Ihr Haus eine vortreffliche Errungenschaft. Sie ist der beste Mensch in meiner Gemeinde, und ich kann sie Ihnen nicht genug empfehlen.

Das ist es also, was er hin und her überlegt! dachte Marsillat. Recht so! Ich werde entsprechend schwerere Geschütze auffahren. Und dieser gute Pfarrer, der aus Tugendhaftigkeit heraus sich eifrig müht, ein für seine Ruhe verhängnisvolles Geschöpf aus seinem Blickfeld zu entfernen und sie in die Arme von Guillaume stößt! Oh, ihr Priester, so seid ihr also! Mögen die anderen sich selbst verdammen, ihr wascht eure Hände in Unschuld, wenn ihr nur eure Seele rettet!

– Lieber Pfarrer, sagte er, Ihrem Rat an meinen Freund Guillaume stimme ich zu. Unter den Flügeln eines solchen Mentors wird Jeanne nicht mehr den Verführungskünsten der jungen Leute in Ihrem Dorf ausgesetzt sein. Aber fürchten Sie denn nicht um Monsieur de Boussac bei all Ihren christlichen und väterlichen Vorsichtsmaßregeln?

– Erklären Sie sich, sagte Guillaume kalt, ich bin nicht scharfsinnig genug, um Ihre Gedankenspiele beim ersten Wort zu erraten.

– Darüber kann ich mich nur dem Pfarrer erklären, *meinem geistigen Vater, meinem sanften Freund!* wie Panurg sagt. Haben Sie Rabelais gelesen, Herr Pfarrer?

– Nein, Monsieur.

– Um so schlimmer für Sie; dort hätten Sie gelernt, mein lieber Pfarrer, daß man den Wolf nicht im Schafstall einsperren soll.

– Ich verstehe Sie nicht.

– Was denn! Wissen Sie nicht, daß Jeanne eine Hexe ist und daß sie, wenn sie meinen Freund Guillaume verhexen will, nur drei Worte zu ihrer guten Freundin, der *Großen Farblosen,* zu sagen braucht, der Königin der Feen, deren Liebling sie ist, wie jeder weiß?

– Ich begreife nicht, wie Sie das Herz haben können, auf Kosten eines so ehrenhaften und reizenden Wesens Ihre Scherze zu machen, das soeben seine Mutter verloren und durch sein Verhalten niemals Anlaß gegeben hat, daß ein Lebemann wie Sie ihm die Ehre erweist, sich mit ihm zu befassen.

– Ach, Pfarrer! Wenn Sie anfangen, grobe Worte zu mir zu sagen, dann will ich Sie an den Geist der Nächstenliebe erinnern. Befasse ich mich mit Ihren Pfarrtöchtern? Man muß schon sehr schlau sein, um sie vom guten Weg abzubringen, auf den Sie sie führen; und im übrigen, lasse ich es denn an Mitleid und Wertschätzung für Jeanne fehlen, wenn ich sage, daß ihre Mutter ihr Geheimnisse überantwortet hat? . . .

Durchdringende Schreie und ein lautes Hin und Her in Holzschuhen waren aus der Küche zu hören und erregten des Pfarrers Aufmerksamkeit.

– Was ist das? sagte er und legte Marsillat die Hand auf den Arm, man schreit Feuer, glaube ich.

– Feuer! Feuer! wurde deutlich von unten geschrien; der Pfarrer und seine beiden Gäste stürzten zur Treppe.

– Das Himmelsfeuer hat bei Ep-nell eingeschlagen; mindestens zwanzig Häuser brennen, rief Claudie, ohne daran zu denken, daß es in Ep-nell nur eine Hütte gab, die von Jeanne. – Laßt uns hinlaufen, Freunde, laufen wir hin! rief der Pfarrer, rannte auf den Platz von Toull und wandte sich an seine verstörten Pfarrkinder, die alle auf die Plattform steigen wollten, um den Brand zu betrachten, und nicht an Abhilfe dachten.

– Jeder von euch holt in seinem Haus einen Eimer, sagte Marsillat; wenn es Ep-nell ist, dann gibt es dort Wasser.

– Wenn es Ep-nell ist, dann brennt vielleicht Jeannes Haus, rief Guillaume und bewaffnete sich eilends mit zwei Eimern aus dem Haus des Pfarrers.

– Daß es da ist, ist sicher! sagte Léonard. Die arme Jeanne, das ist jetzt zuviel Unglück für sie an einem Tag.

– Aber so lauft doch schon, Küster! sagte Marsillat und schob kräftig alle Jammerer und Besserwisser vor sich her.

– Wie soll ich denn da hinlaufen, ich hinke doch! sagte Léonard, muß doch zwangsläufig als letzter ankommen; aber erstmal läut' ich die Glocke.

– Ja, ja, läutet Alarm, sagte Marsillat; das wird die Leute dazu bringen, Hilfe zu leisten. Los, alle miteinander, kommt, anstatt zu schreien und euch zu wundern! Frauen, Kinder, Dorfzimmermann, er soll sich ums Feuer kümmern, wo ist er denn? In der Stadt? Los, bringt mich zum Werkzeugschuppen, damit ich sein Beil hole.

– Ich hole es, Monsieur Léon, sagte eine Frau; aber gelt, Ihr dürft nicht das Beil von meinem Mann verlieren.

– Der Herr Pfarrer soll eine Pinte Weihwasser versprengen, sagte die eine, das ist unfehlbar gegen das Feuer vom Himmel.

– All das braucht es nicht, sagte die andere; müssen die Mutter Guite holen. Die kennt Sprüche gegen das Feuer.

– Wie soll sie denn gehen, wo sie nicht laufen kann? Wir setzen sie auf ein Pferd... Wo doch gerade ein großes Pferd in ihrem Stall steht.

– Ei, was denn, die Jeanne kennt doch auch solche Zaubersprüche; sie kennt mehr als die Mutter Guite, was! Ach, bestimmt doch, ihre Mutter wird nicht gestorben sein, ohne sie die Sach' zu lehren.

Guillaume und Marsillat liefen mit zwei oder drei der Entschlossensten den Berg hinauf. Eine Gruppe Neugieriger und Klageweiber kam hinter ihnen her. Der Pfarrer blieb bis zum Schluß, um die Säumigen und Egoisten anzutreiben und Eimer zusammenzuholen, auf dem

Land eine notwendige und unauffindbare Sache bei derartigen Gelegenheiten. Es wurde immer dunkler, und je mehr sich die Vorhut dem Unheilsort näherte, desto mehr rechtfertigte die riesige Feuergarbe, die aus der brennenden Hütte emporschoß und die der Wind weiter aufpeitschte, die Schreie, die da lauteten: *Es ist zu spät, es ist zu spät!* und die Guillaume und Marsillat rundum bei jedem Schritt hörten. Endlich kamen sie keuchend und schweißbedeckt an, erstaunt, daß Jeanne so weit vor ihnen war; sie hatten erwartet, sie unterwegs einzuholen, aber sie trafen sie nicht.

Die guten Frauen aus den vereinzelten umliegenden Hütten waren schon um das Feuer versammelt, und wie *Farblose*, die gegenüber einem höheren Dämon ohnmächtig sind, erschöpften sie sich in durchdringenden Schreien und vergeblichen Beschwörungen. Die wenigen Männer, die da waren, halfen der Grand'Gothe, die Ziegen und Schafe gewaltsam aus dem Stall zu zerren, die sich weigerten – von der dumpfen Furcht geschlagen, deren Beute diese Tiere unter solchen Umständen sind –, sich von der Stelle zu rühren. Dieser Teil der Hütte war noch unversehrt, aber das Dach des Haupthauses wehte in glühenden Strohflocken auf die Umstehenden, und da man den Einsturz des Ganzen erwartete, wagte es niemand, auf das benachbarte Dach zu klettern, um dieses vom brennenden Dach zu trennen. Als einziger traute sich Marsillat, bewaffnet mit seinem Beil, zum großen Entsetzen von Claudie, die schreckliche Schreie ausstieß. Guillaume wollte ihm gerade folgen; aber ein anderer Gedanke hielt ihn zurück. Wo war Jeanne? Vergebens suchte er sie in der kleinen Menge, die sich lärmend und untätig um den Brand drängte. Jeanne war nicht zu sehen. War sie nach Toull zurückgekehrt? Hatte jemand sie gesehen? Niemand hörte auf Guillaumes Fragen. Er ging in den Stall zurück, wo der Qualm schon so dicht war, daß er nichts mehr erkennen konnte. Er rief Jeanne, niemand antwortete. Die Grand'Gothe schrie jammernd im hinteren Schuppen: »Und meine Hühner, meine Hühner! Meine lieben Nachbarn, meine guten Nachbarn, rettet meine Hühner!«

VII

Der Stein von Ep-nell

Schrecken und Bestürzung unserer Bauern beim Anblick eines so unheilvollen Zerstörers von Eigentum spotten jeglicher Beschreibung. Während das Gesetz der Ungleichheit diesem den kümmerlichen Teil zurückerstattet, den sie so mühevoll erworben und so beschwerlich bewahrt haben, wächst in ihrer unglücklichen und zermarterten Seele eine übermäßige Liebe, eine Art von Götzenkult für das Objekt so vieler Sorgen und für das Ziel so vieler Strapazen. Tulas Haus war keine fünfhundert Francs wert, und Guillaume wurde nicht müde zu sagen: »Schreit nicht, weint nicht, rettet, was ihr könnt, und wenn etwas verlorengeht, dann übernehme ich die Aufgabe, es zu ersetzen. Sucht Jeanne, helft mir, Jeanne zu finden, auf daß sie nicht den Kopf verliert und Trost findet. Los, beeilt euch und sucht mir Jeanne.«

– Jeanne, Monsieur! wurde ihm geantwortet, die wird sich wohl ertränken. Was meinen Sie, soll sie tun? Sie hat an einem Tag alles verloren, ihre Mutter und ihr Hab und Gut. Da kann man nicht am Leben bleiben.

Guillaume konnte nicht begreiflich machen, daß er zumindest einen Teil des Verlustes ausgleichen würde. Einige schüttelten den Kopf und meinten: »Das sagt sich so einfach, aber wenn das Mitleid vorbei ist, kommt doch kein Geld.« Die meisten kannten Guillaume de Boussac nicht und hielten ihn für einen Regierungsbeamten. Und schließlich waren sich alle hierin einig: »Wiederaufgebaut, auf wessen Kosten auch immer, ist es doch immer noch ein brennendes Haus. Der Verlust eines Besitzes. Nein, das Unglück der armen Leute ist allzu groß! *Ach! Mein Gott! Ach! Wofür das alles! Ach! Jesus!*« Und ein Chor von Wehklagen erhob sich gleich dem der Gefangenen in der antiken Tragödie, ohne daß Guillaume, den das Geschrei zur Verzweiflung brachte und der sich ergebnislos über die Aufgeregtheit ärgerte, die Entsetzen und Überraschung beim Bauern bewirken, Erfolg damit hatte, eine Kette zu bilden und die Eimer, die man herbeigeschafft hatte, und das Wasser, welches neben dem Haus floß, zu benutzen.

Er begab sich auf das Dach zu Marsillat, der wie Herkules arbeitete und von fünf oder sechs kräftigen Gehilfen unterstützt wurde, gutherzigen Kerlen, die sich stets ein wenig damit brüsten, Gutes zu tun, und durch die kleinste Ermutigung zum Wetteifer angestachelt werden, der echte Typus also des Freiwilligen in der Republik und des Infanteristen im Kaiserreich – da tauchte Jeanne auf, und Guillaume dachte nur noch an sie.

Sie hatte einen Umweg gemacht, um eine letzte Einladung zu einem Verwandten zu bringen, der am gegenüberliegenden Berghang wohnte, und sie hatte das Feuer erst bemerkt, als sie den Hohlweg verließ, der zu ihrer Behausung führte. Sie hatte den Sack fallen lassen, sie war mit *Cadet*, dem Sohn Léonards, herbeigeeilt, der die Kommißbrote, mit denen er beladen war, zwischen den Steinblöcken der gallischen Stadt verstreut hatte. Cadet jammerte laut; aber Jeanne, bleich und atemlos, sagte kein Wort. Sie suchte etwas in der Menge, und endlich, als sie reden konnte, rief sie:

– Meine Mutter! Wo ist meine arme Mutter?

– Sie hat den Verstand verloren, sie ist nicht mehr bei Sinnen, sagte man um sie herum, sie erinnert sich nicht, daß ihre Mutter gestorben ist.

– Wo habt ihr meine Mutter hingetan? wiederholte Jeanne heftig. Was! Ihr habt den armen Christenleib meiner Mutter nicht da herausgeholt? Das kann doch nicht sein! ... Meine Tante! Wo ist meine Tante? ... Sie wird doch daran gedacht haben... Antwortet mir doch, zeigt mir, wo meine Mutter ist!

Als Jeanne merkte, daß niemand daran gedacht und man sich nur um ihr Vieh gekümmert hatte, das sie doch sehr liebte, das sie jedoch nicht einen Augenblick lang beschäftigte, da stürzte sie zur Tür des Hauses.

– Bleib hier, Jeanne, rief Guillaume ihr zu und umfaßte sie mit den Armen; das Dach stürzt gleich ein, der Raum ist so voll Rauch, daß du sofort erstickst... Nein! Nein!... Ich lasse dich nicht hinein...

– Laßt mich, mein Pate! sagte Jeanne und machte sich mit unglaublicher Kraft von ihm los, ich will nicht, daß der arme Leib meiner Mutter wie ein Möbelstück verbrennt... Ich will, daß sie in heiliger Erde und mit den Ehren eines Christenmenschen bestattet wird!

Und Jeanne stürzte in den Raum der Toten, ohne daß Guillaume sie festzuhalten vermochte.

Er wollte ihr eben folgen, als Jeanne vor dem dichten Qualm zurückwich und auf ihren Plan zu verzichten schien. Aber sie ging auf den Sohn Léonards zu und sagte leise zu ihm: »Cadet, ich will da hinein, und ich schwöre bei meiner Taufe, daß ich meine Mutter heraushole; aber niemand darf mir folgen; sonst wäre alles verloren!«

Sei es, daß Jeanne den Aberglauben nutzte, um sich mehr Glaubwürdigkeit zu verschaffen und ihre Freunde daran zu hindern, die Gefahr mit ihr zu teilen, sei es, daß sie selbst an den Schutz der Farblosen glaubte, die die Mutter an ihrer Wiege angerufen hatte, sie wurde von Cadet und zwei oder drei anderen Bauern, die um sie herumstanden, halbwegs verstanden; sie überzeugte sie gänzlich von der Gabe des *Wissens*, die man ihr zuerkannte. Sie täuschte die Wachsamkeit ihres Paten, stürzte sich unverzüglich in die Rauchschwaden und verschwand unter der Feuergarbe, die die Seiten und den Giebel des Hauses einhüllte. Guillaume wollte ihr nach und sie gewaltsam einem sicheren Tod entreißen... Aber zwei oder drei athletische Armpaare umklammerten ihn, und Cadet sagte mit dem Lächeln, das niemals sein dickes Gesicht verließ, selbst wenn Tränen die auf seinen Zügen erstarrte Heiterkeit widerlegten: »Ihr braucht keine Angst zu haben, mein kleiner, lieber Herr; der Jeanne geschieht nichts. Sie hat, was sie braucht, und sie kennt die Zaubersprüche für die Sach'. Müßt sie gehen lassen; Ihr seht ja, daß es sie für den Rest ihrer Tage unglücklich machen tät, wenn sie die Gebeine ihrer Mutter den Flammen überläßt. Sie kommt ebenso unversehrt wieder heraus, wie sie hineingekommen ist, meiner Treu! Ihr werdet schon sehen! Macht Euch nichts draus! Müßt nicht böse werden. Wir wollen nur Euer Bestes, wollen Euch nicht kränken. Ihr verbrennt, wenn Ihr ihr nachgeht! Müßt die Farblosen nicht bei der Arbeit stören!

Bei dieser hübschen Rede in schönstem Berrichon schäumte Guillaume vor Empörung, und er lag noch immer im Kampf gegen diese abergläubischen Hofhunde, als Jeanne auf der Schwelle des schwankenden und vom Zusammenbruch bedrohten Hauses erschien. In seinen Armen trug das beherzte, kräftige Mädchen die starre Leiche, die von schrecklicher Größe zu sein schien. Das Leichentuch verbarg den Kopf der Toten, ließ dabei einen Teil des Körpers frei, der der Sitte entsprechend mit den besten Kleidern bedeckt war, und wallte in Falten, die im Widerschein der Flammen rot wirkten, bis auf Jeannes Füße hinab. Die Hand Tulas fiel auf das Gesicht ihrer Tochter, und es schien, als segne sie sie mit einer letzten zärtlichen Geste, und sämtliche Leute aus Toull und aus der Umgebung behaupteten später unter Eid, daß sie gesehen hätten, wie der Leichnam sich auf der Schwelle hinabgebeugt und Jeanne einen Kuß auf die Stirn gedrückt habe. Was das Wunder noch eindrucksvoller machte, war folgendes: Kaum hatte das fromme Mädchen drei Schritte nach draußen getan, stürzte der Dachstuhl, dessen Balken durch einen langsamen Schwelbrand mürbe geworden waren, krachend über der Kammer ein, die Jeanne soeben verlassen hatte, und verstreute weithin Ascheschwaden, qualmende Dachstrohlawinen und glühende Gebälkstücke.

– Laßt es einstürzen, laßt es einstürzen! rief Jeanne, da drinnen ist nichts mehr zu retten.

Bei dieser letzten Katastrophe stießen Frauen und Kinder gellende Schreie aus und liefen entsetzt auseinander. Jeanne beschleunigte den Schritt, ohne ihre Geistesgegenwart zu verlieren, und kein Trümmerstück traf sie.

Das Schauspiel dieses Geschehens machte auf Guillaumes Geist einen so lebhaften Eindruck, daß er noch zehn Jahre später in seinen Träumen davon aufgewühlt wurde. Jeanne schien ihm in diesem wilden und erhabenen Akt des Mitleids so schön und schrecklich wie eine Druidin. Sie hatte ihre Stoffhaube verloren, und ihr langes blondes Haar umflutete sie; ihre vom Rauch geröteten Augen blickten verwirrt, als ob sie trunken wäre, ihre Stimme war kraftvoll, und ihre Redeweise, gewöhnlich langsam und leise, war kurz und deutlich. Sie drängte sich durch die Menge, wobei sie immer noch die Leiche trug, die niemand zu berühren wagte, und sie ging und legte sie auf den Dolmen von Ep-nell, diesen langen, flachen Stein, der sich auf zwei andere stützt und den man für eine alte Brücke halten könnte, deren Wasserlauf abgeleitet und deren Fundament abgesenkt ist.

– Wie das Haus jetzt brennt! wiederholte Jeanne mit Nachdruck, laßt es nur, laßt es einstürzen, meine Freunde! . . .

Dann bat sie um ein Glas Wasser, um Wasser! aus Gnade und Barmherzigkeit, und bevor man es ihr bringen konnte, fiel sie in *Schwachheit*, wie die Bauern sagen.

Guillaume und der Pfarrer beeilten sich, sie zurückzuholen, und trugen sie, zwei Schritte von dort, zum Ufer eines Wasserlaufes, wo sie ihre Hände und ihr vor Hitze glühendes Gesicht benetzten. Es war unmöglich, in diesem Durcheinander ein Gefäß zu finden, um ihr zu trinken zu geben, obwohl die Tante gleich zu Anfang ihr

Geschirr und alles, was sie für kostbar erachtete, gerettet hatte. Jeanne trank aus der Höhlung der weißen Hände des jungen Barons, und als sie wieder atmete und kräftig genug war, ging sie zum Altar der Druiden zurück, der ihrer Mutter als Totenbett diente, und kniete dort nieder. Sie verharrte mit dem Rücken zum Brand, ihr schöner blonder Kopf im funkelnden Widerschein des Feuers, sie war versunken und teilnahmslos gegenüber allem.

– Jeanne, sagte der dicke Cadet zu ihr, alle deine Tiere sind gerettet. Nicht ein einziges Huhn ist verbrannt.

– Danke, mein Cadet, antwortete Jeanne, das freut mich, denn meine Mutter hat diese Tiere großgezogen, und sie hat mir aufgetragen, sie aufs beste zu versorgen.

– Jeanne, sagte nun seinerseits Guillaume, du hast bei dem Unglück nichts verloren; ich übernehme es, alles wiedergutzumachen.

– Wie Ihr wollt, mein Pate; aber es ist nicht nötig, seht Ihr! Um mein Leben zu verdienen, brauch ich nicht viel, und wo doch meine Mutter nicht mehr mit mir im Haus lebt, ist es mir ebenso recht, daß es aus ist mit dem Haus.

Jeanne sorgte sich nicht einen Augenblick lang um ihre persönlichen Interessen. Die ganze Gegend seufzte ihretwegen und beweinte die Ruinen ihres Hauses, nur sie selbst nicht.

– In all meinem Unglück tröstet es mich, sagte sie, wieviel Mühe sich all die braven Leut' meinetwegen gemacht haben und daß meine arme Mutter auf einem Christenfriedhof bei meinem armen Vater bestattet wird und bei meinen armen Brüdern und Schwestern, die auch da sind.

Indessen war es Marsillat und seinen guten Gehilfen gelungen, dem Feuer beizukommen. Aber ein Zwischenfall, den sie nicht hatten vorhersehen können, bewirkte, daß ihr ganzer Eifer umsonst war. Der gemeinsame Giebel der Kammer der Toten und des Stalls, der rot und glühend war vor Hitze, fing an, sich so deutlich über ihnen zu neigen, daß sie das Unternehmen aufgeben mußten; und nach wenigen Augenblicken brach diese große, nackte Mauer zusammen, da sie ihrer Querbalken beraubt war, die sie so lange Jahre in Schach gehalten hatten, sie stürzte auf den Stall, zerschlug die Bedachung und bahnte einer neuen Flammenflut den Weg, die bald den Rest dieser elenden Behausung verschlungen hatte.

Solange der Grand'Gothe die Hoffnung blieb, ihr Korn und ihr Viehfutter retten zu können, die in diesem Teil des Gebäudes lagerten und ihr persönliches Besitztum waren, hatte sie großen Wagemut und Geistesgegenwart behauptet; aber als sie sah, wie ihre Ernte in Flammen aufging, verlor sie den Kopf, brach in Verwünschungen aus über Gott und die Menschen und wollte sich in die Flammen stürzen, um mit ihren Erzeugnissen unterzugehen. Es brauchte Marsillats Kraft und Zorn, um sie davon abzuhalten. Die Umstehenden hätten sie am liebsten gewähren lassen, denn sie glaubten, sie sei gegen Feuer gefeit und der Teufel werde stets eine so böse Hexe retten, um die guten Christen zu ärgern.

– Es ist die Gerechtigkeit des lieben Gottes, sagten sie, daß das Himmelsfeuer auf das Hab und Gut eines solchen Weibes gefallen ist. Solange ihre Schwester darin gewohnt hat, war die Strafe aufgeschoben. Aber nun seht ihr, was geschieht! Die Tula stirbt, die Jeanne ist nicht daheim, und plötzlich brennt das ganze Haus; man hat Jeannes Vieh gerettet, und außerdem hat sie die Leute vom Schloß wiedergefunden (die Familie Boussac), die ihren Schaden wiedergutmachen. Pah! Ich wette, daß sie ihr ein besseres Haus bauen lassen als dieses da. Und damit muß die alte Hexe um ihr Brot betteln gehen, und der liebe Gott wird gerächt sein, und die Leute im Kirchspiel sind von einem großen Feind befreit.

Als Jeanne von weitem die Schreie ihrer Tante hörte, bat sie Cadet, die Leiche ihrer Mutter zu bewachen, und sie bemühte sich, ihre Tante zu trösten.

– Das ist doch nicht so schlimm, meine Tante, mein Pate will mir Gutes tun, und ich werde Euch alles ersetzen, was Ihr verloren habt.

– Sei still, schämst du dich nicht, du dummes Ding! schrie die Megäre außer sich. Kein Mensch wird dir je Gutes tun; du hättest schon längst ins Haus deiner Mutter das Glück bringen können und hast es nicht getan. Nein, nein! Ich kenne dich, geh! Du wirst dich an deinem Paten ebensowenig schadlos halten wie an den anderen. Du bist ein herzloses Mädchen, das sich um nichts kümmert!

– Ich sage Euch, meine Tante, antwortete Jeanne, die die frechen Anspielungen ihrer Tante nicht begriff, daß mein Pate mir schon Gutes getan hat! Ach, mein Gott, wenn ich es da hätte, was er mir in Toull gegeben hat, dann wollt ich Euch schnellstens trösten! . . . Und Jeanne schickte sich an, in ihren Taschen das Geld zu suchen, das Guillaume ihr gegeben und an das sie bis zu diesem Augenblick kaum gedacht hatte.

– Er hat dir etwas gegeben? schrie die Tante; was hat er dir gegeben? Wo hast du es hingetan? Du hast es verloren! Du hast es in das *Loch der Farblosen* geworfen! . . .

– Hier, hier, meine Tante, sagte Jeanne, als sie das Geld fand, das sie in Papier gelegt und mit ihrem Rosenkranz umwickelt hatte, nehmt das, nehmt es schnell, das macht Euren Verlust wieder ein bißchen gut; und als sie sah, daß ihre Tante sich ein wenig beruhigte, kehrte sie zu ihrer Mutter zurück.

– Die Jeanne muß furchtbar dumm sein! sagten die Umstehenden, das, was sie hat, einer Frau zu geben, die das Himmelsfeuer in ihr Haus hat einschlagen lassen. Trau, schau, wem! Ich hätte ihr nicht einmal die Kleider gelassen, die sie auf dem Leib hat, denn mir scheint, daß sie sie geklaut hat.

– Und warum hat sie dann, wenn sie so viele Geheimnisse kennt, das Feuer nicht aufgehalten?

– Die Gothe? Kann denn sowas Gutes tun, diese Art von Weibern? Die versteht doch nur vom Bösen was.

– Immerhin, die Jeanne hat es auch nicht aufgehalten.

– Sie hat es nicht gewollt, ihr habt doch gesehen, daß sie's nicht gewollt hat! Sie hat gewußt, daß es Gottes Gerechtigkeit ist; sie hat die Leiche ihrer Mutter weggebracht; das hat sie gewollt; was sie gewollt hat, hat sie gemacht, oder! Das habt ihr doch gesehen.

Als das Haus nur noch ein Haufen rauchender Trümmer war, schlug es schon fast Mitternacht. Man hatte eine Stunde damit zugebracht, eine Kette zu bilden und die Flamme zu löschen, als es schließlich nichts mehr zu retten gab. Die Arbeit in der Kette war für die jungen Mädchen und Kinder, die diese Methode nicht kannten, ein ganz neues Vergnügen, und man hörte, wie Possen und Lachen dieses Drama beendeten, das mit Heulen und Schreien begonnen hatte. Endlich kam wieder allen die Arbeit in den Sinn, die bei Tagesanbruch aufgenommen wird und keine langen Nächte gestattet, und man lief auseinander. Die Grand'Gothe, die noch Jeannes Großzügigkeit entsprechend dachte, sie werde das Vieh erben, trieb es zusammen und verschwand, ohne daß jemand hätte sagen können, auf welchem Wege. Es gab in dem niedergebrannten Haus keinen Winkel, wo man die Tote geschützt hätte aufbahren können. Im übrigen beharrte Jeanne darauf, sie auf dem Druidenstein zu lassen, wo sie es, wie sie versicherte, gut hatte, und sie wollte sich nicht von ihr entfernen, so sehr man auch darauf bestehen mochte, damit sie sich ausruhe. Der Pfarrer, Guillaume, Marsillat und Cadet, die ihren Entschluß nicht umstoßen konnten, vereinbarten also, bei ihr zu wachen und sie erst zu verlassen, sobald sie sich anschicke, an ihr eigenes Leben zu denken und ihre Hilfe und Ratschläge anzunehmen.

Das Wetter war wieder ruhig und wolkenlos; am Himmel schien der Mond, und sein blauer Widerschein, der die zerstörten Mauerflächen der Hütte erhellte, stand in Kontrast zu dem roten Leuchten aus dem noch nicht ganz erloschenen Brandherd. Die Nacht war frisch.

Marsillat, schweißgebadet nach seiner Arbeit als Feuerwehrmann, war nahe bei den nassen Strohhaufen und klapperte mit den Zähnen, mit der Hacke schob er sie hin und her, um ein wenig Feuer zu finden, von dem er zuviel gehabt, wie er sagte, und von dem er jetzt nicht genug hatte. Cadet, müde und unwiderstehlich seiner rechtmäßigen Schlafgewohnheit unterworfen, lehnte sich philosophisch gegen einen noch warmen Mauerrest und schlief tief und fest ein. Der Pfarrer begab sich, um zu beten, an Jeannes Seite, von ihr nur getrennt durch den Stein, der die Tote trug. Die Hirtin von Ep-nell fiel wieder in ihre kontemplative Bewegungslosigkeit, in der Guillaume sie angetroffen hatte, als er sie am Morgen zum erstenmal sah. Als um ein Uhr morgens der Stern Arktophylax sich dem Kirchturm von Toull näherte, nickte der Pfarrer über seinem Gebet ein, und Marsillat schlief fast ebenso gut wie Cadet. Nur Guillaume, dessen junge Phantasie mehr als die aller anderen von den unvorhersehbaren Aufregungen des Tages beeindruckt war, blieb als einziger vollkommen wach und ging langsamen Schrittes, gleich einem umsichtigen Wachposten, in geringer Entfernung zur Jungfrau von Ep-nell auf und ab. Von Zeit zu Zeit blieb er stehen und betrachtete sie gerührt. Vielleicht war auch sie in der Haltung des Betens eingeschlafen. Ihr grauer Mantel, dessen Kapuze zum Zeichen der Trauer übers Gesicht gezogen war, ließ sie im Mondschein wie ein Schatten aussehen. Der völlig schwarz gekleidete Pfarrer und die in ihr weißes Leichentuch gewickelte Tote bildeten mit ihr zusammen ein unheimliches Bild. Zuweilen erzeugte das unter einem Trümmerhaufen verborgene Feuer so etwas wie Vulkanausbrüche im kleinen. Es zischte unter leichtem Knallen heraus, schleuderte das schwarze Stroh, das es bedeckt hatte, von sich, und eine Flamme schoß empor, die nach wenigen Augenblicken wieder erlosch. Diese flüchtigen Lichter ließen alle Gegenstände aussehen, als schwankten sie. Die Tote schien sich auf ihrem Stein zu bewegen, und Jeanne wirkte so, als folge sie ihren Bewegungen und wiege sie in den letzten Schlaf. Aus der Ferne hörte man das Wiehern einzelner Pferde auf der Weide und das Bellen der Hunde auf den Pachthöfen. Der grüne König der Sümpfe quakte eintönig, und die seltsamste unter diesen Stimmen, unbekümmert um Schmerzen und menschliche Aufregungen, das war das Zirpen der Heimchen, dieser unbrennbaren Gäste des häuslichen Herdes, die sich über die Wärme der Steine freuten und über die Ruinen ihres Heimes eilten, sich gegenseitig riefen und laut Antwort gaben in der schweigenden, widerhallenden Nacht.

Plötzlich stand Jeanne leise auf und ging Guillaume entgegen, der auf sie zukam.

– Mein Pate, sagte sie, man muß den Herrn Pfarrer schlafen schicken. Ich bin sicher, daß er friert und die Feuchtigkeit spürt, und ich habe ihm schon mehr als einmal gesagt, er solle nach Hause gehen. Wenn er sich etwas holt, das wäre ein zu großes Unglück für seine Pfarrkinder. Er ist ein so tapferer Mann. Und auch Ihr, mein Pate, werdet krank von all dem. Müßt mit dem Herrn Pfarrer gehen.

– Jeanne, sagte Guillaume, so willst du also unter der Obhut von Monsieur Marsillat bleiben?

– Monsieur Marsillat ist also auch da? Das wußte ich nicht, mein Pate.

– Und wo du es jetzt weißt, möchtest du, daß ich gehe?

– Müßt ihn auch mitnehmen, mein Pate. Vorausgesetzt, Cadet bleibt bei mir, um die bösen Tiere von dem armen Körper abzuhalten, das ist alles, was ich brauche.

– Aber dein Freund Cadet schläft, als läge er in seinem Bett, meine gute Jeanne; man hört ihn von hier aus schnarchen.

– Ich wecke ihn schon, wenn es nötig ist, mein Pate.

– Du willst also, daß ich gehe?

– O nein, mein Pate. Ich möchte, daß Ihr schlafen geht und ein Dach über dem Kopf habt.

– Und wenn ich lieber bleibe, Jeanne? Wenn ich mich hier besser fühle, bei dir und bei diesem armen Leichnam, den zu bewachen auch meine Pflicht ist?

– Also, mein Pate, dann bleibt nur hier, sagte Jeanne. Ich weiß nicht, was ich sagen soll, um Euch das alles zu entgelten.

Der Pfarrer schlief in der Tat. Zu Beginn seiner Wache war er etwas erregt gewesen durch Jeannes Gegenwart, deren jungfräuliches Gesicht oft in seinen Träumen und Gedanken auftauchte. Aber Monsieur Alain, von sanftem und frommem Wesen, gehörte nicht zu den hitzigen Menschen, bei denen der Ruf der Natur und die abgewiesene Liebeshoffnung Leidenschaft, Irrsinn und den Gedanken an ein Verbrechen erzeugen. Seine Natur war die des Weisen, auch wenn er nicht sehr weise war; dazu hatte ihm die Umgebung gefehlt, und die Aufgaben eines mildtätigen und gewissenhaften Landpfarrers lassen weder Zeit noch Geld übrig, um sich eingehend zu unterrichten. Aber sein Herz war gutmütig und ruhig, seine Freuden naiv und unschuldig, er stellte sich selbst zurück, und seine Sitten blieben voller Unschuld – ein Mann also, der aufrichtig und in naiver Weise in die Wissenschaft verliebt war. Jeanne war ihm wirklich teuer, und darin folgte er nur der natürlichen Neigung seiner gesunden Ansichten und seiner guten Instinkte: denn dieses Mädchen ohne Kenntnisse und Mißtrauen stellte das dar, was er, seinem mystischen Stil gemäß, einen Spiegel der Reinheit und eine Rose ohne Makel nannte. Und da Jeanne außerdem von vollendeter Schönheit und der gute Alain noch nicht einmal dreißig war, Augen im Kopf hatte, Geschmack und Sensibilität, war er in ihrer Nähe sehr wohl ein wenig aufgeregt. Vor allem, seit Marsillat um die Hirtin herumlungerte, empfand der Pfarrer so etwas wie Angst und Empörung, die wie Eifersucht aussah. Darum wünschte er aufrichtig, sie vor

Gefahren zu schützen und aufs Schloß Boussac zu schikken; er liebte sie zu sehr, um nicht das Wohl des jungen Mädchens seinem eigenen Glück vorzuziehen, und er liebte sich selbst nicht genug, um die Freude, sie zu sehen, dem Schmerz über ihr Verderben vorzuziehen.

Er fuhr aus dem Schlaf auf, als Jeanne die Hand vertraulich auf seine Schulter legte, er zuckte zusammen und beruhigte sich sogleich, und dann, gedrängt durch ihre Beharrlichkeit und betrübt, sie zu verlassen, vermochte er indessen nicht, ihr Widerstand entgegenzusetzen und war in edlem Vertrauen einverstanden, sie unter Guillaumes Obhut zu lassen, den er als einen jungen Heiligen betrachtete. Guillaume brachte ihm sein Pferd, das in geringer Entfernung weidete, und als er den Fuß auf den Steigbügel setzte, sagte der gute Pfarrer mehrere Male leise zu ihm:

– Vor allem, Herr Baron, machen Sie es nicht wie ich, schlafen Sie nicht ein.

Dann ritt er langsam davon; das regelmäßige Geräusch der Hufeisen seiner Grise auf dem gallischen Pflaster verlor sich in der Ferne, ohne Cadet aus seinem bleiernen Schlaf zu reißen. Was Marsillat angeht, so schlief er seit einigen Augenblicken nicht mehr, und während er so lagerte, daß er mit den Augen allem folgen konnte, was sich rund um die Ruinen des Hauses ereignete, war er entschlossen, Haltung und Verhaltensweisen seines jungen Rivalen unter den neuen Umständen genau zu studieren.

VIII

Die Wäscherin

Jeanne begab sich alsbald wieder zum Dolmen, und Guillaume, der sah, wie sie erneut auf dem Stein niederkniete, holte ihr ein Strohkissen, das sich in dem Haufen zerbrochener Möbel befand, die die Grand'Gothe zu retten begonnen hatte.

– Mein Pate, Ihr seid allzu barmherzig, sagte Jeanne, die über so viel Aufmerksamkeit erstaunt war. Meine arme, geliebte, selige Mutter hätte nicht mehr für mich getan als Ihr, wahrhaftig!

– Gutes und teures Kind, antwortete der junge Baron gerührt, ich möchte ernsthaft mit dir reden, lieber früher als später. Bringst du es übers Herz, mir zuzuhören?

– Wie Ihr wollt, mein Pate. Wenn es Euch allerdings morgen lieber wäre, dann wäre mir das sehr recht. Da liegt meine liebe Verstorbene und bittet um meine Gebete, und ich meine, daß es nicht nett wäre, neben ihr zu plaudern. Morgen nach der Beerdigung, mein Pate, wenn Ihr wünscht, daß ich mit Euch schwatze, da hab ich nichts dagegen.

– Nein, Jeanne, gerade jetzt möchte ich mit dir sprechen, hier, neben deiner Mutter und in ihrer Gegenwart absozusagen. Ich will sie als Zeugin für meine guten Absichten und die Reinheit meiner Gefühle für dich. Ich will ihr schwören, daß ich dein Freund und Verteidiger sein werde, meine liebe Jeanne, und ich bin sicher, daß unser Gespräch weit davon entfernt ist, gottlos zu sein, und ihre Seele erfreut, die im Himmel ist.

– Ihr redet allzu anständig, als daß ich Euch nicht zuhörte, mein Pate. Ihr kennt Euch besser aus als ich, und ich glaube Euch gern.

– Nun gut, Jeanne! Sage mir zuerst, daß du mir Vertrauen schenkst und mir gestatten wirst, daß allein ich mich mit deinem Schicksal befasse... Ich sage allein... Zusammen mit meiner Mutter allerdings, vor allem mit meiner Mutter.

– Ich kann nichts Besseres tun, als Euch in diesem Punkt zuzuhören, mein Pate. Besonders, weil meine Mutter mir immer gesagt hat, Eure Mutter sei eine sehr gute Frau und Euer verstorbener Vater ein sehr gerechter Mann.

– Du versprichst also, nur von uns einen Rat anzunehmen?

– Ja, mein Pate, mit dem Einverständnis des Herrn Pfarrers, der auch ein sehr gerechter Mann ist, und meine Mutter hat mir aufgetragen, ihm zu glauben.

– Mit dem Einverständnis des Herrn Pfarrers, so sei es; aber von niemandem sonst, nicht einmal von deiner Tante!

Jeanne zögerte einen Augenblick, dann sagte sie: »Nicht einmal von meiner Tante, mein Pate.« Sie hatte begriffen, in eben dieser Nacht, daß ihre Tante nur eine Leidenschaft hatte, die Raffgier; und in ihrer frommen Seele war sie empört, daß die Schwester ihrer Mutter den verehrten Leichnam den Flammen preisgegeben hätte, ohne anschließend auch nur daran zu denken, bei ihr die Totenwache zu halten.

– Danke, Jeanne, danke, sagte Guillaume und nahm ihre Hand.

– Wofür dankt Ihr mir denn, mein Pate?

– Dafür, daß du mich als deinen Führer und Freund annimmst. Deine Mutter hat dein Versprechen gehört, Jeanne!

– Walte Gott, daß es ihr recht sei! sagte Jeanne und küßte den Saum des Leichentuchs. Und jetzt, mein Pate, was wollt Ihr mir raten?

– Nach Boussac zu kommen und im Haus meiner Mutter zu leben, wenn, und dessen bin ich mir gewiß, meine Mutter dich einstellt.

– Das würde bedeuten, ihr zu dienen, mein Pate? Glaubt Ihr, daß Eure Mutter mich braucht?

– Nein, Jeanne, ich glaube nicht, daß sie dich braucht; aber...

– In dem Fall, mein Pate, wollt Ihr mich entschuldigen; ich möchte nicht in der Stadt leben.

– Du liebst also nur das Land?

– Ich bin nie in der Stadt gewesen, mein Pate, das heißt, ich bin dort geboren; aber seit ich im Alter von fünf Jahren von dort weggegangen bin, bin ich nicht ein einziges Mal zurückgekehrt, und meine Mutter auch nicht.

– Und warum?

– Ich weiß nicht, mein Pate. Es scheint, daß meine Mutter an diesem Ort Kummer gehabt hat, und sie hat immer zu mir gesagt: Jeanne, es ist nicht gut, sein Haus und seine Familie zu verlassen, siehst du. Glaub es mir, wenn du einmal auf eigenen Füßen stehst.

– Aber jetzt, meine arme Jeanne, hast du weder Familie noch Haus!

– Das ist wahr, sagte Jeanne und betrachtete den Leichnam ihrer Mutter. Dann drehte sie sich zu ihrem zerstörten Haus um, und zum erstenmal spürte sie, wie furchtbar es ist zu sehen, wie das Dach einstürzt, unter dem man sein ganzes Leben verbracht hat. Das ist wahr, wiederholte sie mit veränderter Stimme, ich habe nicht an dieses arme Haus gedacht, an das ich gewöhnt war, wo ich meine Mutter jeden Abend und jeden Morgen sah, wo ich neben ihr schlief und wo ich im Schlaf gehört hab, wie meine Ziegen rumoren und meckern. Ja, es ist wahr, das alles ist vorbei. Damals war ich damit zufrieden; und es schien mir, als könnt ich nicht mehr drin schlafen, wenn meine Mutter nicht mehr da ist. Jetzt kommt es mir so vor, als wäre ich zufrieden gewesen, ihr Bett zu sehen, ihren Schrank, ihren großen Holzstuhl, ihre Spindel und ihr Geschirr, das sie abgewaschen und so gut aufgeräumt hat. Sie haben teilweise die Möbel gerettet, das ist wahr, aber der Platz, wo das alles hingehört hat, und die Hand, die es benutzt hat ... und die Stimme, die in dieser Kammer gesprochen und bei Tagesanbruch gesagt hat: Jeanne, auf, meine Jeanne, auf, mein Herzchen, die Lerchen sind schon wach, jetzt sind die kleinen Mädchen dran. Und am Abend, wenn ich von den Feldern zurückkam: da ist sie ja, die Jeanne! Die Wölfe haben sie mir also nicht gefressen! Und dann haben wir alle drei gegessen, mein Pate, und meine Tante ist immer böse geworden, und meine Mutter ist nicht böse geworden. Sie hat gelacht und Geschichten erzählt und Lieder gesungen; und dann hat sie meine Tante zum Lachen gebracht und mich auch; ach ja, wir mußten immer nur lachen! Es ist nicht so, daß mir immer alles unbedingt klar gewesen wäre. Sie hat mir wohl gesagt, daß ich nie so viel Verstand haben würde wie sie. ›Aber das macht nichts‹, wie sie gesagt hat, ›ich liebe dich so wie du bist, meine Jeanne, der liebe Gott hat dich mir so geschenkt. Was der liebe Gott gemacht hat, ist mir recht.‹ Ach, wie gut sie war, diese Frau da, mein Pate. Es gibt keine zweite wie sie. Man könnte ihr alles mögliche über mich erzählen, sie würde es nicht glauben. Sie würde ihnen sagen ...

Jeanne drehte sich plötzlich zu ihrer Mutter um; sie hatte wie im Traum gesprochen. Und mit einem Mal, in dem Augenblick, als sie gerade ganz und gar vergaß, daß sie von der Vergangenheit redete, sah sie die Leiche an, das Wort erstarb ihr auf den Lippen, und sie warf sich über den Körper ihrer Mutter und brach in langes Schluchzen aus. Es war dies freilich der einzige Augenblick der Auflehnung und Schwäche, dem sie sich hingab.

Ihre kindliche Redeweise, die Schlichtheit der Bilder, die sie zeichnete, hatten von dem jungen Baron nicht den Zauber der Bewunderung genommen, die er an diesem verheerenden Abend für sie empfunden hatte. Jeannes Ausdrucksweise kam aus einem leidenschaftlichen und wahrhaftigen Herzen, ihre Stimme war so sanft wie die des Baches, der wenige Schritte neben ihr unterm Heidekraut plätscherte; ihr bäuerlicher Tonfall hatte nichts Grobes oder Gemeines. Unter diesen ursprünglichen Formen spürte man ein natürliches Unterscheidungsvermögen. Guillaume begriff, daß er in der Kirche wie im Theater immer nur schwülstige Reden vernommen hatte, und die Sprache Jeannes berührte ihn so tief, daß er Tränen vergoß.

– Ach, mein Pate! sagte Jeanne, stand auf und trocknete sich unbeholfen die Augen, als wolle sie dem Weinen Einhalt gebieten, ich bereite Euch Kummer, verzeiht mir.

– Was mögen sie sich so lange erzählen? dachte Marsillat, der nahe genug war, daß er sie sehen, jedoch nicht hören konnte, um so mehr als sie durch diese instinktive Achtung, die die Anwesenheit eines geliebten Toten einflößt, leise gesprochen hatten. Als eine zarte Wolke sich vor den Mond schob, verblaßte die Gruppe der Toten und des jungen Paares vor Marsillats scharfen Augen und verschmolz mit den Druidensteinen, die sie umgaben. – Wahrhaftig, sagte er sich, sollte dieser fromme Junge, als der er gern erscheinen möchte, die Kaltblütigkeit besitzen, ihr angesichts des Leichnams ihrer Mutter von Liebe zu sprechen? Ich, ich würde es nicht wagen. Ich habe mich nicht kühn genug gefühlt, heute abend ein einziges Wort zu diesem armen Mädchen zu sagen! Aber mir scheint, daß Guillaume nicht abwartet, bis die Tote in der Erde ist, um dem Kind davon zu reden und seine Einschreibung vorzunehmen. Nur los, mein Junge! Das beschränkt sich alles auf hübsche Worte, wie ich hoffe; um so mehr sicherlich, als ich dich nicht aus den Augen lassen werde und Worte bei unseren Mädchen eine Münze sind, die nicht im Umlauf ist. Sollte er mit ihr das *Oremus* aufsagen? Bei Gott, dazu ist er fähig... Aber diese jungen Christen sind echte Heuchler, und von dem da lasse ich mich nicht ausstechen. Wenn nur dieser Lump nicht so laut schnarchen würde, daß gleich der Rest der Mauern über uns einstürzt, würde ich vielleicht etwas verstehen.

– Monsieur Léonard junior, sagte er und schüttelte Cadet, um ihn aufzuwecken, Ihr schlaft zu arg, Ihr weckt die ganze Gemeinde. Und er verpaßte ihm vier oder fünf Schläge, um ihn zu wecken.

– Halt! Halt! sagte Cadet, streckte die Arme und öffnete endlos weit den Mund zum Gähnen, ich will dir helfen, wie ein Scheunendrescher auf mich einzuschlagen! Wer macht sich denn da 'nen Spaß mit mir? Ah, Ihr seid es, Monsieur Léon! Ihr seid mir ja ein Witzbold! Ihr habt mich jedenfalls ganz schön wach gemacht!

– Los, steh auf, du Dummkopf! Du fällst aus dem Bett.

– Haha! Aus dem Bett! Das ist lustig! Ah, Ihr bringt mich zum Lachen. Ihr seid der netteste Mann, den ich je kennengelernt hab.

– Los, steh auf, mein hübscher Cadet; du siehst doch, daß die Jeanne da drüben bei der Totenwache sich erkältet.

– Sie ist also immer noch da, die Jeanne! Ach, das gute Christenmädchen! Sie ist das beste Mädchen, das ich kenne!

– Auf, auf! Kennen oder nicht, komm mit, wir wollen ihr sagen, daß sie sich ein bißchen aufwärmen soll.

– Ja doch, ja; das ist vernünftig, Monsieur Léon.

Die Annäherung Marsillats verdroß Guillaume sehr; aber Jeanne schien es gleichgültig zu sein, und sie dankte ihm sogar so höflich sie konnte dafür, daß er sich soviel Mühe gegeben, ihr Haus zu retten, und sich ihretwegen zu einer so schlechten Nacht verurteilt habe.

– Beachte uns nicht, Jeanne, antwortete Léon, der nicht annahm, daß Monsieur de Boussac so gut über seine Absichten unterrichtet sei und nun vorgab, in seinem Schützling nur ein armes Mädchen zu sehen, dem infolge unvorhergesehener Umstände geholfen werden müsse. Wir tun alle drei unsere Pflicht, wenn wir dich nicht im Stich lassen; aber dein Pate und du, ihr müßt unter der Kälte leiden; wir kommen, um euch ein wenig abzulösen. Kommt zum Feuer da drüben, es brennt noch ganz gut, und überlaßt uns euren Platz hier.

Während Marsillat derart redete, hoffte er, Cadet nach kurzer Zeit allein bei der Toten zu lassen, zum Feuer zurückzugehen und diese nach seinem Geschmack allzu lange Zweisamkeit von Pate und Patenkind zu stören.

Aber er gab sich einer Täuschung hin: Cadet war nicht dazu aufgelegt, mit einem Toten alleinzubleiben. Obwohl er als Küster-Totengräber-Lehrling schon allerlei Leichenbegängnissen beigewohnt hatte, war er bei der Ausübung seiner Aufgaben nie allein gewesen, und es lag ihm fern, die skeptische Einstellung seines Vaters zu teilen; auch zeigte er für den Posten, den er erben sollte, nur eine geringe Bereitschaft. Übrigens hatte Jeanne nicht im Sinn, auf Marsillat, bei dem sie spürte, daß er ein gottloser Spötter war, die Sorge zu übertragen, der Seele ihrer Mutter durch Gebete beizustehen, wie sie es ausdrückte. Sie gab nur wegen ihres Paten die Zustimmung, daß der gefällige Cadet ein paar große Stücke von dem brennenden Holz hole und beim Dolmen ein Feuer einrichte.

Cadet, der seine dicken Backen aufblies, um das Feuer anzufachen, hielt inne, als lausche er, und dann, da er nichts Genaues gehört hatte, fuhr er in seinem Amte fort und sagte:

– Glaubst du, Jeanne, daß es gut ist, an dem Ort Licht zu machen, wo ich das Feuer anfache?

– Was willst du damit sagen? fragte Marsillat.

– Ach, erwiderte Cadet, sie sagen, daß das ein schlechter Ort für die Farblosen ist!

– Sei still, Cadet, sprich nicht davon, sagte Jeanne, die näher ans Feuer gekommen war, um warme Asche in ihre Holzschuhe zu füllen. Du weißt genau, daß es verrückt ist, vor den Farblosen Angst zu haben, außerdem sind sie an diesem Ort hier nicht böse.

– Das sind keine Verrücktheiten, rief Cadet und wurde blaß. Sei still, hörst du nicht?

– Ich höre so etwas wie das Schlagholz einer Waschfrau, sagte Jeanne.

– Verdammt, wo ich es doch gesagt habe. Das ist es! Es ist die Wäscherin! Verdammter Mist, daß ich Licht gemacht hab. Und zähneklappernd vor Angst verkroch Cadet sich hinter Marsillat, der gleichfalls ziemlich überrascht lauschte.

– Worüber verwundert ihr euch denn so? fragte Guillaume und kam näher.

– Das ist weiter nichts, mein Pate, sagte Jeanne etwas blaß; das ist ein böser Geist, der uns fernhalten will. Aber der Stein ist ein guter Stein, und wenn man keine Angst hat und Gebete spricht, braucht man nichts zu befürchten. Hastig zog Jeanne ihre Schuhe wieder an und kniete neben der Toten nieder.

– Ach das! Ich träume doch nicht auch? sagte Léon und horchte immer noch. Guillaume, hören Sie das Geräusch des Schlagholzes einer Wäscherin auf dem Bach?

– Natürlich! Aber was finden Sie daran so ungewöhnlich?

– Kennen Sie denn nicht die Legende von den nächtlichen Wäscherinnen? Diesen phantastischen Wesen, die sich im Mondschein der Bretter und Schlaghölzer der Wäscherinnen bemächtigen, die diese an abgelegenen Orten vergessen haben, und damit einen Wassersabbat von besonderer Art veranstalten?

– Ja, das ist in allen Gegenden ein Aberglaube, gut zu erklären durch den Eigensinn oder die Pflichten irgendeiner echten Wäscherin.

– Es ist nicht so einfach zu erklären, wie Sie glauben. In dieser Gegend wüßte ich keine Frau, die kühn genug wäre, sich nach Sonnenuntergang dieser Arbeit zu widmen, ohne zu befürchten, daß sie das verhängnisvolle Gefolge der Wäscherinnen anzieht. Nicht wahr, Cadet?

– Oh, das ist die wahre Wahrheit, Monsieur Léon! Verdammter Mist! Die mieseste Nacht, in der ich wach gewesen bin! Und der arme Cadet, dessen Zähne vor Angst gegeneinanderschlugen, verkroch sich auf allen vieren hinter Jeanne und bekreuzigte sich mehrmals überstürzt.

– Wenn da etwas Ungewöhnliches ist, sagte Guillaume, dann muß man es überprüfen.

– Warten Sie, sagte Marsillat und holte die Zimmermannsaxt, vielleicht ist es irgendein seltsamer Kerl mit bösen Absichten.

Während Léon zur Stelle zurücklief, wo er seine Waffe gelassen, öffnete Guillaume das Jagdmesser, mit dem er sich für die Reise ausgerüstet hatte, und lauschte dem klaren, harten Geräusch des Schlagholzes, das von Zeit zu Zeit innehielt und nach einer Minute erneut einsetzte und näher gekommen zu sein schien. Es war, als ob die Wäscherin ein paar Schritte getan hätte, um den Wasserlauf hinabzugehen, der in Richtung der Steine von Ep-nell den Hügel hinabfloß.

– Du hast mit mir doch keine Angst, Jeanne? sagte Guillaume zu seinem Patenkind, das sich erhoben und ihn am Arm gepackt hatte.

– Geht nicht dorthin, mein Pate, sagte Jeanne, die um so mehr Mut bewies, je stärker sie an die phantastische Existenz der Wäscherin glaubte; solche Sachen vertreibt man nur mit Gebeten.

– Bete für uns, gute Jeanne, sagte Guillaume lächelnd. Das hier kann nur ein schlechter Scherz sein, zweifellos weiß jemand nicht, welches Unglück dich getroffen hat. Aber wir sind zu dritt, mach dir keine Sorgen. Cadet, du kommst mit uns.

– Nein, ich, Monsieur, nein! sagte Cadet und tat so, als wolle er sich in Sicherheit bringen. Ich geh nicht mit.

– Du hast Angst, du Tropf?

– Ich hab keine Angst, aber Ihr könnt mich in Stücke schneiden, ich geh nicht hin. Ich habe wenig Lust, mich wie ein Stück Wäsche in der Nacht waschen, schlagen und auswringen zu lassen und dann am Morgen ertränkt zu werden.

– Es ist sinnlos, die Hilfe von Monsieur Cadet erlangen zu wollen, sagte Marsillat, der zurückkam und seine Axt schwang. Wir beide genügen, Guillaume. Und er schickte sich an, schnell in die Richtung zu gehen, aus der das Geräusch kam.

– Das ist wirklich zuviel, antwortete Guillaume und bemühte sich, ihn zu überholen. Wenn es eine Frau ist, wovon ich überzeugt bin, dann ist unsere bewaffnete Expedition unfehlbar lächerlich.

Als Guillaume diese Worte aussprach, sah er an einer Biegung hinter einem Felsen, der ihm bisher den Bachlauf verborgen hatte, eine Art kleiner Bucht, von Weiden und Birken beschattet, die den Frauen der Umgebung als Waschstelle diente, und unter diesen Bäumen eine undeutliche Gestalt, dem Anschein nach eine wie die Alten gekleidete Bäuerin, die ihr Schlagholz mit eiligen Schlägen handhabte und leise und schnell unverständliches Zeug mit sich selbst redete, so als sei sie wahnsinnig.

– Ihr wascht recht spät, Mutter, sagte Marsillat schroff, der ganz nahe zu ihr gegangen war, dem es aber nicht gelang, ihre Züge zu erkennen.

Die Wäscherin ließ eine Art Grunzen hören, gleich dem eines wilden Tieres, warf ihr Schlagholz ins Wasser, stand auf, sammelte hastig Steine, die sie fliehend gegen die Neugierigen schleuderte, die sie gestört hatten. Marsillat nahm die Verfolgung auf, aber als er sah, wie sie ihm gegenüber mit einer Geschwindigkeit, die ihm phantastisch vorkam, an Boden gewann und sich zu einem der Fischteiche wandte, den er vernünftigerweise fürchtete, drehte er sich um, weil er sehen wollte, ob Guillaume ihm folgte, da sah er seinen Freund ausgestreckt und völlig reglos am Boden liegen.

Ein Stein hatte ihn recht heftig am Kopf getroffen. Der Schirm seiner Reisemütze hatte den Schlag gedämpft, und es war kein Blut geflossen. Aber die Erschütterung war so stark gewesen, daß der junge Mann das Bewußtsein verloren hatte. Mit Léons Hilfe stand er bald auf; zwar konnte er seine Gliedmaßen wieder gebrauchen, nicht aber seine geistigen Fähigkeiten, und gegen zwei Uhr nachmittags wachte er im Bett des Pfarrers von Toull wieder auf. Er fühlte sich nicht gerade krank, aber er konnte sich überhaupt nicht mehr erinnern, was ihm seit der ärgerlichen Begegnung mit der nächtlichen Wäscherin widerfahren war. Nur Cadet war bei ihm, und der junge Kranke, der noch zu träumen glaubte, hörte von draußen einen schaurigen Gesang wie von einem Leichenbegängnis.

IX

Abschied vom Dorf

Der Sohn von Léonard hatte Guillaume zurückgebracht; er war es auch, der seinen Schlaf bewachte und ihm erklärte, wie er ihn von Ep-nell hierher und in die Pfarrei gebracht hatte. Es machte Guillaume Schwierigkeiten, sich die Art des Schlages auf den Kopf zu erklären, der die Tätigkeit des Denkens außer Kraft gesetzt hatte. Er hatte nur noch das Gefühl von Schwäche und Schwindel. Er erhob sich, glaubte, mit einer kleinen Beule am Kopf davongekommen zu sein, und sagte sich vergnügt, seine Haare würden den Unfall vor seiner Mutter verbergen. Cadet, der das beste Herz der Welt hatte und dem man aufgetragen, ihn zu pflegen, ging ihm ein Glas Wein holen, dieweil er sich ankleidete und anschickte, zum Friedhof zu gehen und dem Begräbnis seiner Amme beizuwohnen, als er den Pfarrer mit dem Küster zurückkehren sah, gefolgt von der Familie der Verstorbenen und anderen Personen, die an der Feier teilgenommen hatten. Jeanne kam als letzte, niedergeschlagen hielt sie sich mühsam auf den Beinen, das Gesicht unter ihrem Umhang verborgen und auf Claudie gestützt, die sehr treuherzig weinte, wie ein sehr braves Mädchen, das sie ja war. Indessen ging Jeanne auf den jungen Baron zu und fragte ihn mit einer Fürsorglichkeit, die ihn in einem solchen Moment stark berührte, wie es ihm gehe. Er nahm ihren Arm und führte sie in die Küche des Pfarrers, wo sie blaß und tränenerstickt auf einen Stuhl sank. Ihm schien, als habe sie zum zweiten Mal ihre Mutter verloren.

Aber die Grand'Gothe, die mit ihrem Gebaren und ihrer maskulinen Redeweise plötzlich dazukam, ließ ihr nicht die Zeit, sich ihrem Schmerz hinzugeben. – Auf, Jeanne, sagte sie, du mußt deinen Verwandten und Freunden danken, die mit viel Ehrenhaftigkeit beim Begräbnis waren, obwohl sie wußten, daß unser Haus abgebrannt ist und wir nicht mehr über die Annehmlichkeiten verfügen, um dem Brauch folgen und sie nach der Rückkehr vom Friedhof bewirten zu können. Entschuldige dich bei ihnen und verabschiede sie. Los, das ist deine Sache, deine Pflicht und nicht meine.

Jeanne erhob sich und dankte den Anwesenden, die in die Küche des Pfarrhauses gekommen waren. Alle bezeigten ihr die größte Freundschaft, und bei den meisten von ihnen bemerkte Guillaume eine großherzige Sprache von edler Schlichtheit. »Los, meine Jeanne, sagten einige der Älteren, du kannst zu uns kommen, wenn du willst. Du brauchst dich nur zu entscheiden, und wir werden zufrieden sein, wenn wir dich unterbringen und dir, so gut es geht, zu essen geben können.«

– Ich dank euch, ihr braven Leute, für all eure Freundschaft, antwortete Jeanne; aber ich weiß, daß ihr alle selbst recht unglücklich seid und allzusehr mit der Familie belastet, als daß ich euch auch noch zur Last fallen möchte. Ich bin jung, hab die Arbeit noch nicht leid und bin entschlossen, mich auf einem Pachthof zu verdingen.

– Aber Sankt Johannis ist vorbei und Sankt Martin noch nicht da, Jeanne! Bis dahin mußt du irgendwo wohnen!

– Meine Freunde, sagte Guillaume, beruhigt euch. Der Herr Pfarrer und meine Mutter, Madame de Boussac, nehmen es auf sich, Jeanne angemessen unterzubringen.

– Das läßt sich hören, sagte der Großonkel Germain, der für die anderen sprach, wenn die große Dame von Boussac es auf sich nimmt, dann sind wir zufrieden.

Alle zogen sich zurück, nachdem sie die schluchzende Jeanne umarmt hatten, und der Pfarrer kam wieder, gefolgt von Marsillat. Die Grand'Gothe war dageblieben mit einem Manne von üblem Gesichtsausdruck, der wilde Blicke um sich warf und Guillaume sehr mißfiel wegen seines Gehabes, den Hut auf dem Kopf behalten zu wollen, als alle ihn vor dem Pfarrer gezogen hatten.

– Jetzt, Jeanne, sagte die Tante, mußt du dem Herrn Pfarrer und deinem Paten ein paar Artigkeiten sagen, und dann kommst du mit mir, mein Herzchen, denn ich brauche dich.

– Nein, meine Tante, antwortete Jeanne mit einer Festigkeit, die Guillaume von einem so demütigen und vertrauensvollen Charakter nicht erwartet hätte, ich geh nicht mit Euch. Ich weiß, was Ihr von mir wollt, und ich will Euch nicht gehorchen.

– Was, Unglückliche, schrie die Gothe und wurde lauter, du willst deiner Tante nicht mehr gehorchen, die dich großgezogen hat und deine nächste Verwandte ist, die heute nacht alles verloren hat, was sie in deinem Haus hatte, die gezwungen sein wird, mit dem Bettelsack auf dem Rücken um ihr Brot zu betteln, und die nicht einmal einen Stall hat, wohin sie gehen kann?

– Hört mir zu, meine Tante, antwortete Jeanne, Ihr habt Euch schon einen Ort ausgesucht, wohin Ihr Euch begeben könnt. Ich habe Euch heute nacht dieses Geld gegeben, das mein Pate mir geschenkt hat. Heute morgen habe ich Euch gesagt, daß ich Euch alles überlasse, was an Inventar gerettet worden ist, und alle Tiere... Für mich behalte ich nichts, außer den Kleidern, die ich auf dem Leib hab.

– Ei! Und wer soll die Viecher auf die Felder treiben? Wer bringt sie solang auf die Weide, bis man sie zum Markt führen kann?

– Ihr, meine Tante; Ihr seid noch jung genug und ziemlich stark, um auf die Felder zu gehen, und Ihr habt Eure Ziege immer hingebracht, weil Ihr sie mir nicht anvertrauen wolltet.

– Jeanne hat recht, sagte der Pfarrer, Sie brauchen ihre

Dienste nicht, Gothe, und sie hat mehr für Sie getan, als sie konnte oder vielleicht mußte. Sie ist volljährig, Sie haben keinerlei Rechte über sie; lassen Sie ihr also die Freiheit des Handelns.

– So also läßt sie mich im Stich, schrie die Tante, fluchte, kreischte, redete geschwollen und gab vor, verzweifelt zu sein. Ein Kind, das ich aufgezogen habe, mit dem ich gespielt und das ich auf die Felder getragen habe, als sie so groß war wie mein Holzschuh! Ein Mädchen, für das ich mich aufgeopfert hätte und wegen dem ich nicht geheiratet habe, damit sie mich beerbt!

– Heiratet, heiratet, wenn es Euch Euer Herz befiehlt, meine Tante, sagte Jeanne sanft. Ich habe noch nie gehört, daß Ihr meinetwegen darauf verzichtet habt.

– Na gut, ja, ich heirate! Ich habe noch ein bißchen Hab und Gut, ha! Und nicht du erbst es, denn ich mache ein Testament zugunsten meines Mannes.

– Heiraten Sie doch und vererben Sie, wie und was Sie wollen, sagte der Pfarrer und zuckte die Schultern.

– Das ist ja ganz schön grausam, heulte die Megäre, so im Stich gelassen zu werden! Ach, wenn meine arme Schwester das vorhergesehen hätte, dann hätte sie dir auf dem Sterbebett den Segen verweigert!

Diese barbarischen Sätze machten einen tiefen Eindruck auf Jeanne. Sie zitterte, zögerte, machte eine Bewegung, als wolle sie ihrer Tante um den Hals fallen, damit sie sich beruhige; aber als sie das finstere Gesicht des Mannes sah, der hinter ihr stand, im Schatten des Kamins, hielt sie inne. – Hört mich an, meine Tante, wenn mein Haus nicht abgebrannt wäre, dann hätte ich mich nie von Euch getrennt. Wenn ich die Möglichkeit hätte, ein anderes zu bauen, dann würd ich sagen, daß Ihr dort bei mir wohnen sollt; aber das geht nicht. Da ist mein Pate, der meine Verluste wiedergutmachen will; aber ich hab Gründe, sehr gute Gründe, um die Mildtätigkeit meines Paten abzulehnen.

– Welche, Jeanne? fragte lebhaft Guillaume.

– Das sage ich Euch später, mein Pate. Jetzt sage ich meiner Tante, daß ich mich verdingen will; das ist meine Pflicht; und wenn sie mit dem, was sie hat, nicht glücklich ist, dann gebe ich ihr das Geld, das ich verdiene. Aber mit ihr gehen, das wird nie sein, das schwöre ich beim Bekenntnis meiner Taufe.

– Da seht Ihr es, Mutter Gothe, daß sie meinetwegen so schwört! sagte mit hohler, unheimlicher Stimme und haßerfülltem Blick der Mann, der sich still und bewegungslos in der Herdecke aufgehalten hatte.

– Ich habe nichts gegen Euch gesagt, Vater Raguet, antwortete Jeanne, aber gegen mich könnt Ihr sagen, was Ihr wollt, ich werd nicht bei Euch wohnen.

– Ich werde mich dem mit aller Macht widersetzen! rief der Pfarrer, der eine Geste der Verachtung nicht unterdrücken konnte, als er die finstere Miene von Raguet sah.

– Gut, Monsieur Abbé! antwortete Raguet. Es gibt welche, die werden immer des Bösen angeklagt, das sich gegen sie richtet; es gibt auch welche, die reden wie gute Heilige und man hält sie für fromm, und die haben schlechtere Gedanken als ich.

– Ja, ja! fuhr die Megäre fort, es gibt recht hinterhältige Leut', Vater Raguet, und gerade die befriedigen sich immer auf Kosten der anderen.

Der gute Pfarrer wurde bleich aus Furcht und Empörung. Guillaume ging zu Raguet und sah ihm drohend und verächtlich ins Gesicht, aber er konnte ihn nicht dazu bringen, den Blick zu senken. Dieses bleiche, düstere Gesicht schien zu keinem anderen Ausdruck als dem des ruhigen, geduldigen Hasses imstande.

– Wen wollen Sie denn hier beleidigen? sagte Guillaume und sah ihn hoheitsvoll von oben herab an.

– Mit Ihnen rede ich nicht, mein kleiner Herr, antwortete der Bauer, und schon größere als Sie haben mir keine Angst gemacht.

– Aber Sie gehen hinaus! rief Guillaume und bewaffnete sich mit dem Schürhaken, denn ihm schien, als habe Raguet eine Bewegung gemacht, um unter seiner schlampigen, schmutzigen Weste eine Waffe hervorzuholen.

– Hinausgehen? sagte Raguet mit kaltblütiger Vorsicht und ohne Furcht zu zeigen, etwas Besseres verlangen wir nicht; man ist ja hier nicht gerade in guter Gesellschaft... Das sage ich nicht wegen Monsieur Marsillat.

– Es ist mir eine große Ehre, sagte Marsillat ironisch. Los, Raguet, schweigen und verschwinden Sie. Sie wissen, daß ich Ihnen Paroli biete! Seien Sie klug... und nett, fügte er mit spöttischem Ausdruck hinzu, dem Raguet mit einem Lächeln des Einvernehmens antwortete.

– Ja, ja, gehen wir, Mutter Gothe, sagte er und schleppte sich langsam zur Tür. Es reicht, meine tapferen Leut'! Ohne Adieu. Und er ging, ohne den Hut zu ziehen, gefolgt von der Tante, die die Faust ballte und zwischen den Zähnen Verwünschungen brummelte.

– Elende, murmelte der Pfarrer, als sie weg waren.

– Feiges Pack, sagte Guillaume. Dieser Mann sieht aus wie ein Verbrecher.

– Gerade darum ist er nicht sehr furchterregend, sagte Marsillat leichthin.

– Ach, meine arme Jeanne! rief Cadet, das alles ist ein zu großes Unglück für dich. Ach, ja, es ist ein Unglück, daß deine Mutter gestorben ist. Diese Leute da fügen dir Schaden zu.

– Hab keine Angst, mein Cadet, antwortete Jeanne, trocknete die Tränen und bekreuzigte sich; wenn es böse Geister gibt, die gegen mich sind, so gibt es doch auch gute für mich.

– Ja, Jeanne, ja, riefen gleichzeitig Guillaume und Monsieur Alain, du hast Freunde, die dich nicht im Stich lassen.

– Ach, das weiß ich gut! Ihr seid ehrliche Leute, alle beide, antwortete Jeanne und hielt beiden eine Hand hin; dann gab sie auch Marsillat die Hand und fügte mit engelhafter Offenherzigkeit hinzu: Und Ihr auch, Monsieur Marsillat, Ihr seid nicht schlecht. Ihr habt mir allerlei Güte entgegengebracht. Ihr seid auf mein Haus geklettert, durch das Feuer hindurch; Ihr seid die ganze Nacht wachgeblieben, um mir zu helfen, den Leichnam meiner armen, seligen Mutter zu bewachen. . . Und Cadet auch, das ist ein gutes Kind; jeder war gut zu mir. Das tröstet mich ein wenig über die hinweg, die böse und ohne Vernunft sind.

Cadet fing an zu weinen, ohne daß sein Mund zu lächeln aufhörte, wie es seiner unüberwindlichen Gewohnheit entsprach. Und was Marsillat betrifft, so war er von Jeannes Dankbarkeit gerührt, und eine Art von Zuneigung, zu der er alles andere als unfähig war, vermischte sich mit seiner Begierde, ohne deren Heftigkeit zu mildern. Er hatte ein gutes Herz, und sein Gewissen war nicht sehr streng. Er dachte einen Augenblick lang über die Möglichkeit nach, seine Leidenschaft und seine Redlichkeit miteinander auszusöhnen, und der Kompromiß wurde flink unterzeichnet. Er war ein so geschickter Geschäftsmann!

– Kannst du mir jetzt mitteilen, sagte Guillaume und ging zu Jeanne, warum du mir das Recht entziehen willst, mich um dein Schicksal zu kümmern?

– Ich verweigere es Euch nicht, mein Pate. Ihr werdet mir raten, wohin ich gehen soll; und wenn ich Kredit brauche, um meine Trauerkleidung zu kaufen, gestattet mir, mich auf Euch zu berufen. Das ist genug; mehr will ich nicht.

– Das werden wir noch sehen, Jeanne. Woher hast du diesen Stolz? Du bist mißtrauisch gegen mich.

– Ach, glaubt das nicht, mein lieber Pate, dazu bin ich nicht imstande! Aber ich will Euch sagen, daß ich Gründe habe, Euer Geld zurückzuweisen, Euretwegen, und auch meinetwegen. Euretwegen, weil Ihr noch nicht wißt, ob Eure Mutter all dem zustimmt, und weil ein junger Mann wie Ihr nicht immer mehr Geld hat, als er braucht.

– Wer hat dir denn solche Dinge beigebracht, Jeanne?

– Monsieur Marsillat, der kennt sich aus; nicht wahr, Monsieur Marsillat, heute morgen, bevor wir nach Toull zurückkamen, habt Ihr mir gesagt, daß mein Pate noch nicht den Nießnutz vom Gut seines Vaters hat und daß es ihn sehr einengen würde, wenn er mein Haus bezahlt?

– Ach, rief Guillaume und sah Léon fest an, Sie hatten die Güte, sich bis zu diesem Punkt mit meinen Geschäften zu befassen?

– Habe ich darüber mit dir geredet, Jeanne? Ich erinnere mich nicht, sagte Marsillat im Ton tiefer Gleichgültigkeit.

– Oh, Ihr müßt Euch doch erinnern, Monsieur Léon, wo Ihr doch sogar die Güte hattet, mir anzubieten, mein Haus wiederaufzubauen und gesagt habt, daß Euch das nichts ausmachen würde.

– Ach, rief Claudie, deren Augen so rund wurden wie die einer Katze, das hat Monsieur Léon dir vorgeschlagen?

– Ich verstehe, sagte Guillaume erbittert; Monsieur Léon zieht es vor, dein Wohltäter zu sein, und du ziehst seine Wohltaten den meinen vor, Jeanne?

– O nein, mein Pate, ich weiß, was schicklich ist und was nicht. Monsieur Marsillat ist nicht mein Pate, und aus Freundschaft für Euch hat er so geredet, und aus großer Barmherzigkeit mir gegenüber. Und ich, ich hab ihm gesagt, so wie ich es jetzt auch vor Euch sage, daß ich, sollte ich es annehmen, die Leute dazu brächte, schlecht über mich zu reden, und daß mir das einen schlechten Dienst erweisen würde.

– Sie sprechen voll Güte und Weisheit, Jeanne, sagte der Pfarrer.

– O nein, Herr Pfarrer, sagte Jeanne, ich spreche in der Wahrheit meines Herzens. Ich bin Monsieur Marsillat verpflichtet, aber das nehme ich niemals an.

– Der Teufel hole die Unschuld! dachte Marsillat und war sehr verärgert darüber zu erleben, wie seine Verführungsversuche so gutgläubig ausgeplaudert wurden.

– Und was das Haus angeht, fuhr Jeanne fort, daran braucht man nicht zu denken, mir wäre es gleichgültig, ob ich ein neues hätte. Es wäre doch nie das Haus, wo meine Mutter mich großgezogen hat, wo sie gelebt hat, wo sie gestorben ist. Die Möbel hab ich meiner Tante gegeben, das mußte sein, um sie ein wenig zu trösten. Neue Möbel brauch' ich nicht. Ich allein, was brauche ich schon? Was von meiner Mutter gewesen wäre, das hätte ich geliebt, das ist alles.

– Allerdings, sagte Marsillat mit der Absicht, die Verdächtigungen Guillaumes und Monsieur Alains zurückzuweisen, hättet Ihr mit Eurem Haus leicht einen Mann gefunden, arme Jeanne. Und jetzt hingegen!...

– Jetzt? rief treuherzig Cadet, sie findet trotzdem einen, wann immer sie will... Sie kann gut auf ein Haus verzichten, oder!

– Wäre er der, dem die schöne Jeanne als Geliebten den Vorzug gibt? dachten gleichzeitig Guillaume und Léon und richteten den Blick auf das fette, runde Gesicht des dicken Cadet.

Aber Jeanne antwortete:

– Mein kleiner Cadet, du erweist mir allerlei Ehre, so zu reden, aber du weißt recht gut, daß ich nicht heiraten will.

– Erzähl das jemand anders! sagte Léon und tat immer noch so, als ginge ihn das alles nichts an.

– Nein, nicht jemand anders, Monsieur Léon, erwiderte Jeanne gelassen; der Herr Pfarrer weiß recht gut, daß ich nicht ans Heiraten denken darf.

– Ach Sie, Sie wissen das, Pfarrer? sagte Léon spöttisch. Da seht ihr, was es bedeutet, jungen Mädchen die Beichte abzunehmen!

– Jeanne will nicht heiraten... Jeanne wird nicht heiraten, antwortete der Pfarrer feierlich.

– Seht ihr, das ist das Beichtgeheimnis, sagte Marsillat lachend.

– Das ist nichts zum Lachen, Monsieur Léon, entgegnete Jeanne mit einer Würde, die immer noch durch die außergewöhnliche Sanftheit ihres Charakters und ihres Tonfalls gemildert wurde.

Guillaume betrachtete Jeanne mit lebhafter Neugier.

– Ist es tatsächlich ein Geheimnis? fragte er und wandte sich an das junge Mädchen.

– Es ist unnütz, darüber zu reden, sagte Jeanne; ich habe nur davon geredet, um zu sagen, daß ich kein Haus brauche und keins will, mein Pate. Aber ich bin Euch so verbunden, als ob Ihr mir ein Schloß hättet bauen lassen.

– Jeanne hat völlig recht, sagte der Pfarrer. Seien Sie versichert, Herr Baron, daß aus dem Mund dieses Kindes die Klugheit spricht. Wenn sie ein Haus hätte, dann würde ihr gutes Herz sie mitreißen und ihr Gewissen ihr vielleicht den Rat geben, mit ihrer Tante darin zu wohnen, und die Tante würde sie unterdrücken ... wenn sie nichts Schlimmeres täte, fügte er leiser hinzu. Verzichten Sie auf diesen großzügigen Plan, Herr Baron, Sie werden das Mittel und die Gelegenheit finden, auf andere Weise das Los Jeannes zu sichern.

– Ich beuge mich; Sie haben recht, Herr Pfarrer, antwortete Guillaume im gleichen Ton, und ich glaube sogar, daß man sich bei ihrem äußerst feinfühligen Charakter um sie kümmern muß, ohne sie zu befragen.

– Zweifellos. Kommt Zeit, kommt Rat. Was jetzt sofort geklärt werden muß, ist der Ort, wo sie vorübergehend unterkommt. Nun, Jeanne, fügte der Pfarrer hinzu und erhob die Stimme, wo möchten Sie sich fürs erste niederlassen? ... Heute zum Beispiel!

– Willst du zu uns kommen, Jeanne? rief Claudie in spontaner Zuneigung.

– Danke, mein Liebes. Deine Mutter ist in Verlegenheit, und um ihre Arbeit zu tun, hat sie an dir genug. Ich will niemandem zur Last fallen.

– Jeanne, sagte der Pfarrer, Sie können nicht damit rechnen, hier von heute auf morgen Arbeit zu finden. Sie müssen sich in der ersten Zeit in ein ehrenwertes Haus zurückziehen, wo Ihr Pate für Ihre Aufwendungen bürgt.

– Gewiß, wenn Jeanne nicht zu stolz ist, diesen kleinen Dienst von mir anzunehmen!

– Ach, mein Pate, Ihre Anklage ist ungerecht. Wenn es von Euch kommt, nehme ich es gerne an.

– Nun, was bemühen Sie sich, Pfarrer, sagte Marsillat lässig; Ihre Magd ist alt und gebrechlich. Nehmen Sie Jeanne in Ihre Dienste.

– Nein, Monsieur, das wäre nicht angebracht, antwortete Monsieur Alain fest. Der Glaube ist in den gegenwärtigen Zeiten nicht stark genug, als daß böse Zungen vor einem Kirchenmann mehr Achtung hätten als vor einem anderen.

– Nun gut! Es gibt ein Mittel, das bei all dem Abhilfe schafft, erwiderte Marsillat: Guillaume nimmt sein Patenkind schon heute mit nach Boussac und stellt es seiner Mutter vor.

Guillaume betrachtete Marsillat aufmerksam, um herauszufinden, ob dieser Rat nicht eine Falle enthielt. Marsillat sprach nach bestem Wissen und Gewissen.

– Um die Wahrheit zu sagen, bemerkte der Pfarrer, das ist nicht die schlechteste Idee. Jeanne hat ihre Tante gereizt und auch den üblen Raguet, der zu allem fähig ist. Was ihn anbelangt, so werde ich so lange nicht ruhig sein, bis die Tante sich entschlossen hat, ohne ein Opfer auszukommen, das sie gerne quälen würde ... und außerdem ... sehen Sie, Jeanne, glauben Sie mir ... suchen Sie Ihre Patin auf, die Frau Baronin de Boussac ... In dieser Entfernung und unter dem Schutz einer so ehrenwerten Person haben Sie nichts zu befürchten.

– Nach Boussac gehen, ich? sagte Jeanne erschrocken. Das ratet Ihr mir, Herr Pfarrer?

– Und ich, ich bitte dich darum, Jeanne, sagte Guillaume mit der Überzeugung, eine Pflicht zu erfüllen. Vielleicht weißt du nichts von den Gefahren, die dich umgeben, mit Feinden, wie ich sie heute in deiner Nähe gesehen habe... Du kannst mir dein Vertrauen beweisen, wenn du heute mit zu meiner Mutter kommst.

– Mein Pate, sagte Jeanne, für die diese Bitte ein Befehl war, dem sie sich sogleich unterwarf, ohne seine Gründe richtig zu verstehen, Euer Wille ist auch meiner. Aber wollt Ihr denn, daß ich in Boussac lebe, ich, in der Stadt, wo ich mich nicht einmal erinnere, daß ich je die Gegend von Toull-Sainte-Croix verlassen habe?

– Wenn du eine Abneigung gegen den Aufenthalt in der Stadt verspürst, bist du frei, jederzeit hierher zurückzukehren, mein Kind. Nur besuche erst meine Mutter, sprich mit ihr, öffne ihr dein Herz, rede mit ihr von deinem Kummer; sie ist gut und mitfühlend und wird Worte finden, die dich trösten... Dann kannst du dich mit ihr über die Zukunft verständigen, und deine Unabhängigkeit wird geachtet und geschützt.

Jeanne nahm den Vorschlag an, ein wenig verwirrt und erschrocken bei der Vorstellung, die große Dame von Boussac in einem Augenblick anzusprechen, wo der Kummer, wie sie sagte, ihr so ziemlich den Verstand raubte.

– Und gerade darum sind Sie noch anziehender in den Augen Ihrer Patin, sagte der Pfarrer, und er bestand sehr darauf, daß Jeanne nachgab.

Marsillat war klug genug, ihr nicht vorzuschlagen, sich hinter ihm aufs Pferd zu setzen, und bot sein Pferd sogar Guillaume an, weil es viel kräftiger war als Sport und zwei Leute tragen konnte. Guillaume war ein wenig entsetzt bei der Vorstellung, mit einer Bäuerin auf dem Pferd am Schloßtor anzukommen. Aber der Pfarrer, der spürte, daß es unschicklich wäre, Jeanne mit zwei jungen Leuten reisen zu lassen, brachte alles in Ordnung und gesellte ihnen einen dritten hinzu. Cadet wurde beauftragt, die Stute des Pfarrers zu nehmen und Jeannes Kavalier zu sein. Grundsätzlich hatte der Pfarrer recht. Eine Bäuerin mit einem Bauern auf dem Pferd hat noch niemanden zum Klatschen gebracht. Mit einem *Städter* wäre das etwas ganz anderes gewesen.

Während man die Pferde sattelte, lud der Pfarrer alle seine Gäste zum Essen ein und empfahl Guillaume, der sehr blaß aussah und starke Kopfschmerzen hatte, am nächsten Morgen einen kleinen Aderlaß vornehmen zu lassen.

Claudie teilte die Gewißheit von Monsieur Alain nicht gerade, der glaubte, Jeanne sei vor Marsillats Begehrlichkeit geschützt, wenn er sie nach Boussac schicke. Eifersüchtigen Auges verfolgte sie alle Bewegungen, und Jeannes große Tugend war das einzige, was sie ein wenig sicher machte.

– Hör mich an, meine Jeanne, sagte sie, wenn du dich in Boussac verdingst, dann versuche, mich in den Diensten desselben Hauses unterzubringen. Das wäre das Richtige für mich, in der Stadt zu leben!

– Und ich, ich möchte auch gern da leben! sagte der dicke Cadet; das ist mächtig schön, die Stadt Boussac! Es ist die beste Stadt, die ich kenne.

– Das will ich meinen, du Dummkopf! sagte Claudie, du hast nie eine andere gesehen!

Bevor das Essen beendet war, ging Marsillat hinaus, um seiner Stute Fanchon Hafer zu geben, die, wegen der Enge des zum Pfarrhaus gehörigen Stalls, in einer etwas vom Dorf abgelegenen Scheune stand. Der Tag ging eben zur Neige, und in dem Augenblick, als er durch das Scheunentor treten wollte, sah er inmitten von Heubündeln und landwirtschaftlichem Gerät eine fahle Gestalt, die sich langsam erhob und ihn aus der Nähe ansah. Bald erkannte er den Helfershelfer und Gevatter der Grand' Gothe, den Meister Raguet, genannt Viehdieb oder *Kuhzügel.* Dieser Landstreicher lebte draußen auf der Heide in einer üblen Hütte aus Erde und Zweigen, die er sich selbst gebaut hatte und in der niemand außer der Hexe

Gothe mit ihm bleiben mochte. Auch wollte keiner nach Einbruch der Dunkelheit sich auf mehr als dreißig Schritte dieser finsteren Behausung nähern, die den größten Taugenichts der Gegend beherbergte. Unter diesem offensichtlichen Elend verbarg Raguet recht runde Sümmchen. Er widmete sich dem gefährlichen und einträglichen Beruf eines Pferdediebs. Im Bourbonnais und im Berry, wenn in den Sommernächten die Pferde auf der Weide sind, üben gewisse Kupferschmiede aus der Auvergne und gewisse Vagabunden aus dem Pays Marchois ihr Gewerbe aus. Geschickt zerbrechen sie die bestens mit einem Vorhängeschloß gesicherten eisernen Spannketten, besteigen ohne Sattel das Tier, legen ihm einen leichten Zügel an, den sie bei sich tragen, und galoppieren zu ihren Bergen. Nebenbei erleichterte Raguet die Umgebung noch um weitere kleine Beutestücke: Hühner, Gänse, Holz und Getreide. Am Anfang schien er einem sanft und katzenfreundlich, er sprach wenig, ging zu niemandem, duldete nie, daß man über die Schwelle seines Hauses gelangte, und bis auf Mord machte er ausgiebig Gebrauch von allen üblen Gedanken und Taten.

– Seid Ihr es, Monsieur Marsillat? sagte er schleppend, obgleich er Léon sehr genau erkannt hatte.

– Was tut Ihr hier, Meister Spitzbube? gab ihm der junge Anwalt zur Antwort; beschnuppert Ihr meine Stute? Solltet Ihr je das Pech haben, ihr ein Schwanzhaar zu krümmen, dann werdet Ihr von mir hören.

– Oh, Euch füge ich nie einen Schaden zu, Monsieur Marsillat, und Ihr mir auch nicht.

– Ich kann Euch einigen zufügen, denkt daran.

– Nichts da, Monsieur, Ihr wart mein Anwalt.

– Genauso wie ich der des Teufels wäre, sofern er mir seine Sache anvertraute; aber ich bin nicht gezwungen, es für immer zu sein, und da ich weiß, wozu Ihr imstande seid...

– Nichts da, Monsieur, Ihr wißt gar nichts ... ich habe Euch nie etwas gestanden.

– Eben darum halte ich Euch für einen Schurken.

– Ihr glaubt doch nicht wirklich, was Ihr da sagt, Monsieur Léon; aber darum geht es nicht. Ich kam hierher, um Euch um einen geschäftlichen Rat zu bitten.

– Ich habe keine Zeit; Ihr könnt Samstag in mein Kabinett kommen...

– Ach nein, Monsieur, ich komme nicht, und Ihr sagt mir besser sofort, was ich Euch in bezug auf die Jeanne fragen will.

– Ich wüßte nicht, daß Ihr einen Bezug auf die Jeanne habt und habe Euch nichts zu sagen.

– Allerdings, Monsieur, allerdings! Wartet doch, daß ich Euch helfe, Euer Pferd zu satteln.

– Auf keinen Fall, rührt es nicht an.

– Ihr glaubt also, Monsieur Léon, sagte Raguet und ließ sich nicht aus der Fassung bringen, daß die Grand' Gothe kein Recht hätte, die Jeanne zu zwingen, bei ihr zu wohnen?

– Welches Interesse sollte die Gothe denn daran haben?

– Das wißt Ihr doch!

– Nein.

– Das liegt doch mehr in Eurem Interesse als in meinem.

– Ich verstehe nicht, sagte Marsillat, der sehen wollte, wie weit Raguet die Unverschämtheit treiben würde.

– Ihr begreift doch, Herr Anwalt, daß, sofern Ihr der Gothe helft, ihrer Nichte den Prozeß zu machen und vorzubringen, daß das Mädchen da wohnen muß, wo ihre Tante wohnen will... für eine gewisse Zeit... Ihr versteht doch...

– Nein, und weiter?

– Ja doch! Unser Haus ist schön bequem, schön abgelegen... ein Freier, der neugierig wäre auf ein hübsches Mädchen... nur so eine Vermutung!...

– Ihr seid ein durchtriebener Kerl, ein Lump – das würde ich vor Gericht vorbringen über Euch!

– Ach, Ihr müßt doch nicht wütend werden, ich will ja

nichts sagen, aber Ihr habt der Gothe so hübsche Geschenke gemacht, um die Freundschaft ihrer Nichte zu erringen; Ihr seid doch in solchen Dingen kein Geheimniskrämer!

– Es kann sein, daß ich mir wünsche, von einem Mädchen geliebt zu werden, und daß ich aufdringliche Bettler durch ein Almosen loswerden will; aber Gewalt anwenden, mich der Kuppelei des letzten Gesindels bedienen, das mir helfen würde ... nur so eine Vermutung! ... ein Verbrechen zu begehen ... das wird nie geschehen. Guten Abend, Freund!

– Ihr werdet darüber nachdenken und darauf zurückkommen, sagte Raguet gelassen.

Marsillat war außer sich und hatte große Lust, diesem Elenden die Peitsche zu geben. Aber da er die Spezies gut kannte, überlegte er im Gegenteil, ihn durch irgendeine Hoffnung an sich zu binden. In der Dunkelheit des Stalles folgte ihm Raguet auf Schritt und Tritt, und Léon befürchtete, daß er mit seinem krummen Messer Fanchons Fußwurzeln einen Schnitt beibringen könne. »Also, es reicht, Ihr wißt nicht, was Ihr sagt, versetzte er mit gemäßigter Stimme. Nehmt das und kauft Euch Brot für die nächste Woche. Ich weiß, daß Ihr unglücklich seid, und möchte annehmen, daß Ihr andernfalls nicht so schwarze Gedanken hättet.«

Raguet betastete in der Dunkelheit Marsillats Trinkgeld, und als er sich vergewissert hatte, daß es ein Fünffrancsstück war, dankte er und verließ die Scheune durch eine hintere Tür, ohne seine Absichten bezüglich Jeanne aufzugeben. »Hört einmal her!« rief Léon ihm zu, und Raguet kehrte zurück.

– Solltet Ihr jemals so unglücklich sein, sagte der junge Mann, der geringsten Person, für die ich mich interessiere, auch nur das geringste Unrecht zuzufügen, dann höre ich auf, mit Eurem Elend Mitleid zu haben, und ich zeige Euch als Bandit an.

– Ach nein, das tut Ihr nicht! sagte Raguet, Ihr wart

mein Anwalt; es würde Euch ins Unrecht setzen, daß Ihr einen Banditen so gut verteidigt habt!

– Ihr täuscht Euch, sagte Marsillat, ein Anwalt kann von seinem Klienten hinters Licht geführt worden sein und nicht zum Komplizen werden. Laßt es Euch gesagt sein und verhaltet Euch ehrerbietig gegenüber dem Pfarrer von Toull und allen Personen, die Ihr heute morgen in meiner Gegenwart bedroht habt... oder Ihr werdet von mir hören.

Raguet ließ den Kopf hängen und ging davon, wobei er zu erraten versuchte, warum Marsillat, den er für ebenso verdorben hielt wie sich selbst, sich so sehr für seine Rivalen einsetzte.

Eine Viertelstunde später trabte Marsillat auf Fanchon neben Guillaume her, dem die Bewegung des Pferdes immer mehr zu schaffen machte. Cadet und Jeanne ritten auf der *Grise* voraus. Raguet, hinter den Felsblöcken verborgen, sah ihren Aufbruch und begriff allmählich, daß Marsillat ihn nicht brauchte. Von der Plattform des Turms aus rief der gute Pfarrer Marsillat zu: »Vergessen Sie vor allem mein Thermometer nicht!« Dann kehrte er nach Hause zurück, traurig, aber in dem Maße von einer großen Unruhe befreit, wie Jeanne sich von Toull-Sainte-Croix entfernte.

X

Heiratspläne

Die Stadt Boussac, die einschließlich des Marktfleckens gleichen Namens eine Einwohnerschaft von achtzehn- bis neunzehnhundert Seelen hat, kann als eine der ärmlichsten und häßlichsten Unterpräfekturen in Frankreichs Zentrum betrachtet werden. Dies ist allerdings nicht die Meinung des Erzählers dieser Geschichte. An die steilen Hänge längs der Petite-Creuse geschmiegt, dort wo diese mit einem anderen reißenden Bach zusammenfließt, bietet Boussac eine Ansammlung von Häusern, Felsen, Sturzbächen, schlecht angeordneten Straßen und abschüssigen Wegen, die ihm ein sehr pittoreskes Aussehen verleihen. Ein Dichter, ein Künstler könnte ganz gewiß hier leben, ohne sich Schande zu machen, und diesen Aufenthaltsort der hochmütigen Stadt Châteauroux überaus bevorzugen, die über einen Präfekturpalast, königliche Straßen, ein Theater, Promenaden, Equipagen, flaches Land und einen entsprechenden Charakter verfügt. Bourges, in einer noch traurigeren Landschaft gelegen, hat seine großartigen Monumente, sein strenges historisches Aussehen, seine verlassenen Gärten, den schönen Mondschein auf den spitzen Giebeln seiner mittelalterlichen Häuser, die breiten Straßen, wo das Unkraut am Pflaster nagt, und seine langen, stillen Nächte, die beinahe schon bei Sonnenuntergang beginnen. Es ist die alte Metropole Aquitaniens, eine Stadt von Domherren und Beamten, die vergessenste, aristokratischste unter jenen Städten, die eines schönen Todes gestorben sind. Guéret ist zu weit weg von den Bergen, die es umgeben, und es besitzt nichts, was die Entfernung von einem solchen natürlichen Schmuck aufwiegt. Das Wasser dort ist schön und klar, das ist alles. La Châtre hat nur sein üppiges Tal hinter der Vorstadt; Neuvy seine byzantinische Kirche, die man allzusehr angemalt hat, und seine alte Brücke, die man, respektlos gegenüber einem Überrest aus der Vergangenheit, abreißen wird. Boussac hat den guten Geschmack, sich derart vollkommen mit dem Boden zu verbinden, daß man bei jedem Schritt mitten auf der Straße Landschaftsstudien betreiben kann. Aber es wird noch eine lange Zeit vergehen, bevor die Stadtbewohner in unseren Provinzen begreifen, daß die Pflanzenwelt, die Aussicht, die Bodenwellen, das Rauschen der Wasser und die Granitmassen einen wesentlichen Teil der Schönheit jener Städte ausmachen, die nicht durch ihre Monumente glänzen können.

In Boussac gibt es indessen ein Monument, es ist dies das Schloß romanischen Ursprungs, das Jean de Boussac, der berühmte Marschall de Boussac, im Jahre 1400 nach der Mode seiner Zeit hat wiederaufbauen lassen. Es ist in seiner Schlichtheit ohne Regeln, anmutig und reizend. Die Mauern hingegen sind zehn Fuß dick, und sobald man über die Schwelle tritt, findet man, daß das Innere das nachteilige Aussehen all dieser großen Briganten des Mittelalters zeigt, die, wie man in unseren Provinzen sehen kann, noch immer auf allen Anhöhen stolz ihre Köpfe erheben.

Dieses Schloß ist halb Stadt, halb Land. Der Hof und die wappenbesetzte Fassade blicken auf die Stadt; aber die andere Seite taucht gemeinsam mit dem senkrechten Felsen, der sie trägt, ein in die Petite-Creuse und überragt eine bewunderungswürdige Landschaft, den gewundenen Lauf eines in die Felsen eingeschnittenen Wildbachs, riesige, mit Kastanienbäumen übersäte Weiden; einen weiten Horizont, eine Tiefe, die einen schwindeln macht. Das Schloß mit seinen Festungsanlagen beschließt an dieser Seite die Stadt. Die Festungsanlagen gibt es noch, die Stadt ist nicht über sie hinausgewachsen, und die letzte Dame von Boussac, die Mutter unseres Helden, des jungen Baron de Boussac, schritt von ihrem Garten aufs Land hinaus und von ihrem Hof in die Stadt, je nach Belieben.

Ungefähr sechzehn Monate nach den Ereignissen, die den ersten Teil dieser Geschichte ausmachen, saßen Madame de Boussac und ihre Freundin, Madame de Charmois, in einer tiefen Fensternische und betrachteten, eher gelangweilt als entzückt, die herrliche Aussicht, die sich vor ihren Augen ausbreitete. Es waren die ersten Tage im Frühling. Die erwachende Pflanzenwelt legte eine leichte, grüne, mit Braun vermischte Farbe über die Bäume; die Mandel- und Aprikosenbäume im Garten wie auch die Schlehenbüsche standen in Blüte; der herrliche Tag verglühte in einem rosafarbenen Sonnenuntergang.

Unterdessen brannte ein gutes Feuer im gewaltigen Kamin des großen Salons, und die Abendfrische war recht lebhaft hinter den dicken Mauern der alten Ritterburg.

Der schönste Schmuck dieses Salons bestand unbestritten in den seltsamen, rätselhaften Tapisserien, die man noch heute im Schloß von Boussac sieht und von denen man annimmt, Zizime habe sie aus dem Orient mitgebracht und damit während seiner langen Gefangenschaft den Turm von Bourganeuf ausgeschmückt. Ich glaube, daß sie aus Aubusson sind, und habe über sie eine ganze Geschichte, die anderswo ihren Platz finden wird. Es ist einigermaßen gesichert, daß sie die Langeweile des illustren Ungetreuen in seinem Gefängnis versüßt haben und daß sie zu dem zurückgekehrt sind, der sie *ad hoc* hat anfertigen lassen, zu Pierre d'Aubusson, dem Herrn von Boussac und Großmeister von Rhodos. Die Gewänder darauf sind vom Ende des fünfzehnten Jahrhunderts. Diese sorgfältig ausgearbeiteten Bilder sind Meisterwerke, und, wenn ich nicht irre, eine sehr erstaunliche Seite im Buche der Geschichte.

Der Rest der Einrichtung des großen Salons von Boussac war zum Zeitpunkt unserer Erzählung weit davon entfernt, mit seinem Glanz den Überbleibseln alter Pracht zu entsprechen. Unterhalb der alten Wandverkleidung krochen auf dem Boden, um es einmal so auszudrücken, minderwertige kleine Sessel in der Mode des Empire, eine schäbige Parodie auf die kurulischen Stühle des alten Rom. Einige gerahmte Spiegel im Stil Ludwigs XV. bedeckten nur unzureichend die großen Pfeiler der Kamine. Zwischen diesem Mobiliar und dem großartigen Herrensitz, in dem es unbemerkt dahintrieb, bestand ein unvermeidlicher Gegensatz, der den Adel unserer Tage so schwach und armselig aussehen läßt im Vergleich zu den Lebensumständen seiner Vorfahren.

Es schien, als mache sich dieses peinliche Gefühl ungewollt im Geist der beiden Damen breit, die sich in der Fensternische unterhielten; denn sie waren recht melancholisch, als sie dort leise in der Abenddämmerung plauderten.

Das Alter dieser Adelsdamen mochte ein Jahrhundert füllen, recht gleichwertig verteilt zwischen beiden. Sie waren schön gewesen, zumindest bezeugten dies die Gesichtszüge und die Gestalt von Madame de Boussac; aber die Wohlbeleibtheit hatte sich über die Reize der Madame de Charmois hergemacht, was sie nicht daran hinderte, tatkräftig, lebhaft und entschlossen zu sein.

Am Vorabend in Boussac angekommen, gemeinsam mit ihrem Gatten, der kürzlich zur Würde eines Unterpräfekten des Kreises aufgestiegen war, erneuerte Madame de Charmois nun die Bekanntschaft mit einer alten Freundin, die sie seit zwei oder drei Jahren nicht gesehen hatte und die, trotz des beträchtlichen Unterschieds ihrer jeweiligen Charaktere, große Freude empfand, schließlich eine ihrem Rang entsprechende Nachbarschaft und Gesellschaft zu besitzen.

– Meine Schönste, sagte die neue Unterpräfektin, ich bewundere Sie, wirklich, daß Sie nacheinander zwei Winter auf Ihrem Schloß verbringen konnten.

– Es ist in der Tat ein wenig traurig, meine Liebe, antwortete Madame de Boussac; gleichwohl ist es besser gebaut, geräumiger und weniger kostspielig zu heizen als meine hübsche Wohnung in Paris.

– Es liegt mir fern, darüber zu klagen, vor allem, da Sie mir so liebenswürdig Gastfreundschaft gewähren, bis ich in Ihrer sonderbaren Stadt etwas gefunden habe, wo ich mich niederlassen kann. Ich finde sie angenehm, solange ich bei Ihnen wohne, aber geben Sie zu, meine Liebe, daß es andernfalls ein Verdienst wäre, sich hier beerdigen zu lassen.

– Immerhin kannten Sie sie gut, unsere Stadt, als Sie sie als Wohnort akzeptierten.

– Seit etwa fünfzehn Jahren, als ich hierher kam, um Sie zu sehen ... zwei-, dreimal!

– Zweimal! Ich habe nichts vergessen.

– Auch ich habe nichts von Ihnen vergessen. Aber da ich mit Ihnen beschäftigt war, habe ich vergessen, die Stadt anzusehen, und in meinen Erinnerungen erschien sie mir weniger arm und häßlich.

– Aber zu unserem Pech werden Sie nicht lange bleiben. Dies ist nur ein Schritt auf dem Wege zu einer Unterpräfektur erster Klasse.

– Wenn ich nicht davon ausginge, daß wir in achtzehn Monaten Präfekt sein würden, dann, das gestehe ich Ihnen, hätte ich Monsieur Charmois niemals gestattet, in die Verwaltungslaufbahn einzutreten. Aber Sie, meine teure Schöne, die Sie keinerlei Ehrgeiz haben, nicht einmal für Ihren Sohn, wie mir scheint, wie haben Sie nur die große Entscheidung treffen können, auf die Winter in Paris zu verzichten?

– Muß ich denn nicht an die Verheiratung meiner Tochter denken? Ich habe zwei Kinder und Sie nur eins. Von uns beiden habe ich also mehr Rücksichten zu nehmen. Ohne zu behaupten, daß ich mein Vermögen vermehren will, denn Guillaume hegt ja einen Widerwillen gegen jedwede Laufbahn, die seine Unabhängigkeit einschränkt, muß ich doch ein paar Ländereien von gewissen Hypotheken befreien, die mein Gatte aufzunehmen veranlaßt war. Und meine Tochter hat nun ganz das Kloster verlassen und ist im Heiratsalter.

– Aber Ihnen verbleiben noch dreihunderttausend Francs, bei Lichte besehen, die zwischen den beiden geteilt werden müssen?

– In etwa.

– Das ist doch nicht übel! Wenn wir soviel hätten, dann wären wir nicht in Boussac Unterpräfekt. Aber sobald wir eine gute Präfektur haben, verheiraten wir vorteilhaft unsere Tochter. Wann mit Sicherheit erwarten Sie Guillaume?

– In acht Tagen, ich werde es kaum überleben. Nach mehr als einem Jahr Abwesenheit können Sie sich vorstellen, wie ich danach dürste, ihn wiederzusehen!

– Ach, mich drängt es auch, ihn in die Arme zu schließen, das liebe Kind! Ich möchte wissen, ob er Elvire wiedererkennt? Sie ist so groß geworden! Finden Sie meine Tochter schön?

– Gewiß ist sie recht schön, bezaubernd!

– Sie ähnelt so gar nicht ihrem Vater, nicht wahr? Unglücklicherweise ist sie sehr viel weniger schön als die Ihre, und weniger gut erzogen, wette ich.

– Marie sieht annehmbar aus, das ist alles. Aber sie ist eine vortreffliche Person.

– Etwas romantisch, nicht wahr, wie ihr Bruder?

– Oh, weitaus weniger romantisch, Gott sei Dank. Hören Sie, wie sie lachen, hier unter uns, in ihrem Zimmer? Sie sehen, daß Marie ebensowenig Trübsinn bläst wie Elvire.

– Was, ist das Elvire, die so schreit? Mit Sicherheit ist es nicht Marie! Ich möchte sie am liebsten durchs Fenster zum Schweigen bringen. Wenn Ihre Provinzbürger das hören würden, hielten sie unsere Töchter für so dumme Gänse wie ihre.

– Nun, lassen Sie sie doch lachen! Es gehört zu ihrem Alter! Unsere Töchter werden glücklicher sein als wir, meine Liebe. Sie werden einigermaßen gut heiraten, dank ihrer Herkunft, und sie werden nur dazugewinnen, wenn sie ihre Stellung ändern. Wir, die wir unsere Jugend inmitten der Feste und des Luxus im Empire verbracht haben, wir finden die heutige Zeit recht traurig und das Leben recht leer.

– Sprechen Sie nicht so, meine Liebe. Man könnte meinen, daß Sie dem Empire nachweinen.

– Nein, ich kenne die Pflichten meines Ranges nur zu gut und weiß, was ich meinen Ansichten schuldig bin. Aber bei Napoleons Sturz habe ich viel an Vermögen und Rang verloren.

– Nein, meine Liebe, Sie haben beim Tod Ihres Gatten verloren; denn wenn er bis 1815 gelebt hätte, dann hätte er es wie meiner und wie so viele Offiziere und Beamte des Empire gemacht. Er hätte sich als einer der ersten mit den legitimen Prinzen verbunden und wäre wieder in den Dienst genommen worden oder hätte sich einen guten Posten in der Provinz geben lassen.

– Das ist nicht sicher, meine Liebe. Er hätte sich an den Kaiser gehängt.

– Er hätte sich von seinem Kaiser gelöst!

– Vielleicht. Ich hätte mein möglichstes dafür getan, nicht aus Ehrgeiz, sondern aus Überzeugung. Vielleicht wäre es mir nicht gelungen. Man muß zugeben, daß der Kaiser... daß Buonaparte einen großen Einfluß auf unsere Männer hatte.

– Ja, in den Anfängen, da war alles dazu angetan. Ich habe Monsieur de Charmois gesehen, als er Kammerherr war, ganz so frisiert wie er... Aber als er gesehen hat, was für Dummheiten er macht, da sind ihm die Augen für seine wirklichen Interessen aufgegangen, und für seine wirklichen Pflichten.

– Ich bezweifle, daß Monsieur de Boussac sich so leicht korrigiert hätte. Vielmehr war er gewillt, je größer Napoleons Mißerfolge waren, sich um so mehr an ihn zu binden.

– Auch er war ein romantischer Kopf; ein würdiger Mann, das gebe ich zu, der Sie sehr glücklich gemacht hätte, wenn der Krieg Sie nicht so oft getrennt hätte und wenn Sie nicht so eifersüchtig gewesen wären.

– Sie haben wenig Grund, mir diesen Vorwurf zu machen... Ich war es niemals auf Sie.

– Wenn es Ihnen beliebt... Sie waren es sehr wohl ein wenig!

– Überhaupt nicht. Monsieur de Boussac hatte Angst vor den Koketten... Und Sie waren äußerst kokett.

– Sie Boshafte!... Waren wir zu der Zeit nicht alle so?

– Mehr oder weniger...

– Sie waren putzsüchtig, oder! Und dafür tätigten Sie Ausgaben, die Monsieur de Charmois mir niemals erlaubt hätte.

– Das war eher Eitelkeit als Koketterie... Denken Sie, das sei völlig dasselbe?

– Sie sind heute abend sehr boshaft... Aber wenn ich kokett gewesen wäre, wenn ich es noch immer ein wenig bin, dann bin ich entschuldigt; mein Gatte war nicht so liebenswürdig wie der Ihre... Was für einen Krach machen bloß diese jungen Damen! Es ist unerträglich, meine Liebe... Ich bin sicher, die ganze Stadt hört sie. Ach, die jungen Damen in der Provinz sind verdorben... diese Art zu lachen und zu schreien ist wirklich schlechter Ton!

– Nicht sie schreien so... es sind die Dienerinnen; das ist Claudie... ich erkenne ihre Stimme.

– Welches Ihrer beiden Kammerkätzchen ist Claudie? Die schöne Blonde?

– Nein, die kleine Schwarze... Die andere heißt Jeanne: sie ist mein Patenkind.

– Ach, meinen Sie, es sei schicklich zu erlauben, daß unsere Töchter sich in der Gesellschaft dieser Dienerinnen amüsieren?

– Unsere armen Kinder müssen sich doch ein wenig amüsieren... das ist höchst unschuldig! Sicher lassen sie die Kleinen in ihr Zimmer kommen und versuchen, die Bourrée der Gegend mit ihnen zu tanzen. Das ist eine gute Übung für die Gesundheit. Claudie zeigt diesen Tanz *ex professo*... Sie ist leichtfüßig, gut gebaut und recht anmutig.

– Und die andere, die Schöne, tanzt sie auch?

– Nein, sie ist ein ernstes, melancholisches Mädchen. Aber im allgemeinen ist sie es, die die Weisen der Bourrée singt. Sie hat eine hübsche Stimme.

– Werden Sie von diesen Bäuerinnen gut bedient?

– Besser als von den Kammerfrauen aus Paris, die ich zehnmal teurer bezahlt habe und die sich in der Provinz langweilten; ich habe die Dienerschaft neu zusammengestellt, wozu ich mich nur beglückwünsche und was ich auch Ihnen empfehle.

– Aber sie verstehen sich doch auf nichts? Wer kleidet Sie an? Wer frisiert Marie?

– Claudie. Sie ist geschickt, tatkräftig und klug, sie ist ein bemerkenswert gelehriges Mädchen.

– Und die andere? Was tut sie? Ich sehe sie im Haus nicht so oft.

– Sie hütet meine Kühe, bereitet vortreffliche Butter und Sahnekäse. Sie wacht über die Wäsche, ordnet sie und kocht die Früchte ein. Sie hat die Schlüsselgewalt. Sie ist weniger schlau, nicht so geschickt mit den Händen und weniger flink als Claudie; aber sie ist ein außergewöhnliches Wesen: brav, ordentlich, fleißig, sanft und treu, sie ist mir völlig unentbehrlich. Mein Sohn hat da für mein Haus einen wahrhaft glücklichen Fund gemacht.

– Ach, Guillaume hat sie Ihnen besorgt? Er hat sie wegen ihres schönen Gesichts genommen, und das beweist, daß er sich auskennt.

– Meine Liebe, Guillaume ist zu hoch geboren, er achtet sich zu sehr, um Augen für diese armen Kreaturen zu haben.

– Sie hatten nicht so großes Vertrauen in seinen Herrn Vater, denn ich erinnere mich gut, daß ich Sie hier eines schönen Tages in Tränen aufgelöst fand und Sie gerade Ihre Magd fortgeschickt hatten . . . die Amme, ich glaube, die Ihres Sohnes, weil Sie meinten, Monsieur de Boussac fände sie zu schön.

– Sie erinnern mich an eine meiner alten Sünden, und das ist grausam von Ihnen. Die arme Amme war, glaube ich, äußerst unschuldig. Sie war ein wenig langsam, stolz und halsstarrig; sie hat mich oft aus der Fassung gebracht. Ich hatte damals hitzigeres Blut als heute. Monsieur de Boussac, nachsichtiger und besser als ich, gab mir immer unrecht, wenn ich mit ihr schimpfte. Eines Tages war ich verärgert. Ich machte ihr ungerechte Vorwürfe. Er verfügte, um Frieden zu haben, die Entlassung der armen Tula, und ich war sehr gestraft, denn nie wieder fand ich eine Frau, die meinem Sohn und mir so ergeben war. Aber sie war von einem unsinnigen Stolz. Ich weiß nicht, welche Bemerkung eines Lakaien ihr zu verstehen gab, daß ich eifersüchtig sei auf sie, und nie wieder wollte sie in meine Dienste treten, was immer ich ihr anbieten mochte. Von einem solchen Hochmut fühlte ich mich ein wenig gekränkt; dann kam der Tod meines armen Gemahls, die Verlegenheiten mit meinem Vermögen, mein Aufenthalt in Paris wegen Guillaumes Erziehung; und ich hatte diese Frau vergessen, als vor achtzehn Monaten, wenige Tage, nachdem ich mich neuerlich und endgültig in dieser Gegend niedergelassen hatte, Guillaume mich von ihrem Tod unterrichtete und aus einem Dorf, wo er zufällig spazierenritt, diese Waise mitbrachte, diese Jeanne, die Tochter der Tula, und folglich Guillaumes Milchschwester.

– Ach! Die Tochter der... Amme? Die Tochter der Amme, diese Blonde? Ich habe sie bei Ihnen gesehen, als sie ganz klein war.

– Sie hat viel vom Verhalten und sogar von den Schrullen ihrer Mutter, aber sie ist unendlich viel geduldiger und sanfter. Im ersten Augenblick schmerzte mich der Anblick dieses jungen Mädchens. Er erinnerte mich an den ehelichen Kummer und, vielleicht, an mein Unrecht. Ich hätte mir gewünscht, ihr etwas Gutes zu tun und sie in ihr Dorf zurückzuschicken. Aber bei der Rückkehr von diesem Spazierritt bekam Guillaume die entsetzliche Krankheit, derentwegen er sechs Wochen lang zwischen Leben und Tod schwebte, und Jeanne pflegte ihn mit soviel Hingabe, daß ich sie anschließend aus Dankbarkeit behielt.

– Man hat behauptet, daß ein Bauer ihm einen Stein an den Kopf geworfen habe. War es ihretwegen?

– Das ist nicht wahr, er hat es immer geleugnet, und Jeanne hat nichts dergleichen gesehen. Sie wissen genau, daß Guillaume diese furchtbare Gehirnentzündung infolge eines Brandes bekam, bei dem er sich hingebungsvoll dafür einsetzte, eine elende Hütte, die der Blitz getroffen hatte, zu retten.

– Wie sollte ich das wohl vergessen haben? Sie haben es mir zu der Zeit geschrieben. Im übrigen ist dies eine zu große Ehre für Guillaume, als daß man es vergessen könnte.

– Habe ich Ihnen alle Einzelheiten dieses Abenteuers geschrieben? Daß die Hütte eben die der armen Tula war, die gerade gestorben war? Und daß Guillaume Jeanne, die an einem Tag ihre Mutter und ihre ganze armselige Habe verloren, gewissermaßen in einem edlen Anflug von Barmherzigkeit adoptiert hat? Auf diese Weise hat er sie kennengelernt und zu mir gebracht.

– Aber das ist ja ein ganzer Roman, das alles!

– Das ist ein recht einfacher Roman, der da sein Ende hat. Die Heldin kümmert sich um meine Hühner und meine Milchwirtschaft.

– Und Guillaume?

– Nun, was soll sein mit Guillaume?

– Er hat daraus keinen Roman gemacht?

– Er hat eine hübsche Romanze gemacht; aber Jeanne würde kein Wort davon begreifen und könnte sie auch nicht singen... Übrigens ist sie für eine Bäuerin sehr empfindsam, und man kann den Namen ihrer Mutter nicht aussprechen, ohne daß sie anfängt zu weinen.

– Ach, sie hat ein empfindsames Herz?... Hat Guillaume...

– Was wollen Sie wissen?

– Nichts. Aber sagen Sie mir, warum Sie nach alledem Guillaume so lange Zeit auf Reisen geschickt haben?

– Ach! Das wissen Sie doch, er hatte große Schwierigkeiten, wieder gesund zu werden. Er war in tiefe Melancholie versunken, und ich hatte quälende Ängste vor der Zukunft.

– Und der Grund für diese Melancholie, haben Sie den nie erfahren können?

– Ich schwöre Ihnen, daß es keinen anderen Grund gab

als einen krankhaften Zustand, eine gewisse Beeinträchtigung des Gehirns. Ich habe volles Vertrauen in meinen Sohn; er hat mir nie etwas verheimlicht, sich nie verstellt. Er hat immer wieder beteuert, wie ich es Ihnen geschrieben habe, daß er keinen seelischen Grund für seine Mattigkeit kenne. Die Ärzte haben Zerstreuung und Reisen empfohlen. Er selbst verspürte in sich das Bedürfnis, und er hat mit unserem guten Freund Sir Arthur Harley nur zwei Monate in Italien verbracht und Kraft, Appetit, Heiterheit und die ganze Frische seiner Jugend wiedererlangt. Sir Arthur, und er auch, schreiben mir jede Woche und sagen mir, ich solle letztendlich selbst urteilen!

– Guillaume, was für ein bezaubernder junger Mann! sprach Madame de Charmois, plötzlich nachdenklich geworden; ich brenne darauf, ihn wiederzusehen. Aber sagen Sie mir doch, mein Herz, dieser gute Monsieur Harley, Ihr Engländer, ist er so reich, wie man behauptet?

– Für einen Engländer, der auf Reisen geht, nicht so reich; aber immerhin hat er ein Vermögen von einer Million.

– Nun, das ist wirklich sehr hübsch! ... Denken Sie denn nicht, daß er eine gute Partie für Marie wäre?

– Sie haben nur Heiratsprojekte und Vermögensschachzüge im Kopf! Nun ja! Ich versichere Ihnen, daß ich nie daran gedacht habe.

– Warum sollte die Sache denn nicht möglich sein? Ist es nicht ein gute Idee, die ich Ihnen da nahelege?

– Es ist allemal sehr unwahrscheinlich. Vor allem, wenn das Erstgeborenenrecht wieder in Kraft ist, wird Marie gerade zwei- oder dreitausend Livres Rente haben. Ein Millionär ist nicht ihre Sache, das sehen Sie, und ich wünsche mir für sie sehr viel weniger.

– Pah! Sie ist hübsch, und Ihr Engländer, soviel ich mich erinnere, ist ein Philosoph, ein Original. Mit ein wenig Geschick und Koketterie könnte Marie ihm leicht den Kopf verdrehen.

– Marie wird diese Koketterie abgehen, und ich werde ihr nicht dazu raten. Wir sind nicht geschickt, meine Schönste, wir sind stolz.

– Was für ein Unsinn, das alles! Mit einer Million Vermögen wärt ihr gewiß viel stolzer.

– Sagen Sie so etwas nie vor meiner Tochter, ich flehe Sie an. Ich hoffe, Sie sagen es auch nicht vor Ihrer.

– Ein Mädchen, das man auf den Gebrauch seiner schönen Augen und seines süßen Lächelns bei der Suche nach einem Gemahl hinweisen müßte, wäre recht dumm. Die jungen Frauen erraten das alles, ohne daß man es ihnen beibringt.

– Marie wird auf den guten Gedanken kommen, dumm zu sein. Sie ist sehr kindlich, sehr einfach und ohne jeden Ehrgeiz.

– Das hindert einen doch nicht daran zu sehen, daß Monsieur Harley ein sehr schöner Mann ist, noch jung ... wenigstens kommt er mir so vor. Wie alt ist er?

– So um die dreißig.

– Ach! Mir wäre lieber, er wäre vierzig. Wenn er fünfzig wäre, dann wäre die Sache gesichert. Fünfzigjährige Männer lieben junge Mädchen mehr als dreißigjährige. Wenn sie klug sind, das ist wahr, sind sie mißtrauischer. Einen Mann von dreißig könnte man leicht davon überzeugen, daß eine unserer Töchter ganz krank ist aus Liebe zu ihm, und darauf kommt es an, glauben Sie mir. Aus reiner Selbstgefälligkeit heiraten die Männer, sei es einen großen Namen, sei es ein großes Vermögen, sei es eine große Schönheit. Und wenn es schon keine fette Mitgift gibt, dann muß da eine große Leidenschaft sein. Das schmeichelt ihnen, und sie entschließen sich, um eine junge Person am Sterben zu hindern.

Madame de Boussac, obgleich gut und würdevoll, sündigte grundsätzlich aus Charakterschwäche, und ihre guten Grundsätze waren nicht genug mit ihren guten Trieben abgestimmt. Das Empire hatte sie viel weniger verdorben als Madame de Charmois; aber es hatte aus ihr dasselbe gemacht wie aus den anderen Frauen, die die zweite Geige gespielt haben, ein verwöhntes Kind, eine oberflächliche Person, ihren Bedürfnissen nach Luxus und ihrer Geltungssucht ausgeliefert, die das altväterliche Regime der Restauration nicht von Grund auf zu bessern vermochte. Guillaume glaubte an seine Mutter mehr, als sie es verdiente. Er nahm ihre weisen Reden und ihre vornehme Haltung beim Wort. Er wußte nicht, wie sehr sie im tiefsten Herzen dem Verfall ihrer Stellung nachtrauerte, womit sie sich jedoch dem Anschein nach stolz abgefunden hatte. Madame de Boussac war nicht ränkesüchtig; aber am intriganten Charakter der Charmois nahm sie weniger Anstoß, als richtig gewesen wäre. Sie hätte sich niemals etwas Niederträchtiges oder Lasterhaftes ausgedacht; aber anstatt über die Laster der anderen empört zu sein, fand sie sie unterhaltsam, sofern sie in Geist oder muntere Kühnheit verpackt waren. Gelassen hätte sie sich mit einer Intrige einverstanden erklärt und war, wie alle schwachen Menschen, bereit, es sich im Falle eines Mißlingens als Verdienst anzurechnen, nicht fest beteiligt gewesen zu sein, und sogar die Erfinder der List zu verspotten oder sachte zu verurteilen; indessen aber war sie imstande, sie zu bewundern oder ihnen zu danken, wenn die List zu ihrem Nutzen erfolgreich war, ohne daß sie offensichtlich ihre Finger darin hatte.

Die Niederträchtigkeit der dicken Charmois empörte sie also nicht wirklich. Sie entschloß sich, darüber zu lachen und gab vor, nicht an einen Erfolg zu glauben, um ihn sich umso lieber beweisen zu lassen. Ehrenhaft sein und die Freundin einer solchen Frau bleiben, hieße das nicht gewissermaßen, auf eigene Verdienste verzichten? Aber die Charmois, schlauer als sie, tastete sie bei diesem Thema nur ab, um herauszufinden, ob sie für ihre Tochter Pläne hatte, denn als kluge Frau bedachte sie sehr wohl, daß Sir Arthur Harley ein besserer Schwiegersohn für sie sein könne als Guillaume de Boussac, auf den sie zunächst ein Auge geworfen hatte.

XI

Der Aprilscherz

An diesem Punkt also war die Unterhaltung angelangt, als ein Raunen, ein Flüstern und unterdrücktes Lachen hinter der Tür zu hören war und die beiden jungen Damen, deren Schicksal man vorhergesagt hatte, sich einstellten, nur sehr wenig beschäftigt mit den Luftschlössern, die ihre Mütter eben für sie gebaut hatten. Trotz der wechselseitigen Lobeshymnen, die die Damen über ihre Töchter ausgetauscht hatten, war weder die eine noch die andere durch ihre Schönheit bemerkenswert. Elvire de Charmois war eine dicke Person, recht gut gewachsen, frisch und erlesen gekleidet dank der Sorgfalt ihrer Mutter, die sich stets darum kümmerte, daß sie allzeit bereit war, um die Parade ihrer Freier abzunehmen. Aber wie sehr Madame de Charmois ihre Phantasie auch bemühen mochte, um der traurigen Wirklichkeit zu entkommen, Elvire war Monsieur de Charmois doch verzweifelt ähnlich. Sie hatte seinen schwerfälligen, gewöhnlichen Geist, und ihre Gesichtszüge schienen sogar die ganze schlechte Laune geerbt zu haben, die einer der Urheber ihrer Tage dem anderen bereitet hatte.

Marie de Boussac war weniger frisch und nicht so gut gewachsen wie ihre Gefährtin; gleichwohl war sie, ohne hübsch zu sein, unendlich angenehm. Blaß, etwas mager, von schmächtiger, leicht gebeugter Gestalt, das Kinn ein bißchen lang, und nur die Augen und Haare wahrhaft schön; aber der Ausdruck ihrer Gesichtszüge war so rein und interessant, ihr Blick und ihr Lächeln zeugten von einer so empfindsamen und gütigen Seele, daß es unmöglich war, sie eine kleine Weile anzusehen und mit ihr zu plaudern, ohne sie bezaubernd zu finden und sich ihre Zuneigung und Achtung zu wünschen.

Obgleich träumerisch, war sie in diesem Augenblick, als sie beide den großen Salon betraten, sehr fröhlich, ebenso wie ihre Gefährtin, die verdrossene und plumpe Elvire.

– Mama, sagte Marie, nur mühsam ruhig und ungezwungen, denn sie konnte nicht lügen, auch nicht im Scherz, – da sind zwei Damen aus der Stadt, die Sie bitten, sie der neuen Unterpräfektin vorzustellen. Und sogleich erschienen zwei Damen, von denen die erste unerschrocken näherkam und auf so lächerliche Weise grüßte, daß die beiden jungen Damen, trotz ihres Bemühens, die Komödie fortzusetzen, in Gelächter ausbrachen.

Madame de Boussac hatte nur einen Augenblick gebraucht, um die Ungeniertheit von Claudie zu erkennen, die in eine Dame verkleidet war. Aber die dicke Charmois, kurzsichtig und mit den Zügen der Kammerzofe noch nicht vertraut, erhob sich, sehr ungehalten über den frechen Empfang, den diese beiden jungen Damen, insbesondere ihre Tochter, einer von ihr verwalteten Bürgerin bereiteten. Sie beruhigte sich erst, als sie hörte, wie Madame de Boussac lachend sagte:

– Du bist hinreißend, Claudie, du siehst aus wie eine Herzogin! . . .

– Aus der Zeit des Empire! fügte die Charmois hinzu und setzte sich wieder. . . Das war also die Ursache eurer geräuschvollen Heiterkeit, meine jungen Damen?

– Meine Damen, heute ist der erste April, rief Marie de Boussac. Dies war unerläßlich, es war unsere Pflicht, unser Recht!

– Euch ist verziehen, meine Kinder, antwortete Madame de Boussac. Madame de Charmois ist darauf hereingefallen, sie hat euch die Ehre erwiesen; aber ich glaube, mir geht es genauso, denn ich erkenne überhaupt nicht die andere Dame, die dort steht und es nicht wagt, ihre Nase zu zeigen. Kommen Sie doch näher, Madame, damit wir Sie ansehen können.

– Komm doch näher, du, rief Claudie. . . Du siehst doch, daß Madame es lustig findet und nicht böse wird.

– Ich bitte Sie um Verzeihung, meine Patin, sagte Jeanne und kam schüchtern näher... Von mir aus hätte ich mir das nie erlaubt... Fräulein Marie wollte uns unbedingt herausputzen.

– Wie denn, das ist Jeanne? sagte Madame de Boussac; ich wußte wohl, daß nur sie es sein konnte, und trotzdem konnte ich sie nicht erkennen. Ach, aber sie ist ja hervorragend!

– Das da ist Jeanne? Nicht möglich! rief Madame de Charmois. Wer hat sie denn so gut eingekleidet?... Unglaublich, wie gut sie aussieht!

– Ich habe mir die größte Mühe gegeben, antwortete Mademoiselle de Boussac. Ich hoffe, es ist mir gelungen.

– Ach ja, Ihr habt viel Zeit hineingesteckt, Mam'selle! sagte Jeanne, die sich geduldig in die Maskerade geschickt hatte. Schließlich hat es Euch belustigt, und es macht mir Freude, Euch ein wenig zum Lachen gebracht zu haben. Nun, wo der Schabernack vorbei ist, will ich mir die schönen Kleider wieder ausziehen, nicht wahr?

– Nein, nein, noch nicht, Jeanne! Ach, meine liebe Jeanne, ich bitte dich, bleib noch ein wenig so. Hier, Mama, sehen Sie sich dieses Gesicht an! Ich wette, Sie hätten mir lieber dieses mitgegeben anstelle von meinem?

– Ach, Mam'selle, Ihr macht Spaß, antwortete Jeanne aufrichtig, denn sie fand, daß ihre junge Herrin schöner war als alles auf der Welt.

– Ist es ein Kleid von Ihnen, Elvire? fragte Madame de Charmois ihre Tochter und sah Jeanne durch ihr Lorgnon prüfend an.

– Ja, Mama, die Kleider von Marie passen Claudie und meine Jeanne, die meine Figur hat.

– Das kneift teuflisch, sagte Claudie und betrachtete sich im Spiegel, geblendet von sich selbst. Aber das ist egal, so möchte ich wenigstens sonntags angezogen sein.

Claudie hatte ganz und gar unrecht. Sie war eine sehr angenehme Bäuerin und eine sehr unangenehme junge Dame. Ihre weiße Haube paßte sehr gut zu ihrem rundlichen Gesicht und ihr kurzer Rock zu ihren hübschen Beinen; aber das lange, in Falten gelegte Kleid der müßigen Frauen nahm ihr all ihre Vorteile, und ihre gekräuselten und tief angesetzten Haare, die sie schalkhaft und mutig aussehen ließen, fügten sich nicht in die glatte, weiche Frisur, die die Damen dieser Epoche von den schönen Engländerinnen übernommen hatten. Ihre Verhaltensweisen einer freimütigen Dorfbewohnerin waren von einer anmutigen Komik, die durch das himmelblaue Kleid der romantischen Marie grell, ja sogar unverschämt wirkte. Insgesamt hatte die gute Claudie, deren runden, reizenden Formen es in der freien Bewegung nicht an Zauber fehlte, in diesem Augenblick das Aussehen eines bösen kleinen Jungen, der nur ungenügend als Frau verkleidet war.

Jeanne bildete einen vollkommenen Gegensatz zu ihr; sie war als junge Dame ebenso schön wie als Bäuerin; ihre kraftvollen Formen hatten nichts Männliches dank ihrer ruhigen, keuschen Ausstrahlung, die ihrem Benehmen stets etwas Ernsthaftes und Gesetztes gab. Ihre Haut wie Lilien und Rosen (bei ihr war diese alte Metapher immer gültig, und weder Wind noch Sonne konnten dies ändern) sah mit dem weißen Kleid und der Halskrause aus Spitzen noch reiner und frischer aus; ihr glänzendes Haar, das die Haube stets vor Blicken verbarg, hatte sich unter dem Kamm dem erlesenen Geschmack von Mademoiselle de Boussac gefügt und legte sich in goldenen Zöpfen rund um ihren Kopf, der sich dafür in wunderbarer Weise eignete. Ihre schön geformten Hände hatten keine andere Kosmetik nötig gehabt als die Milchprodukte, die sie tagtäglich knetete, damit sie wundervoll weiß und weich waren. Nur ihr Fuß war schlecht verkleidet; er glich dem einer griechischen Statue; in ihrer Kindheit war sie gewöhnlich barfüßig durch die Heide gelaufen, und er war nun zu schön und natürlich, um sich in den schmalen, spitzen Schuhen wohl zu fühlen, mit denen die Frauen von Welt sich künstliche Extremitäten machen, die nicht zu einem menschlichen Körper zu gehören scheinen.

– Ich muß zugeben, sagte Mademoiselle de Boussac und betrachtete sie, daß ich nie etwas Schöneres als dich gesehen habe, meine arme Jeanne. Wenn der Himmel dich geschaffen hätte, damit du Kaiserin wärest, hätte er es nicht besser machen können. Und nun, Mama, fügte sie hinzu, gehen wir im Garten spazieren. Die Leute aus der Stadt, die uns von weitem sehen, werden diese beiden Verkleideten für junge Damen aus Paris halten. Und sogleich wird das Gerücht sich verbreiten, daß die Frau Unterpräfektin drei Töchter hat, und morgen, wenn sie nur noch eine sehen, werden sie sofort wissen wollen, was aus den beiden anderen geworden ist. Auf die Weise hat ganz Boussac an unserem Aprilscherz teil.

– Meine Damen, bitte sehr keine Scherze, die mich betreffen, sagte Madame de Charmois. In meiner Stellung kann ich mir nicht erlauben, mit meinen Untergebenen zu lachen. Das wäre schlechtester Stil und würde mich auf eine Stufe der Vertrautheit mit ihnen stellen, die mir gar nicht gefällt.

– Und es könnte sie auch ärgern, fügte Madame de Boussac hinzu; sie könnten glauben, daß man sich über sie lustig macht und sie leichtfertig behandelt, und die Leute in Kleinstädten sind furchtbar empfindlich. Also, Marie, lassen Sie es dabei bewenden, mein Kind.

– Das ist wahr, antwortete Marie sanft. Nun, wir verzichten sogleich darauf, Mama.

– Ach, gut, dann ist also unser Vergnügen beendet! sagte Elvire und setzte wieder ihren Schmollmund auf; es hat ganz schön viel Mühe und Zeit gekostet, sie so zu verkleiden! So sind Sie immer, Mama. Sie wollen nie, daß man seinen Spaß hat! Hätten Sie nichts gesagt, dann hätte auch Madame de Boussac nicht daran gedacht, es uns zu verbieten.

– Aber wir haben Ihnen doch gesagt, meine Tochter,

daß es Anstoß erregen und schon zu Anfang die Leute voreingenommen gegen uns machen könnte!

– Das schreckliche Unglück, Dummköpfen zu mißfallen! erwiderte Elvire, die ganz rot war vor Ärger, wenngleich ihr schleppender Tonfall nicht von übermäßigem, natürlichem Ungestüm zeugte.

Madame de Charmois wollte eben antworten, und der Streit wäre nicht so bald beendet worden, als Cadet hereinkam und Kerzen brachte. Der Sohn des Küsters Léonard war erst kürzlich zum neuen Aufgebot ländlicher Bediensteter gestoßen, gegen die Madame de Boussac aus Sparsamkeitsgründen ihre Pariser Dienerschaft ausgetauscht hatte. Jeanne, die von ihrer Patin um Rat gefragt worden war, hatte auf Cadet als einen guten Kerl hingewiesen, als *Mädchen für alles*, wie man sagt. Cadet war entzückt, in der Nähe von Claudie zu leben, die mit ihm zur ersten Kommunion gegangen war (mit den gemeinsamen Katechismusstunden wird bei den Bauern ein Band geknüpft, das man nicht vergißt), und in der Nähe von Jeanne, die seine freundliche Gefährtin und kundige Lehrmeisterin in der Kunst, Tiere zu weiden, gewesen war. Er war etwas schwerfällig, etwas ungeschickt, zerbrach viel, verwechselte alles, wenn man ihm mehrere Aufträge gleichzeitig gab, und in den sechs Monaten hatte er seine Intelligenz noch nicht bis zur gefälligen Anordnung eines Desserts auszuschöpfen vermocht. Da er im übrigen fleißig war, wenig trank, rechtschaffen und gutwillig war, schaffte er es, daß man ihm seine Unbeholfenheit verzieh, und die Herrin von Boussac hatte sich entschieden, mit Marie darüber zu lachen, die ihn ihrerseits in Schutz nahm, weil auch Jeanne sich stets für ihn verwendete. Und Claudie wiederum verbrachte ihr Leben damit, ihn zu necken, mit ihm zu schimpfen, ihn nachzuäffen, was ihn keineswegs kränkte, sondern bezauberte, und das boshafte Mädchen selbst wäre untröstlich gewesen, einen Gefährten zu verlieren, der ihre rosige Stimmung mit seiner entgegenkommenden Albernheit und seiner unerschütterlichen Gutgläubigkeit nährte.

Cadet hatte man nicht in den Plan des Aprilscherzes eingeweiht. Als er zwei weitere Damen hinten im Salon undeutlich wahrnahm, senkte er, wie es seiner Gewohnheit entsprach, bescheiden die Augen, stellte die Leuchter ab, schürte das Feuer, schloß die Fensterläden und ging hinaus, ohne das schallende Gelächter von Claudie und Mademoiselle Elvire wahrzunehmen, wohingegen Jeanne und Marie vollkommen ernst blieben.

Einen Augenblick später kam Marsillat herein, und Madame de Boussac, die ihn als Freund des Hauses behandelte, gab ihr stilles Einverständnis, daß Marie die beiden falschen Fräulein bleiben hieß, um auch ihn auf die Probe zu stellen. Allein Marie, die dem raschen und durchdringenden Blick Léons mißtraute, schob die beiden Kammerzofen in eine Fensternische und stellte sich mit Elvire neben einem Handarbeitstisch vor sie hin.

Seit Guillaumes Krankheit war Léon Marsillat im Schloß von Boussac höchst willkommen. Er hatte damals eine große Anteilnahme für den jungen Mann bekundet. Zuvorkommend hatte er sich erboten, ihm Gesellschaft zu leisten und ihm während seiner Genesung zwei- oder dreimal täglich vorzulesen. Er hatte sich von der gleichgültigen Kälte, mit der der Kranke seinem Eifer zugestimmt, nicht abhalten lassen. Als Guillaume kräftig genug war, um Dankbarkeit oder Mißfallen zu bekunden, hatten Madame und Mademoiselle de Boussac mit Erstaunen bemerkt, daß er sich immer kälter und gezwungener gegenüber Marsillat verhielt. Er hatte nie unfreundliche Worte an ihn gerichtet, eher im Gegenteil; in herzlichen Begriffen, jedoch in eisigem Ton hatte er ihm für seine Ergebenheit gedankt. Dann sah es so aus, als ob er ihn meide und nur mühsam eine Geste der Ungeduld und des Mißfallens zurückhalte, wenn er sah, wie Marsillat den Hof betrat und auf das Haus zuging; es war dann mehrmals vorgekommen, daß er in sein Zimmer lief, sich dort einschloß, zu schlafen vorgab und nicht antwortete, wenn Marsillat kam und leise anklopfte, obgleich Claudie, die alles erspähte oder erriet, durchs Schlüsselloch gesehen hatte, wie er las oder auf seinem Balkon träumte.

Marsillat hatte diese wenig wohlwollende Haltung sehr genau wahrgenommen. Er hatte sich nicht darum gekümmert und so getan, als ob er nichts bemerke, wozu ihn die zunehmende Rücksichtnahme und herzliche Zuvorkommenheit von Madame de Boussac ermutigte. Die arme Mutter, die von den Gründen der Abneigung nichts ahnte, hatte diese gewisse Undankbarkeit dem kränklichen Zustand des Gehirns ihres Sohnes zugeschrieben, die zu rechtfertigen sie sich bemühte, die sie jedoch nicht offen zu tadeln wagte, da die Ärzte ihr sehr nahegelegt hatten, jede Aufregung und jeden Ärger für den Kranken zu vermeiden. Erst als Guillaume außer Gefahr war, hatte Madame de Boussac Marie aus dem Kloster kommen lassen, da sie hoffte, daß die Gesellschaft der geliebten Schwester die Melancholie des jungen Mannes zerstreuen werde. Aber nach einigen mitteilsamen Tagen hatte Guillaume sich nervöser, sonderbarer und niedergeschlagener gezeigt als zuvor. Da hatte man sich entschlossen, ihn nach Marseille zu schicken, wo er Sir Arthur treffen sollte, der nach Italien reiste und der in sehr beharrlichen Briefen voll aufrechter Zuneigung darum bat, es auf sich nehmen zu dürfen, seinen jungen Freund zu unterhalten und über ihn zu wachen. Marsillat hatte angeboten, ihn nach Marseille zu begleiten, und dieses Mal hatte Guillaume seine Gesellschaft so eifrig angenommen, daß man dies als ein erstes Symptom einer glücklichen körperlichen und seelischen Heilung ansah.

Von Marseille aus hatte Léon sich in Guéret niedergelassen, wo er beabsichtigte, seinen Beruf als Anwalt ein paar Jahre lang auszuüben – auf einer Bühne gleichsam, die seines Talents würdiger war als Boussac, die finstere

Arena seiner ersten, bemerkenswerten Versuche. Aber er kam häufig nach Boussac, um seine Familie und die Freunde seiner Kindheit zu sehen und einen Blick auf seine Besitztümer zu werfen. Und nie versäumte er es, sich auf Schloß Boussac einzufinden. Er war der gefällige und uneigennützige Ratgeber der Familie und steuerte sie geschickt durch ihre Vermögensschwierigkeiten; in einem Wort, er hatte sich unentbehrlich gemacht, was die Schloßherrin veranlaßt hatte, ihm die geringe Achtung und Liebe gegenüber einem Thron und einer Religion zu vergeben, auf die die Dame des Empire im Grunde ihres Herzens nur der Form halber und wegen des Namens, den sie trug, Wert legte. Da sie, um in ihrer Provinz den ersten Rang einzunehmen, über kaum mehr verfügte als über ihren Namen, wovon man nun mehr Aufhebens machte als zur Zeit des Empire, schloß sie sich allein darum der Restauration an.

Die edle Dame von Boussac bereitete also dem liberalen Anwalt und Voltairianer einen sehr herzlichen Empfang, und Mademoiselle de Boussac, bedacht, ihrer Mutter zu gefallen, nahm ihn mit treuherziger Gunst auf; sie bemühte sich um Unbeschwertheit, da sie begriff, daß der tiefgründige Teil ihres Wesens durch Marsillats Ironie verletzt werden könnte, und nicht genug Vertrauen zu ihm empfand, um einer ernsthaften Diskussion über welches Thema auch immer zuzustimmen. Im Grunde ihres Herzens war Marie auf der Hut vor diesem Mann, den ihr Bruder wenig gemocht zu haben schien und den sie mit Skepsis ansah, ohne um seine Verderbtheit zu wissen. Im Schloß sah man darüber hinweg, und im übrigen spricht man das Wort Lebemann nicht aus vor jungen Damen.

– Madame, sagte Marsillat zur Schloßherrin, ich kündige einen Besuch an, unten am Abhang bin ich einem großen Wagen begegnet ... voll mit gewichtigen Persönlichkeiten, die ich nicht kenne, die mich jedoch wiederholt gefragt haben, ob Sie zu Hause seien.

– Ein großer Wagen ... gewichtige Persönlichkeiten ... rief Madame de Charmois und warf einen schnellen Blick auf die Toilette ihrer Tochter.

– Und die Sie nicht kennen? fügte Madame de Boussac hinzu. Das ist das Merkwürdigste, denn Sie kennen alle Leute in der Gegend, Monsieur Léon.

– Sehen Sie nicht, Mama, daß es ein Aprilscherz ist? sagte lächelnd Mademoiselle de Boussac.

– Ah, Mademoiselle Marie, antwortete Marsillat, ich würde mir Ihnen gegenüber niemals erlauben ... was mir gegenüber sich zu erlauben Sie mir in eben diesem Augenblick die besondere Ehre erweisen.

– Wie das?

– Gestatten Sie mir doch, diese Dame zu begrüßen, entgegnete Marsillat, der unter einer kaum gezähmten Mähne den gebräunten Nacken Claudies erkannte.

– Und er näherte sich der jungen Gruppe, wobei er mit komischem Ernst Claudie einen vornehmen Gruß darbrachte, doch ohne ihr ins Gesicht zu sehen, denn die Schönheit Jeannes und ihre auf natürliche Weise adlige Haltung beanspruchten seine ganze Aufmerksamkeit.

– Und wie haben Sie es angestellt, mich so schnell zu erkennen, wo Cadet mich überhaupt nicht erkannt hat? rief Claudie, erhob sich und schlug sich einige Male mit dem Fächer auf die Brust.

– Mit welcher Grazie sie den Fächer handhabt! fuhr Marsillat, immer noch spöttisch, fort und sah von der Seite her ständig Jeanne an; man möchte sagen, von andalusischer Schönheit.

– Was für Dummheiten sagen Sie mir da, Monsieur Léon? fragte Claudie und verstand nichts von dem ironischen Kompliment.

Während man sich am Handarbeitstisch munter Rede und Antwort gab, hatte Madame de Charmois, ihr Lorgnon auf Marsillat gerichtet, Madame de Boussac schon hastig nach Namen, Stellung und Vermögen des Anwalts befragt und mit den Luchsaugen einer als Polizeipräfekt geborenen Frau erkannt, daß der genannte Anwalt, nachdem er die dicke Elvire mit einem Blick gestreift hatte, nicht mehr geruhte, ihr die geringste Aufmerksamkeit zu widmen, und, noch immer mit Marie und Claudie plaudernd, seine Blicke nicht von der schönen Jeanne löste.

– Meine Liebe, sagte sie zu Madame de Boussac, es ist an der Zeit, diesem Scherz ein Ende zu bereiten; Sie bekommen Besuch. Ich habe im Hof das Rollen eines Wagens gehört...

– Ach nein, meine Liebe, das ist ein heimkehrender Karren.

– Gleichviel! Schicken Sie diese schwatzhaften Damen hinaus. Ich bitte Sie um meinetwillen. Ein Besuch, der Sie in diesem Augenblick überfällt, würde mich sehr in Verlegenheit bringen... Und außerdem, fügte sie ganz leise hinzu, Sie haben da wahrhaftig eine allzu schöne Magd; das schadet unseren Töchtern. Ich begreife nicht, wie Sie diese Jeanne behalten können, wo Sie eine Tochter zu verheiraten haben. Ich sehe, Sie verstehen nichts davon, und ich werde Sie ein wenig anleiten müssen, wenn Sie sie angemessen verheiraten wollen. Sehen Sie! Sie lachen über alles! Ich werde diese unrechtmäßigen Damen in ihren Hühnerstall zurückschicken.

Die dicke Charmois erhob sich, aber bevor sie einen Schritt tun konnte, stürzte ganz rot, ganz atemlos und zerzaust Cadet in den Salon und schrie und lachte, als wolle er sich die Kinnlade ausrenken:

– Madame, da sind sie! Da sind sie! Unsere Herrin! Sie sind da, sie sind da! Bei Gott!

– Mein Sohn! rief Madame de Boussac, der ihre mütterliche Liebe alles erklärte.

Mit Marie rannte sie zur Tür, und plötzlich stürzte Guillaume in die Arme von Mutter und Schwester, nachdem er noch Cadet umgeworfen hatte, der in seiner Freude den Kopf verlor und wegen der Freude der anderen alle behinderte. Sir Arthur folgte ihm und wartete, glücklich und gelassen, auf seinen Einsatz bei diesen Familienumarmungen und -ergüssen.

XII

Ein exzentrischer Gentleman

– Ich hoffe, daß ich Wort gehalten habe, sagte Sir Arthur zu den Damen de Boussac, nachdem die erste Begeisterung sich gelegt hatte. Ich bringe ihn ebenso frisch, ebenso liebenswürdig und kräftig zurück wie vor seiner Krankheit.

Tatsächlich hatte Guillaume sich zu einem ganz und gar schönen Mann entwickelt. Am Morgen hatte er sich ein wenig herausgeputzt, um seiner Mutter damit eine Freude zu machen, daß er das bestmögliche Aussehen zur Schau trug. Seine Augen erstrahlten im reinen Glück, welches man verspürt, wenn man sich nach ziemlich langer Abwesenheit im Schoße der Familie wiederfindet. Er hörte nicht auf, seine Mutter zu umarmen, die Hände seiner Schwester zärtlich zu küssen, Sir Arthur in seine Arme zu drücken und ihn als seinen Retter, seinen besten Freund und wirklichen Arzt vorzustellen; selbst Marsillat nahm er wärmstens auf, und er schien seiner alten Voreingenommenheit abgeschworen oder sie vergessen zu haben. Und als er den Damen de Charmois vorgestellt wurde, verstand er es, liebenswürdig die passenden Worte zu finden, indem er seine Mutter und Schwester zu deren Ankunft beglückwünschte. Schließlich fanden ihn alle bezaubernd, und die dicke Unterpräfektin hätte sich sogar gewünscht, daß er weniger hübsch sei, weil dieser Vorzug nach ihrer Meinung die jungen Leute in punkto Vermögen heikler macht bei der Wahl einer Gattin.

Und was nun Sir Arthur angeht, so verschlang sie ihn mit ihrem Lorgnon und wurde es nicht müde, seine schöne Gestalt und edle Stattlichkeit zu bewundern, und zunächst dachte sie nicht so sehr daran, ihn zu ihrem Schwiegersohn zu machen, vielmehr bedauerte sie um ihretwillen, nicht zwanzig Jahre jünger zu sein.

Jeanne und Claudie standen immer noch in ihrer Ecke, sie dachten nicht mehr daran, daß sie verkleidet waren; die eine war verdutzt beim Anblick dieser schönen, so gut gekleideten Herren; der anderen, die gerührt war über die Freude ihrer Patin und vor allem über die ihrer jungen Herrin, fiel weder ein, sich zu zeigen noch sich zu verstecken, weil sie, wie gewöhnlich, sich selbst vergessen hatte. »Wie komisch dieser große Herr redet!« sagte Claudie, überrascht von dem sehr ausgeprägten britischen Akzent Sir Arthurs. »Du siehst doch, daß er englisch spricht!« antwortete schlau Cadet, der sich zu ihr gesellt hatte.

– Das ist also Englisch? erwiderte Claudie; das versteht man trotzdem ganz gut.

– Dieser Herr ist ein Engländer? sagte nun Jeanne; und da sie gegenüber den Kindern Albions ein Entsetzen und einen Groll empfand, wie sie in den Herzen unserer Bauern seit vier Jahrhunderten tief verwurzelt sind, wunderte sie sich, daß er eher einem Christenmenschen denn einem Teufel glich.

– Mademoiselle Marie, sagte Marsillat, ich bitte Sie demutsvoll um Vergebung für den Aprilscherz, den ich mir geleistet, als ich Ihnen unbekannte gewichtige Persönlichkeiten angekündigt habe.

– Ach, ich verzeihe Ihnen großmütig, antwortete das junge Mädchen; aber ich bewundere Ihre Verschlagenheit! Sie lügen so kaltblütig...

– Sir Arthur müßten Sie beschuldigen. Er hat mir so sehr nahegelegt, mich vorzusehen! Es war ihm so wichtig, Sie zu überraschen!

– Ja, Miss Mary, bestätigte Sir Arthur mit seiner ruhigen Heiterkeit und in seiner langsamen Redeweise. Ich hatte mit Ihnen ein Hühnchen zu rupfen, seit Sie mir an einem ersten April – Sie waren noch ganz klein – in

Ihrem Kloster Hunderte von Geschichten erzählt haben, eine schöner als die andere, und mir bei jedem Wort ins Gesicht gelacht haben, was mich nicht davon abgehalten hat, Ihnen zu glauben. Jetzt bin ich an der Reihe, Sie hinters Licht zu führen.

– Sind Sie sicher, Sir Arthur, sagte Marsillat und setzte sich heimlich durch ein Zeichen mit Madame de Boussac ins Einvernehmen, daß Mademoiselle Marie Sie nicht mehr in den April schicken könnte?

– Das ist unmöglich! rief der Engländer. Ich glaube ihr nicht mehr!

In diesem Augenblick ging Guillaume zu seiner Schwester und betrachtete Claudie, ohne sie zu erkennen. Sie war nach seiner Abreise nach Italien ins Schloß gekommen, und er hatte sie in seinem ganzen Leben nur einen Tag lang gesehen, als er in Toull-Sainte-Croix gewesen war. Die Verkleidung führte sein Gedächtnis vollends in die Irre, und er beachtete sie nur, um sich selbst zu sagen: »Ich habe schon einmal, ich weiß nicht wo, ein Gesicht gesehen, das diesem ähnlich sah.« Aber sobald er Jeanne entdeckt hatte, fand er sie so schön und ungezwungen in diesem neuen Kostüm, daß er überzeugt war, sie trage es nicht zum erstenmal. Er stellte sich vor, Madame de Boussac würdige den bedeutenden Charakter ihres Patenkindes so sehr, daß sie sie aus dem niederen Stand einer Bediensteten herausgeholt, sie gewissermaßen in ihren eigenen Stand erhoben und eine Art Gesellschaftsdame aus ihr gemacht habe, und er spürte in sich Freude und Schrecken zugleich.

Er hatte sich vorgestellt, Jeanne mit den Gefühlen eines väterlichen Beschützers wiederzusehen. Er hatte sie weder im Schloßhof noch auf der Treppe getroffen und sich gefragt, ob seine Mutter, die zuweilen immer noch Anfälle von Zorn und launenhafter Voreingenommenheit hatte, Jeanne vielleicht zu ihren Schafen in ihre Berge zurückgeschickt habe. Nun fand er sie schließlich im Salon in der Kleidung einer jungen Dame. Gewiß hatte man ihr eine Erziehung angedeihen lassen; er würde aus ihrem Munde eine gereinigte Sprache hören. Ihre edle Gestalt, ihre keusche, würdevolle Haltung stimmten so gut mit seinen Vermutungen überein! Er ging zu ihr, nahm ihre Hand, wollte mit ihr sprechen, zitterte, wurde bleich und stammelte. Diese Hand war nun so weiß und zart, der Musselinärmel ließ einen so schönen Arm sehen, daß Guillaume, der verwirrt war und nicht mehr wußte, was er tat, Jeannes Hand an seine Lippen führte. Das arme Mädchen war bestürzt und hielt die Verwirrung ihres Paten für Kälte, die respektvolle und ungewohnte Liebkosung für einen Scherz, den ihr die Verkleidung einbrachte, ähnlich den großen Verbeugungen, die Marsillat vor Claudie gemacht hatte. Ihre Augen füllten sich mit Tränen, und rasch machte sie sich mit Claudie heimlich davon, um ihre Bauernkleidung wieder anzulegen und das Abendessen ihres Paten vorzubereiten.

Indes waren ihre Schönheit, ihre Reinheit und natürliche Anmut auch Sir Arthur zutiefst zu Herzen gegangen. Er hatte ein ausgezeichnetes Gedächtnis, und doch konnte er sich nicht erklären, warum es ihm war, als erschiene ihm dieses engelsgleiche Antlitz zum zweiten Mal. Hatte er sie in seinen Träumen gesehen? Hatte er in seinen Vorstellungen eine Vorliebe für diesen Typus? Ähnelte sie auf besondere Weise den Madonnen der Renaissance, die er gerade mit andächtiger Liebe in Florenz und Rom betrachtet hatte?

– Wer ist diese junge Miss? fragte er Marsillat.

– Es ist die englische Gouvernante der Mademoiselle de Charmois, antwortete laut und kaltblütig Marsillat, wobei er mit den Augen Marie aufzumuntern versuchte; das ist Miss Jane; die andere ist Miss Claudia, die Gouvernante von Mademoiselle Marie.

– Miss Jane! Gouvernante! wiederholte der Engländer verblüfft.

– Nun, Sir Arthur! bemerkte Marsillat lächelnd, befürchten Sie einen Aprilscherz? Wirklich, man kann Ihnen nicht einmal mehr Guten Tag sagen, ohne daß Sie auf der Hut sind.

Sir Arthur hatte bereits mit grenzenlosem Vertrauen den Angelhaken geschluckt und freute sich nun, endlich während des Essens nach Belieben englisch reden zu können.

Das Essen wurde rasch aufgetragen. Die beiden Reisenden waren hungrig, und Sir Arthur war trotz der inständigen Bitten und Vorwürfe der Familie fest entschlossen, sofort danach aufzubrechen. Dringende, unaufschiebbare Geschäfte riefen ihn nach Orléans, wo er Besitz hatte. Er hatte den Postillionen auszuspannen verboten; aber er versprach bei seiner Ehre, innerhalb von acht Tagen zurück zu sein.

Claudie und Cadet eilten um den Tisch herum, wo das Mahl aufgedeckt war, die erste stieß den letzteren an, schimpfte leise mit ihm, dirigierte ihn und machte sich mit Gesten und Blicken über ihn lustig. Claudie als Bäuerin überraschte Sir Arthur ebensowenig, wie sie es als Dame getan hatte. Er beachtete sie nur insoweit, als er sich jedesmal bedankte, wenn eine Frauenhand behende seinen Teller austauschte anstatt der dicken, schwieligen Pfoten des phlegmatischen Cadet.

Schließlich erkannte Guillaume Claudie und erinnerte sich, daß man ihm ihre Aufnahme im Schloß in einem dieser Postskripten vertraulicher Briefe mitgeteilt hatte, wo man all die vielen Einzelheiten des häuslichen Lebens zusammenträgt.

– War Claudie gerade eben verkleidet? fragte er Marie, die neben ihm saß.

– Gewiß, antwortete sie. Wir haben unsere Aprilmaskerade gemacht, ohne vorherzusehen, daß wir an diesem Tag zu glücklich sein würden, um eine solche Zerstreuung zu brauchen.

– Und Jeanne war also auch verkleidet?

– Gewiß. Hast du sie nicht erkannt?

– Nicht sehr gut! sagte Guillaume in Gedanken.

– Was denn! Du hast ihr in aller Förmlichkeit die Hand geküßt! Wir haben geglaubt, du würdest uns helfen, Sir Arthur hereinzulegen.

– Daran habe ich nicht gedacht, erwiderte Guillaume.

– Ach, du hast dir also deine Zerstreutheit noch nicht abgewöhnt?

Während dieses leise geführten Zwiegesprächs hatte Madame de Charmois mit lauter, kreischender Stimme Sir Arthur für das Heiratsthema zu gewinnen versucht.

– Es ist schon lange her, daß ich die Ehre hatte, Sie in Paris bei Madame de Boussac zu treffen, und bei den Damen de Brosse und de Clairvaux, sagte sie zu ihm. Damals waren Sie nicht verheiratet; Sie waren unsicher, ob Sie in Frankreich Besitz kaufen oder sich in England niederlassen sollten: das war kurz nach der Rückkehr unserer vielgeliebten Fürsten, und obwohl Sie kein Soldat waren, sahen wir Sie doch als einen unserer Befreier an. Jetzt, glaube ich, sind Sie verheiratet... oder Witwer? Verzeihen Sie mir, wenn ich mich nicht richtig erinnere.

Bei dem Wort Befreier zuckte Marsillat unwillkürlich mit den Schultern, und der Engländer nahm es ungerührt auf. Madame de Boussac, die die Schliche ihrer Freundin beim Thema der vorgeblichen Heirat von Sir Arthur wahrnahm, stieß sie mit dem Knie an, um sie vor einer Ungeschicklichkeit zu warnen; aber die Charmois kümmerte sich nicht darum, weil sie überzeugt war, daß jedes Mittel recht sei, um ihre Ziele zu erreichen.

– So sind Sie also noch Junggeselle? erwiderte sie, als der Engländer sie darauf aufmerksam gemacht hatte, daß sein Wanderleben seit drei Jahren wenig vereinbar sei mit den Banden der Ehe. Aber glauben Sie nicht, es sei Zeit, sie anzunehmen, Sir Arthur? Jetzt sind Sie noch in der Blüte Ihrer Jahre. Wenn man jedoch die Dreißig hinter sich hat, fängt man an, ein Hagestolz zu werden.

– Sie haben recht, Madame, antwortete Mister Harley; man wird egoistisch und schrullig und ist von Tag zu

Tag weniger geeignet, eine Frau glücklich zu machen. Daher bin ich entschlossen, lieber früher als später zu heiraten.

– Das läßt sich hören! Ich hatte stets eine schlechte Meinung über unverheiratete Männer. Und Sie haben zweifellos Ihre Wahl schon getroffen?

– Nein, nicht so richtig.

– Ach, Sie sind unsicher?

– Sehr unsicher, antwortete der Engländer bestimmt.

– Ich verstehe! Sie sind nicht sicher, verliebt zu sein.

– Ich bin nicht *verliebte*, sagte der Engländer, aber ich könnte es leicht werden. Und er sah sich treuherzig um, als suche er jemanden.

Er ist völlig naiv und offen, dachte die dicke Charmois, und es ist ein Vergnügen, ihn ein wenig zu schubsen.

– Sie schauen, sagte sie mit leiserer Stimme, während die jungen Leute über etwas anderes sprachen, ob hier jemand ist, der Sie an das Objekt Ihrer Gedanken erinnert?

– Meine Gedanken sind noch keine Erinnerungen, Madame, sagte der Engländer lachend.

– Will er mir den Hof machen? fragte sich die Unterpräfektin. Wie schade, daß ich nicht mehr frei bin! Und diese Elvire, die gerade jetzt einen Schmollmund macht, anstatt ihre schönen Zähne zu zeigen! Was sind diese kleinen Mädchen doch dumm! – Ich bin sicher, Monsieur Harley, entgegnete sie in der schmerzlichen Erinnerung an ihr geringes Vermögen, daß Sie ehrgeizig sind?

– Sehr, Madame!

– Sie sind wie alle reichen Männer heutzutage! Sie wollen noch reicher werden.

– Oh, mein Ehrgeiz geht darüber hinaus.

– Wollen Sie einen großen Namen?

– Ich möchte, daß sie einen hübschen Namen hat, der leicht auszusprechen ist.

– Sie sind ein Spaßvogel, das sehe ich. Aber ich rate Ihnen, eine wohlgeborene Frau zu nehmen. Sie sind aus adliger, wenn auch nicht illustrer Familie; wenn Sie in Frankreich in gewisser Weise anerkannt sein wollen, müssen Sie sich mit einer Familie verbinden, deren Name... wenn auch nicht einer der ersten, denn schließlich können Sie nicht auf eine Montmorency Anspruch erheben ... doch wenigstens...

– Mein Ehrgeiz, Madame, ist noch größer, erwiderte der Engländer, ohne sich aus der Fassung bringen zu lassen.

– Na, mein Gott, was haben Sie denn für einen Ehrgeiz? Sind Sie denn so ungeheuer reich?

– Ich bin ein Ehrenmann, und ich möchte von meiner Frau geliebt und geachtet werden. Das ist mein Ehrgeiz.

– Ach, Sie sind ein komischer Kauz! Aber Sie sind hinreißend. Und ganz besonders geistvoll. Man sagt, nur die Franzosen hätten Geist! Aber Sie können sogar noch welchen abgeben, mein Lieber!

– Sie sind allzu gütig, Madame.

– Sie sind gütig! Ich bin überzeugt, daß Sie der zauberhafteste und vortrefflichste Gatte der Welt sein werden. Heiraten Sie, wirklich! Sie möchten nur geliebt werden; Sie verdienen es zu sehr, als daß eine Frau, die Ihrer würdig ist, nicht leicht zu finden wäre.

– Es ist viel schwieriger, als Sie glauben, Madame. Eine Frau, die würdig ist, geliebt zu werden, und fähig, treu und ehrlich zu lieben, ist selten in Frankreich, wo die Frauen so geistvoll sind!

– Nun, da irren Sie sich! Ich kenne welche, die mehr Herz haben als Verstand, und wenn Sie in acht Tagen zurück sind, werde ich es Ihnen beweisen.

– In acht *Tage*! Das ist lange hin, sagte der Engländer mit bemerkenswerter Ruhe.

– Ach, wie eilig Sie es haben! Mir scheint, daß die Italienreise Sie wenig befriedigt hat und Sie bei uns Besseres zu finden gedenken. Nun, ich hoffe, daß Sie acht Tage warten werden. Ich bin eine gute Ratgeberin, kenne das menschliche Herz, und ich interessiere mich für Sie … wirklich! Als wären Sie mein eigener Sohn.

– Sie sind sehr *gute*! wiederholte der Engländer mit einem unmerklichen ironischen Lächeln.

Man war beim Dessert. Das war Jeannes Bereich. Sie kam herein und brachte einen Korb mit Äpfeln, Birnen und Trauben, die wunderbar ausgereift und kunstvoll auf Moos angeordnet waren. Sie war als Bäuerin gekleidet, sehr reinlich, die Ärmel bis zum Ellbogen aufgekrempelt, damit sie mehr Bewegungsfreiheit hatte, sie streckte ihre schönen, weißen Arme aus, um einen Weichkäse auf den Tisch zu stellen, den sie eben eilig geschlagen und verrührt hatte. Ihr Teint war belebt. Ohne Mißtrauen und Ziererei neigte sie sich bald zu Guillaume, bald zum Engländer hinab. Aber Guillaume bemerkte, daß sie es vermied, Marsillat nahezukommen, obgleich dieser unmerklich seinen Stuhl von dem Elvires weggerückt hatte, um für die schöne Kanephore einen Durchgang zu lassen. Mühsam wendete Guillaume den Blick von ihr und redete mit seiner Schwester über alles, was ihn auf andere Gedanken brachte. Aber Jeanne war an diesem Abend dazu bestimmt, gegen ihren Willen die Aufmerksamkeit auf sich zu ziehen.

Sobald sie hinausgegangen war, wechselte Sir Arthur, den die Aufforderungen der Charmois, in den Ehestand zu treten, sehr ermüdeten, das Gesprächsthema und wandte sich an Mademoiselle de Boussac:

– Sie glauben, Mademoiselle Marie, sagte er lachend, Sie hätten mich in den April geschickt, aber ich bin nicht darauf hereingefallen.

Marie hatte die Geschichte mit der englischen Gouvernante bereits vergessen und sah Sir Arthur erstaunt an.

– Miss Jane ist sehr gut verkleidet, fuhr der Engländer fort; aber sie ist so oder so gleich schön, und Sie haben mich nicht einen Augenblick lang hinters Licht geführt.

– Ich bitte Sie um Vergebung, sagte Marie; Sie haben

unser schönes Milchmädchen für eine englische Gouvernante gehalten; und weiß Gott, ich wollte Sie nicht hinters Licht führen. Monsieur Marsillat war es, der sich das ausgedacht hat.

– Sie spielen Ihre Komödie sehr gut, erwiderte der Engländer, der fest entschlossen war, das Milchmädchen Jeanne für eine verkleidete Miss Jane zu halten.

– Ach, das ist toll! schrien die jungen Mädchen und lachten schallend. Ich wette, daß er annimmt, daß wir ihn jetzt täuschen!

– Eine gute Komödie! wiederholte Sir Arthur und lachte seinerseits aus vollem Herzen.

Es war unmöglich, klar herauszufinden, was der genasführte Engländer dachte, aber sicher ist, daß er, zwar völlig vorurteilsfrei, nicht glauben mochte, daß ein Milchmädchen so hoheitsvoll sein könne, und sich an seinen ersten Eindruck hielt: seine teilnahmsvolle Bewunderung für eine schöne Landsmännin, die man ihm in einem weißen Kleid und mit auf englische Art geflochtenem goldenem Haar vorgestellt hatte. »Sie ist wirklich die schönste Frau der Welt«, sagte er zu Marsillat, der sich einen Spaß daraus machte, ihn auszufragen, als man die Tafel verließ, »denn sie ist, womöglich, mit der Haube noch schöner als mit ihrem Haar.« Sobald der Engländer sechs Tassen Tee hinuntergeschluckt hatte, die Marie sorgfältig für ihn bereitet und nun mit der Anmut einer guten Schwester eingoß, weil sie ihm dankbar war, daß er sich derart um ihren Bruder gekümmert hatte, ließ er die Postillione benachrichtigen, widerstand den wiederholten Bitten, erneuerte seinen Schwur, in acht Tagen zurück zu sein, und nachdem er seinen teuren Guillaume, den er als Adoptivsohn betrachtete, in die Arme geschlossen hatte, brach er auf. In dem Augenblick, als er in den Wagen steigen wollte, sagte mit verschmitztem Ausdruck und leise flüsternd die dicke Charmois, die ihn mit der ganzen Familie begleitet hatte und hartnäckig hinter ihm her war:

– Also, Sie haben mir versprochen, meinen Rat einzuholen! Beginnen Sie Ihr großes Vorhaben nicht, ohne es mir mitzuteilen. Ich kenne jeden und bin die geeignetste Person, Ihnen Informationen zu verschaffen und zu verhindern, daß Sie in eine Falle gehen.

– Beruhigen Sie sich, Madame, antwortete Sir Arthur etwas spöttisch und wickelte sich in seinen Reisekarrick, den er sorgfältig auf der Brust zuknöpfte; in acht Tagen reden wir darüber, und vielleicht schreibe ich Ihnen, bevor die acht Tage um sind, denn ich bin *eine* sehr *ungeduldige* Mensch.

Diese letzten beiden Worte verursachten in der Seele der dicken Charmois die süßesten Träume von einer Verheiratung ihrer Tochter, und sie konnte nachts nicht mehr schlafen. Er schreibt mir, bevor die acht Tage um sind! wiederholte sie und rollte ihren dicken Kopf voller Pläne auf dem Kopfkissen hin und her. Mir hat er vor zu schreiben, und nicht Madame de Boussac! Also denkt er an meine Tochter. Bestimmt hat er sie sich angesehen, sehr genau angesehen. Jedesmal wenn ich ihm zur Heirat riet, hat er Elvire auf seltsame Weise angesehen. Er hat einen ulkigen Gesichtsausdruck. Man weiß nicht, ob er scherzt oder allen Ernstes redet; aber er ist ein Original. Ich habe ihm gefallen. Wieviele Männer entscheiden sich wohl für eine junge Person, weil sie vom Geist der Mutter angetan sind. Im übrigen stellt Elvire Marie völlig in den Schatten. Marie hat schöne Augen, aber sie ist so mager! Sie schaut aus wie ein Kind, und wenn man sie ansieht, kommt man nicht auf den Gedanken zu heiraten.

Was aber wurde aus den süßen Illusionen der Unterpräfektin von Boussac, als sie am nächsten Tag das folgende Schreiben erhielt:

»Madame,
in meiner Ungeduld, Ihren guten Ratschlägen Folge zu leisten und meiner Neigung entsprechend zu heiraten,

bitte ich Sie, mir bei Miss Jane als Vermittlerin dienen zu wollen, der englischen Gouvernante Ihrer Tochter, und ihr demutsvoll Hand, Namen und Vermögen eines Ehrenmannes anzutragen, der sehr in sie verliebt ist.

Hochachtungsvoll Arthur Harley.«

XIII

Bruder und Schwester

Diese unerwartete, seltsame Erklärung kam für Madame de Charmois wie ein Blitz aus heiterem Himmel. Eilends zog sie sich mit Madame de Boussac zurück, die die Angelegenheit ihrerseits nicht ernst nehmen wollte und sie als einen Streich betrachtete, den Sir Arthur einer Person spielte, die ungebetene und unpassende Ratschläge erteilte.

– Nein! Nein! rief die Charmois empört, wenn er ein Ehrenmann ist, wie Sie versichern, dann scherzt er nicht. Wenn ich einmal davon ausgehe, daß es wirklich eine Miss Jane, Gouvernante meiner Tochter, gäbe, überlegen Sie einmal, welche Freude und welchen Stolz sie empfände, wenn man ihr mitteilte, daß ein Millionär sie heiraten will! Und dann, welche Scham und Wut, wenn man ihr beibringen müßte, daß es nur ein Aprilscherz war! Nein, ein Mann der guten Gesellschaft würde sich eine solche Irreführung nicht erlauben, nicht einmal mit einer Tellerwäscherin.

– Aber, meine Liebe, erwiderte Madame de Boussac, Monsieur Harley ist nicht so töricht, wie Sie meinen; er hat sehr wohl verstanden, daß Jeanne eine Bedienstete ist, und in der Gewißheit, daß Sie seine Bitte nicht ernst nehmen, hat er an Sie diesen Scherz gerichtet, um Sie dafür zu bestrafen, daß Sie ihm unsere Töchter vor die Füße geworfen haben.

– Wenn das seine Absicht ist, dann wird er es bereuen! schrie Madame de Charmois. Ich werde so schlau vorgehen, daß er sich in meine Tochter verliebt, und es wird mir ein Vergnügen sein, sie ihm zu verweigern. Aber bis dahin, meine Liebe, werden Sie mir den Gefallen tun, so hoffe ich, Jeanne vor die Tür zu setzen.

– Warum denn? Wessen ist sie schuldig, das arme Kind?

– Sie ist eine arge Kokette!

– Sie irren sich sehr. Sie erweckt mir nicht den Anschein von Koketterie.

– Nun gut! Gleichviel! Sie ist schön, sie gefällt, sie schadet unseren Töchtern. Sie darf nicht länger hier geduldet werden.

Jeanne war eine so treue Dienerin und so nützlich im Haus, daß Madame de Boussac sich standhaft weigerte, sie fortzuschicken. »Ich werde dich schon dazu zwingen!« brummte Madame de Charmois vor sich hin und gab vor, auf ihre Idee zu verzichten.

– Was den Aprilscherz von Monsieur Harley angeht, sagte sie, zerknüllte den Brief und warf ihn ins Feuer, dies ist die Fortsetzung, die ich ihm gönne. Ich hoffe, meine Freundin, daß Ihr Mund darüber zu schweigen versteht.

– Um so mehr, antwortete Madame de Boussac, als unser Freund es nicht anders gemeint haben kann und damit rechnet, daß Sie die Lektion für sich behalten und niemandem etwas sagen. Ich möchte auch, daß man annimmt, ich wisse nichts davon.

– Und ich, fügte die Unterpräfektin hinzu, ich möchte, daß man annimmt, ich hätte diesen unverschämten Brief nicht erhalten. Er wird als vermißt gelten, und wenn Ihr Engländer mit mir darüber spricht, werde ich so tun, als verstünde ich ihn nicht.

Madame de Charmois eilte zu ihrem Gatten, der damit befaßt war, in der Stadt seine neue Unterpräfektur einzurichten, und dieweil sie ihn schurigelte und wegen allem und jedem tadelte, entledigte sie sich ihrer schlechten Laune.

Indessen hatte der Berrichoner Bote, der in geringer Eile gemächlich von La Châtre gekommen war, wo Monsieur Harley seine Briefe nach Boussac abgefaßt und aufgegeben hatte, in Ausführung einer sonderbaren Botschaft seinen Anweisungen gemäß verlangt, Mademoiselle Jane zu sprechen; und da er keine Anstalten machte, den Namen englisch auszusprechen, und da der genannte Name, der auf einen Brief geschrieben, dessen Träger er war, für französische Augen dieselbe Klangfarbe zu haben schien wie der Name Jeanne, hatte Claudie, die lesen lernte und schon unbekümmert zu buchstabieren begann, keine Mühe zu begreifen, für wen der Brief bestimmt war.

– Kommt das von dem englischen Herrn, der vorgestern bei uns vorbeigekommen ist? fragte sie den Boten. Das ist komisch! Er muß im Haus etwas verloren oder vergessen haben. Aber er hätte besser daran getan, mir zu schreiben, wo Jeanne ihre Buchstaben noch nicht kennt. Muß darauf geantwortet werden?

– Äh, nein! beschied fachmännisch Cadet, weil der englische Herr doch nach Paris weitergefahren ist.

– Also, sagte Claudie und steckte den Brief in ihren Schürzenlatz, dann gebe ich ihr das, wenn sie die Kühe heimbringt.

– Nein, nein! Muß man ihr sofort geben, sagte der Bote, der englische Herr hat gesagt, daß ich ihn ihr selbst sofort bei Ankunft geben soll.

– Aha! Also gut, dann gehe ich, antwortete Claudie, band ihre Küchenschürze hoch und lief zur Weide, wo Jeanne ihre Kühe längs der Felsen am Fluß grasen ließ. Aber sie war noch nicht am Ende des Gartens, da traf sie Mademoiselle de Boussac, die dort mit ihrem Bruder spazierenging, und sie überließ ihr den Brief, eilig wie sie es hatte, den Inhalt vorgelesen zu bekommen. Aber Marie tat ihr den Gefallen nicht. Sie versprach, beim Spazierengehen Jeanne den Brief zu bringen, und sobald Claudie, etwas gekränkt, auf dem Absatz kehrtgemacht hatte, sagte sie zu Guillaume:

– Das ist wirklich die Schrift von Monsieur Harley; was er wohl Jeanne zu schreiben haben mag?

– Das scheint mir unerklärlich, antwortete der junge Mann. Kann Jeanne denn lesen?

– Nein, sagte Mademoiselle de Boussac und erbrach das Siegel, um so weniger, als es in Englisch geschrieben ist.

Die beiden jungen Leute konnten diese Sprache recht gut, vor allem Marie, und sie lasen das Folgende:

»Meine liebe Miss Jane, vor ein paar Monaten habe ich mich entschlossen zu heiraten, und da ich mir einbilde, ein guter Phrenologe und Menschenkenner zu sein, habe ich stets beabsichtigt, der ersten spontanen, lebhaften Zuneigung zu gehorchen, die ein schönes Gesicht in mir auslöst. Ich habe Sie nur wenige Augenblicke lang gesehen, aber ich habe Sie sehr aufmerksam beobachtet, trotz meiner Aufregung, um sicher zu sein, daß ich mich nicht in Ihnen täusche, daß ihre Gesichtszüge der Widerschein Ihrer Seele sind und Ihre Seele so vollkommen ist wie Ihr Gesicht. Ich habe sofort gespürt, daß ich Sie liebe und dazu bestimmt bin, Sie mein ganzes Leben lang zu lieben, wenn Sie geruhen, dieses Gefühl zu erwidern. Erlauben Sie mir, daß ich Ihnen in zwei Wochen, wenn ich Sie wiedersehe, meine aufrichtige, ehrerbietige, auf hoher Wertschätzung und zärtlicher Bewunderung begründete Zuneigung zu Füßen lege. Holen Sie bis dahin bei Monsieur Guillaume de Boussac und seiner Familie Auskünfte über meine Stellung und meinen Charakter ein, damit Sie, falls Ihr Herz von jeglicher Verpflichtung frei ist und falls Sie meinen, ich sei Ihrer Freundschaft würdig, geruhen, meine Bitte zu erhören und mir glauben, daß ich ihr Diener und ergebenster Freund bin.

Arthur Harley.«

– Wahrhaftig, das scheint ernst zu sein, nicht wahr? fragte Marie ihren Bruder, der völlig geistesabwesend war.

– Ja, meine Schwester, das ist ernst, ernster könnte es nicht sein! antwortete Guillaume nach langem Schweigen. Sir Arthur ist eines unanständigen, grausamen Scherzes unfähig. Niemals, auch nicht unter Lachen, hat sein Mund eine Lüge von sich gegeben. Niemals hat seine Feder auch nur eine Übertreibung formuliert. Er hat sich in Jeanne verliebt oder zumindest eine zärtliche, väterliche Zuneigung zu ihr gefaßt. Er will sie heiraten und wird sie heiraten.

– Guillaume, ich sage Ihnen, ich glaube ich träume.

– Ich nicht. Das alles erscheint mir sehr natürlich aus der Sicht Sir Arthurs. Das ist die Schlußfolgerung und Bestätigung all seiner Gedanken, all seiner Entwürfe und Glaubenssätze. Er ist frei von unseren elenden Vorurteilen. Seine Seele ist der Welt und ihren oberflächlichen Eitelkeiten überlegen, sie erstrebt das Wahre. Sein Denken ist ausgefallen und macht ihn zu einem Sonderling, ohne seinen Verstand und seine Weisheit zu schmälern. Es ist nicht falsch, wenn er behauptet, in den Herzen lesen und unfehlbar nach den Gesichtszügen urteilen zu können. Ich habe erlebt, daß er in dieser Hinsicht Erkenntnisse hatte, die ans Wunderbare grenzen. Niemals habe ich erlebt, daß er die Schönheit einer Frau bewundert hätte, ohne sogleich mit erstaunlicher Klarsichtigkeit ihre guten und schlechten Eigenschaften anzumerken; und immer habe ich diese Schlußfolgerung von ihm gehört: »Das ist noch nicht mein Ideal. Gebe der Himmel, daß an dem Tag, an dem ich sie finde, sie ihr Glück von mir annehmen und es in meiner Liebe finden kann!« Anfangs habe ich über diese Seltsamkeit gelacht, die so kühl und überlegt ausgesprochen wurde. Aber allmählich habe ich erkannt, daß Monsieur Harley einen ernsthaften Verstand, eine leidenschaftliche Seele, einen gütigen Charakter und eine unerschütterliche Festigkeit besitzt. Glauben Sie mir, Marie, daß dic Späße dieser Welt

Sir Arthur nicht einmal streifen und er sich für den glücklichsten Menschen halten wird, wenn er Jeanne heiratet!

– Ach, Guillaume! rief Mademoiselle de Boussac, ich habe in Sir Arthur einen Bruder, einen wahren Freund geliebt. Jetzt bewundere ich in ihm den Helden! Nun, seien Sie gewiß, daß er ebenso groß ist wie weise, und dieses Beispiel bestätigt mir meinen Glauben an die Offenbarungen des Gefühls. Jeanne ist seiner würdig, Jeanne ist ein Engel. Sie ist, auf ihre Weise, ein höheres Wesen; und mag auch die Welt diese Verbindung verspotten und verachten, Gott wird sie segnen, und mitfühlende, reine Seelen werden sich an ihr erfreuen. Denkst du nicht wie ich, mein lieber Guillaume? Du scheinst mir traurig und niedergeschlagen über diese Entscheidung deines Freundes.

– Gewiß, ich bin es ein wenig, antwortete Guillaume verwirrt. Sir Arthur wird einen großen Kampf gegen die Gesellschaft durchstehen müssen! ... Es ist richtig, daß er unabhängig ist! Er braucht keine Rücksicht zu nehmen auf eine Familie, muß niemanden schonen...

– Wenn es nur die Gesellschaft ist, er wird sie nicht beachten und ohne weiteres über sie triumphieren. Nun, Guillaume, stehen Sie nicht hinter Ihrem Freund zurück. Bereiten Sie sich darauf vor, für ihn und mit ihm zu kämpfen. Ich erkläre mich zu seiner Helferin, seiner Verteidigerin, und sollte man mich auch verspotten und verdammen, so werde ich doch nicht Worte genug finden, um ihn zu preisen und sein Verhalten zu bewundern.

– Gute, romantische Marie, du bist bewundernswert! sagte Guillaume und drückte den Arm seiner Schwester an seine Brust. Ach, wenn du wüßtest, wie sehr mein Herz dir recht gibt!

– Wenn ich romantisch bin, so bist auch du es, Guillaume, und wenn ich bewundernswert bin, du bist es ebensosehr, Bruder! Deine Augen sind voller Tränen, und es ist Sir Arthurs edle Kühnheit, die sie zum Fließen bringt.

– Aber, Jeanne? sagte Guillaume mit gepreßter Stimme.

– Jeanne? Zweifelst du an Sir Arthurs Wahl? Du selbst

versicherst, daß er sich niemals irrt. Nun denn, ich versichere dir jetzt dasselbe, denn Jeanne ist ein Schatz. Du kennst sie nicht, Guillaume, du hast in ihr nur die arme Waise gesehen, der du helfen mußtest; du weißt ihr Dank für die Sorgen, die sie dir während deiner Krankheit gewidmet hat, für die Nächte, die sie unermüdlich und stets fromm und ruhig wie ein Engel an deinem Bett verbracht hat; kurz, du siehst in ihr die treue, demütige Dienerin. Aber ich, ich kenne sie! Ja, ich allein, ich weiß, daß Jeanne ebensoviel ist wie wir, Guillaume, und vielleicht mehr ist vor Gott. Nein, niemand von uns besitzt ihre Geduld und Festigkeit, ihren Glauben, ihre Selbstverleugnung. Wie oft, begründet allein in ihrem Gefühl und mit dem natürlichen Licht ihrer Seele, hat sie mir erhabene Wahrheiten offenbart, von denen meine Lektüren mir nur eine Ahnung gegeben haben! Oh, gewiß, Jeanne ist ein besonderes Wesen. Ich weiß Bescheid. Ich wurde gemeinsam mit achtzig oder hundert adligen und reichen Mädchen erzogen, ich habe sie studiert, ihre Fehler, ihre Eitelkeiten, ihre niederen Triebe und Kleinlichkeiten kennengelernt. Unter den besten war nicht eine, die Rang und Geld nicht ein wenig verdorben hätten. Nun gut, Guillaume, du, du wirst mir glauben, denn das, was ich dir sagen werde, würde ich nie Mama zu sagen wagen, sie würde mich für verrückt und überspannt halten: keine meiner Freundinnen im Kloster hat mir soviel Vertrauen und Hochachtung eingeflößt wie Jeanne; keine war mir so lieb wie diese Bäuerin; keine unserer Nonnen schien mir so rein und heilig. Ja, Jeanne ist eine Christin der Frühzeit. Sie ist ein Mädchen, das lächelnd das Martyrium erdulden und das die Kirche heiligsprechen würde, wenn sie wüßte, welche Gnade Gott in dieses Herz gesenkt hat.

– Marie, du rührst mich zutiefst, und du tust mir weh, antwortete Guillaume und setzte sich, oder vielmehr ließ er sich auf eine Gartenbank fallen. Mein Kopf ist noch zuweilen krank. Deine Begeisterung überträgt sich auf mich und bewegt mich heftig. Laß mich, laß mich ein wenig Atem holen.

– Lieber Bruder, lieber Freund! Verzeih mir, sagte Marie und nahm seine Hände; aber es ist gewiß, daß wir beide Sklaven sind, die sich gegen diese ungerechte und unsinnige Welt empören, die unser Denken verurteilte, würde man es vor einem Gericht darlegen.

– Ach, meine Schwester, du weißt nicht, welche Fasern meines Herzens deine schwärmerische Stimme zum Schwingen bringt! rief schmerzbewegt Guillaume, küßte Maries Hände und brach in Tränen aus.

Der Gefühlsausbruch Guillaumes überraschte seine junge Schwester nur wenig, denn sie war noch überspannter und romantischer als er; aber da sie immer noch diese Erregungen fürchtete, die sie einst als so schädlich für ihn erlebt hatte, versuchte sie, seine Aufmerksamkeit abzulenken.

– Nun gut, mein Freund! sagte sie, was machen wir mit diesem Brief? Wie sollen wir ihn Jeanne übersetzen? Und wie sie davon überzeugen, daß es eine ernste Angelegenheit ist?

Guillaume sagte, er fände es nicht schicklich, wenn er es übernehme, und seine Schwester werde sich ohne ihn viel besser zu helfen wissen. – Sie sind an die schlichte Sprache Jeannes gewöhnt, sagte er, und wenn nötig, werden Sie sie so gut sprechen, daß sie Sie versteht. Tragen Sie ihr den Antrag von Sir Arthur vor, liebe Marie; wenn sie sich auch nicht betören läßt, wird sie doch zumindest gerührt sein. Und Guillaume schien erneut niedergeschlagen.

– Warten Sie, mein Freund! rief Marie unsicher. Da kommen mir Bedenken. Glauben Sie, Sir Arthur könnte immer noch von Jeannes Verkleidung getäuscht sein? Hält er sie für eine Bedienstete aus dem Pays Marchois oder für eine englische Gouvernante?

– Tatsächlich! rief nun Guillaume, sein Vorgehen wäre im letztgenannten Fall weniger seltsam und sein Einfall weniger überspannt, wenn von einer gebildeten Gouvernante ehrenwerter Herkunft auszugehen ist. Und wenn darüber hinaus Monsieur Harley Jeanne für Miss Jane, seine Landsmännin hält, dann darf man in seiner Begeisterung auch ein wenig Nationalismus vermuten.

– Ja, ja, das wäre ein großer Unterschied, bemerkte Marie; er irrt sich fröhlichen Herzens, gegen unsere Absicht. Er will es nicht glauben, er kann sich nicht davon überzeugen, daß dieses so schöne, so weise, so edle und ernste Geschöpf ein Mädchen ist, das vom Land kommt und beinahe ebenso unfähig ist, ihn auf französisch zu verstehen wie auf englisch! Und dennoch, würde er Jeanne kennen, den Weg zu ihrem Herzen finden, das poetische Geheimnis ihres Denkens durchdringen, dann würde er sie vielleicht noch mehr lieben und bewundern. Aber schließlich hat er die besonderen Umstände des Gefühls, dem er sich hingibt, nicht durchschaut, und wir dürfen seine Absichten gegenüber Jeanne nicht offenbaren, bevor wir nicht wissen, was er von ihr denkt, wenn er sie, wie Madame de Charmois sagt, am Schwanz ihrer Kühe sieht.

– Ich atme auf, Marie! erwiderte Guillaume; die Vorstellung von diesem unglaublichen Entschluß hat mich bedrückt. Ich weiß nicht, warum mich das entsetzt, so als sei es eine wahnsinnige Tat. Jetzt finde ich den Vorfall eher lustig als ernst. Dieser gute Arthur! Was für eine vollkommene Täuschung, und wie wird er mit uns darüber lachen! Aber wir müssen sein Geheimnis hüten, Marie; es darf nicht sein, daß Madame de Charmois, die, unter uns gesagt, ein unerträgliches Wesen ist, und ihre schwerfällige Elvire und dieser schlimme Spaßvogel Marsillat und mit ihnen die ganze Stadt Boussac sich auf Kosten des edlen und aufrichtigen Arthur amüsieren.

– Wir dürfen nicht einmal mit Mama darüber reden, verstehst du, Guillaume? entgegnete Mademoiselle de Boussac. Unsere Mutter ist schwach durch ihre Güte; für diese Charmois empfindet sie Freundschaft; sie könnte sich nicht versagen, ihr die Geschichte zu erzählen.

– Wir dürfen niemandem etwas sagen, nicht einmal Jeanne.

– Vor allem vor Jeanne müssen wir alles verbergen. Vernünftig wie sie ist, würde man keinerlei Gefahr laufen, ihr auch nur das kleinste Luftschloß in den Kopf zu setzen; sie würde nie daran glauben wollen; aber in Gegenwart von Sir Arthur wäre sie doch in einer für sie und für ihn verfänglichen Lage.

– Was sollen wir ihr denn sagen, dem armen Kind, um ihr den Brief des Monsieur Anglais zu erklären? Denn sie wird es von Claudie erfahren.

– Wir sagen ihr so gut wie nichts, sie ist nicht neugierig! Warte, bevor es im Haus Aufsehen erregt, wollen wir Jeanne in Kenntnis setzen, daß es sich um einen Scherz handelt... Ich sehe sie da hinten auf der Weide... Gehen wir zu ihr.

– Ich komme nicht mit, sagte Guillaume. Ich bleibe lieber hier. Ich weiß nicht, was ich zu diesem Mädchen sagen soll.

– Nun gut! Ich lüge für uns beide, erwiderte Marie, und sie lief zu Jeanne, die sich unter einem Baum befand, von Ep-nell träumte und ihrer Mutter, vom hohen Heidekraut, wo sie ihre Ziegen weidete, von den Farblosen, die über sie wachten und die Wölfe und den bösen Geist aus den Fischteichen von ihr fernhielten.

– Jeanne, sagte die junge, anmutige Schloßherrin und legte vertraulich den Arm um sie, unser Freund, Monsieur Harley, hat dir geschrieben, aber der Brief ist ein Scherz, eine Folge unseres Aprilscherzes. Du würdest ihn nicht verstehen, denn auch ich verstehe ihn kaum... Harley wird ihn uns selbst erklären, wenn er in zwei Wochen zurückkommt.

– Ist recht, Mam'selle Marie, antwortete Jeanne und küßte Maries weiche Hand, die auf ihrer Schulter lag. Er lacht gern, dieser Herr! Wie auch Ihr manchmal, nicht oft! Darum bin ich froh, wenn Ihr ein bißchen Spaß habt, meine liebe, allerliebste Mam'selle!

– Du bist doch dem englischen Herrn nicht böse, meine gute Jeanne?

– O nein, Mam'selle! Warum sollte ich ihm böse sein? Er sieht nicht böse aus, dieser Herr; außerdem hat er sich um Euren Bruder gekümmert, und Ihr liebt ihn!

– Findest du, daß er wie ein rechtschaffener Mann aussieht?

– Ich finde schon, Mam'selle. Allerdings hab ich ihn mir nicht genau angesehen.

– Hast du dich vor ihm geschämt?

– O nein, ich schäme mich nicht so leicht. Ich weiß, daß ich nicht gut reden kann, und ich rede, wie ich kann.

– Hat er mit dir geredet, der Engländer?

– Ja, als ich ihm die Sahne für seinen Tee gebracht habe, traf ich ihn im Vorzimmer, wo er sich die Hände wusch, und er hat etwas zu mir gesagt; aber ich habe gar nichts verstanden.

– War es auf englisch?

– Das kann ich nicht sagen, Mam'selle; ich hab kein Wort verstanden.

– Hat er gelacht, als er mit dir sprach?

– Aber nein! Es sah so aus, als hielte er mich für ein Mädchen aus England, wie Ihr es ihm ja gesagt habt.

– Und du, hast du gelacht?

– Nein, Mam'selle. Ich wollte nicht lachen aus Angst, daß ich Euer Vergnügen kaputtmache.

– Und er hat kein Wort auf französisch zu dir gesagt?

– Nein, aber er hat mir die Sahne aus der Hand genommen, als ob er nicht wolle, daß ich ihn bediene, und er hat meine Hand an die Lippen geführt. Ach, das fand ich ulkig! Aber Cadet ist gekommen, und bevor ich Zeit hatte zu lachen... Sie wissen, daß ich nicht so schnell lache!... da hat sich der englische Herr umgedreht und ist schnell in den Salon gegangen.

– Du hast doch in dem Augenblick deine Bauernkleider getragen?

– Natürlich, es war doch nach dem Essen.

– Und du hast dich über all das nicht gewundert?

– Nein, Mam'selle, Ihr habt das doch verabredet?

– Hat dieser Handkuß dich nicht gekränkt?

– Oh, ich hab gemerkt, daß dieser Herr mich nicht kränken wollte; es war doch eine Geschichte zum Lachen.

– Nun, Jeanne, hat es dir nicht ein wenig Freude gemacht?

– Ach, wie boshaft Ihr seid, mein Herzchen! Was für eine Freude soll mir das denn gemacht haben? Ich kenne ihn nicht, diesen Monsieur.

– Jeanne, als mein Bruder angekommen ist, da hat er dir doch auch die Hand geküßt?

– Ja, Mam'selle, auch aus Spaß.

– Und das hat dir Kummer bereitet, ich habe es an deinem Gesicht gesehen.

– Ja, Mam'selle, das ist wahr. Ich war froh, daß mein Pate so gesund war und so gut aussah! Ich hätte ihn gern umarmt, das arme Herz! Und auf einmal hat er angefangen, sich über mich lustig zu machen. Das hat mir weh getan. Und dann, nachher, habe ich mir gesagt, daß ich dumm bin, so bekümmert zu sein. Mir ist es lieber, er lacht, als daß er traurig ist und krank, wie vor seiner Abreise.

– Gute Jeanne, glaube nicht, daß Guillaume sich über dich lustig machen wollte. Du hast doch gesehen, daß er auch mir die Hand geküßt hat, er hat es bestimmt nicht getan, um sich lustig zu machen.

– Oh, bei Euch ist das anders, Ihr seid seine Schwester; ich dagegen bin sein Patenkind, und ich muß ihm Achtung entgegenbringen.

– Auch er schuldet dir Achtung, Jeanne, und er achtet dich.

– Warum denn, Mam'selle?

– Weil du auch seine Schwester bist, seine Milchschwester, und seine Herzensfreundin, fast genauso wie ich. Sieh mal, du kannst sicher sein, daß er nicht undankbar ist und die Art, wie du ihn während seiner Krankheit gepflegt hast, nie vergessen wird. Ich war nicht da, als es ihm so schlecht ging; ich wußte nichts davon. Man hat mir nichts von der Gefahr gesagt, in der mein Bruder schwebte, und du, du warst dann seine wirkliche Schwester. Mama hat mir hundertmal gesagt, daß Guillaume ohne dich gestorben wäre; denn sie hatte den Kopf verloren, meine arme Mutter, und alle anderen Leute im Haus auch. Nur du warst immer da, hast Guillaumes Fieber eingedämmt, ihn daran gehindert, im Zimmer herumzulaufen, als er wie verrückt war, hast bei ihm durch Sanftheit erreicht, was die anderen nur durch Gewalt erreicht haben, hast dich ihm zu Füßen geworfen, um ihn zur Ruhe zu überreden und die Verordnungen des Arztes einzuhalten, hast mit ihm manchmal geschimpft wie mit einem kleinen Kind und ihn mit deinen Bitten, deiner Sanftheit beruhigt. Ach, Jeanne, dir schulde ich meinen Bruder, den ich so sehr liebe! Wie sollten wir dich nicht lieben, als ob du unsere Schwester wärest?

Guillaume konnte nicht lange allein bleiben. Er fühlte sich unwiderstehlich angezogen und kam näher; das Geräusch seiner Schritte, durch das Gras gedämpft, hatten die beiden jungen Mädchen nicht gehört. Er stand hinter ihnen, während sie so plauderten, und von Jeanne war er nur durch den Stamm des großen Kastanienbaums getrennt, in dessen Schatten sie saß.

– Ja, Jeanne, ja, Marie! rief er und zeigte sich plötzlich, ihr seid beide meine Schwestern, und es gibt Augenblikke, da seid ihr in meinen Gedanken eins. Oh, Marie, wie sehr danke ich dir, daß du Jeanne alles zu sagen wußtest, was ich ihr niemals sagen konnte, und ihr mit einer so zärtlichen Freundschaft alles Gute gelohnt hast, was sie für mich getan! Oh, Jeanne, ich habe dir nie so gedankt, wie ich es hätte tun müssen! Für mich warst du ein Engel: ich habe alles gesehen, alles verstanden, alles gefühlt, auch wenn ich fast verrückt war. Ja, ich habe dich ganze Nächte lang auf den Knien neben meinem Bett gesehen.

Ich erinnere mich, daß du mich mehrere Male in die Arme genommen und wie ein Kind gar getragen hast, um mich in einen anderen Sessel zu setzen. Ich war mager, geschwächt! Du, mutig stets und stark, hast dreißig Nächte schlaflos verbracht und am Tag kaum zwei Stunden auf einer Matratze am Fußende meines Bettes geschlafen. Ach, was für Vorwürfe habe ich mir gemacht, daß ich meinen Fieberwahn während so vieler Stunden nicht besiegen konnte, die dich so erschöpft haben, Jeanne! Und du, du bist nicht krank geworden! Und du hattest doch gerade erst deine Mutter während ihrer langen, grausamen Krankheit gepflegt, und du hast meine noch gepflegt, als sie nach mir vor Müdigkeit und Erschöpfung krank geworden ist. Und dennoch habe ich dir nie gedankt!

– O doch, mein Pate, sagte Jeanne unter Tränen, Ihr habt mir viele Male gedankt, zehnmal mehr, als ich es verdient habe.

– Nein, Jeanne, nein! rief der junge Mann überschwenglich, ich fühlte mich niedergedrückt von ich weiß nicht welcher Traurigkeit; ich vermochte weder zu reden noch zu weinen; ich war auf andere Weise verrückt als während der Krankheit, aber ich war es immer noch. Wievielmal habe ich mir in meiner Abwesenheit vorgeworfen, dir das, was ich dir jetzt sage, nicht gesagt zu haben! Und in den drei Tagen, die ich hier bin, habe ich noch immer nichts gesagt; ich habe dich kaum angesehen... ich weiß nicht, warum! Vielleicht bin ich noch ein wenig verrückt, Jeanne, und ohne das Beispiel meiner Schwester hätte ich mich noch immer nicht entschließen können, dir mitzuteilen, was ich auf dem Herzen habe. Aber ich bin nicht undankbar, glaube das nicht. Verzeih mir, und vor allem denke nicht, daß ich bei meiner Ankunft deine Hand geküßt habe, um mich über dich lustig zu machen! Ach, Jeanne! Ebensogut könntest du behaupten, daß ich mich über meine Mutter oder Marie lustig mache. Sage mir, daß du es nicht mehr glaubst, meine gute Jeanne, ich bitte dich auf Knien darum.

Und Guillaume, außer sich und abwechselnd bleich und glühend im Gesicht, lag vor der bestürzten Jeanne auf den Knien und bedeckte ihre Hände mit Küssen, die schließlich die flinke Spindel fallen ließen. Jeannes Antwort war zunächst nur ein Schluchzen.

– Ach, mein lieber, kleiner Pate, sagte sie endlich und küßte mit der unschuldigsten und mütterlichsten Wärme die schönen blonden Haare Guillaumes, wieviel Schmerz Ihr mir bereitet, wo Ihr mir doch eine Freude macht! Was habe ich denn nur getan, mein Gott! Daß Ihr Euch mir so verpflichtet fühlt! Wart nicht auch Ihr gut zu mir, in Ep-nell und in Toull? Ach, ich werde Eure Freundlichkeiten nie vergessen, und es ist doch das mindeste, daß ich Euch gepflegt hab, als Ihr so leidend wart, daß es einem das Herz zerriß! Meine Seele und meinen Körper habe ich Gott gegeben, damit er mir den Tod schickt statt Euch, und ich wußte genau, wenn jemand sterben muß, dann ich, denn ich hatte gebetet, wie man es muß. Aber der liebe Gott und die *Große Jungfrau*, die Mutter von Jesus Christus, wollten, daß wir beide nicht sterben. Ihr lebt, damit Ihr das Glück findet, damit Ihr heiratet, mein lieber Pate, damit Ihr hübsche Kinder habt, und Mam'selle Marie, die ich ebenso liebe wie Euch, lebt auch, damit sie das Glück findet und eine Familie, so Gott will!

– Und du, Jeanne, sagte Marie, die sie in die Arme geschlossen hatte, hoffst du nicht auch, das Glück zu finden?

– Ach ich, Mam'selle, mir reicht es, wenn ich bei Euch bin, Euch diene, Eure Sachen in Ordnung halte, Euer kleines Völkchen umsorge, wenn es einmal da ist, dann wäre ich schon sehr zufrieden!

– Möchtest du denn nicht auch heiraten?

– Ich, Mam'selle! Daran denke ich nicht.

– Und warum nicht, Jeanne? Du hast das damals schon

in Toull gesagt, sagte Guillaume, daran erinnere ich mich! Aber das war doch nicht im Ernst?

– Wie, Jeanne, ist das wahr? sagte Mademoiselle de Boussac zu dem jungen Mädchen, das Guillaume nur mit einem geheimnisvollen Lächeln Antwort gab. Hast du etwas gegen die Ehe?

– Ach nein, Mam'selle, ich rate Euch ja dazu. Aber seht, meine Kühe fressen nicht mehr, die Mücken bringen sie zur Raserei. Es ist Zeit, sie zum Stall zu führen.

– Aber beantwortest du unsere Frage nicht?

– Seht, seht, Mam'selle! sagte Jeanne; meine Kühe gehen ganz allein davon. Sie wollen in den Garten springen! Haltet mich nicht auf, meine Liebste! Und Jeanne machte sich los und floh über die Weide.

– Nun gut! sagte Mademoiselle de Boussac zu ihrem Bruder, so zieht sie sich jedesmal aus der Affäre! Wenn es um ihre persönliche Zukunft geht, habe ich sie noch nie beim geringsten Interesse ertappen können. Guillaume, in der Seele dieses jungen Mädchens gibt es einen geheimen Verzicht. Ich habe mir schon mehr als zwanzig Romane über sie ausgedacht und keine Lösung im gewöhnlichen Sinne finden können.

Guillaume war wieder traurig und nachdenklich. Seit seiner Krankheit barg auch die Seele dieses jungen Mannes ein Geheimnis. Sein sanfter, empfindsamer Charakter hatte sich nie selbst verleugnet, auch nicht in den Fieberanfällen. In Italien schien er zu seiner gleichmäßigen Denkweise von einst zurückgefunden zu haben; aber seit seiner Rückkehr nach Boussac fühlte er, wie er wider seinen Willen abermals zu dem wurde, der er in der Zeit der Genesung gewesen war. Ein Gewitter grollte tief in seiner Brust. Bald war er außerordentlich mitteilungsbedürftig, bald unterdrückte er seine Anwandlungen unter großem Leiden und mit einer Art von Erschrecken. Man muß zugeben, daß die Gesellschaft seiner bezaubernden Schwester nicht das geeignete Mittel gegen sein Übel war. Dieses schwärmerische junge Mädchen hatte nie die

Welt gesehen, sie kannte sie nicht und haßte sie mit prophetischer Vorausschau. In ihrer frühen Jugend hatte sie sich einer leidenschaftlichen Frömmigkeit verschrieben und das Evangelium ernst genommen. Sie war fanatisch in ihrer Redlichkeit und Hingabe. In ihrem sehr schwachen Körper wohnte eine Seele aus Feuer, und unter ihrem Verhalten voller Anmut und sanfter Empfindsamkeit verbarg sich ein energischer, kühner Charakter, der die Extreme liebte. Sie war zu den erhabensten Verrücktheiten imstande; mit zwölf hätte sie am liebsten in der Einöde gelebt, wenn sie gewußt hätte, wie Thebais zu finden wäre; mit siebzehn träumte sie mitten unter den Menschen von einem Leben des Verzichts auf die Eitelkeiten der Welt, des Kampfes gegen die ungerechten Gesetze. Da sie wenig kräftig war, lebte sie behaglich in diesem Haus der Begeisterung, sie war in ihrem Element, und sie bemerkte nicht, daß Guillaume es nur in Sprüngen und Sätzen betrat, die ihn ermüdeten, ohne daß ihm Flügel wuchsen. Dieser junge Mann war ebenso hochherzig wie seine Schwester, aber er hatte auch die Schwäche seiner Mutter. Mit Marie war er für das gefühlvolle Leben entflammt. Gemeinsam verschlangen sie die tugendhaftesten und aufrührerischsten Romane. Mit Madame de Boussac erinnerte er sich der Macht der Gesellschaft und dessen, was seine Mutter, die mit der Gesellschaft einverstanden war, die Pflichten eines wohlgeborenen Mannes nannte. Er ließ sich von den Heiratsplanungen und ehrgeizigen Träumen gefangennehmen. Obgleich dies nicht seiner Neigung entsprach, akzeptierte sein ängstliches Gewissen sie als grausame Notwendigkeiten, denen er sich auf keine Weise entziehen konnte. So war er unglücklich und niedergeschlagen und stand im ewigen Kampf mit sich selbst.

Als er langsam mit seiner Schwester zum Schloß zurückging, schien Guillaume sehr zerstreut, obwohl er allen Worten seiner Schwester aufmerksam lauschte und sein bewegtes Herz begierig deren Honig oder Bitternis aufsammelte. Immer noch ging es um Jeanne. Marie, die nicht wußte, daß sie die Wunde im Herzen ihres Bruders vertiefte, verlor sich in Mutmaßungen über die Zukunft des jungen Mädchens und die Gefühle Sir Arthurs. Sie gestand, daß sie den ersten Eindruck bedauere, den sie bei der Liebeserklärung gegenüber der Bäuerin Jeanne gewonnen habe, und daß ihr Roman eine prosaische Wende nähme, wenn Sir Arthur seiner Neigung entsagen würde, wenn er Miss Jane die Kühe melken sehe. Aus Vernunftgründen oder aus Freundschaft schien Guillaume dieser wahrscheinlichen Lösung den Vorzug zu geben. Aber er war verdrossen, und er verließ seine Schwester, ging allein zum Fluß und träumte vor sich hin.

XIV

Sir Arthur

Während der restlichen Woche richtete Guillaume nur mehr im Vorübergehen ein freundliches Guten Tag oder Guten Abend an Jeanne und sah sie nicht einmal an, was Jeanne weder erstaunte noch bekümmerte. Sie war nicht anspruchsvoll, und die Anwandlung begeisterter Dankbarkeit, die ihr Pate auf der Weide zu ihren Füßen gehabt hatte, schien ihr die Schuld des Kranken gegenüber seiner Pflegerin hundertfach und für immer beglichen zu haben. Da sie Guillaume vor seiner Krankheit nicht gekannt hatte und da er äußerlich viel lebhafter war als während der Genesung, glaubte sie, er sei von Natur aus so, und bemerkte nicht, daß all seine Traurigkeit zurückgekehrt war. Guillaume versteckte seinen geheimen Schmerz recht gut vor seiner Mutter und der Familie Charmois; aber wenn er mit Marie allein war, konnte er sich nicht beherrschen, und Marie war erschreckt über die jeden Tag deutlicher hervortretende alte Melancholie.

Obwohl Claudie eher als *Kammermädchen* galt, wie man

in der Gegend sagte, war es doch nicht sie, die abends Mademoiselle de Boussac entkleidete. Jeanne war tagsüber auf den Feldern oder in der Milchkammer, aber Marie, die sie zärtlich liebte, hatte sich die Stunde des Zubettgehens vorbehalten, um mit ihr zu plaudern. Sie hatte sich angewöhnt, ihr alle ihre Eindrücke vom Tage mitzuteilen, und diese Teilnahme an den Freuden oder am Ärger ihrer jungen Herrin war für Jeanne eine Erziehung der Gefühle, die einzige vielleicht, die für sie geeignet war.

Plötzlich von ihrem wilden Leben in den Zustand der Zivilisation verpflanzt, war Jeanne anfangs alles unverständlich. Zwischen den beschränkten Bedürfnissen ihrer bäuerlichen Existenz und den tausend künstlichen Bedürfnissen der Aristokraten, denen sie diente, lag eine unbekannte Welt, und ihr Denken hatte darauf verzichtet, diese zu durchschreiten. Ein weniger gütiges Gemüt als sie hätte dic sonderbaren Gewohnheiten kritisiert. Claudie, außerordentlich fortschrittlich und somit verderbbar, akzeptierte mit Bewunderung die Notwendigkeit all dieser Geziertheit, all dieses Bemühens um Kleinigkeiten, die man von ihr verlangte und die, wie sie neidvoll sah, zum Nutzen ihrer Herrschaft waren. Als man sie ein wenig von den Krümeln dieses Wohllebens und Luxus kosten ließ, war sie berauscht, und mit dem Genuß entstand von selbst in ihr das Bedürfnis nach diesen unbekannten Befriedigungen. Cadet akzeptierte die Ungleichheit der Bedingungen als einen vollendeten Tatbestand; aber unter seinem einfältigen Aussehen blieb er doch der Sohn des Meisters Léonard, des spöttischen, skeptischen Philosophen; sein Lächeln war nicht so albern, wie man meinte, er war oft ironisch, ohne daß man darauf achtete. Aber Jeanne war beinahe die geblieben, die sie in Ep-nell gewesen, sie träumte, betete und liebte immerdar, dachte indessen fast nie; sie war von wahrhaft bäuerlichem Wesen, das heißt, eine poetische Seele, die sich nicht kundtat, einer dieser reinen Menschen, wie man sie noch auf dem Lande findet, bewundernswert und geheimnisvoll, die für ein goldenes Zeitalter geschaffen scheinen, das es nicht gibt, wo die Möglichkeit zur Vervollkommnung unnütz wäre, weil man vollkommen ist. Man kennt diese Menschen nicht gut. Die Malerei hat sie oft anschaulich wiedergegeben; aber die Dichtung hat sie immer entstellt, weil sie sie idealisieren oder sich offenbaren lassen wollte und dabei vergaß, daß ihr Wesen und ihre Ursprünglichkeit darin bestehen, daß man sie nur erahnen kann. Es bleibt anzuerkennen, daß die Menschen auf dem Lande große Veränderungen durchmachen müßten, um für die Eroberungen und Wohltaten einer Religion und einer neuen Gesellschaft empfänglich zu werden; nicht bekannt jedoch ist, daß die Natur zu allen Zeiten in dieser Umwelt bestimmte Wesen erschafft, die nichts lernen können, weil das Ideal des Schönen in ihnen ist und sie nicht fortschreiten müssen, um Gottes Kinder zu werden, Heiligtümer an Gerechtigkeit, Weisheit, Nächstenliebe und Aufrichtigkeit. Sie sind ganz und gar bereit für die ideale Gesellschaft, von der das Menschengeschlecht träumt, die es sucht und verkündigt, aber sie haben nicht genug Unruhe, um etwas voranzutreiben. Sie sind unfähig, das Übel zu verstehen, sie sehen es nicht. Sie leben wie in einer Wolke der Unwissenheit; sie existieren gewissermaßen im Verborgenen. Allein ihr Herz spürt, daß es lebt; ihr Geist ist beschränkt wie die ursprüngliche Unschuld; er schläft im göttlichen Kreislauf der Genesis. Man könnte, in einem Wort, sagen, daß die Ursünde sie nicht befleckt hat und sie von einem anderen Geschlecht sind als Evas Söhne.

So war Jeanne, eine gallische Isis, der die Sorgen derer, unter denen sie lebte, so fremd waren, als ob sie eine Druidentochter wäre, die man in unser Jahrhundert geschickt hat. Da sie nichts zu tadeln wußte, so sehr erfüllten Sanftheit und Nächstenliebe ihre Seele, verzichtete sie darauf, sich die Dinge zu erklären, die allein der Tadel erklärbar gemacht hätte. Gleich einer schönen Lilie in süßer Verzückung, so lebte sie dahin, die Brust geöffnet den Lüften der Nacht, den Küssen des Tages, allen Einflüssen der Erde und des Himmels, aber gleich diesem unempfindlich gegen die menschlichen Aufregungen; und sie sah keinen Sinn in der Sprache der Menschen.

Da sie sich über alles hätte wundern müssen, wunderte Jeanne sich schließlich über nichts. Jeder neue Zwischenfall in ihrem Leben führte sie zu der schlichten Überlegung: Wieder etwas, das ich nicht weiß und das ich, wenn man es mir erklärt hat, noch weniger verstehen werde.

Marsillat hatte nichts begriffen von Jeanne. Guillaume hatte sich aus einem gewissen poetischen, unglückseligen Instinkt heraus ihr angeschlossen. Sir Arthur hatte sie zu Teilen erahnt. Allein Marie kannte sie und hatte recht, sich dessen zu rühmen. Man mußte durch rationale Erkenntnis zum Begriff des Erhabenen gelangt sein, um zu verstehen, wie Jeanne allein durch ihr Herz dorthingekommen war. Und Mademoiselle de Boussac bemerkte auch, daß Jeanne ihr ebensoviel beizubringen hatte, wie sie von ihr lernen konnte. War die junge Schloßherrin aufgeklärter, was ihre seelischen Regungen betraf, so war die Hirtin von Ep-nell stärker in ihrer inneren Ruhe; und wenn Marie ihr die Leiden einer zärtlichen Seele begreifbar gemacht hatte, machte Jeanne ihrerseits Marie die Kraft einer ergebenen Seele verständlich, die Ruhe frommer Selbstverleugnung. Gemeinsam sprachen sie ihr Abendgebet vor einer kleinen Alabastermadonna, die Guillaume aus Italien geschickt hatte und die sie mit den Blumen der Jahreszeit krönten. Die beiden jungen Mädchen hatten nicht genau denselben Kultus. Marie war keine fromme Katholikin; sie war eine christliche Gleichheitsverfechterin, eine Radikalistin des Evangeliums, wenn man sich so ausdrücken darf. Es genügt zu sagen, daß sie, ohne sich dessen bewußt zu sein, eine Ketzerin war.

Jeanne war, ohne es zu ahnen, eine heidnische Radikalistin. Ihr bäuerlicher Aberglaube kam in gerader Linie von der Religion der Druiden, dieser in ihrem Wesensgehalt wenig bekannten Lehre, die man nur nach den Verbrechen beurteilt hat, die sie beschmutzt und entstellt haben. Die Jungfrau Maria und die Große Farblose gingen in seltsamer Weise in der poetisch wilden Phantasie der Hirtin von Ep-nell ineinander über. Vielleicht lag auch etwas Wildes und Archaisches in der Hingabe, mit der sie die Ungleichheit in der Welt hinnahm. Aber diese Hingabe war ohne Schwäche und Feigheit. Jeanne, die den Wert des Geldes nicht kannte, keine Bedürfnisse hatte und nicht verstand, daß es im Leben andere Freuden gab als die der Seele, fand sich mit ihrem Anteil am Glück nicht durch den Reichtum und die Macht anderer betrogen. Sie war ein ungewöhnliches Wesen, das, wie ich bereits gesagt habe, zu einem seltenen Menschenschlag gehörte, den man nicht erforscht hat, den es aber gibt und der noch aus der Zeit der Herrschaft von Astrée zu stammen scheint.

Eines Abends, Jeanne und Marie hatten eben im Mädchenzimmer der jungen Schloßherrin, das mit Veilchen bestreut war, ihr Gebet beendet, da sagte diese zu ihrer bäuerlichen Gefährtin: »Wir haben insbesondere für Guillaume gebetet. Gott gebe, daß er heute nacht gut schläft und daß er morgen nicht mehr so finster dreinschaut.«

– Ach, mein Herzchen! Worüber macht Ihr Euch Sorgen? antwortete Jeanne. Wenn mein Pate jetzt nicht alles hat, was er braucht, um glücklich zu sein, dann hat er es bald. Es kommt schon. Nehmt es mit Geduld, es geht vorbei.

– Was willst du sagen, Jeanne? Errätst du, was mein Bruder wünschen mag?

– Ich sehe, daß er jung ist, und ich denke, daß es ihn langweilt, ganz allein zu sein. Ihr Reichen, Ihr heiratet zu spät. Bei uns hätte ein zweiundzwanzigjähriger Bursche schon eine Familie. Mein Pate ist gut, er hat ein Herz. Wenn er eine schöne, brave Frau hätte und niedliche kleine Kinder, dann würde er sich allemal nicht langweilen! Muß meiner Patin raten, ihm eine Frau zu suchen. Glaubt mir, Mam'selle, und Ihr werdet sehen, daß er zufrieden ist.

– Du glaubst also, daß man ohne Familie nicht glücklich sein kann, Jeanne! Und trotzdem sagst du, daß du nicht heiraten willst!

– Es geht nicht um mich, Mam'selle, sondern um meinen Paten. Ich habe keine Zeit, mich zu langweilen; aber er, er arbeitet nicht und braucht Gesellschaft.

– Hat es nicht am Hoftor geläutet, Jeanne? sagte Mademoiselle de Boussac, vom Klang der Glocke abgelenkt. Es war elf Uhr. Die ganze Stadt war in Schlaf gesunken, und noch nie hatte ein Besuch sich zu dieser ungewohnten Zeit eingestellt.

– Ich meine, Ihr habt recht, Mam'selle. Es hat am großen Tor geläutet.

– Wer mag jetzt kommen? Im Haus schlafen alle!

– Oje, Cadet wird bestimmt nicht wach. Ist er einmal weggetreten, dann schläft er bis zum Morgengrauen. Das Haus könnte über ihm einstürzen, und er tät nicht aufwachen. Ich seh' nach, wer das ist.

– Warte, Jeanne, ich gehe mit, man darf nicht dem Erstbesten aufmachen. Wir werden durch das Türchen verhandeln.

– Kommt, wenn es Euch Spaß macht, Mam'selle!

Mademoiselle de Boussac warf sich einen dünnen Wollschal über den Kopf, nahm Jeannes kleine Laterne und lief leichtfüßig mit ihr hinunter, ein wenig neugierig und ein wenig ängstlich bei diesem Abenteuer.

Es läutete behutsam, so als befürchte jemand, mit einem Mal alle Schloßbewohner aufzuwecken.

– Das sind keine sehr frechen Leute, sagte Jeanne und öffnete das Türchen: was möchtet Ihr denn?

– Ein Freund kehrt zurück, antwortete eine Stimme, die Marie sogleich als die Sir Arthurs erkannte.

– Ach, schnell, ach, schnell, machen wir auf! rief sie

und begrüßte ihn durchs Türchen von Herzen als Freund.

Sir Arthur, der auf den schlechten Wegen schneller vorankommen wollte, hatte in Sainte-Sévère ein Pferd genommen. Jeanne, deren Gesicht er im Dunkeln nicht sah, hatte die Zügel des Mietpferdes genommen und führte es zum Stall, während der Engländer fröhlich der jungen Schloßherrin half, das Tor zu schließen. Dann gingen sie zum Schloß und betraten den großen Wachesaal, der zur Küche geworden war und das Erdgeschoß einnahm.

– Die Nacht ist frisch, und Sie müssen sich sicherlich aufwärmen, sagte Marie; sehen Sie, da ist noch Feuer, hier, ich werde Mama und Guillaume wecken.

– Guillaume, ja, gerne... aber Ihre Mutter, nein... Lassen Sie sie schlafen, und morgen früh, da spiele ich zu der Zeit, in der sie in der Regel wach wird, unter ihrem Fenster eine Fanfare.

– Tatsächlich hatte sie heute Kopfschmerzen, und der Schlaf ist ihr kostbar... aber Guillaume...

Marie wollte zum Zimmer ihres Bruders gehen, als dieser schon an der Küchentür erschien. Er hatte die Glocke gehört, das Quietschen des großen Tors in den Angeln und vor allem das Anschlagen der Hunde, die sich unter dem Streicheln Sir Arthurs immer noch nicht beruhigt hatten. Er hatte sich hastig angekleidet und kam in die Küche, um eine Lampe zu holen.

– Oho! rief er, als er Sir Arthur sah, ein nächtliches Stelldichein mit meiner Schwester! Und er stürzte in die Arme seines Freundes, glücklich, ihn wiederzusehen, obwohl ein seltsamer Schmerz sich gleichzeitig seiner Seele bemächtigte. Claudie, die Jeanne geweckt hatte, eilte herbei und bot ihre Dienste an, und da Sir Arthur um keinen Preis die übrigen Hausbewohner stören wollte, trugen Marie und ihre Kammerzofe ihm am Ende des Küchentischs ein Nachtmahl auf. Die Ungezwungenheit dieses ländlichen Empfangs belustigte sehr die jungen

Gastgeber und ihren Tischgenossen, der wie gewöhnlich heiter und unbeschwert war und sich das kalte Fleisch und die steif gewordenen Soßen des improvisierten Mahls gut schmecken ließ.

– Wir haben Sie nicht so bald erwartet, sagte Guillaume; darum steht das fette Kalb noch im Stall.

– Meine Kinder, ich bin zwei Tage früher gekommen, als ich es vorhatte, und ich werde euch gleich sagen, warum.

Marie verstand, daß Monsieur Harley sich vor Claudie nicht erklären wollte, und sie befahl dieser, zu Jeanne zu gehen und ihr bei der Vorbereitung des Zimmers von Sir Arthur zu helfen.

– Ich werde euch nunmehr sagen, meine Kinder!... sagte Sir Arthur feierlich und faßte mit seinen Händen eine Hand des Bruders und eine der Schwester. Und er schwieg einen Augenblick, als müsse er sich sammeln. Guillaume fühlte, wie ihm die Hitze ins Gesicht stieg.

– Ich habe einen großen Entschluß gefaßt, mein lieber Guillaume, fuhr der Engländer mit Würde fort; und da ich weiß, daß Sie keine Geheimnisse vor Ihrer Schwester haben, freue ich mich, ihr meine Pläne zu unterbreiten. Ich habe mich zu heiraten entschlossen, und da ich endlich eine Frau nach meinem Herzen gefunden habe, bin ich hierher gekommen, um von ihr und ihren Eltern, sofern sie welche hat, ihre Zustimmung zu erwirken.

– Nun ist es soweit! dachte Marie seufzend, und sie sah ihren Bruder an, um ihm einen Wink zu geben, damit er Sir Arthur sich nicht noch weiter festlegen lasse. Aber Guillaume war gedankenverloren.

– Ich habe zwei Briefe geschrieben, fuhr Sir Arthur fort: einen an die Person selbst, einen anderen an Madame de Charmois, von der ich annehme, daß sie die Beschützerin und gewissermaßen der Vormund der Demoiselle ist, die ihrer Tochter verbunden ist... Ich habe keine Antwort erhalten, und in der Sorge, daß meine Bitte, vielleicht ein wenig wider die Sitten, nicht ernstgenommen wurde, bin ich rasch gekommen, um mich unmißverständlich zu erklären. Ich glaube nicht, daß Madame de Charmois meiner Bitte sehr gewogen ist. Also will ich Sie, mein lieber Guillaume, und vielleicht auch Sie, meine gute Mademoiselle Marie, beauftragen, unbefangen und treu die Vermittler meiner Heirat mit Miss... Jane... zu sein, deren Namen ich nicht kenne, aber deren Gesicht mir gefällt und mich völlig sicher macht.

– Lieber Arthur, Sie sind edelmütig und bewundernswert, gerade in Ihrer ganz besonderen Art; aber Sie sehen uns recht unglücklich, meine Schwester und mich, daß wir Ihnen die Augen öffnen müssen. Sie sind, auch wenn wir dies nicht im Sinn hatten und gegen unseren Willen, das Opfer eines Scherzes geworden, dessen Folgen wir nicht im geringsten vorhergesehen haben. Wir müssen Ihnen also sagen... eine Miss Jane hat es nie gegeben.

– Ho!... sagte Monsieur Harley mit diesem merkwürdigen Ton leidenschaftsloser Überraschung, den die Engländer in diesen Ausruf legen.

– Leider, nein! sagte Mademoiselle de Boussac, lächelte mitfühlend und drückte die Hand von Monsieur Harley. Weder Mademoiselle de Charmois noch ich haben eine Gouvernante. Miss Claudia und Miss Jane sind ganz einfach das Zimmermädchen Claudie und Jeanne, Kuhhirtin und Milchmädchen des Hauses.

– Ho! machte der Engländer, und seine großen blauen Augen wurden immer runder.

– Trösten Sie sich, antwortete Marie sanft. Sie haben sich in der sozialen Stellung der Person geirrt, aber weder die Kranioskopie des Doktor Gall noch die Physiognomik von Ehrwürden Lavater haben gelogen, was die moralischen Vorzüge Jeannes angeht. Jeanne ist ebenso gut und rein, wie sie schön ist. Aber ich muß Ihnen schnellstens sagen, daß sie keinerlei Erziehung genossen, daß sie mit ihren Herden auf den Feldern gelebt hat, kurz, daß sie die Tochter von Guillaumes Amme ist, eine einfache Bäuerin; schließlich, daß sie nicht lesen kann und zu befürchten ist, daß sie es niemals zu lernen vermag, denn ihr fehlt die Begabung für all unsere eitlen Kenntnisse, und sie begreift besser die Dinge des Himmels als die der Erde.

– Ho! sagte der Engländer zum dritten Mal und blieb in seine Überlegungen vertieft.

– Mein lieber Arthur, sagte Guillaume, haben Sie keine Angst wegen der Folgen Ihres Irrtums. Wir wären verzweifelt, wenn unser verrückter Scherz jemanden außerhalb der Familie auch nur zu einem Lächeln veranlassen würde. Madame de Charmois hat überhaupt nicht von Ihrem Brief gesprochen, wir wissen nicht einmal, ob sie ihn erhalten hat. Und was Jeanne betrifft, da sie nicht lesen kann, haben allein wir Kenntnis von Ihrem Brief, und wir haben ihr nichts davon gesagt. Wir geben Ihnen diesen Brief zurück; es soll nie mehr die Rede davon sein, auch nicht im Scherz. Meine Mutter ihrerseits weiß von nichts. Und was die Charmois angeht, so wird es Ihnen ein leichtes sein, sie glauben zu machen, daß Ihr Brief eine Folge des Aprilscherzes ist und daß Sie es sind, der sich über sie lustig gemacht hat.

Monsieur Harley hatte von Guillaumes Rede kein Wort vernommen. Er war damit befaßt, zu der von Marie Stellung zu nehmen, die ihm in den Ohren nachhallte. Er drehte sich zu ihr um und stellte ihr auf eine bedächtige und sehr methodische Weise eine Reihe von Fragen über den Charakter, die Neigungen und Gewohnheiten von Jeanne. Worauf das junge Mädchen mit all ihrer lebhaften Zärtlichkeit und Bewunderung für Jeanne antwortete, und sie endete mit einer vollendeten, aber ganz und gar aufrichtigen Lobrede, in der sie ihm keine der Schwierigkeiten verheimlichte, die er zweifellos in den Anfängen haben würde mit einem Wesen, das so naiv und verschieden war von der Welt, in der er bisher gelebt hatte.

Monsieur Harley hörte aufmerksam und, dem Anschein nach, gefühllos zu. Dann, die Uhr schlug eins, küßte er Marie die Hand und sagte: »Auch Sie sind ein Engel. Ich bitte Sie, mir diese Nacht für meine Entscheidung zu lassen.«

– Nehmen Sie sich mehr Zeit, Freund, sagte Guillaume, nichts drängt Sie. Jeanne kennt Ihre Absichten nicht...

Aber Monsieur Harley schien für Guillaumes Stimme taub zu sein. Guillaume, der ihm von den Folgen seiner Schritte und von den Sorgen um seine Würde in den Augen anderer sprach, konnte ihn nicht von seiner Leidenschaft ablenken. Denn, wer hätte es vermutet? Sir Arthur war unter einem unerschütterlichen Äußeren von großer Spontaneität, und gleichzeitig war er sehr ausdauernd in seinen seelischen Regungen. Auf der Treppe nahm er Abschied von Marie, ging auf Zehenspitzen über die Flure des alten Schlosses und gelangte mit Guillaume zu dem Zimmer, das man für ihn bereithielt.

Das erste, was ihm beim Eintreten in die Augen fiel und ihm ein weiteres, ersticktes *ho* entlockte, war Jeanne, die neben seinem Bett stand und die für seinen Schlummer bestimmten Kopfkissen mit weißen Bezügen umhüllte... Jeanne, die die Wäsche befehligte und die Schlüssel der Gerätekammer hatte, stand auch der Wäscheausgabe vor, und die Feinwäsche ging ausschließlich durch ihre Hände. Das Linnen, weiß wie Schnee, duftete dank ihrer Sorge nach Iris und Veilchen, und sie berührte den zarten Musselinbesatz, den sie um die Kissen wogen ließ, ohne ihn zu zerknittern. In ihren Bewegungen war sie ein wenig langsam; aber da sie nie rastete, kam sie mit ihrer beständigen Arbeit schneller voran als Claudie mit ihrer oft zerstreuten und geräuschvollen Tatkraft. In ihrem Ausdruck lag eine engelhafte Erhabenheit, die die Banalität ihres Wirkungsfeldes vergessen ließ. Wenn man ihr zusah, wie sie langsam die Kordeln der Kopfkissen knotete, ernsthaft und nachdenklich im Ausdruck, fühlte man sich an eine große Priesterin gemahnt, die mit irgendeiner geheimnisvollen Aufgabe der Opferung befaßt war.

Unbeweglich und ohne ein Wort zu sagen, stand der Engländer da. Guillaume, erregt, fühlte sich wie angenagelt. In diesem Augenblick wäre es ihm lieber gewesen, die Freundschaft Sir Arthurs zu verlieren, als ihn mit Jeanne alleinzulassen, und weiß Gott, Sir Arthur wäre, allein mit dem jungen Mädchen, schüchterner und zurückhaltender gewesen als Guillaume. Diese, gleichmütig und mit gesenktem Kopf, machte gewissenhaft alle ihre Knoten. Guillaume kam es so vor, als binde sie den gordischen Knoten, so lang schienen ihm die Sekunden. Endlich ging sie hinaus, und der verliebte Engländer, der weder gewagt hätte, ihr Guten Tag noch Guten Abend zu sagen, ließ sich in einen Sessel fallen und seufzte tief. »Morgen, mein lieber Guillaume, morgen, sagte er und schüttelte zum Abschied die Hand des jungen Barons, morgen sage ich Ihnen, was aus all dem geworden ist in meinem Kopf. Die Nacht bringt Rat.«

– Sie haben also vor wach zu bleiben? fragte Guillaume, der sich trotz seiner Zuneigung zu ihm nicht einer gewissen ironischen Bitterkeit tief in der Seele erwehren konnte. Ich rate Ihnen im Gegenteil, gut zu schlafen, mein Freund, denn Sie müssen vor Müdigkeit wie zerschlagen sein. Die Ruhe wird Ihren Kopf freier und gesünder machen, und so können Sie morgen nachdenken.

Monsieur Harley antwortete nicht, und Guillaume verließ ihn, voller schmerzhafter Eifersucht auf seine Freiheit und seinen Mut.

Arthur öffnete die Koffer, die ihm vorausgeeilt waren und die man in sein Zimmer gebracht hatte, legte seinen Hausrock und seine Pantoffeln an, entzündete die beiden Kerzen auf dem Kamin und versank im Sessel, um sich bequem seinen Meditationen hinzugeben. Aber es waren noch keine fünf Minuten vergangen, da klopfte es leise an die Tür. Er ging öffnen und sah Jeanne, die auf einem Tablett ein Teegedeck brachte. »Mam'selle Marie schickt

Euch das«, sagte Jeanne und stellte das Tablett auf den Tisch; dann trug sie den Wasserkessel vors Feuer. Unterdessen sagte sich Monsieur Harley, daß dieses Erscheinen schicksalhaft sei, er behandelte es als ein Vorzeichen, und so ging er, schloß bestimmt die Tür und setzte sich mit einem nachdenklichen Ausdruck, der nicht an eine Verletzung des Gebots der Züchtigkeit denken ließ, in seinen Sessel: »Mademoiselle, sagte er, indes Jeanne auf dem Tisch das Porzellan ordnete, wollen Sie mir erlauben, Ihnen eine Frage zu stellen?« Jeanne fand den Engländer außergewöhnlich höflich und antwortete ihm ruhig, daß sie auf seine Befehle warte.

XV

Eine schlaflose Nacht

– Ich nehme mir die Freiheit, Sie zu fragen, Mademoiselle Jeanne, ob Sie die Absicht haben zu heiraten?

Dies war Sir Arthurs einleitende Bemerkung, und man muß zugeben, daß es keine ungeschicktere Vorrede gab. Der gute Engländer war ein bewundernswertes Wesen, wenn es um Offenherzigkeit, Aufrichtigkeit und Güte ging; aber er war in keiner Sprache ein Redner. In seiner Seele wohnte so etwas wie eine ständige Begeisterung für erhabene Gedanken, die noch keine Ausdrucksform gefunden hatten, und dieser Zustand kündete von Ruhe, denn er war chronisch. In diesem Sinne gab es eine insgeheime Verwandtschaft mit Jeanne. Die Liebe zum Guten und dessen Umsetzung waren für ihn so natürlich wie das Atmen, und vom Bösen wußte er nichts, was so weit ging, daß er nicht daran glaubte. Ernsthaft und gelassen, weil er ständig ohne Mühe das Ideal erreichte und auch verwirklichte, brauchte er sich nicht den Kopf zu erhitzen, um seine religiösen und philosophischen Glaubenslehren zu bekennen und einzuhalten. *Treue, Hingabe, Ge-*

duld, das war seine Devise und die Schlußfolgerung aus allen seinen Lehren. Sein Vorstellungsvermögen ging nicht darüber hinaus, aber es blieb auch nie hinter diesem Kodex zurück, der für die Benutzung geschaffen war und den er auf knappe und wenig glanzvolle Weise darlegte. Da er kein großer Geist war, konnte man ihn leicht in Verlegenheit bringen, und sobald er ein wenig mehr in Erscheinung treten wollte, verlor er den Faden, und sein Französisch wurde unverständlich. Er nahm sich also vor, mehr auf sich selbst zu achten, ließ sich in keine Diskussion verwickeln und gab sich damit zufrieden, in aller Stille gegen Beweisführungen, an denen er sich stieß, Einspruch zu erheben. Somit antwortete er nur mit diesem *ho!*, das in seinem Munde viel besagte und der Ausdruck seiner Überraschung, seiner Unzufriedenheit und zuweilen seiner Freude war.

Jeanne war über diese Frage aus dem Munde eines Mannes, den sie überhaupt nicht kannte, sehr überrascht.

– Soll es ein Scherz sein, Monsieur, antwortete sie, daß Ihr mich danach fragt.

– Nein, erwiderte der Engländer, ich scherze nie. Ich frage Sie sehr ernsthaft, Mademoiselle Jeanne, ob Sie frei sind zu heiraten?

– Monsieur, das geht nur mich etwas an, antwortete Jeanne.

– Ich bitte Sie um Vergebung, mich betrifft es auch sehr. Ich bin beauftragt, Sie im Namen einer Person aus meinem Bekanntenkreis um die Ehe zu bitten.

– Für wen denn, Monsieur?

– Wenn Sie nicht heiraten wollen, dann müssen Sie auch nicht wissen, für wen.

– Das ist wahr! Ach, Monsieur, Ihr macht Euch nur über mich lustig. Schlaft gut, ich sag Euch gute Nacht. Braucht Ihr noch etwas?

– Warten Sie noch einen Augenblick, Mademoiselle Jeanne, ich bitte Sie darum. Wollen Sie vielleicht nicht heiraten, weil Sie jemanden lieben, den Sie nicht heiraten können?

– Ach was, Monsieur! antwortete Jeanne lächelnd, ich hätte keine große Mühe, mich zu wehren, aber so ist es nicht.

– Hören Sie, mein Kind, ich bitte Sie, mir die Wahrheit zu sagen, so als wäre ich ein Freund.

– Ihr macht Euch über mich lustig, Monsieur. Wie sollten wir Freunde sein, wo wir uns gewissermaßen nicht kennen?

– Vielleicht, Jeanne, kenne ich Sie sehr gut, ohne daß Sie mich kennen.

– Ich wüßte nicht, wie das möglich sein sollte, es sei denn, Ihr habt meine arme verstorbene Mutter gekannt, zu der Zeit, als sie noch hier gewohnt hat.

Zum ersten Mal in seinem Leben trieb es Sir Arthur zu einer List, die freilich harmlos war.

– Vielleicht habe ich sie ja gekannt, Ihre Mutter? sagte er und erriet, daß dies das einzige Mittel war, Jeannes Vertrauen zu erringen.

Diese kleine Lüge hatte auf sie eine magische Wirkung. Sie hatte nicht daran gedacht, dem Engländer ins Gesicht zu sehen, und war sich seines Alters nicht bewußt. Obwohl noch keine dreißig Jahre alt, hatten sein dichtes Haar, sein schönes, frisches Gesicht, die herrlichen Zähne, die ebenste, heiterste Stirn, die hohe, schlanke Gestalt, seine strenge Art, sich zu kleiden und die würdevollen Verhaltensweisen nichts Mutwilliges, Kokettes oder Jungenhaftes. Jeanne fragte sich nicht, ob er ihre Mutter vor zwanzig Jahren überhaupt habe kennen können.

– Wenn Ihr mit mir von meiner teuren Verstorbenen redet, dann ist das etwas anderes, sagte sie, und ich denke doch, daß Ihr nicht mit mir über sie scherzen wollt. Also, was habt Ihr mir zu sagen?

– Jeanne, ich interessiere mich ebensosehr für Sie wie Mademoiselle Marie und Monsieur Guillaume, Ihr Milchbruder; ich wünsche mir, daß Sie glücklich sind, ich mache es mir zur Pflicht, dazu beizutragen, und ich bin reich genug, all Ihre Wünsche zu erfüllen. Wenn es wahr ist, daß Sie jemanden Ihrer sozialen Stellung lieben und der Vermögensunterschied ein Hindernis ist, dann übernehme ich es, Ihnen eine angemessene Mitgift zu geben. Haben Sie also Vertrauen und antworten Sie mir ohne Angst.

– Monsieur, Ihr seid sehr gütig, antwortete Jeanne, vielleicht hat Euch meine Mutter damals einen Dienst erwiesen; aber der Preis, mir eine Mitgift geben zu wollen, wäre zu hoch. Außerdem brauche ich so etwas nicht. Ich bin in niemanden verliebt, und niemand macht mir Lust auf die Ehe.

– Schwören Sie mir das bei der Ehre Ihrer Mutter, die Sie, wie es scheint, so sehr lieben und betrauern?

– O ja, Monsieur, das fällt mir leicht, und wenn es nötig ist, dann soll es so sein.

Monsieur Harley schwieg kurze Zeit. An Jeannes Gesicht und Sprache merkte er wohl, daß sie nicht log.

– Indessen, sagte er, denn er sah, daß sie hinausgehen wollte, möchte ich etwas für Ihre Zukunft tun, es ist meine Pflicht. Werden Sie mir sagen, welche Bedingungen an Ihr Eheglück geknüpft sind?

– Es ist doch merkwürdig, sagte Jeanne, daß jeder hier mit mir von Heirat spricht, wo ich doch nie darüber spreche und überhaupt nicht daran denke!

– Nun gut! Finden Sie, daß ich Sie beleidige, wenn ich so mit Ihnen rede? Wenn dem so ist, sage ich nichts mehr, ich habe nicht die Absicht, Sie zu beleidigen.

– Ach, das glaube ich, Monsieur, sagte Jeanne, für die Höflichkeit eine ernstzunehmende Pflicht war, ein Ausdruck von Wohlwollen und Aufrichtigkeit, und die Angst hatte, unhöflich gewesen zu sein. Ihr könnt mir ruhig sagen, was Ihr wollt, ich bin nicht böse darüber.

– Nun gut! Meine liebe Jeanne, gestattet mir die Frage, wie Ihr Euch den Mann wünschtet, den Ihr zum Gatten nähmt?

– Ich habe keine Ahnung, Monsieur. Ich habe nie an das gedacht, was Ihr mich da fragt.

– Aber gesetzt den Fall! Können Sie nicht einmal den Fall annehmen, daß? Wissen Sie nicht, was ich unter einer Annahme verstehe?

– Doch, Monsieur, ich kenne dieses Wort. Man sagt es manchmal bei uns.

– Nun gut! Nehmen wir einmal den Fall an, daß Sie einen Gatten zu wählen haben, wie sollte er sein?

– Da fragt Ihr mich zuviel! Ich sage Euch ja, daß ich es nicht weiß.

– Nun gut, wie sollte er denn nicht sein? Das wissen Sie auch nicht? Sehen Sie, wenn er arm wäre, würden Sie ihn dann ablehnen?

– O nein, deswegen würde ich niemanden ablehnen, denn ich bin doch selbst arm und unter Armen geboren und mit Armen aufgewachsen, und ich werde wie die Armen sterben!

– Und wenn er reich wäre, was würden Sie dann sagen?

– Ich würde nein sagen, Monsieur.

– Ach, warum das?

– Das möchte ich Euch nicht beantworten. Aber ich würde ihn bestimmt ablehnen.

– Glauben Sie, daß die Reichen schlecht sind?

– Ach nein, Monsieur. Meine Patin, mein Pate und Mam'selle Marie sind ziemlich reich, und sie sind sehr gut.

– Meinen Sie also, ein Reicher würde Ihnen den Hof machen, um Sie zu verführen, und er würde Sie dann nicht ernsthaft und aufrechten Herzens heiraten?

– Das könnte schon so sein. Aber selbst wenn ich sicher wäre, daß er sich nicht über mich lustig macht, würde ich ihn nicht wollen.

– Und wenn er, um Ihnen zu gefallen, auf sein Vermögen verzichtete, wenn er Armut gelobte, um Ihrer würdig zu sein? rief Sir Arthur völlig verblüfft; er wollte so gern tief in Jeannes geheimnisvollen Vorstellungen lesen.

– Das, ja das könnte meine Auffassung ein wenig ändern, aber es wäre trotzdem nicht genug.

– Welches andere Opfer müßte dann aber erbracht werden? erwiderte der Engländer, der völlig hingerissen war. Vielleicht gibt es jemanden, der Sie genug liebt, um all dem zuzustimmen.

– Nein, Monsieur, nein, sagte Jeanne, so jemanden gibt es nicht, darauf könnt Ihr Euch verlassen; und wenn jemand mit meinen Vorstellungen einverstanden wäre, weil sie ihm sehr wichtig sind, so würde er es eines Tages bereuen!

– Ich begreife nichts mehr... Ach!... Erklären Sie sich! rief Sir Arthur, dessen Stirn schweißnaß war vom Versuch, den Sinn der Rätsel zu lösen, die die Hirtin von Ep-nell ihm aufgab.

– Es ist genug, mein lieber Herr, antwortete sie, mehr kann ich Euch nicht sagen. Wenn Ihr Anteil nehmt an mir, dann denkt nicht daran, mich verheiraten zu wollen. Ich brauche nichts, und für Eure Freundschaft, wenn ich sie denn von meiner Mutter erbe, bin ich Euch genug verpflichtet.

Monsieur Harley, vor Überraschung wie versteinert, wagte nicht, sie zurückzuhalten.

Hinter der Tür traf Jeanne Claudie, die gelauscht und durch das Schlüsselloch geguckt hatte und sich überhaupt nicht schämte, auf frischer Tat bei ihrer Neugierde und Indiskretion ertappt worden zu sein. Jeanne ihrerseits dachte nicht daran, ihr dies vorzuwerfen. Sie glaubte nicht, jemals Geheimnisse zu haben vor Claudie, die sie sehr liebte und von der sie sehr geliebt wurde. – Ach, dort warst du also? sagte sie, als sie wieder auf dem Weg in ihr gemeinsames Kämmerchen waren. Warum bist du bloß nicht schlafen gegangen?

– Wie sollte ich denn schlafen, antwortete die Toullerin kindlich, als ich merkte, daß du von diesem Herrn nicht zurückkommst? Also bin ich lauschen gegangen, was er dir erzählt. Es war ganz schön komisch!

– Warum nur bist du nicht hereingekommen? Du hättest mir beim Antworten helfen können, du redest besser als ich.

– Oh, ich hätte mich zu sehr geniert, antwortete Claudie, die sich einbildete, schüchtern zu sein, obgleich sie ziemlich frech war. Ich weiß nicht, wie du so lange und über tausend Dinge mit feinen Leuten reden kannst, die du nicht kennst.

– Weshalb, meinst du, soll ich mich genieren? Man hat mir niemals etwas Schlechtes gesagt, und dieser Monsieur ist sehr ehrlich.

– Ja, was er sagt ist ehrlich, und wenn er nicht so komisch wäre, dann wäre er ein sehr hübscher Mann.

– Was findest du denn komisch an ihm?

– Ei, ist es denn nicht komisch, ein Engländer zu sein?

Derart plaudernd gelangten die beiden Mädchen zu ihrer Kammer, die in einem Türmchen gelegen war und ihr Licht durch ein Fenster bekam, oder vielmehr durch den Schlitz einer abgeschrägten Öffnung, die am unteren Ende in einer runden Schießscharte endete. Sie hatte einst den Spähern dazu gedient, ein Falkonett auszurichten. Eine steinerne Bank stand schräg in dieser schmalen, tiefen Öffnung, und der Mond, der durch den Schlitz schlüpfte, war das einzige Licht, das die beiden Mädchen brauchten, um zu Bett zu gehen. Als Dienerinnen, die streng darüber wachten, mit den Ausgaben des Hauses sparsam zu wirtschaften, löschten sie ihre Lampe, und Jeanne, die sich auf die Steinbank setzte, um ihr Mieder aufzuschnüren, sah übers Land und verfiel ins Träumen.

– An was denkst du denn? rief Claudie, die schon im Bett war. Willst du denn heute nacht nicht schlafen?

– Die Schlafenszeit ist vorbei, sagte Jeanne, und es ist der Mühe nicht wert, sich hinzulegen, denn es wird bald Tag. Du wirst es nicht glauben, Claudie, aber wenn ich den Mond sehe, habe ich ein komisches Gefühl.

– Ach, ich liebe den Mondschein! erwiderte Claudie und war mit sich nicht einig, ob sie schlafen oder schwatzen wollte. Sonst bin ich schrecklich ängstlich, aber wenn der Mond scheint, habe ich Angst vor nichts, ich sehe alles.

– Nun ja! Ich bin anders als du, sagte Jeanne. Der Mondschein macht mich unruhig; die Farblosen haben ihre Freude an ihm! Die guten wie die bösen sind um diese Zeit draußen, und wenn christliche Seelen nicht im Zustand der Gnade leben, dann sind sie in Gefahr.

– Ach, sei still, Jeanne, rief Claudie; wenn du mit deinen Geschichten von den Farblosen anfängst, machst du mir Angst. Du weißt genau, daß ich nicht mehr an sie glauben möchte. Bei uns war das gut, aber in der Stadt ist es dumm, alle machen sich darüber lustig. Wenn du mit Mam'selle Marie darüber redest, wirst du sehen, wie sie mit dir schimpft!

– Ich zwinge dich nicht, daran zu glauben, Claudie, die Farblosen haben sich nie um dich gekümmert. Es gibt Menschen, die die Geister nicht quälen. Aber es gibt andere, die gezwungen sind zu erfahren, um was es geht, und die Mittel zu kennen, sich vor den bösen in Sicherheit zu bringen und sich mit den guten gutzustellen. Mir brauchst du nicht zu erzählen, daß es die Farblosen nicht gibt. Ich weiß zuviel über sie, Claudie.

– Gut, sei still und komm schlafen! Mich packt die Angst. Ich verstehe nicht, wie du es wagen kannst, jetzt von ihnen zu reden, wo du dir gewiß bist, daß es sie gibt... Zum Glück bin ich in dieser Kammer ziemlich sicher, wenn die Tür fest verschlossen ist, und durch das Fenster können sie nicht kommen, es gibt ja keins.

– Das tut nichts, weißt du, Claudie. So klein auch die Öffnungen eines Zimmers sind, sie können hindurchschlüpfen, wenn sie wollen. Aber hab keine Angst. Sie tun dir nichts, wenn du bei mir bist.

– Das ist ein Glück für mich, sagte Claudie, denn ich, ich habe nicht das, was man braucht, um sie wegzuschikken!

– Sag das nicht, Claudie!

– Dir kann ich es doch sagen. Du weißt es doch. Was

das angeht, so redet Marsillat nicht mehr mit dir darüber, stimmt's?

– Nein, überhaupt nicht.

– Überhaupt und wirklich nicht?

– Das fragst du mich jeden Tag! Wenn ich es dir doch sage, nein!

– Das ist egal, Jeanne. Es gibt kaum Mädchen oder Frauen, die fähig wären, sich vor einem Mann wie ihm in acht zu nehmen.

– Das ist doch nicht so schwer.

– Doch, sag ich dir, es ist schwer! Ein Mann, der weiß, was er will! Er will es unbedingt, siehst du!

– Er versteht den Grund, wie jeder andere.

– Ich hab ihn nie dazu bringen können, ihn zu verstehen.

– Weil du keine große Lust hattest, ihn selbst zu verstehen, Claudie.

– Ei ja! Ein so netter Mann! Der so gut reden kann!

– Und der dir Geschenke gemacht hat!

– Das ist auch nett, die Geschenke!

– Es wäre netter, keine Lust auf sie zu haben!

– Es kann nicht jeder sein wie du, hörst du; Ich sag ja nicht, daß es gut ist, was ich tu; denn all das macht mir Kummer.

– Du brauchst keinen Kummer zu haben! Es wird dich nicht daran hindern zu heiraten, meine Claudie.

– Es nimmt einem die Lust. Was soll man mit einem Bauern, wenn man weiß, wie es ist, mit einem Monsieur zu plaudern? Ein Marsillat, der hat so viel Geist, und ein Cadet, der ist so dumm!

– Aber der ist gut, mutig, liebt dich für immer; und ein Marsillat, der liebt dich nicht lange!

– Du glaubst also, daß er mich gar nicht mehr liebt?

– Das sag ich nicht; aber was sagst du selbst denn?

– Ich sage, daß es mächtig weh getan hat! Aber es geht allmählich vorbei. Muß sich trösten, wenn man nichts Besseres weiß.

– Ja, man muß sich trösten, Claudie. Das alles hält dich nicht davon ab, ein gutes Mädchen zu sein, das gut arbeitet und von einem ehrlichen Mann geliebt werden kann. Das Unglück, das du gehabt hast, ist vielen anderen passiert, und das ist doch nicht so schlimm, wenn man es aus Gutmütigkeit und Zuneigung getan hat. Der liebe Gott vergibt es dir; wie sollten die Menschen es dann nicht auch vergeben?

– Ja, die müssen es vergeben! sagte Claudie, wischte eine Träne fort und schlief auf demselben Kopfkissen ein wie Jeanne, ihre sittsame und nachsichtige Gefährtin.

Man möge sich nicht wundern über die keusche Jeanne, die so duldsam war mit der bußfertigen Claudie. Ein oder zwei Sünden der Jugend und Verführung entehren bei uns auf dem Land ein junges Mädchen nicht. Sie sind von Natur aus schüchtern und keusch, aber sie sind schwach; die Männer legen ihnen diese Schwäche, die sie herausfordern und ausnutzen, nicht zur Last. Es hat im achtzehnten Jahrhundert nie einen Mann von Welt gegeben, der das, was man damals als »sich eine Meinung bilden« bezeichnete, mit den Füßen getreten hätte, zumal unsere Bauern dies tagtäglich tun. Das ist eine Tatsache, die man festhalten muß und aus der man keine Schlußfolgerungen ziehen sollte gegen Jeannes Grundsätze. Aus einer ungewöhnlichen Entscheidung heraus war sie ohne Sünde, gegenüber den Fehlern anderer war sie die Duldsamkeit und Barmherzigkeit selbst.

Indessen hatte Jeanne, die die Gewohnheit hatte, vor dem Einschlafen ihre Gebete zu sprechen, noch die Augen offen, als sie zu sehen glaubte, wie die Schießscharte, die das Innere des Türmchens erhellte, plötzlich von einem undurchsichtigen Körper verdunkelt wurde. Sie konnte einen Schrei nicht unterdrücken, und sogleich sah sie, wie dieser Körper verschwand. Dann hörte sie, wie er an der Außenmauer entlangschlich und wie verstohlene Schritte leicht auf dem Sand im Garten knirschten. Dieses Stockwerk war nicht mehr als zehn oder zwölf

Fuß vom Boden entfernt, und es war möglich, über das Gitterwerk für den Wein, der die Mauer bedeckte, bis zur Luke zu klettern. Claudie, die aus dem Schlaf auffuhr, versteckte den Kopf unter den Decken, und auch Jeanne, tapfer wie sie war, traute sich zuerst nicht, aus der Schießscharte zu schauen. Als sie sich nach mehreren Bekreuzigungen und frommen Exorzismen dazu entschloß, sah sie nichts mehr. Der Mond war hell, und der Schatten der Obstbäume zeichnete sich klar und unbeweglich auf dem schimmernden Sand der Alleen ab.

– Bist du denn dumm, daß du mir solche Angst machst? sagte Claudie.

– Ich habe nicht gesagt, daß es der Teufel war, antwortete Jeanne. Ich hab so etwas wie einen Kopf gesehen.

– Hatte es Hörner?

– Nein, es sah aus wie etwas Menschliches, und obwohl ich nicht genug Zeit hatte, es richtig zu sehen, weil es im Gegenlicht war, habe ich so etwas wie flache Haare auf einem flachen Kopf gesehen.

– Sah es denn aus wie der Kopf von *Kuhzügel*?

– Ich hab daran gedacht. Aber was sollte denn Raguet hier wollen?

– Jedenfalls nichts Gutes. Hast du gestern abend die Türen zugesperrt?

– Mam'selle hat sie mit dem Engländer zusammen abgesperrt, und vielleicht haben sie vergessen, den Riegel vorzulegen. Außerdem weißt du ja, daß dieser üble Raguet wie eine Schlange ist. Er würde durch ein Schlüsselloch kriechen.

– Ach was! Du hast es dir eingebildet, daß du etwas gesehen hast. Die Hunde haben nicht gekläfft.

– Du weißt, daß die Hunde bei diesem Mann nie etwas sagen. Er kennt den Spruch, um sie einzuschläfern.

– Ja, schöne Sprüche! Er wirft ihnen Fleisch vom toten Pferd hin. Er ist mehr Dieb als Hexenmeister, und eher böse als weise.

– Wir müssen uns anziehen und draußen nachsehen, sagte Jeanne.

– Mein Naseweis, ich will nicht gehen, rief Claudie. Ich hab so große Angst.

– Und wenn er im Hof oder im Garten irgendeinen Schaden anrichtet, dann ist das unsere Schuld, Claudie! Ich geh' allein los. Wenn es Raguet ist, macht mir das nicht einmal so viel Angst, wie wenn es was anderes wäre. Claudie wollte nicht, daß Jeanne sich allein der Gefahr stellte. Sie faßte Mut und begleitete sie. Alles war still, und Claudie, die sich beruhigt hatte, machte sich bei der Rückkehr über Jeanne lustig.

– Das macht nichts, sagte Jeanne; ich habe ihn gesehen, da bin ich mir sicher. Wenn es Raguet ist, ist das nicht einmal erstaunlich; er verkriecht sich überall, läuft die ganze Nacht herum und schläft, wenn die anderen arbeiten.

– Tatsächlich ist er neugierig wie eine Amsel, entgegnete Claudie; er läuft einem immer über den Weg, wenn man etwas verstecken will. Manchmal hat er abends alles gehört, was bei uns zu Hause gesagt worden ist, und er wußte sogar alles, was zwischen Marsillat und mir war, ohne daß ich zu irgendwem ein Wort gesagt hätte. Auf die Weise erreicht er, daß man ihn für einen Hexenmeister hält und daß alle Angst vor ihm haben.

Dieweil schlief Sir Arthur nicht. Seine sonst so friedliche Phantasie war in Galopp verfallen. Die Schlichtheit und Seltsamkeit Jeannes bildeten einen Gegensatz, der ihn in die größte Ratlosigkeit stürzte. »Wer hätte mir das gesagt, dachte er, daß ich mich in ein Bauernmädchen verliebe und mich entscheide, ein Wesen zu heiraten, das nicht lesen kann, und daß ich mich durch ihren Stolz abgewiesen und durch ihre große Rätselhaftigkeit gehemmt finde!«

– Freund, sagte er zum jungen Baron, als dieser um neun Uhr morgens sein Zimmer betrat, heute morgen bin ich in das Dorfmädchen Jeanne verliebter noch als gestern abend in Miss Jane. Nachdem wir auseinandergegangen sind, habe ich mit ihr geplaudert.

– Wahrhaftig? rief Guillaume und wurde rot.

– Wahrhaftig; und sie hat in Rätseln gesprochen, aber sie kam mir vor wie das reinste, göttlichste Wesen, das je aus den Händen des Schöpfers hervorgegangen ist; und ich beginne zu glauben, was ich schon vermutet habe, daß bestimmte Wesen nicht lesen gelernt haben, weil sie mehr wissen als die meisten Gelehrten der Welt. Sie ist äußerst ungewöhnlich, diese Jeanne; sie trägt in ihrem Herzen ein Geheimnis, das mich erschreckt und anzieht zugleich. Es kann nur etwas Erhabenes oder Wahnsinniges sein. Und ich, ich fand das Leben trocken und langweilig! Ich, der ich zuweilen Anfälle von Spleen verspürte, ohne es Ihnen zu sagen, fühle mich ganz bewegt, ganz verjüngt. Ich zittere, ich leide ... aber ich lebe.

– Das heißt auch, daß Sie hoffen, sagte Guillaume. Wie sollte es Ihnen nicht gelingen, von diesem armen Mädchen geliebt zu werden?

– Ich befürchte sehr das Gegenteil. Dieses arme Mädchen hat keinen Ehrgeiz. Deshalb bewundere ich sie; deshalb liebe ich sie und beharre auf meinem Beschluß, sie zu heiraten, wenn ich ihr Einverständnis erringen kann.

Guillaume versuchte nicht, Sir Arthur davon abzubringen. Bekümmert und niedergeschlagen führte er ihn zu seiner Mutter, die ihn mit Ungeduld erwartete. Die Familie de Charmois hatte bereits gespeist. Die Unterpräfektin war sehr erbost gegen den Engländer, der nicht einmal daran dachte, ihr seinen Brief zu erklären, so unmöglich war es ihm, offen von der Liebe zu sprechen, die sich zunehmend seiner bemächtigte, nicht ernsthafter zwar, aber leidenschaftlicher als zuvor. Madame de Boussac und ihre Freundin glaubten also, daß der Brief nur ein Scherz gewesen sei. Indessen verzieh die Unterpräfektin ihm diesen um so weniger, als sie sah, daß er völlig unempfänglich war für die Reize ihrer Tochter, und sie war begierig darauf, sich an ihm zu rächen. Sie war zu scharfblickend, um nicht auch bemerkt zu haben, wie sehr Guillaume wegen Jeanne verwirrt war. Von zwei Ehegatten, die sie für Elvire ausgespäht hatte, sah sie keinen mehr, der nicht mit dieser Bediensteten befaßt gewesen wäre, und schon haßte sie die arme Jeanne, weswegen sie jedesmal, wenn sich die Gelegenheit bot, ihr gegenüber ein überhebliches Benehmen zur Schau trug. Sie schwor sich, in dieses Haus, wo sie ihren Einfluß nicht ausüben konnte, Verwirrung und Schmerz zu bringen.

XVI

Die Velleda vom Mont Barlot

Nachmittags kam Marsillat. Er versuchte nicht, sich in Guéret eine zahlreiche Klientel zu suchen, und lag daher nicht an der Kette wie alle anderen Provinzanwälte. Er wollte sich in seiner Heimat die ersten Sporen verdienen; und da er nur Fälle vertrat, die ein gewisses Aufsehen erregten oder wichtig waren, hatte er oft die Freiheit, heimzukehren und ein paar Tage in Boussac zu verbringen. Er verbarg seinen Ehrgeiz geduldig unter einer Sorglosigkeit, ja fast Verächtlichkeit gegenüber dem Ruhm bei Gericht: tasächlich trachtete er danach, künftiglich Deputierter zu werden.

Man kann sich nur schwer vorstellen, daß ein Mann dieses Charakters einer Leidenschaft für eine Frau wie Jeanne fähig war. Marsillat zeigte sich gegenüber der Hirtin von Ep-nell auch sehr gelassen. Aber er hatte stets solche Beharrlichkeit dareingesetzt, seinen Willen zu bekommen, und zwar absichtlich und mit Bedacht, daß sich dieser Zug instinktiv nun auch auf seine Begierden ausweitete. Eine nicht befriedigte Phantasie quälte ihn mehr, als er es sich wünschte, und seit beinahe zwei Jahren begehrte er vergeblich den Besitz des schönsten

Mädchens aus der Gegend von Combraille. Von Zeit zu Zeit überkam ihn eine Verstimmung gegen sie und gegen sich selbst, wenn er sich besann, daß er zum erstenmal in seinem Leben bei einer derartigen Unternehmung gescheitert war. Er hatte sich unterdessen mehr um sie gekümmert als um irgendeine andere. Mit Freude hatte er gesehen, daß sie im Schloß Boussac aufgenommen worden war, und hatte gehofft, sie dort bei der Hand zu haben; und in der ganzen Zeit von Guillaumes Krankheit hatte ihm jeder Vorwand genügt, um beständig im Haus zu sein. In den weitläufigen Fluren des alten Herrensitzes, wo sie des Abends hin und her eilte, um ihrem Paten zu Diensten zu sein, vor allem, wenn er ihr im Hof oder in der Milchkammer auflauerte, endlich bis hin zum Bett, wo die Entkräftung des Kranken ihn zuweilen mit Jeanne allein sein ließ, hatte er seine heftige und unwiderstehliche Beredsamkeit ausgeschöpft, seine verderblichen Angebote und seine vertraulichen Versuche, ohne sie auch nur einen Augenblick lang zu rühren oder zu erschrecken. Sie verfügte über genügend körperliche Kräfte und mußte einen Kampf nicht fürchten, auf den sich einzulassen Marsillat die Vorsicht nicht gestattet hätte, weil er spürte, daß ein einziger Schrei, ein Laut von Jeannes Stimme in diesem schmucklosen, stillen Haus ihm Lächerlichkeit und Schande eingebracht hätte. Er konnte also nur hoffen, aufgrund der Verführungskraft seiner Worte und seiner Versprechungen erhört zu werden; aber bei all seinen schönen Reden zuckte Jeanne nur mit den Schultern. »Ich weiß nicht, sagte sie, wie Sie das Herz haben können, so zu scherzen, wenn mein armer junger Herr so krank ist und meine arme Patin so bekümmert. Sie scheinen sie doch zu lieben, denn Sie halten sich in aller Form hier im Hause auf; aber Sie sind so verrückt, daß Sie immer jemanden ärgern müssen. Selbst wenn es Ihnen unter den Füßen brennt, würden Sie noch um die Mädchen scharwenzeln. Also, lassen Sie mich in Ruhe;

Sie sind ein Schönredner. Wenn Sie wiederkommen, verweise ich Sie an Claudie.«

Jeannes Kaltblütigkeit war eine bessere Verteidigung als Wut oder Angst. Im Grunde spürte Marsillat, daß aus ihr der gesunde Menschenverstand sprach und sie ihn nicht schlechter beurteilte, als er war; denn gegenüber Guillaume empfand er Ergebenheit und Zuneigung, und sein Verhalten war nicht nur geheuchelt.

Mehr hatte er nicht erreicht bei der Perle von Combraille, wie er sie halb hingerissen, halb spöttisch nannte. Unsere Bürger machen nur selten ernsthaft einem Mädchen aus dieser Klasse den Hof. Sie wahren ihnen gegenüber den Ton verächtlicher Überlegenheit, den die Mädchen in ihrer Einfachheit nicht verstehen, wenn sie verliebt sind, was zu ihrem Unglück so manches Mal vorkommt, wobei Habsucht (ich sage nicht Eitelkeit) mitunter durchaus eine Rolle spielt. Unsere schrecklich verdorbenen Bürger haben die Feudalherren insoweit ersetzt, als sie sich vermöge ihres Geldes, mit dem sie die Familie des Armen in einer Art von Abhängigkeit halten, gewisse Rechte anmaßen.

In dem Maße, wie Guillaumes Gesundheit wiederkehrte, hatte Marsillat sehr deutlich die Haltung des eifersüchtigen Beschützers gespürt, die dieser seinem Patenkind gegenüber an den Tag legte, und da er Angst hatte, sich lächerlich zu machen, hatte er so getan, als ob er Jeanne nicht mehr beachte. Es gab sogar Momente, da er in seinem jungen Freund eine wahrhaftige und verhängnisvolle Leidenschaft zu erahnen glaubte, in denen er sich versucht fühlte, großzügig zu sein und dessen Liebe zu begünstigen. Er hätte sich nur gewünscht, daß Guillaume ihn um seine Hilfe und um Ratschläge aus dem Schatz seiner verderbten Erfahrung bitte; aber der junge Baron wäre lieber gestorben, als daß er ihm sein Herz geöffnet hätte.

Im übrigen fühlte Marsillat sich in tiefster Seele geschmeichelt, daß er insbesondere von den Damen des

Hauses mit Auszeichnung empfangen und gehätschelt wurde, und zwar mehr als jeder andere Einheimische seiner Klasse. Jedem ehrgeizigen Bürgerlichen ist diese Schwäche eigen, obgleich es wenige Provinzen gibt, in denen der Adel unbedeutender ist als in der unseren, und obgleich es in dieser Zeit modern war, ihn mehr, als er es verdient hatte, zu verspotten und ihm zu trotzen.

Aber durch die Macht der Ereignisse befand Jeanne sich vor Marsillats Zudringlichkeiten bald in Sicherheit. Er hatte anderswo gelebt, hatte an seine Geschäfte gedacht, seinen Ruf, seine Zukunft; und seine Vorliebe für das Mädchen vom Lande war nur noch hin und wieder erwacht, insbesondere als die Gelegenheiten, mit ihr zu reden, immer seltener und gefährlicher wurden für seinen Ruf als bedeutender Mann. Von Tag zu Tag wurde es schwieriger, die Jugendtorheiten, die bei uns nur allzu sehr geduldet werden, mit seiner Stellung als berühmter Anwalt zu vereinbaren. Vielleicht ging Marsillat auch bei all seinen immer ernsthafteren Sorgen der Geschmack daran verloren. Mit einem Wort, sein Begehren gegenüber Jeanne war in seiner Brust eingeschlafen. Womöglich wartete es nur auf eine etwas nachdrückliche Gelegenheit, um zu erwachen.

Vor dem Essen zog er Guillaume und Sir Arthur mit sich auf die Weide, wo Jeanne gewöhnlich ihre Kühe hütete. Er gab vor, in den Felsen längs dem Fluß ein paar Kaninchen aufscheuchen und erschießen zu wollen. Tatsächlich wollte Marsillat Sir Arthur im Angesicht des Objekts seiner Gedanken sehen; denn Claudie hatte an Sir Arthurs Tür gut genug gelauscht, um die seltsame Erklärung, die er Jeanne indirekt gemacht hatte, beinahe auswendig zu kennen, und Marsillat hatte sich nicht so vollständig von Claudie gelöst, als daß er nicht mittlerweile schon eine Viertelstunde lang eine private Unterredung mit ihr geführt hätte. Claudies Beziehungen mit ihrem ehemaligen Liebhaber bestanden in kaum mehr als im Vergnügen, von Zeit zu Zeit mit ihm zu schwatzen, und da sie sah, daß er sich über ihren witzigen Klatsch amüsierte, erzählte sie ihm bereitwillig alle kleinen häuslichen Begebenheiten; und Marsillat, der gerne alles wußte, nahm sie in die Dienste seiner Spezialpolizei, ohne daß sie darin eine Bosheit sah. Diese klatschhafte Vertrautheit gehört ganz und gar zu den bürgerlichen Sitten der Gegend.

Unsere drei jungen Leute gingen bis zum Ende der Weide, ohne daß Marsillats durchdringendes Auge und Guillaumes melancholischer, ängstlicher Blick Jeanne entdeckt hätten. Die Kühe indessen waren auf der Weide, und die Hüterin konnte nicht weit sein. Aber sie mußten auf eine Begegnung verzichten, und Léon konnte nicht umhin, in die Felsen zu gehen und das Wild aufzujagen, das er Monsieur Harleys Gewehr versprochen hatte.

Da erst entdeckte er im Schutze eines großen Felsens und fest eingeschlafen Jeanne. Diese anscheinende Mattigkeit und Faulheit stand im Widerspruch zu den Gewohnheiten Jeannes und zu der vorgefaßten bäuerlichen Meinung, daß es gefährlich sei, auf den Feldern zu schlafen. Aber in der Nacht hatte sie kaum zwei Stunden geschlafen, und die Müdigkeit hatte sie besiegt. Die Wolle hing noch an ihrer Seite, aber die Spindel war auf die Erde gerollt und der Faden gerissen. Ihr schöner Kopf lehnte am Felsen, und der zu verspinnende Hanf diente ihrer reinen Wange als Ruhekissen. Sie saß dort in der keuschesten Haltung, und ihre rechte Hand, die entspannt neben ihr lag, bewegte sich zuweilen mechanisch, aber schwach, als ob sie die Spindel drehe.

Marsillat, der sie als erster entdeckte, blieb einige Schritte vor ihr stehen und gab seinen Gefährten ein Zeichen näherzukommen. Guillaume verspürte unerklärliche Beklemmung, als er seine sittsame Jeanne so den brennenden Blicken dieses Mannes ausgesetzt sah. Aber nachdem Sir Arthur Jeanne ein paar Augenblicke lang schweigend betrachtet hatte, schien er mit einem Mal sehr erregt und murmelte leise, wobei er seinen Gefährten die Hände auf die Arme legte: Ho! ... Erinnert ihr euch?

– Woran? fragte Marsillat. Sie scheinen eine bezaubernde Erinnerung zu haben!

– Ho! sagte der Engländer und streckte die Hand gerührt zu Jeannes Kopf, ich erinnere mich an alles! Sie war das schönste Kind der Welt, sie ist das schönste Mädchen auf Erden!

– Mein Gott! rief Guillaume und strich sich über die Stirn, ich erinnere mich wie in einem Traum! ... Helft mir, mich zu erinnern! ...

– Guillaume, sagte Monsieur Harley, denken Sie an die Pierres Jomâtres und an die Druidin Velleda, an die drei Gaben und die drei Wünsche, die wir ausgesprochen haben!

– Ja, ja! rief Léon, jetzt erinnere ich mich. Was die drei Gaben angeht, so weiß ich nicht mehr genau, was es war. Es gab drei unterschiedliche Stücke Münzgeld. Und die drei Wünsche ... ich erinnere mich an den Monsieur Harleys nach einem »guten Gatten«; und meiner war ein »kräftiger Liebhaber« ... Den von Guillaume weiß ich nicht mehr.

– Ich auch nicht, sagte Guillaume; aber ich erinnere mich an mein Almosen. Es war eine Goldmünze.

– Und ich erinnere mich an alles so, als ob es gestern gewesen wäre, rief Sir Arthur.

– Und ihr glaubt, daß es Jeanne war? fragte Guillaume verwirrt.

– Warum nicht? erwiderte Léon; ich weiß es nicht, aber wir können uns leicht Gewißheit verschaffen.

Da er rücksichtslos die Stimme hob, erwachte Jeanne, wurde ganz rot vor Überraschung und Scham, rieb sich die Augen, stand auf, lächelte und sah nach den Kühen. Sie waren etwas weiter weg. Jeanne wollte zu ihnen laufen, aber Marsillat hielt sie fest.

– Jeanne, sagte er, um sie zu prüfen, hast du denn niemals jemandem erzählt, was du mit den drei Münzen gemacht hast, die die Farblosen vom Mont Barlot dir in die Hand gelegt haben, als du eines Tages als kleines Mädchen auf den Pierres Jomâtres eingeschlafen warst?

Zum erstenmal seit dem Brennen der Hütte von Epnell sah Guillaume im Gesicht Jeannes eine große Verwirrung und einen tiefen Schrecken.

– Gott im Himmel, rief sie und wurde bleich wie der Tod, woher wißt Ihr das, Monsieur? Ich habe es nie jemand anderem als meiner Mutter erzählt, und meine Mutter hat es keinem gesagt.

– Offensichtlich wußte es deine Tante, Jeanne!

– Nein, meine Tante hat es nie erfahren. Wer hat es Euch nur gesagt? Es ist nicht meine Schuld, wenn Ihr es wißt, ich habe es nie jemandem gesagt.

– Aber warum war es Ihnen so wichtig, eine derart einfache Sache zu verbergen? sagte Guillaume. Ich begreife nicht, warum Sie einem Zufall so große Bedeutung geben, meine liebe Jeanne.

– Und Ihr, mein Pate, wißt es auch? sagte Jeanne bestürzt.

– Und auch ich, sagte der Engländer und nahm väterlich und zugleich ehrerbietig Jeannes Hand, ich weiß es und bitte Sie, uns zu sagen, ob dies ein Grund für irgendeinen Kummer war.

– Nein, Monsieur, sagte Jeanne mit eigenartigem Stolz, es war nie ein Kummer für mich.

– Aber warum hast du es nicht erzählt? fragte Marsillat und duzte Jeanne unüberhörbar, um seine beiden Gefährten ein wenig leiden zu lassen. Sieh mal, hast du denn ernsthaft geglaubt, daß es von den Farblosen kam?

– Darüber hab ich Euch nichts zu sagen, Monsieur Marsillat, antwortete Jeanne ungehalten. Ihr Gebildeten, ihr habt eure Vorstellungen, und wir haben unsere. Wir sind einfach, und ich habe nichts dagegen, aber auf den Feldern, wo wir Tag und Nacht leben, sehen wir Dinge, die ihr nicht seht und niemals kennenlernen werdet. Laßt uns, wie wir sind. Wenn ihr uns ändert, bringt uns das Unglück.

– Du glaubst, daß es die Farblosen waren? wiederholte Marsillat. Wohl bekomm's! Du siehst, Guillaume! fügte er hinzu und duzte ebenso unüberhörbar den jungen Baron, wie er es manchmal tat, wenn er sich zu Späßen aufgelegt fühlte, das ist der Geist unserer schönen Hirtinnen! Sie sind voll von unsinnigem Aberglauben, und dein Patenkind hat ihn nicht einmal in den beinahe zwei Jahren verloren, in denen deine Schwester versucht hat, ihr den Kopf zurechtzusetzen. Jeanne, möchtest du, daß ich dir erzähle...?

– Nein, nein, Monsieur, ich will daß Ihr mir nichts erzählt, antwortete Jeanne mit einer Traurigkeit, die die Ausdrucksform ihres Ärgers war. Darüber wird zuviel geredet. Macht Euch, wenn Ihr wollt, lustig über mich und die Dinge, die Ihr nicht kennt, sofern Ihr keine Angst habt. Ich sage nichts, und ich habe nichts Böses getan.

– Ach! rief Sir Arthur, betrübt über den Schmerz, der sich auf Jeannes Gesicht abzeichnete, ich begreife nichts... Aber wenn Jeanne sich im Irrtum befindet, müssen wir ihr die Wahrheit sagen. Wir dürfen uns nicht über sie lustig machen, aber wir müssen ihr mitteilen...

Sir Arthur hielt rasch inne, als er Jeannes tränenbedecktes Gesicht sah. Es bereitete ihm einen so großen Schmerz, dazu beigetragen zu haben, Jeanne derart zum Weinen zu bringen, daß er ganz betroffen war und sich sehnlichst wünschte, sie zu beruhigen und zu trösten, doch er wußte nichts zu sagen als »Ho!...«

Guillaumes Kummer und Verwirrung waren noch offensichtlicher; aber durch Marsillats Anwesenheit gehindert, traute er sich nicht, einen Schritt zu machen oder ein Wort zu sagen, um Jeanne zurückzuhalten, die sich eilends entfernte.

– Nun gut, sagte Marsillat, der als einziger nicht bewegt schien, was sagen Sie, Sir Arthur, über dieses seltsame Gebaren? Gewinnt man da nicht eine merkwürdige Einsicht in die Sitten des Landlebens? Sie sind durch ferne und wilde Länder gereist; ich wette, daß Sie keine Ahnung hatten, daß es im Herzen Frankreichs einen derart rückschrittlichen Aberglauben gibt!

– Sagen Sie lieber, eine so phantastische Poesie, antwortete Monsieur Harley. Ich finde in all dem nichts Lächerliches oder Verachtenswertes, und ich erinnere mich sehr gut an das, was Sie mir einst von Feen oder Farblosen erzählt haben, die zwischen den alten gallischen Kromlechs ihr Unwesen treiben. Aber erklären Sie mir, warum dieses junge Mädchen weint?

– Weil es Unglück bringt, von den Farblosen zu reden und die Beziehungen zu verraten, die sie mit den Sterblichen zu unterhalten geruhen. Es ist ein Verbrechen gegen sie, und nun verfolgen und peinigen sie die taktlosen Menschen, in die sie Vertrauen gesetzt hatten. Sie sehen wohl, daß dieses Mädchen nicht auf den Gedanken kommen kann, daß wir die drei Feen vom Mont Barlot sind. Sie beharrt auf ihrem Glauben, daß sie das Almosen von guten Geistern erhalten hat, und aus Furcht, daß ihr Geheimnis ausgeplaudert wurde, klagt sie und bestreitet, es unter die Leute gebracht zu haben. Was mich angeht, Sir Arthur, so bin ich nicht so duldsam wie Sie, wenn es um die sogenannte phantastische Poesie geht. Ich hasse den Aberglauben und beklage den groben Irrtum, in welcher Form auch immer er auftritt. Ich lasse mir keine Gelegenheit entgehen, über ihn meine Späße zu machen, und ich glaube, daß dies eine Pflicht gegenüber den einfachen Menschen ist, die uns vielleicht an dem Tag ebenbürtig werden, an dem wir sie aufklären und nicht mehr im Dunkel des Stumpfsinns belassen wollen.

– Sie sind fürwahr ein Menschenfreund geworden, seit ich nicht mehr das Vergnügen gehabt habe, Sie zu sehen, sagte Guillaume etwas verbittert.

– Ich bin es immer gewesen, antwortete Marsillat, und ich beanspruche, es weiterhin zu sein, und mehr als Sie,

Guillaume. Denn Ihre Kaste gedenkt, die Unwissenheit der Armen zu verewigen, und damit ihre Unterwerfung. Überdies verehren Sie als Poeten, die Sie zu sein behaupten, das Wunderbare, das in diesen armen Gehirnen ist; und Sie nähren die Torheit unserer armen Dorfleute durch frommen Eifer, durch den Schutz, den Sie wundertätigen Bildern gewähren, durch Pilgerfahrten und andere Albernheiten. Statt dessen wollen wir, als ehrlose Liberale, daß sie Voltaire lesen können, wie wir, und sich der Ehrfurcht entledigen, die sie Gott, dem Teufel und gewissen Menschen entgegenbringen.

– Monsieur Marsillat, Sie haben einerseits recht, andererseits nicht, antwortete Monsieur Harley. Wie Sie möchte ich, daß man den Bauern von seinen Ängsten wie auch von seinem Elend befreit... Aber wenn Sie nur Voltaire haben, den Sie ihm zu lesen geben, falls er einmal lesen kann, dann trauere ich mit ihm seinen poetischen Legenden und seinem Wunderglauben nach. Jeanne hat gerade eben etwas recht Tiefsinniges gesagt, das Sie nicht empfunden haben. Bauern, die Tag und Nacht auf den Feldern leben, so hat sie gesagt, sehen Dinge, die Sie niemals sehen werden. Das heißt, ihr Geist ist mehr der Poesie zugewandt als unserer, und ich weiß nicht, ob wir sie darum bedauern oder beneiden, ihnen diese Illusion nehmen oder sie bewundern sollen.

– Ja, ja, als Wißbegierige, als Dilettanten bewundert ihr sie! erwiderte Marsillat. Mit Vergnügen sammelt ihr ihre Legenden und setzt sie in Verse um, in blumige Prosa und in Musik. Aber ihr würdet nicht wollen, daß eure Kinder mit dergleichen Märchen gefüttert werden, und wäret sehr darauf bedacht, ihnen die Augen zu öffnen, wenn sie die ihrer Ammen ernst nähmen.

– Vielleicht täuschen Sie sich, sagte Guillaume. Das Kind braucht Poesie wie der Bauer, und man kann es kaum anders als mit Hilfe von Symbolen unterweisen.

Ich wurde mit diesen Märchen gefüttert, die Sie so sehr verachten, und ich wäre sehr böse, wenn ich mit der Milch den Geist Voltaires aufgenommen hätte.

– Ich weiß, daß Sie mit derselben Milch wie Jeanne ernährt wurden, erwiderte Marsillat lächelnd, und die Verserzählungen Tulas mögen nach Ihrem Geschmack gewesen sein, so wie die meiner Großmutter, die, auch wenn es Ihnen widerstrebt, eine Art Bäuerin war, vielleicht einst nach meinem Geschmack waren. Sie aber lieben diese Symbole nur noch unter der Bedingung, ihren Sinn zu suchen und zu entdecken, anders als die arme Jeanne und ihresgleichen, die in ihnen große und schreckliche Tatsachen sehen, die von ihrem Leben Besitz ergreifen, es martern und seine Eigentümlichkeit und Demut ausmachen. Was sagt unser Philosoph? fügte er hinzu und wandte sich mit leichter Ironie an Monsieur Harley.

– Ich sage, antwortete jener, daß man das Gehirn der Bauern behandeln muß, wie man das Guillaumes behandelt hat: ihnen die Poesie lassen und ihnen helfen, das Symbol aufzuschlüsseln.

– Dann würde keiner mehr an die Poesie glauben, rief Léon, der das Diskutieren liebte. Sie würden sich nur mehr darüber lustig machen, wie ihr auch; aus den nüchternsten Menschen würden Kritiker, aus den künstlerischsten Literaten; ich verlange ja nicht mehr; aber von Stund an würden sie diese gläubige Unschuld verlieren, die ihr Poesie nennt und die in euren Augen den ganzen Zauber des Aberglaubens ausmacht.

Monsieur Harley wollte antworten; aber Marsillat, der redegewandt war und über eine klarere Logik verfügte, widersprach ihm sogleich und schlug ihn. Indessen überzeugte er den Engländer nicht, der zwar der Klarheit von Marsillats Kritik Gerechtigkeit widerfahren ließ, ihn aber sehr gefühllos fand und nur mit Schrecken seine materialistische Philosophie betrachtete. Aber die Köpfe, die sich mit einem bestimmten knappen und erkennbaren

Teil der erworbenen Wahrheit zufriedengeben, haben in der Diskussion scheinbar immer einen großen Vorteil vor denen, die im Unbekannten eine umfassendere und idealere Wahrheit suchen. Monsieur Harley mußte bald den Sieg in der Argumentation dem Anwalt zuerkennen, und Guillaume, der durch Léons Fähigkeiten stärker aus dem Gleichgewicht geriet, als er eingestehen wollte, wurde immer trauriger, und schließlich schwieg er.

Diese Unterhaltung wurde abends am Handarbeitstisch wieder aufgenommen, wo die jungen Damen des Schlosses und ihre Gäste gewöhnlich ein gesondertes Plauderstündchen hatten, während die Eltern mit irgendwelchen Beamten oder royalistischen Bürgern der Stadt Karten spielten. Arthur und Guillaume hätten sich gewünscht, daß nur zwischen ihnen beiden und Marie über Jeanne geredet würde, aber es gab kein Mittel, Marsillat daran zu hindern, vor Elvire das Abenteuer vom Mont Barlot zu erzählen, von der Entdeckung, die Monsieur Harley gemacht hinsichtlich Jeannes Identität mit der kleinen Ziegenhirtin, die er die Druidin von den Pierres Jomâtres nannte, und vom Kummer, den das leichtgläubige junge Mädchen gezeigt hatte, als die Rede auf die ihr in die Hand gelegten Geldstücke kam. Mademoiselle de Boussac hörte diesen Bericht mit sehr großer Aufmerksamkeit und wollte alle Einzelheiten wissen. Allein Monsieur Harley erinnerte sich peinlich genau an alles. Guillaume, der zur Zeit des Geschehens noch sehr jung war, hatte nur eine unbestimmte Erinnerung, die um so deutlicher wurde, je mehr Sir Arthur erzählte. Marsillat hatte ein besseres Gedächtnis als Guillaume; aber da die Poesie dieses kleinen Romans ihm weniger zu Herzen gegangen war als seinen beiden Gefährten, hätte er sich seiner vielleicht ohne die Unterstützung Monsieur Harleys ebensowenig erinnert wie Guillaume. Dieser unterschiedliche Eindruck, den mehrere Menschen vom selben Geschehen erhalten und bewahren, ist durch die tägliche Erfahrung genügend bewiesen.

Sir Arthur war nur einmal in seinem Leben bei den Pierres Jomâtres gewesen. Dieser wilde Ort hatte in seinem Gedächtnis ein deutliches Bild hinterlassen, und die geringsten Umstände, die sich damit verbanden, schienen ihm dazuzugehören. Marsillat, der vorher und nachher hundertmal dort vorbeigekommen war, wäre sehr in Verlegenheit gewesen, hätte er eine Besonderheit vermerken sollen. So manches andere Mal und weniger unschuldsvoll hatte er zwischen den Felsen und unter den Büschen dieser wenig belebten Gegend schlafende Hirtinnen erspäht und überrascht. Immerhin hatten die abgelegene Behausung und ihre Menschenscheu Jeanne selbst lange genug vor den Blicken des heißblütigen Jägers bewahrt, damit er ihre im übrigen sehr veränderten Züge vergaß, die sich gleichsam seit der Zusammenkunft auf dem Mont Barlot bis zu der Zeit, als Claudies schwarze Augen den jungen Anwalt in die Heide von Toull und zu den Dolmen von Ep-nell zogen, verwandelt hatten. Und bei Guillaume bildeten die vier in der Pariser Gesellschaft verbrachten Jahre sozusagen einen Abgrund zwischen den Erinnerungen seiner Jugend und den Empfindungen eines neuen Lebens.

Als sich alle der ruhigen und regelmäßigen Gewohnheit des Gemeinwesens von Boussac entsprechend zeitig zurückgezogen hatten, dehnten Arthur, Guillaume und Marie ihr abendliches Zusammensein im großen Salon noch ein wenig aus. Der Engländer beharrte auf seiner Liebe zu Jeanne, und Mademoiselle de Boussac, der es fernlag, sie ihm auszureden, bewunderte, was sie seine Weisheit nannte, und begeisterte sich mit ihm für seine seltsamen Heiratsabsichten. Guillaume war schweigsam und hinter dem großen Kamin verschwunden, wo er merkwürdig erregt die Holzscheite hin und her warf. Monsieur Harley wollte ihn veranlassen, ihm seine volle Zustimmung zu geben; aber der junge Mann verschanzte sich hinter der angeblichen Gefahr, die die unauflösbare Verbindung eines aufgeklärten Kopfes mit ehrenwerten, jedoch blinden Instinkten bedeute. Dann kam er auf den womöglich ständigen Kampf zurück, den sein Freund gegen die allgemeinen Anschauungen würde auszustehen haben. Er schreckte vor der Lächerlichkeit und dem Tadel zurück, die dieser ausgefallenen Entscheidung anhaften würden. Arthur bekämpfte diese Einwände mit Argumenten, die hinsichtlich des Gefühls und der natürlichen Vernunft unerwidert blieben, und Guillaume war aufgewühlt, niedergedrückt und tief in seiner Seele gleichsam besiegt. Doch erleichterte ihn insgeheim die Aussicht, daß Jeanne, ihrer wunderlichen Bestimmung treu bleibend, den Gedanken an eine Ehe zurückweisen würde, und er beschwor Sir Arthur, sich nicht zu erklären, bevor es nicht seiner Schwester oder gegebenenfalls ihm selbst gelungen sei, den Hintergrund der Vorstellungswelt der geheimnisvollen Hirtin in Erfahrung zu bringen. Und nun grollte ihm auch Marie wegen seiner Gleichgültigkeit und Schwäche angesichts der erhabenen Rolle ihres Freundes. Schließlich wurde beschlossen, daß Mademoiselle de Boussac sich am nächsten Tag an Jeannes Fersen heften solle, bis sie ihr das Geheimnis entrissen habe.

XVII

Die grosse Hirtin

Die Sonne war noch nicht aufgegangen, als die romantische Marie zu Jeanne in den Stall ging; sie setzte sich auf den Rand der Krippe, und während das junge Mädchen seine Kühe melkte, kam sie zur Sache und zum Geschehen vom Mont Barlot. Als sie Jeanne erklärt und versichert hatte, daß Guillaume, Arthur und Marsillat die Urheber des Wunders waren, das sie zum wesentlichen Ereignis ihres Lebens gemacht hatte, ließ das schöne Milchmädchen die Arbeit ruhen und war unter dem Eindruck dieser Enthüllung wie betäubt. Hätte irgendeine andere ihr dies gesagt, so würde sie es ihr niemals geglaubt haben, aber sie verehrte ihre junge Herrin beinahe ebenso wie ihre Schutzherrin, die himmlische Jungfrau, und unter dem Schlag der kalten Wirklichkeit war sie wie betäubt und bestürzt. Wahrhaftig, wenn man dem Bauern den Glauben an das Wunderbare nimmt, scheint man ihm einen Teil seiner Seele zu rauben.

– Nun gut, meine Jeanne, sagte die junge Schloßherrin, du trauerst also sehr um deinen Traum?

– Ja, meine liebe Mam'selle, ich bin traurig, antwortete Jeanne; ich hatte mir angewöhnt, jeden Tag daran zu denken. Aber es nimmt mir nicht nur eine Freude, sondern auch einen Schmerz.

– Willst du es mir genauer erklären? Mir kannst du alles sagen, meine Jeanne. Du weißt, wie sehr ich dich liebe. Du weißt auch, daß ich mich nie über dich lustig mache, und obwohl mir bisher unbekannt war, wie sehr du an die Farblosen glaubst, fühle ich mich weniger denn je imstande, dich zu quälen oder zu demütigen.

– Ach, das weiß ich, meine Liebste; Ihr habt ein allzu gutes Herz! Aber schließlich glaubt Ihr an etwas anderes als wir.

– Das ist wahr; aber ich kann dir zuhören und mir vielleicht deine Vorstellungen zu eigen machen, wenn sie mir richtig erscheinen. Also, unterrichte mich in deinem Glauben, so als ob ich eine Heidin wäre und du mich bekehren wolltest. Lehre mich, was die Farblosen sind.

– Ach, Mademoiselle, das ist ganz einfach; sie sind die Töchter Gottes oder die des Teufels. Sie lieben oder hassen uns, unterstützen oder quälen uns, halten uns im Guten fest oder stürzen uns ins Böse, je nachdem, wie gut wir sie kennen und ob wir uns den Guten oder den Bösen überantworten. Wenn eine Person die Erkenntnis hat, macht sie ihr Heil, sofern sie sittsam bleibt. Wenn sie nichts weiß, kommen ihr schlechte Gedanken, und sie läßt sich zum Bösen treiben, ohne zu wissen wie.

– Nun gut, als du nach deinem Schlummer auf den Pierres Jomâtres die Münzen in deiner Hand fandest, hast du sie da als ein Geschenk der Feen oder als eine Falle angesehen?

– Wartet, meine Liebste, ich muß Euch alles sagen. Ihr wißt nicht, daß es in unserer Gegend einen verborgenen Schatz gibt!

– Das weiß ich. Alle suchen, und niemand findet ihn. Man sagt, daß ein Kalb aus massivem Gold irgendwo im Berg von Toull begraben ist und daß dieses goldene Kalb oder, wie ihr sagt, der goldene Stier, sich zu gewissen Zeiten im Jahr, vor allem in der Weihnachtsnacht, erhebt, sein verborgenes Lager verläßt und übers Land galoppiert, wobei er aus Augen und Nüstern Feuer speit.

– Ja, Mam'selle, so wird es erzählt.

– Außerdem sagt man, daß jemand, der einer schlechten Tat fähig ist und dem Stier begegnet, einen Schrekken bekommt und verfolgt oder gar getötet werden kann; daß eine Person hingegen, wenn sie im Zustand der Gnade ist und direkt auf ihn zugeht, nichts zu befürchten hat. Schließlich behauptet man, daß eine Person, falls sie das Glück hat, ihm in der Weihnachtsnacht just zu der Zeit zu begegnen, da die Messe beginnt, ihn bei den Hörnern packen und ihn zähmen kann; dann kniet der Stier vor ihr nieder und führt sie zu seinem Loch, das genau das Goldloch ist, der Ort, wo der Schatz der alten Stadt Toull liegt, der seit Tausenden von Jahren verloren und vergessen ist.

– Ja, Mam'selle; Ihr wißt das also alles?

– Ich habe es gehört, als man es im Scherz erzählte, und gestern abend hat Monsieur Marsillat uns Einzelheiten berichtet und uns versichert, daß beinahe alle Bewohner aus Toull und der Umgebung fest an diesen Unsinn glauben, obwohl sie es gegenüber den Bürgern nicht zugeben. Und du, Jeanne, glaubst du daran?

– Meine Liebste, Ihr sagt doch, daß es Unsinn ist! Ich sage nichts dazu. Ich kann nicht behaupten, daß es falsch ist, meine Mutter hat daran geglaubt. Ich will nicht behaupten, daß es richtig ist, der Herr Pfarrer von Toull sagt, daß das eine Sünde sei. Allerdings habe ich immer versucht, nichts Böses zu tun, damit ich nicht vom Stier getötet werde und den Schatz finde, wenn es denn Gottes Wille ist.

– So, meine gute Jeanne, du glaubst also daran. Und weiter?

– Weiter, Mam'selle? Hat man Euch denn nicht erzählt, daß man, damit man nicht in Gefahr gerät, niemals auch nur ein winziges bißchen Gold besitzen darf?

– Das stimmt, auch das wurde mir gesagt. Ihr glaubt also alle, daß Gold Unglück bringt?

– Da bin ich mir sicher! Jedesmal, wenn ein Bürger einem Mädchen welches gezeigt hat, da hat sie gewissermaßen den Verstand verloren, und sie hat sich ihm hingegeben, selbst wenn er alt, böse und widerwärtig war. Nun gut! An dem Tag, als ich Gold in meiner Hand fand, habe ich es weit weggeworfen. Und dann, damit es anderen kein Unglück bringt, habe ich mit meinem Messer ein Loch in die Erde gegraben, unter der großen Pierre Jomâtre, und das Goldstück mit meinem Holzschuh hineingedrückt. Aber in meiner Hand war auch Silber, und ich habe dem Silber nicht mißtraut und es schnell zu meiner Mutter gebracht.

– Du hast also gleich an die Farblosen gedacht?

– Nein, Mam'selle. Ich habe nicht an sie gedacht, ich hatte die *Erkenntnis* nicht, ich wußte nur, daß Gold Unglück bringt, und ich wollte es nicht. Als ich meiner Mutter erzählt habe, was mir widerfahren ist, und ihr die beiden Silbermünzen gezeigt habe, da hat sie angefangen, mich einzuweihen. Sie hat mich ausgeschimpft, weil ich auf den Pierres Jomâtres geschlafen hab, die ein schlechter Ort sind, und sie hat mich belehrt, was ich tun müsse, um mich vor den bösen Geistern in Sicherheit zu bringen, die mit mir umgegangen seien, als ob sie mich gekauft hätten. Sie war froh, daß ich den Louisdor dem

Mont Barlot überlassen, ihn nicht in meine Tasche gesteckt und ihn weder mit Freude betrachtet noch mir gewünscht hab, ihn zu behalten. Sie wußte nicht genau, was sie zu dem großen, weißen Fünffrancsstück sagen sollte. Es konnte gut oder schlecht sein; aber möglich war auch, daß es weder gut noch schlecht war, weil es *kleine Farblose* gibt, die närrisch sind, die sich gern einen Spaß machen und einem Streiche spielen, die ein bißchen ärgerlich, aber nicht schlimm sind, die einem die Spindel verstecken oder einem andauernd beim Einfädeln den Faden zerreißen oder einem die Garnrolle abwickeln, indem sie die Spule andersherum drehen, wenn man nicht aufpaßt. Wir haben also das Fünffrancsstück in der Kirche mit Weihwasser besprengen lassen und es für die Armen in den Opferstock getan. Und das Fünfsousstück, das so glänzend, klein und hübsch war... der Kaiser Napoleon war darauf, und meine arme, liebe Mutter hat diesen Kaiser sehr geliebt. Wäre sie nicht Amme gewesen, das hat sie oft gesagt, hätte sie Marketenderin sein wollen, um gegen die Engländer in den Krieg zu ziehen, die in den alten Zeiten, in der Zeit der *Großen Hirtin,* uns unser Land genommen und zerstört haben.

– Nun, und die kleine Münze mit dem Kaiser?

– Meine liebe Verstorbene hat zu mir gesagt: »Jeanne, diese Münze da ist gut, sie bedeutet Glück und Ehre. Als die gute Farblose gesehen hat, daß die böse Farblose dich mit einem Goldstück in Versuchung führen wollte, da hat sie diesen kleinen weißen Sou in deine Hand gelegt, um dich zu beschützen. Bestimmt war es die große Farblose von Ep-nell, die dir Gutes will, weil sie weiß, daß du nicht schlecht bist und nie böse gewesen bist zu deiner Mutter, daß du deiner Mutter nie Kummer gemacht und auch sonst niemandem Unrecht getan hast. Mußt also ihr Geschenk behalten und dich nie von ihm trennen.« Dabei hat sie ein Loch in die kleine weiße Münze gemacht und gesagt, ich solle sie am Kreuz meines Rosenkranzes und dem kleinen Medaillon mit der guten heiligen Jungfrau befestigen, die alle guten Farblosen befehligt. Und seht Ihr, Mam'selle, ich habe sie immer noch. Da ist sie, an meinem Rosenkranz in meiner Tasche, nachts lege ich sie mir um den Hals, und so bin ich nie ohne sie.

Und Jeanne zeigte ihrer jungen Freundin einen kleinen Rosenkranz aus diesen gräulichen Samenkörnern, die auf unseren Feldern gedeihen und deren Namen ich nicht mehr weiß. Die schlichte Gabe Sir Arthurs war mit einem kleinen Ring daran festgemacht.

– Das ist, meine Liebste, fuhr Jeanne fort, die Geschichte der drei Münzen, deretwegen ich so oft gebetet habe, weil ich geglaubt habe, es sei ein Wunder, und die mir auch oft Angst gemacht hat. Ihr habt gesagt, es sei keines. Na gut! Vielleicht irrt Ihr Euch. Die Farblosen können sich doch eingemischt haben und die drei Herrn, ohne daß sie es wußten, dazu gebracht haben, das Geldstück auszuwählen, das mir Glück oder Unglück bringen sollte.

– Und weißt du, meine arme Jeanne, von wem du dein liebes, kleines Soustück hast?

– Bestimmt von meinem Paten!

– Ach, nein, es ist von dem englischen Herrn.

– Von dem Engländer? Ach! sagte Jeanne erstaunt, ein Engländer kann einem Christenmädchen Glück bringen?

– Glaubst du denn, daß ein Engländer kein Christ ist?

– Ich weiß nicht.

– Ich versichere dir, daß sie ebenso gute Christen sind wie wir, Jeanne!

– Ich weiß schon, daß man das heute sagt, Mam'selle; aber als Euer Papa noch gelebt hat, den Ihr kaum gekannt habt, da hat man etwas anderes gesagt. Wißt Ihr, warum meine Mutter es gern gesehen hätte, daß ich den Stier fange und den Schatz finde?

– Sag's mir!

– Sie hat gesagt, daß der Schatz so groß wäre, daß nie

jemand sein Ende sähe, und daß es genug gäbe, um alle Menschen auf der Welt glücklich zu machen, daß es auch reichen würde, um eine große Armee zu bezahlen, die die Engländer aus Frankreich verjagt, denn sie waren die Herren in Paris in der Zeit, als sie mir das gesagt hat, wie es aussieht.

– Und warum hat sie England so gehaßt?

– Ei, Mam'selle, das hat sie bei Euch gelernt, damals, als sie Euren Bruder großzog. Von Eurem verstorbenen Papa, der ein großer Soldat war (wie man sagt) und Krieg gegen sie geführt hat, und von Eurer Mama, die immer Angst hatte, daß man ihn umbringt, und die sie auf den Tod gehaßt hat. Damals, als der Kaiser fortgeschickt und von den Engländern *in einen eisernen Käfig gesteckt wurde*, da hat meine Mama geweint und geweint, und ich auch, ich hab geweint, weil sie geweint hat. Und dann, als gesagt wurde, daß die Engländer aus ihrem Land einen englischen König nach Paris mitgebracht haben, damit er über die Franzosen herrscht, da wurde sie wütend und hat so etwas gesagt wie: »Ach! Meine arme, liebe Dame von Boussac muß furchtbaren Kummer haben!« Darum, Mam'selle, war ich sehr erstaunt, als ich hierher gekommen bin und gehört habe, wie Ihre Mama gesagt hat, daß sie Ludwig XVIII. liebt, den englischen König; und ich wußte nicht, was ich denken sollte, als ich sah, daß sein Bild in ihrem Zimmer war und das Bild vom Kaiser auf dem Speicher. Darum habe ich es in mein Zimmer geholt, ohne daß sie es weiß, und ich glaube nicht, daß darin etwas Böses liegt.

– Bestimmt nicht. Auch ich bewundere und betrauere den großen Kaiser. Aber paß auf, daß Madame de Charmois nicht entdeckt, daß du derart sein Bild ehrst, denn sie würde nicht eher ruhen, bis Mama es hat verbrennen lassen.

– Darum, Mam'selle, verstecke ich es jeden Morgen unter einer Schürze, die ich darüberhänge. Aber abends, wenn ich in mein Zimmer zurückkomme, betrachte ich es, und das macht mir Freude. Ei, hört Ihr, mein Vater war auch Soldat zur Zeit der Republik und unter dem Kaiser, er war in einem Land, das man Italien nennt, und da hat er sich tapfer geschlagen. Ich habe ihn auch nicht gekannt; aber ich weiß, daß er die Engländer nicht geliebt hat und daß es in unserem Haus ein Bild des Kaisers gab, das mit allem anderen verbrannt ist.

– So hast du also vor, den Engländern den Krieg zu machen, Jeanne? Wenn du den Schatz gefunden hast, dann kaufst du eine große Armee und ziehst auf einem schönen Pferd zu Felde, wie einstmals Jeanne, die schöne Hirtin, die unser Land von den roten Uniformen befreit hat?

– Oh, Mam'selle, woher wißt Ihr denn das alles? Ich träume jede Nacht davon, und manchmal auch, wenn ich ganz wach bin und meine Tiere hüte, da stell ich mir vor, daß ich sehe, wie das alles eintrifft. Doch ich spreche nie mit jemandem darüber.

– Aber ich, Jeanne, ich durchschaue dich, und vielleicht habe ich selbst ähnliche Träume. Es ist nicht möglich, so nahe bei Sainte-Sévère zu leben, ohne daß man beim Bericht dessen, was dort geschehen ist, bewegt wäre. Man sagt, in Toull gäbe es Löwen, die die Engländer dort haben in Stein hauen lassen, um das Land zu demütigen, und immer noch versetze man ihnen jeden Tag einen Tritt mit den Holzschuhen.

– Ach, Mam'selle, ich merke, Sie sind wie ich! Meine Mutter hat gesagt, daß Ihr Großvater ein sehr guter Freund der Großen Hirtin war und auch ein großer Soldat, voll Wut gegen die Engländer.

– Mein Großvater?

– Ja, Mam'selle, ein Grundherr von Boussac. Sie hat es in diesem Haus hier gehört.

– Diese Dinge sind sehr viel länger her, als du denkst, Jeanne, aber gleichviel. Tatsächlich gab es in unserer Familie einen Marschall von Boussac, der ein Mitstreiter der Jungfrau von Orléans war, und wie du, Jeanne, empfinde ich, wie erfreulich es wäre, dieses schöne Leben zu führen. Aber das gehört nicht mehr in unsere Zeit, mein Kind. Seit langer Zeit, vielleicht für immer, leben wir im Frieden mit England. Wir gelten als frei, und die Engländer werden nicht mehr kommen und uns offen ihren Willen aufzwingen. Einer guten Christin wie dir empfiehlt es sich, sie nicht mehr zu hassen und nicht mehr daran zu denken, eine Armee gegen sie auszuheben.

– Gefällt es Euch also nicht, was ich gesagt hab, Mam'selle? Ich bitte Euch um Vergebung.

– Deine Gedanken, meine gute Jeanne, gefallen mir sehr, und wegen deiner Vorstellungen liebe ich dich nur noch mehr. Aber all das ist unmöglich, und außerdem gibt es gute Engländer, die uns lieben und die den Kaiser Napoleon beweinen.

– Wirklich, Mam'selle, die gibts? Oh, man müßte ihnen vergeben.

– Gewiß, Jeanne, und du solltest mit unserem Freund Monsieur Harley beginnen, der die schöne Hirtin und den Kaiser ebenso bewundert wie du.

– Wenn doch, sagte Jeanne und schüttelte den Kopf, die Engländer beide umgebracht haben? Sie haben die große Hirtin verbrannt, weil sie die Erkenntnis hatte!

– Monsieur Harley verehrt sie als Märtyrerin und Heilige, dafür stehe ich ein.

– Aha, er ist also ein braver Mann, dieser Engländer da?

– Der beste, verständigste, menschlichste, den es auf Erden gibt, Jeanne.

– Das freut mich. Ich nehme seinen kleinen weißen Sou nicht von meinem Rosenkranz.

– Hüte dich, du würdest ihm großen Kummer bereiten.

– Wieso denn, Mam'selle?

– Weil er dich liebt, Jeanne.

– Er liebt mich! Es stimmt also, daß er meine Mutter gekannt hat?

– Ich weiß nicht, mein Kind, aber er liebt dich sehr.

– Und wieso?

– Weil er liebt, was gut und schön ist. Was sich ähnelt, will zueinander, Jeanne! Ist das nicht richtig?

Mademoiselle de Boussac fuhr fort, in diesem Ton zu reden, zum großen Erstaunen Jeannes, die sich vor Dankbarkeit nicht zu helfen wußte, ohne irgend etwas von der Zuneigung zu begreifen, deren Objekt sie war. Aber sie nahm sie hin als ein Zeichen großer Güte und lauschte unschuldsvoll der Lobrede, die ihre junge Herrin ihr über Sir Arthur hielt. Aber als Marie versuchte, Jeanne zu einer Erklärung über die Empfindungen zu bewegen, die er ihr einflößte, da bemerkte sie, daß sie an Boden verlor anstatt voranzukommen, und daß Gefühle wie Mißtrauen und Furcht sich des jungen Mädchens bemächtigten, Gefühle, die ihrer gewöhnlichen Einstellung widersprachen.

– Jetzt habt Ihr mich schon zweimal dazu bringen wollen, Mam'selle, zu sagen, was ich von ihm halte; ich weiß nicht, was Euch das kümmert?

– Aber sieh mal, Jeanne, erwiderte Mademoiselle de Boussac, ich bin ein Mädchen im heiratsfähigen Alter, und von einem Tag auf den anderen kann mich jemand um mein Jawort bitten.

– Oh, wenn Ihr mich so ausfragt, weil Ihr mich zum Reden bringen wollt, antwortete Jeanne, die in ihrer Schlichtheit auf die kleine List hereinfiel, so sehe ich wohl, daß ich meine Zunge hüten muß, denn vielleicht würde ich Euch, ohne es zu wollen, Kummer bereiten.

– Bestimmt nicht, Jeanne; ich bin wie du, ich habe es nicht sehr eilig zu heiraten, und ich bin in niemanden verliebt. So kannst du reden, und ich lasse mich von dir beraten.

– Oh! Mam'selle, ich erlaube mir nie, Euch einen Rat zu geben!

– Du liebst mich also nicht?

– Wie könnt Ihr das sagen!

– Wenn es so ist, rede, rief Marie, legte ihr den Arm um den Hals und zog sie zu sich auf die Krippe. Stell' dir vor, du wärst an meiner Stelle, und Sir Arthur wollte dich heiraten.

– Was weiß ich?

– Aber du kannst es dir doch schließlich vorstellen!

– Ich stell' mir alles vor, was Euch Freude macht, sagte Jeanne, und ich antworte Euch mit der Wahrhaftigkeit meiner Seele. Ich werde diesen Herrn niemals heiraten; erstens, weil er Engländer ist, und ich möchte keine englischen Kinder auf die Welt bringen. Ich darf ihn nicht verabscheuen, und ich habe Achtung vor ihm, weil er ein guter Mensch ist; aber ihn heiraten! Nein, und wenn er für mich gemacht wäre (auf einer Stufe mit mir wäre), dann würde ich doch die Seele meiner lieben, verstorbenen Mutter und meines verstorbenen Vaters nicht verärgern wollen. Und schließlich, Mam'selle, würde ich nein sagen, weil er reich ist, und das würde mir Unglück bringen. Bei uns sagt man, daß das Geld stolz macht und böse. Das sage ich nicht um Euretwillen, mein liebes, gutes Herz; es gibt niemanden, der so gut und menschlich ist wie Ihr. Aber es gibt vielleicht nicht viele, die Euch gleichen, und ich sehe, daß Mam'selle Elvire anders ist als Ihr. Und außerdem bin ich zu einfach, um mit Geld umgehen zu können. Vielleicht würde ich etwas Böses damit machen, und meine Mutter hat mir geraten, arm zu bleiben. Kurz und gut, es geht nicht, und wenn es vierzigtausend gute Engländer gäbe, die mich heiraten wollten, dann würde ich auch den besten von ihnen nicht nehmen, das schwöre ich bei meiner Taufe!

Jeanne sprach lebhafter als sonst. In ihr war etwas wie patriotische Empörung, die ihre Augen leuchten ließ und sie noch schöner machte als gewöhnlich, obgleich ihr Ausdruck sich geändert hatte. Marie, die für Eindrücke so empfänglich war wie die Seele eines Dichters, konnte nicht umhin, sie zu bewundern, auch wenn ihr Eigensinn sie tief betrübte, und sie verglich sie innerlich mit Jeanne d'Arc. Sie meinte, die Jungfrau vor sich zu sehen und die rauhe, bäuerliche Sprache zu hören, die sie gehabt haben mußte, bevor sie den Hirtenstab für das Schwert aufgab. Diese Mischung von Sanftheit und Bestimmtheit, von engelhafter Klarheit und zurückhaltender Schwärmerei mußte die Heldin von Vaucouleurs ausgezeichnet haben, und die romantische Nachfahrin des Sire de Brosse stellte sich vor, daß die Seele der schönen Hirtin in Jeanne weiterlebte, um sich in einem verborgenen, friedlichen Leben auszuruhen von der harten Mühsal, bis eine neuerliche Verwandlung sie aufriefe, sich im schmerzlichen Glanz von Kraft und Ruhm zu offenbaren.

Nachdem sie indessen ihrem Bruder und Monsieur Harley die ganze morgendliche Plauderei mit peinlicher Genauigkeit berichtet hatte, wagte Marie lächelnd die Schlußfolgerung, daß Sir Arthur nicht verzweifeln solle, seine *unmenschliche Hirtin* zu erweichen, sondern daß dies Zeit, Sorgfalt und Geduld erfordere.

Sir Arthur fand sich damit ab, daß sein Roman eine gesetztere Gangart annehmen werde als die Eile, mit der er ihn begonnen hatte. Die unvorhergesehene Schwierigkeit dieser Eroberung ließ ihn noch mehr in Liebe erglühen, und er war so verliebt und gefühlsselig wie ein Zwanzigjähriger. Den Kopf voller poetischer Träume und das Herz von romantischen Gefühlen durchdrungen, aber linkisch, schüchtern und verlegen, wie nicht einmal Cherub es gegenüber einer glanzvollen Gräfin war, so war er für Marie ein Objekt der Bewunderung und Anteilnahme und für Marsillat, der alle seine Regungen beobachtete, ein vollendeter Tropf. Die Wahrheit ist, daß auf den guten Monsieur Harley beides ein wenig zutraf und daß er – sieht man einmal von der traurigen Gestalt und dem reifen Alter Don Quijotes ab – in diesem Augenblick ein wenig dem Helden des Cervantes glich, der seinen Helm ablegt und sich mit Blüten bekränzt, um sich in einen Hirten zu verwandeln.

Guillaume hingegen schien plötzlich wie um eine große Last erleichtert, und er gab sich sogar die Mühe, gegenüber Elvire galant zu sein. Madame de Charmois, erstaunt und entzückt, ihn nicht im mindesten mehr im vertrauten Umgang mit der Hirtin zu sehen, begann, sich ernsthaft Hoffnungen zu machen.

XVIII

Die Heuernte

Die Tage und Wochen gingen in scheinbarer Ruhe dahin. Sir Arthur liebte das Landleben und hatte sich nicht groß bitten lassen, den Sommer in Boussac zu verbringen. Die Schloßherrin, die davon ausging, daß er großen Einfluß auf ihren Sohn habe, hatte gehofft, daß er ihn dazu bewegen könne, die Teilnahmslosigkeit aufzugeben und sich für eine Karriere zu entscheiden. Guillaume zeigte jeden Tag mehr Widerwillen gegen die verschiedenen Berufe, die man ihm vorschlug, und seine Mutter hoffte nur mehr, vermittels einer guten Heirat ein glänzendes Los für ihn zu gewinnen. Sie führte ihn in die umliegenden Schlösser und lud die adligen Nachbarinnen zu sich ein; aber zu ihrem großen Verdruß war Guillaume weit davon entfernt, deren Reize zu bewundern, und nur dazu aufgelegt, ihre Fehler zu bemerken; und als sie die Unterpräfektin an ihren Sorgen teilhaben ließ, gab diese ihr hartnäckig zu verstehen, daß Guillaume eine beklagenswerte Neigung für eine Person niederen Ranges haben müsse, die er nicht zugeben könne. Sie nannte Jeanne sogar mehrere Male; aber da dem Anschein nach nichts diese Beschuldigung rechtfertigte, wollte Madame de Boussac nicht daran glauben.

Monsieur Harley war ihr bei ihren ehrgeizigen Projekten eine schlechte Hilfe. Er versuchte zuweilen, sich nach ihren Plänen zu richten, aber als Guillaume ihn fragte, warum er ihm ein Beispiel gäbe, das so sehr seinen eigenen Überlegungen widerspräche, da wußte der gute Arthur nichts mehr zu antworten, lächelte und gab schließlich zu, daß er, die Ehe betreffend, keine anderen Beweggründe kenne als die Liebe. Er gehörte zu diesen Engländern, die heiraten, wen sie wollen, eine Schauspielerin, eine Sängerin oder Tänzerin gar, vorausgesetzt, daß sie ihnen gefällt; und da Jeanne ihm wegen nicht so glanzvoller, dafür aber wesentlicherer Eigenschaften gefiel, glaubte er, es sei ein Akt großer Vernunft und zugleich guten Geschmacks, wenn er darauf beharrte, sie zu ehelichen.

Indessen liebte er sie mit Geduld. Er wollte sie nicht mit plötzlichen Angeboten erschrecken. Er begnügte sich damit, sie von ferne zu beobachten, um sich ihr dann allmählich in dem Maße zu nähern, wie er im gewohnten Gang des Landlebens Gelegenheiten fände, ihr Vertrauen einzuflößen und in einer Sprache mit ihr zu reden, die sie verstehen könne. Er zerbrach sich mit seltenem Ungeschick, jedoch mit rührender Gutgläubigkeit den Kopf, um Mittel zu erraten, wie er ihr gefallen und von ihr verstanden werden könne. Er erkundigte sich nach ihren Verwandten, ihrer Heimat, ihren Freunden in Toull. Er war in Toull gewesen, hatte die Bekanntschaft des Abbé Alain gemacht, mit ihm über seine Pläne gesprochen und ihn für sich gewonnen, doch unter dem Siegel der Verschwiegenheit und unter der Bedingung, daß der gute Pfarrer erst dann mit Jeanne darüber sprechen werde, wenn das Verhalten des jungen Mädchens ihm Anlaß zu Hoffnungen gäbe. Bei dieser Gelegenheit hatte er sich zu Jeannes Boten gemacht und ihrer Tante Grand'Gothe das Geld, das sie verdient hatte, ausgehändigt, und da er diese kleine Summe vervierfacht hatte, ohne jemandem etwas zu sagen oder sich darum zu kümmern, daß diese Frau unter ihrem zur Schau getragenen Elend eine der reichsten in der Gegend war, hatte er sie auf die Idee gebracht, ahnungslos wie er war, daß er der glückliche Liebhaber Jeannes sei und daß diese endlich begriffen habe, welchen Nutzen sie aus ihrer Jugend und Schönheit ziehen könne. Und dann, als Jeanne eines Tages vor ihm zu Mademoiselle de Boussac gesagt hatte, daß sie aus ihrer Heimat am meisten ihren Hund vermisse, den sie notgedrungen bei Vater Léonard hatte lassen müssen, weil sie gesehen habe, daß er diesem Freude mache, da hatte Sir Arthur beschlossen, den Hund zurückzukaufen und ihn ihr zu bringen. Der Küster hatte ihn freundlicherweise Jeanne wieder abgetreten, aber er hatte das Geld von *Mylord* nicht zurückgewiesen, und der ganze Weiler Toull war in Aufruhr, um herauszubekommen, was eine so seltsame Angelegenheit bedeute, ein schöner Herr, der für teures Geld einen scheußlichen Hirtenhund kaufe. Da man schließlich aus der Stadt kein unerfreuliches Gerücht über die Sitten des Mädchens aus Ep-nell hörte, hatte man geschlossen, daß der Engländer plemplem sei, also ein bißchen verrückt, und jede Toullerin, die zweimal die Woche auf den Markt nach Boussac kam und dort Jeanne traf, die fürs Schloß die Einkäufe machte, ließ es sich nicht nehmen, zu ihr in sehr spöttischen Worten etwas über Monsieur Harley zu sagen. Seiner Großzügigkeit ließ man indessen Gerechtigkeit widerfahren; denn auf Schritt und Tritt verteilte er Geld und versuchte, sich von den armen Bewohnern dieser unfruchtbaren Heidegegend kleine, unnütze Dienste erweisen zu lassen, wie zum Beispiel sich das Pferd halten zu lassen, während er zu Fuß ein Stück Wegs zurücklegte, ihm eine Auskunft zu geben, die er nicht brauchte, ihm eine Blume pflücken zu gehen oder einen Vogel zu verkaufen, das alles, um Gelegenheit zu haben, diese unglücklichen Zerlumpten in übertriebener Weise zu entlohnen. Aber der Bauer erfährt in dieser wilden Gegend so selten Unterstützung, daß er sich wundert und über die Barmherzigkeit fast in Unruhe gerät, wie über etwas Verrücktes oder eine Falle, auch wenn er mit Freude seinen Nutzen daraus zieht.

Jeanne war von Natur aus nicht spottlustig, und die

Scherze, deren Gegenstand Sir Arthur war, lösten bei ihr eine Art achtungsvollen Mitgefühls aus. »Dieser arme Mann, sagte sie sich, man spottet über ihn, weil er gut ist!« Sie sprach mit besonderer Wertschätzung mit ihm und erwies ihm ihre Dienste mit töchterlicher Zuvorkommenheit. Aber sie schien nicht verliebter zu sein als am ersten Tag, und er wartete mit bewundernswerter Entsagung auf den Tag der Hingabe oder Gefühlsbewegung, der nicht kam.

Obwohl er sein Geheimnis nur Guillaume und seiner Schwester anvertraut hatte und die Scherze wegen seines Briefes an Madame de Charmois über sich ergehen ließ, ohne den Anschein zu erwecken, als ob er die geringste ernsthafte Absicht damit verbunden habe, konnte es bei all seinem eifrigen Bemühen auf der Weide, im Garten, wo Jeanne für ihre Kühe Unkraut sammelte, im Stall, wo er ohne jeden Fortschritt Tierstudien nach der Natur betrieb, nicht ausbleiben, daß Claudie ihre Kommentare abgab und sogar Cadet, der auch ein wenig verliebt war und eifersüchtig wegen Jeanne, obgleich er nicht ganz sicher war, ob er für sie oder für Claudie schwärmte. Claudie hatte anfangs gesagt, Jeanne habe ganz schön viel Glück, und die Mutter Tula habe recht gehabt mit ihrer Vorhersage, daß Jeanne das Goldloch finden werde, in Anbetracht dessen, daß der Engländer mehr Taler habe, als man aus dem Berg von Toull herausholen könne; aber als sie das große Ereignis dieser Heirat, welches sie als erste vorhergesagt, nicht eintreten sah, da wußte Claudie nicht mehr, was sie denken sollte, und sie hatte doch geglaubt, daß Sir Arthur mit Jeanne verfahren wolle wie Marsillat mit ihr, wenn Jeanne, an deren Aufrichtigkeit sie nicht zweifeln konnte, ihr nicht versichert hätte, daß der Engländer sich niemals erlaubt habe, ihr ein Liebeswort zu sagen.

Aber Marsillat, der weiterhin fast alle Samstage und Sonntage in Boussac verbrachte, sah durchaus, wie Monsieur Harley das einfädelte, was er die vollkommene

Liebe nannte, und er hatte sich das Vergnügen nicht versagen können, sich mit zwei oder drei Freunden in der Stadt das Maul zu zerreißen, die wiederum die Neuigkeit beim Billard verbreitet hatten... von wo aus sie ihre Runde auf dem Markt gedreht hatte... von wo aus sie schließlich zu Pferd und in der Landkutsche in die Städte und Dörfer der Umgebung spazierte und sich dort ausbreitete. Dergestalt, daß man am Ende eines Monats im ganzen Kreis und sogar darüber hinaus wußte, daß es im Schloß von Boussac einen komischen Kauz von Engländer gab, einen Millionär und ziemlich hübschen Kerl, der so sehr in eine Magd vernarrt war, daß er sie zur Frau nehmen wollte. Die Provinzdamen, die von Natur und aus ihrer Stellung heraus auf die Schönheit der Dörflerinnen und Putzmacherinnen sehr eifersüchtig sind, waren gegen den Engländer aufgebracht. Ihre Gatten pflichteten ihnen bei und sagten, man könne eine Bedienstete zu seiner Geliebten machen, aber sie zu heiraten, das sei ein Beweis für Geisteskrankheit, ja sogar für Unmoral. Die jungen Leute waren begierig, diese Schönheit zu sehen, die solche Eroberungen machte und die, so sagte man, die Grausame spiele, um desto sicherer geheiratet zu werden. Man kam aus Chambon, aus Gouzon und Sainte-Sévère, selbst aus La Châtre, wo das Publikum aus mehr Schlauköpfen und Müßiggängern besteht als anderswo, um die Schöne von Boussac zu sehen; und da man sie sehr selten sah, gab es welche, die nicht zugeben wollten, die Reise umsonst gemacht zu haben, und die nun behaupteten, sie sei ganz und gar nicht schön, und der Engländer sei ein blasierter Lebemann und sich nicht klar darüber, ob er sich die Kehle durchschneiden lassen oder eine Schlampe heiraten solle, um sich die Zeit zu vertreiben.

All dieses Gerede fand nur verstohlen Einlaß im Schloß Boussac, dank Claudie und Cadet, die sich hüteten, etwas laut werden zu lassen; ein ausdrückliches Verbot hieß sie, nie etwas von den Dummheiten von draußen an die Ohren von Mademoiselle de Boussac oder ihrem Bruder dringen zu lassen. Jeanne zuckte mit den Schultern, wenn ihre Zimmergenossin sie ihr erzählte, und sie allein in der ganzen Stadt wollte oder konnte nicht glauben, daß sie das Objekt all dieser Gespräche war und im Blickpunkt aller stand. Madame de Charmois lag Madame de Boussac in den Ohren, schrie etwas von einem Skandal und forderte lauthals Jeannes Vertreibung. Aber Madame de Boussac, die mit fünfzig Jahren in ihrem alten Schloß das Leben einer hübschen Frau des Empire führte, die sich spät erhob, drei Stunden mit ihrer Toilette verbrachte, auf ihrer Chaiselongue schlummerte und ihre Migränen hätschelte, war wenig hellsichtig, haßte extreme Beschlüsse und fand es im übrigen sehr viel wahrscheinlicher, daß Sir Arthur gedachte, ihre Tochter zu heiraten. Die freie, offene Freundschaft, die Marie und Sir Arthur miteinander verband, mochte ihr Sand in die Augen streuen, und die Charmois selbst kam manchmal nicht mehr mit. Auch Guillaume stürzte sie zuweilen in den Irrtum süßer Illusionen, indem er sich gegenüber Elvire sehr eilfertig gab. Wenn er es müde war, sich zu beherrschen und Späße zu machen, das ist wahr, hörte er plötzlich mit diesem bitteren Spiel auf, und dann verfiel die *Charmoise*, wie man sie in der Stadt nannte (wo man sie bereits wegen ihrer Vornehmtuerei, ihres ränkesüchtigen Charakters und ihrer heuchlerischen Frömmigkeit verabscheute), wieder in Verdächtigungen und verhaltene Wut.

Sir Arthurs Liebesroman zeitigte dennoch ernsthafte Ergebnisse für zwei Personen, von denen die eine ihn bitter verspottete und die andere ihn in trauriger Weise zu tadeln schien. Die erste war Léon Marsillat, der, angestachelt in seinem Spieltrieb und in seinen Kampfinstinkten gereizt, sein bestes Pferd gegeben hätte und vielleicht seinen besten Fall, um auf Jeanne Rechte geltend zu machen, die der Engländer mit seinem Namen und Vermögen sich einzukaufen bemühte. Marsillat bedauerte voll

Ärger, daß er dazu beigetragen hatte, Jeanne nach Boussac zu bringen, wo er sie nur mit ihrem Einverständnis haben konnte, was ihm nicht gelungen war. Wäre sie noch die Hirtin von Ep-nell gewesen, und Arthur und Guillaume wären gekommen, um sie ihm streitig zu machen, dann hätte er sie in die Wildnis verfolgt, und er schmeichelte sich, daß sie sich gegen seine gewagten Bestechungsversuche nicht aufgelehnt hätte. Aber nun mußte man die Mittel ändern, Listen anwenden, warten... Dafür hatte Marsillat keine Zeit. Er sagte sich, daß er ziemlich verrückt sei, an dieses alberne Frauenzimmer zu denken, wo er so viele andere Affären und Vergnügungen hatte. Und dennoch träumte er manchmal des nachts, daß er sie am Arm ihres Gatten Monsieur Harley aus der Kirche kommen sehe, und er wachte auf, fluchte, zog die Schultern hoch und war wütend, daß es ihm nicht geglückt war, aus diesem Gatten eine lächerliche Figur zu machen. Sein Stolz war darob tödlich gekränkt.

Die andere Person, auf die die ganze Aufregung um den Roman von Sir Arthur zurückfiel, war Guillaume. Der junge Mann empfand für Jeanne das, was man im Romanstil eine Leidenschaft nennen könnte. Das war es, und nichts als das, denn nimmt man eine tiefe Liebe zum Maßstab, die zu Hingabe und Mut fähig wäre, da reichte er nicht an Sir Arthur heran, den er jedoch in seiner Seele beschuldigte, mit philosophischer Ruhe zu lieben und die schwärmerische Liebe nicht zu kennen. Derart täuscht man sich: man hält für Zuneigung, was doch nur die Erregung der Begierde, und nennt Kälte, was die innere Ruhe einer zuverlässigen Zuneigung ist. Guillaume hätte nie daran gedacht, dieses Mädchen vom Lande zu heiraten. Seine Phantasie war durch ihre ungewöhnliche Schönheit beeindruckt, durch ihre rührende Reinheit und durch die romantischen Ereignisse ihrer ersten Begegnung in Toull. Die Hingabe, die sie ihm während seiner Krankheit geschenkt, hatte seiner harmlosen Eitelkeit geschmeichelt. Er hatte geglaubt und glaubte noch, er brauche nur ein Wort zu sagen, um sie in seine Arme sinken zu sehen. Aus Frömmigkeit, aus Gewissenhaftigkeit hatte er sich zurückgehalten; und aus der Bewunderung seiner eigenen Tugendhaftigkeit heraus war es soweit gekommen, daß er sich heftig in das Objekt eines so großen Opfers verliebt hatte. Immerhin hatte er den Beschluß gefaßt, sich von dieser Torheit zu heilen. Er war fortgegangen; er war genesen; er hatte sogar vergessen; aber der Anblick Jeannes, die noch schöner geworden war und durch die Zuneigung seiner Schwester poetisch verzaubert, hatte ihn vom Augenblick seiner Heimkehr an verwirrt. Und jetzt weckte Sir Arthurs Liebe die seine. Jeanne, die so tiefe Gefühle und so ernsthafte Absichten auslöste, erwarb in seinen Augen einen neuen Reiz und einen neuen Wert; und da er es sich zur Pflicht machte, ihre Heirat nicht zu verhindern, stachelte er sich selbst in wahrhaft kindischer und krankhafter Weise dazu auf, sie zu begehren und sich gleichzeitig den Verzicht aufzuerlegen. Seine Liebesphantasie wurde zur fixen Idee, eine immerwährende Träumerei, ein fiebriges Leiden, in einem Wort: eine Leidenschaft, wie wir sie genannt haben, mangels eines Namens, der diese gleichermaßen rücksichtslose und romantische Gefühlsregung besser wiedergeben könnte, die für die Lage und den geistigen Zustand unserer jungen Person so typisch war. Zuweilen wollte er sich ernsthaft davon ablenken, indem er versuchte, Mademoiselle de Charmois den Hof zu machen; aber Elvire mit ihren oberflächlichen Anlagen, ihren hemmungslosen Toiletten und ihrem Geschwätz, das sich mit dem Geist anderer herausputzte, war Jeanne so unterlegen, daß Guillaume bald ein schlechtes Gewissen hatte, weil er versuchte, die Dame mit der Bäuerin zu vergleichen. Elvire fehlte es völlig an Reizen. Man hatte in ihr nur die egoistischen Instinkte entwickelt, den Hang zur Prahlerei und die engen Vorurteile. Selbst der guten Marie, die Guillaumes grausame Spötteleien auf Elvires Kosten tadelte, wollte es nicht gelingen, sie zu lieben.

Eines Tages wurde die Erregung, die sich in Guillaumes Herzen angesammelt hatte, so stark, daß nicht viel fehlte, und es wäre übergeflossen. Es war die Zeit des Mähens, und das Heu wurde von der schönen großen Weide eingeholt, die dem Schloß benachbart war und an deren Rändern Jeanne so lange ihre Kühe geweidet hatte, wie das Gras frisch war. Es war eine große Belustigung für alle jungen Leute im Schloß, für Herren und Bedienstete, auf den Ochsenkarren zu klettern und mit mehr oder weniger Geschick und Leichtigkeit die Heugabel und den Rechen zu handhaben. Cadet führte die Kolonne an, den Treibstachel in der Hand und stolz wie ein orientalischer Herrscher. Arthur, als der Kräftigste, befand sich ganz oben auf dem Haufen, den er mit Sachkenntnis auf den Karren stapelte und im Gleichgewicht hielt. Der gute Engländer war ein wenig eingebildet wegen seiner raschen Auffassungsgabe, mit der er diese bäuerliche Fähigkeit erworben, indem er zugeschaut hatte, wie die Knechte es machten. Er trug eine Joppe aus grobem blauem Leinen und einen Strohhut, wie ihn die kleinen Hirten auf dem Feld flechten, und bereitwillig zeigte er die Kraft seiner Muskeln und ließ vergnügt seine schönen Hände bräunen, die er bisher mit soviel Sorgfalt gepflegt hatte; nun aber nahm er an, daß Jeanne ihre verweichlichte Blässe verachten würde. »Sie arbeiten allzu gut! sagte Jeanne zu ihm, die in unschuldiger Weise seine Kraft und seinen Eifer bestaunte; noch nie habe ich erlebt, daß ein Bürger die Sache so gut verrichtet. Sieh mal, Claudie, sollte man nicht meinen, daß dieser Herr ein Mensch wäre wie wir?«

Kein Wort konnte im Ohr Sir Arthurs süßer klingen. Schon träumte er, der Besitzer eines guten Bauernhofes im Pays Marchois oder im Berry zu sein und dort nach seinem Geschmack zu leben und ein guter Landmann zu sein, fern von der Welt, die er satt hatte, der seine Ernten selbst einfährt, der wie ein richtiger Mann mit seinen Pächtern arbeitet, seine Bauern bereichert, das Glück seiner Gemeinde macht und selbst mit seiner schönen, starken Gefährtin die größte Glückseligkeit genießt. Das ist das Leben, von dem ich immer geträumt habe, dachte er, und Gott schuldet es mir, weil ich den einfachen Genüssen treu geblieben bin sowie der Liebe zu der durch menschliche Arbeit verschönerten Natur. Während Sir Arthur mit schweißgebadeter Stirn und vor Hoffnung strahlenden Augen wohlwollende Blicke, muntere Worte und große Gabeln voll Heu mit Jeanne tauschte, schüttelten die Ochsen, die bis zu den Knien in ihrem Futter versanken, das man ihnen an diesem Tag nach Belieben gibt, um sie von der Mückenplage abzulenken, von Zeit zu Zeit ihre schönen Köpfe, die unterm Joch aneinandergekoppelt waren, und teilten der Fuhre ihre Stampfbewegung mit, wodurch die liebenswürdige Marie, die bei Sir Arthur auf dem vorderen Teil des Aufbaus saß, oft auf die Knie fiel. Dieses junge Mädchen, das zu zart war, um die Hitze zu ertragen, sprang um die Arbeiter herum, kletterte behende hinauf oder hinunter, wobei sie ihre kleinen Füße auf die Schultern ihres Bruders setzte, betätigte an Claudies Seite ein paarmal den Rechen und ließ sich sodann, ganz außer Atem, lachend auf die kleinen Heuhaufen fallen. Claudie, flink und kurz gewandet, war rot wie eine Kirsche und kokettierte, wie Sir Arthur, mit ihrer Behendigkeit und ihrem Eifer. Elvire war ebenso stark wie ein Landmädchen, jedoch in ihrem Korsett zu sehr eingeschnürt, um sich frei bewegen zu können, und jeden Augenblick wurde sie von ihrer Mutter gerufen, die auf dem Heu saß, unter ihrem Sonnenschirm schmorte und fand, daß ihre arme Tochter so rot werde wie eine Pfingstrose und nicht vorteilhaft aussehe, da sie von der Junisonne mehr geschminkt wurde, als gut war.

Guillaume hatte ein kurzes Jäckchen angelegt, ließ im Sonnenschein sein Batisthemd schimmern und enthüllte seinen Hals, der so rund und weiß war wie der einer Frau. Er war wahrhaftig der schönste junge Mann, den man sich vorstellen konnte; aber Claudie fand ihn zu dünn, und der Ausdruck zärtlichen Mitleids, mit dem sie zu ihm sagte: »Sie erhitzen sich, Monsieur Guillaume«, demütigte ihn, weil er seine Zartheit mit der breitschultrigen Gestalt des Engländers verglich (*sich erhitzen* bedeutet, einen Sonnenstich und Fieber bekommen).

Er war entmutigt zu sehen, daß Jeanne ihre Arbeit, das Heu dem *Rangierer* weiterzugeben, nicht im Stich ließ und auf diese Weise ständig mit Sir Arthur Blicke und Worte tauschte. Er nahm einen Ast, stellte sich neben die Köpfe der Ochsen, und unter dem Vorwand, die Mükken zu vertreiben, brachte er sie ganz nebenbei dazu, heftig den Karren hin und her zu schütteln und folglich auch seinen Rivalen. Sir Arthur verlor nicht die Geduld, und nichts konnte ihn zu einem lächerlichen Sturz bringen. Er lachte und versicherte, Seemannsfüße zu haben.

Madame de Boussac saß abseits unter einer Baumgruppe und plauderte mit Marsillat über eine Geldangelegenheit. Dieser ging schließlich auf Guillaume zu und fragte ihn, was er an den Gesichtern der Ochsen so bemerkenswert fände, daß er dort bliebe und nicht empfänglich sei für andere Gesichter, die in ihrer Lebendigkeit sehr viel bemerkenswerter wären.

– Sie sind zu wenig Künstler, antwortete ihm der junge Mann, der vorgab, ihn nicht zu verstehen, und der sich vom wirklichen Objekt seiner Beunruhigung abzulenken versuchte, zu wenig Künstler, um die Ochsengesichter zu bewundern, die in unserer Gegend so gut herausgeputzt sind und so ruhig in ihrer Kraft. Ja, ich verstehe, daß Jupiter an einem Tag voll Poesie diese Gestalt angenommen hat. Es ist etwas Göttliches in dieser breiten und wohl gewappneten Stirn und in diesem schwarzen Auge, das so stolz und sanft zugleich ist. Es ist auch etwas Kindliches in diesen kurzen Nüstern und im feinen, weichen Haar, das so eigentümlich die zarten Lippen umgibt. Es ist etwas Bäuerliches in den breiten, eng zusammenstehenden Knien, in der Gemächlichkeit des ruhigen Schritts. Es ist etwas Löwenhaftes in diesem kräftigen Schwanz, der das stets knotige, magere Rückgrat peitscht. Ja, es ist ein schönes Tier! Die Wamme ist herrlich und die Flanke großartig entwickelt. Man behauptet, der Gesichtsausdruck sei dumm: das ist falsch; er ist stark und unschuldig; er hat etwas von dem des Menschen, der das Land bebaut und das Tier unterwirft. Sehen Sie, wie gut unsere Bauern die Kunst begreifen, ohne etwas von ihr zu wissen! Welcher Maler, welcher Bildhauer hätte sich diesen Kopfputz ausdenken können, der von so großzügigem, schlichtem Stil ist! Dieser Stirnschmuck aus geflochtenem Stroh, der einem Diadem gleicht, und diese kunstvoll ineinandergeschlungenen Riemen, die sich um Hörner und Joch legen! Wahrhaftig, es muß sich um eine antike Tradition handeln, und der Stier Apis war nie majestätischer bekrönt.

– Was Sie da sagen, ist sehr hübsch, antwortete Marsillat lächelnd. Das ist Poesie, das ist Kunst; aber Poesie gibt es auch anderswo, und mein künstlerisches Gefühl zieht andere Modelle vor. Sehen Sie Jeanne an, Guillaume! Dieses so schöne und auch starke Mädchen! Stark wie ein Mann! Sehen Sie, sie hebt fünfzig Pfund Heu mit den Fingerspitzen hoch, und das alle drei Minuten, vom Aufgehen der Sonne bis zu ihrem Untergang.

– Oh! Freilich! rief Cadet, der verblüfft die schönen Worte Guillaumes über die Ochsen gehört hatte, jedoch Marsillats Lobrede über Jeanne viel besser verstand. Monsieur Léon, das ist das stärkste Mädchen, das ich je gekannt habe. Sie hebt sechs Scheffel Getreide und schmeißt sie sich genauso leicht auf die Schulter wie ich, meiner Treu! Ach, was ist das für ein schönes Mädchen!

– Nun, Cadet hat auf seine Weise ein Gefühl für Poesie, fuhr Léon fort, aber können Sie nicht auch etwas finden, Guillaume, um Jeanne ebenso liebenswürdig zu preisen, wie Sie es mit diesem großen Hornvieh getan haben? Ist nicht in Jeanne der bessere Teil des Göttlichen? Kraftvoll wie Juno oder Pallas Athene, frisch wie Hebe, anmutig wie Isis, die Botin der Götter. Nun, ich bin kein Dichter, ich mache keine solchen Metaphern, wenn ich plädiere; aber wenn ich Sie wäre, dann hätte ich an dieser bäuerlichen Kreatur tausend Schönheiten bemerkt, auf die Sie nicht zu achten geruhen. Auch wie gut sie gekleidet ist! Der liebe Gott müßte immer seine sommerlichen Sonnenstrahlen über uns ausschütten, damit alle Frauen dieses einfache Gewand tragen. Nichts als einen kurzen Rock und eine Bluse; geben Sie zu, daß das bezaubernd ist! Sie reden von der Antike. Dies hier ist keusch und sinnlich wie die Antike: man sieht nichts, doch man erahnt diesen wundervollen Torso; die Bluse ist hoch am Hals geschlossen, die Ärmel am Handgelenk; der Stoff ist weder fein noch durchsichtig; aber dieses grobe, abgetragene Hanfgewebe ist weiß und weich wie griechische Stoffe. Was für eine Phidiasstatue, diese Jeanne! Bei ihren freien, flinken Bewegungen zeichnen sich die schönen Formen ab. Schauen Sie, die junge Charmois sieht neben ihr doch wie eine Wachspuppe aus! Ja, ja, ich sage Ihnen, das ist schöner als ein Ochse, denn es hat etwas von einer Göttin und von einem Kind. Erinnern Sie sich an die Druidin von den Pierres Jomâtres; sie war Velleda, und sie war auch Lisette! Die hübschen, kurzen Nüstern und die zarten Lippen des Ochsen ziehen weder meine Inspiration noch meine Lippen an, das schwöre ich Ihnen, hingegen dieses olympische Profil und diese rosigen Lippen...

Guillaume drehte Léon schroff den Rücken zu und hörte den Rest seines Satzes nicht. Er eilte zu seiner Mutter, die zum Schloß wollte, und bot ihr den Arm. Marsillat war ihm zuwider. Während der ganzen feurigen Beschreibung waren sein Lächeln und seine Blicke teuflisch. Das alles schien Guillaume zu sagen: »Du siehst dieses Meisterwerk der Natur, dieses Objekt deiner geheimen Gedanken!... Bewundere und begehre es! Ich werde über ihre wilde Scham den Sieg davontragen, und du wirst elendiglich scheitern, indem du Gedichte machst, die sie nicht versteht.«

Guillaume kehrte nicht zur Weide zurück. Er ging in sein Zimmer hinauf, beugte sich über den Balkon, der über eine so erschreckende Tiefe ragt, und gab sich düsteren Träumereien hin, dieweil das Lachen der Heuerinnen und der Schrei der Ochsentreiber sich in der Ferne verloren.

XIX

Die Liebe eines jungen Mannes

Gleich nach dem Abendessen, bei dem Guillaume seine Niedergeschlagenheit mit starken Kopfschmerzen erklärte, kehrte er in sein Zimmer zurück, und da er sich tatsächlich krank fühlte, versuchte er zu schlafen. Ihm war schwindlig, er litt, und seine Denkfähigkeit war außer Kraft gesetzt. Seine Schwester kam, um nach ihm zu sehen. Sie stellte fest, daß er Fieber hatte und phantasierte; sie eilte hinaus und benachrichtigte ihre Mutter. Man holte den für die Stadt und das Schloß zuständigen Arzt. Um Mitternacht brach ein Nervenschock aus; aber die verständige Pflege milderte dessen Heftigkeit. Um ein Uhr war der Kranke ruhig; um zwei Uhr schlief er tief, und jegliches Fieber war verschwunden. Der Arzt zog sich zurück. Um drei Uhr setzte Marie bei ihrer Mutter durch, daß diese schlafen ging. Um vier Uhr ließ Marie, die für eine lange Wache zu zart war, den Roman sinken, in dem sie las. Es war *Der Konnetabel von Chester*, und dieweil sie mit Anteilnahme die entzückenden Charaktere der jungen Schloßherrin und ihrer Vertrauten, der liebenswerten Rose Fleeming betrachtete, wuchs in ihr die Freundschaft zu Jeanne. Aber selbst Walter Scott vermochte die Müdigkeit dieses schwachen Kindes nicht abzuwenden. Jeanne, die ihr *liebes Herz* sehr blaß fand, flehte sie an, sich gleichfalls auszuruhen; Marie ließ sich lange bitten, und als sie Guillaumes Hände kühl und seinen Schlaf vollkommen ruhig fand, gab sie dem Ansinnen ihrer bäuerlichen Gefährtin nach. Jeanne hatte einen Körper aus Eisen: sie hatte ehedem so viele Nächte in diesem Sessel verbracht, damit beschäftigt, die grausame Krankheit ihres Paten zu bewachen, daß eine weitere Nacht für sie nicht zählte. Im übrigen versicherte sie, daß Claudie sie ablösen werde, und Sir Arthur, der ebenfalls bis drei Uhr gewacht, hatte versprochen, um sechs wiederzukommen. Marie liebte ihren Bruder sehr, aber sie hatte einen Schleier vor den Augen. Das ruhige, pastorale Gedicht, in dem Sir Arthur der Held war, hinderte sie daran, das beunruhigende und düstere Drama zu erkennen, in dem Guillaume sich geräuschlos bewegte. Auch wenn sie es manchmal vermutet, so hatte sie es doch verdrängt als etwas, das die geschwisterliche Freundschaft beleidigte. Es schien ihr so natürlich, daß Jeanne von einem reichen, adligen Mann geliebt und für die Ehe begehrt wurde, daß sie eine weniger redliche Liebe im Herzen ihres Bruders nicht für möglich halten wollte. Das Schweigen Guillaumes, der in jeder anderen Hinsicht ihr so sehr vertraute, und die Art des Tadels, den er gegenüber Sir Arthurs Absichten äußerte, hinderten sie also, seine lautere Zuneigung für sein Patenkind in Zweifel zu ziehen.

Jeanne, die mit dem Kranken allein geblieben war, hob den Roman auf, und um die Zeit zu nutzen und nicht einzuschlafen, studierte sie buchstabierend einige Zeilen, die sie nicht verstand; aber sie zuckte zusammen und erhob sich, als sie hörte, wie ihr Pate sie mit erloschener Stimme und schmerzlichem Ausdruck rief.

Als er sie neben sich stehen sah, gab er einen Schrei von sich und verbarg sein Gesicht in den Händen. – Ach, mein Pate, ich hab Euch Angst gemacht, sagte Jeanne, und doch habt Ihr mich gerufen.

– Ich habe dich gerufen, Jeanne? sagte der bleiche junge Mann, ließ seine Hände sinken und nahm die Jeannes; und doch habe ich geschlafen! Aber ich habe von dir geträumt und entsetzlich gelitten; aber was tust du hier, Jeanne? Warum bist du in mein Zimmer gekommen? Ach, mein Gott, antworte mir!

– Weil Ihr ein wenig krank wart; aber es ist nicht schlimm, mein Pate; jetzt geht es Euch gottlob besser!

– Und du willst fortgehen? rief Guillaume und preßte ihren Arm, du willst mich verlassen?

– Ach nein, mein Pate! Ich bleibe bei Euch; Ihr wißt doch, wenn es Euch nicht gutgeht, gehe ich nicht fort.

– O ja, ich habe gelitten, ich erinnere mich! erwiderte der junge Baron. Warst du denn nicht da?

– O doch, mein Pate!

– Es ist wahr, ich habe dich gesehen. Verzeih mir, Jeanne; mein Kopf ist ein wenig schwach.

– Ihr müßt etwas von dem Arzneitrank nehmen, mein Pate.

– Nein, nein, keine Arznei, verlaß mich nicht, Jeanne. Deine Hand in meiner, das tut mir besser. Und doch... du hast mir so weh getan, seit ich dich kenne!

– Ich, mein Pate, ich hab Euch weh getan? sagte Jeanne völlig entsetzt. Wie konnte mir dieses Unglück geschehen, wo ich doch sterben wollte, damit Ihr gesund werdet?

– Jeanne, o meine liebe Jeanne! rief Guillaume überschwenglich und gebrochen zugleich, und nicht mehr in der Lage, seine Leidenschaft zu bezähmen, seit einiger Zeit vor allem hast du mir weh getan; seit du mich nicht mehr liebst!

– Ich, ich liebe Euch nicht mehr? rief nun Jeanne, erstickt von plötzlichem Weinen. Wer hat Euch einen solchen Schwindel erzählt? Hier gibt es doch keine bösen Leute!

– Du liebst mich nicht mehr, seit du einen anderen liebst, Jeanne; gestehe es! Ich kann nicht mehr länger an mich halten. Ich bete dich an...

– Wieso sagt Ihr dieses Wort, mein Pate?

– Ist es denn ein Wort, das du nicht kennst? Monsieur Harley muß es doch zu dir gesagt haben.

– Ach nein, mein Pate! Nie hat der englische Herr ein solches Wort zu mir gesagt; es ist ein Wort, das man nur zu Gott sagt. Aber warum, mein Pate, sagt Ihr, daß ich einen anderen liebe als Euch? Wollt Ihr mir denn sagen, daß ich Euch nicht mehr lieben will?

– Du hast mich also geliebt, Jeanne? Oh, sage es mir!

– Aber ich liebe Euch doch immer noch, mein Pate.

– Du liebst mich! Und du sagst es mir so ruhig!

– Nein, mein Pate, das sage ich Euch nicht ruhig, sagte Jeanne, die glaubte, sie sei der Kälte angeklagt, und die nun mit der melancholischen Ruhe der verleumdeten Unschuld weinte.

– O nein, du liebst mich nicht! sagte Guillaume, ließ Jeannes Arm los und fuhr sich verzweifelt mit der Hand durchs Haar. Du verstehst mich nicht, du weißt nicht einmal, worum ich dich bitte!

– Ach, mein lieber Pate, sagte Jeanne und kniete neben Guillaumes Lager nieder, Ihr dürft Euch nicht so erhitzen; jetzt seid Ihr wie damals, als Ihr krank wart und mir immer vorwarft, daß ich nicht genug an Euch hänge. Ich habe Euch doch so gut ich konnte gepflegt. Es ist nicht meine Schuld, wenn ich einfach bin und nicht alle Wörter, die Ihr sagt, richtig verstehe.

– Du verstehst alles, Jeanne, außer einem Wort, lieben!

– Ach, mein Gott, wenn Ihr nicht krank wärt, würde ich Euch sagen, daß Ihr ungerecht seid zu mir. Aber wenn es Euch guttut, mir zu grollen, so grollt eben, erleichtert Euch Euer Herz.

– Oh, grausames, grausames Kind, das die Liebe nicht versteht! rief Guillaume händeringend.

– Ihr sagt mir da ein Wort, das nicht schön ist, mein Pate. Das ist ein Wort von Monsieur Marsillat.

– Ach ja, ich weiß! Marsillat, auch er, hat mit dir von der Liebe gesprochen!...

– Er spricht mit allen Mädchen davon, aber er tut es ziemlich schlecht, mein Pate!

– Hat der Elende dich beleidigt?

– O nein, mein Pate! Ich hätte mich nicht beleidigen lassen. Und außerdem müßt Ihr ihm nicht böse sein. Dieser Mann ist nicht dumm, und er hört recht gut auf die Vernunft. Seit langer Zeit schon ärgert er mich nicht mehr, und eines Tages gar, als ich ihm wegen seiner Verrücktheiten Vorhaltungen gemacht habe, da hat er mir ehrlich versprochen, daß er mich von nun an in Ruhe lassen würd', und ich kann nicht sagen, daß ich mich seither über ihn beklagen könnt.

– Aber warum erschreckt das Wort Liebe dich sogar aus meinem Mund, sag! Los, antworte mir!

– Ich könnt es Euch nicht sagen ... mein Pate ... Aber mir scheint, daß Ihr es seid, der mich nicht mehr liebt, wenn Ihr mir solche Sachen sagt.

– Jeanne, ich verstehe dich; du glaubst, daß ich dich täuschen, dich verführen will ...

– O nein, mein Pate, das glaube ich nicht von Euch; Ihr seid zu gut und ehrlich, um solche Gedanken zu haben.

– Und doch beleidigt und erschreckt dich meine Liebe!

– Ei, mein Pate, wie dumm ich bin, verzeiht mir. Es ist ein Wort, das wir beide vielleicht jeweils anders verstehen. Wir Bauern sagen es, wenn wir von verliebten Leuten reden.

– Ja und, Jeanne, wenn ich nun in dich verliebt wäre?

– Ach nein, mein Pate, nein! Das stimmt nicht! sagte Jeanne und senkte traurig den Blick; die Krankheit läßt Euch das sagen.

– Nun gut! Ja, es ist die Krankheit, die es mich sagen läßt: das Fieber ist wie der Wein, es läßt uns sagen, was wir denken.

– So dürft Ihr mich nicht behandeln, mein Pate, sagte Jeanne streng, trotz ihrer Sanftheit, das verdiene ich nicht.

– Du weist mich also zurück, du haßt mich!

– Ist es möglich, mein Gott! sagte Jeanne und barg ihr tränenüberströmtes Gesicht in der Schürze.

– Ach! Ich beleidige, ich betrübe dich! Ich Unglücklicher! Ich habe mich geirrt; du empfindest keine Liebe für mich!

– Ach, mein Pate, das hätte ich mir nie erlaubt, und ich möcht lieber sterben, als daß ich mir das in den Kopf setze.

– Was sagst du da? Du schlichtes, du verrücktes Mädchen! Du glaubst also, du würdest mich beleidigen, es vielleicht gar an Respekt fehlen lassen? Rede, du bist ja verrückt!

– Ich weiß nicht, ob es Euch beleidigen würde, mein Pate; aber es würde meine Patin beleidigen, da bin ich sicher, und vielleicht auch unsere liebe Mam'selle. Aber Gott sei Dank, dazu bin ich nicht fähig! In Euer Haus kommen, Euer Geld verdienen, Euer Brot essen und mir dann in den Kopf setzen, in meinen Herrn verliebt zu sein, in meinen Paten! Das wäre ja eine Sünde, niemals, niemals, der liebe Gott weiß, daß ich diesen Gedanken niemals gehabt habe, nicht ein kleines bißchen!

– Sprich weiter, Jeanne, sage mir alles, denn ich habe mich dazu verurteilt, alles zu erfahren; wenn ich in dich verliebt wäre, wie du sagst, wenn ich dich anflehen würde, in mich verliebt zu sein, wärst du dann jemals einverstanden?

– Oh, mein Pate, redet nicht so; man könnte meinen, es wäre wahr, und wenn es wahr wäre, müßt ich Euch verlassen und weit weggehen, weit weg, in meine Heimat, damit ich nie mehr mit Euch allein bin.

– Ach, was du da sagst, ist furchtbar! Du würdest, könntest von mir fortgehen wollen... Du hättest die Kraft dazu! Und ich, ich habe versucht, sie zu haben, aber umsonst! Ich mußte zurückkommen. Ich hielt mich für geheilt, ich habe dich wiedergesehen, und mein Übel ist wieder da, schrecklicher als zuvor.

– Ach, mein Gott, mein Pate, was sagt Ihr da? Ich hätte mit Eurer Krankheit zu tun? Das ist, als ob ich an allem schuld wäre. Was habe ich denn dem lieben Gott getan, daß er Euren Verstand so gegen mich richtet?

– Jeanne, mit deinen Worten tötest du mich, nachdem du mich schon mit deiner Anwesenheit langsam zum Sterben gebracht hast. Deine Schönheit verzehrt mein Herz, und deine Tugend vernichtet mich.

– Wenn ich Euch töte, mein Pate, sagte Jeanne verzweifelt und gar gekränkt, wobei sie jedoch immer noch in sanfter Weise sprach, weil sie fest glaubte, daß Guillaume sich in den Fängen einer Art von Fieberwahn befand, dann muß ich weggehen. Eine andere Person wird Euch gewiß nicht mit größerer Freundschaft pflegen; aber vielleicht hätte sie mehr Glück als ich, die ich Euch ungeduldig mache und gegen die Ihr, wenn Ihr krank seid, immer so was wie Zorn habt. Ich gehe und hole Claudie oder den englischen Herrn, und ich verspreche Euch, mein lieber Pate, daß ich Euch darum nicht weniger liebe, auch wenn ich nicht mehr in Euer Zimmer komme, Euch nicht mehr diene, was mir das Herz brechen wird.

– Darauf habe ich gewartet, Jeanne, rief Guillaume außer sich. Du hast nach einer Gelegenheit gesucht, um mich zu verlassen, und du verläßt mich in aller Ruhe, du bringst mich um, unter dem Vorwand, mein Leben zu erhalten. Geh doch, adieu! Laß mich, laß mich! Ich kenne mich selbst nicht mehr.

Und der junge Mann, herrisch wie ein verwöhntes Kind, fing an zu schluchzen, zu stöhnen und krampfhaft die Hände zu ringen.

Jeanne war erschreckt aufgestanden, um Madame oder Mademoiselle de Boussac zu holen, dem Befehl gehorchend, den man ihr gegeben, sie sofort zu unterrichten, wenn sich wieder ein alarmierendes Symptom zeige. Aber sie wollte gerade aus dem Zimmer gehen, da blieb sie stehen, entsetzt über die heftige Krise, in der sie den

Kranken sah. Sie wagte es nicht, ihn allein zu lassen, ging zu ihm zurück und bemühte sich wie einst, ihn mit sanften Bitten und mütterlichen Vorhaltungen zur Ruhe zu bringen. Aber Guillaume war sehr viel weniger krank und sehr viel verliebter als in der Vergangenheit. Er drückte Jeanne an sein Herz, benetzte ihre kalten, zitternden Hände mit seinen Tränen, und nachdem er sie hatte versprechen lassen, daß sie an diesem Tag bei ihm bliebe und das ganze Leben lang, erkühnte er sich, oder vielmehr verirrte er sich – der leichten Plaudereien überdrüssig, wie alle schüchternen Verliebten –, klar seine Liebe, seine Eifersucht und sogar die ganze hitzige Begeisterung eines Zwanzigjährigen zu erklären. Dies war nicht die gemeine Sprache Marsillats, sondern es waren noch glühendere Bitten, das brennende Irrereden einer ersten Liebe, die sich schuldig fühlt und die, nachdem sie lange den Abgrund ermessen, sich schwindelnd, erschreckt und begeistert hineinstürzt.

Jeanne konnte nur mit Tränen antworten, und dieser aufrechte Schmerz ließ Guillaume annehmen, er werde geliebt, ohne Leidenschaft vielleicht, aber mit einer Hingabe, die blind genug war, alles zu opfern. Da löste Jeanne sich aus seinen Armen und rannte zur Tür, wo sie sich plötzlich von Angesicht zu Angesicht mit Sir Arthur befand und beinahe in seine Arme geflüchtet wäre.

– Ho! rief der Engländer, bestürzt über den Schrecken Jeannes und die erstickten Schreie des Kranken, der bei seinem Anblick einen neuen Anfall von Eifersucht und Verzweiflung bekam.

– Monsieur Harley, es ist nichts, sagte Jeanne, und ihr verstörtes Gesicht strafte ihre Worte Lügen. Mein Pate ist ein wenig krank, und Ihr werdet versuchen, ihn zu trösten. Ich ärgere ihn nur und gehe jetzt.

Sie lief in ihr Zimmer und kniete vor ihren verehrten Bildnissen nieder, der Jungfrau Maria, *Königin aller Farblosen*, und Jeanne, der großen Hirtin, die sie guten Glaubens die heilige Jeanne-von-den-Feldern nannte, weil sie glaubte, man habe sie heiliggesprochen – entsprechend der poetischen Verwirrung, die im Kopf ihrer Mutter geherrscht, stellte sie sich vor, sie sei ihre Schutzheilige; und vor dem Kaiser Napoleon, den sie als den Erzengel Michael von Frankreich und Märtyrer der Engländer ansah. Lange Zeit weinte und betete sie, und als sie sich ruhiger fühlte, bat sie Gott, er möge ihr eingeben, wie sie sich unter diesen Umständen, die in ihren Augen so grausam und sonderbar waren, verhalten solle.

Claudie unterbrach sie bei dieser Betrachtung.

– Woran denkst du? fragte sie; deine Kühe haben noch nicht gefressen, und du kniest da und betest, als ob du eines schönen Sonntagmorgens in der Kirche wärst.

– Du hast recht, meine Claudie, antwortete Jeanne, ich kann meine Gebete auch aufsagen, während ich arbeite. Und die Schönheit, um deretwillen ein verdienstvoller Mann, ein interessanter Jüngling und ein glänzender Anwalt seufzten, ging und besorgte das Frühstück für die Braune, die Rote und die Königin, die drei schönen Kühe, die ihrer Obhut anvertraut waren.

Seit etwa drei Stunden war Jeanne auf der Weide, als sie sah, wie Sir Arthur Harley längs der Felsen, die über den Fluß hinausragen, auf sie zukam. Sie hatte Lust, ihm aus dem Weg zu gehen. Die Herren fingen an, ihr Mißtrauen und Angst einzujagen; aber der Engländer sah gerade jetzt so gütig und anständig aus, daß sie sich ein wenig beruhigte und zu stricken fortfuhr, während er sich in einiger Entfernung von ihr auf den Felsen setzte.

– Mein liebes Fräulein Jeanne, sagte er, ich komme, um mit Ihnen über eine äußerst heikle Angelegenheit zu reden, und wenn ich mich auf Französisch nicht gut ausdrücke, dann entschuldigen Sie mich um meiner guten Absichten willen. Monsieur Harley, der sich sehr gut auf Französisch ausdrückte, von ein paar Fehlern in Geschlecht und Zeit abgesehen, die anzumerken unsinnig wäre, kokettierte gewissermaßen, um sich Jeanne gegenüber unwissend zu geben, weil er hoffte, daß sie auf diese

Weise den Standesunterschied vergesse. Aber Jeanne war weniger denn je aufgelegt zu vergessen, daß sie viel Respekt zeigen müsse, damit sie selbst auch viel einflöße. Sie verstand genau, daß dies die einzige Gleichheit war, die sie gefahrlos anstreben konnte; und doch verdiente Sir Arthur etwas Besseres von ihr; sie spürte es instinktiv, wagte aber ihrem Gefühl nicht zu vertrauen.

In väterlichem Ton und mit bewegter Stimme, die in Jeannes Herz Rührung und Achtung bewirkte, versuchte Sir Arthur, sie zu einer Beichte zu bewegen. Er gab ihr deutlich zu verstehen, daß er soeben Guillaumes Geheimnis erraten, vielleicht ihm entrissen habe, und daß er zu wissen begehre, ob sie die Liebe ihres jungen Paten erwidere, um ihr unter diesen Umständen Hilfe, Rat und Schutz zu geben, welches auch immer ihre Gefühle wären. Jeanne weigerte sich lange, das Geheimnis ihres Paten preiszugeben, und als sie sah, daß ihre Zurückhaltung sinnlos war, sagte sie:

– Nun gut, Monsieur, da Ihr mit mir über diese Dinge redet wie der Pfarrer, Monsieur Alain, werde ich Euch antworten wie einem guten Menschen, der Ihr zu sein scheint. Es ist wahr, daß mein Pate sich meinetwegen unglücklich macht; aber ich weiß es erst seit heute. Das bekümmert mich so sehr, daß ich imstande bin, das Schloß zu verlassen, wenn Ihr glaubt, daß dadurch das Leben leichter wird. Was mich angeht, so liebe ich ihn sehr, weiß Gott! Aber ich liebe ihn nicht anders, als ich es darf, und ich könnt Euch und meiner Patin schwören, daß ich nicht in ihn verliebt bin, o nein, und es niemals sein werde. Mein Ehrenwort, daß ich nie auch nur eine Minute lang daran gedacht habe!

– Sie haben nicht daran gedacht, Jeanne, Sie haben es nicht als möglich angesehen, daß Ihr Pate in Sie verliebt ist; aber jetzt, wo Sie es wissen, denken Sie da nicht gegen ihren Willen daran?

– Nein, Monsieur.

– Weil Sie stolz und verständig sind und weil Sie befürchten müßten, daß Sie von den anderen und sich selbst verachtet würden. Aber wenn Ihr Pate Sie heiraten könnte und wollte, wären Sie da nicht einverstanden?

– Nein, Monsieur, niemals.

– Weil Sie annehmen, daß seine Familie dagegen ist, und weil Sie Ihrer Patin keinen Kummer bereiten möchten. Aber wenn Ihre Patin ihre Zustimmung gäbe?

– Das wäre gleich, Monsieur.

– Sagen Sie mir die Wahrheit, Jeanne? Die Wahrheit, wie einem Freund, einem Bruder, einem Beichtvater?

– Ja, Monsieur.

– Tatsächlich ist das, wovon ich rede, vielleicht nicht unmöglich. Ich habe Einfluß auf Madame de Boussac; ich kann die Ungerechtigkeit des Schicksals zu Ihren Gunsten ausgleichen. Ich habe es Ihnen einmal gesagt, und mehr denn je bin ich Ihr Diener und Ihr Freund.

– Oh, was Euch angeht, Monsieur, Ihr seid so gut und ehrlich zu mir, daß ich's nicht verstehe und nicht weiß, wie ich Euch danken soll. Aber das alles ist nutzlos. Ich würde nie meinen Paten heiraten, selbst nicht auf den Befehl seiner Mutter hin.

– O Jeanne, denken Sie darüber nach! Monsieur Guillaume ist ein recht schöner junger Mann; er ist liebenswert und gut. Er hat Verstand, er hat Ihnen große Dienste erwiesen, und er liebt Sie auf den Tod.

– So will ich an seiner Stelle sterben! sagte Jeanne, aber ich will nicht mehr übers Heiraten reden.

Und sie begann zu weinen.

– Jeanne, rief Arthur, sind Sie verheiratet? ...

– Ich, Monsieur? sagte Jeanne erstaunt und hob den Kopf. Was Ihr Euch denkt! Wenn ich verheiratet wäre, wär das nicht bekannt?

– Aber Ihr seid jemandem versprochen?

– Jemandem? Nein, Monsieur, Ihr irrt Euch.

– Aber Sie lieben jemanden?

– Nein, Monsieur, antwortete Jeanne und schlug die

langen Wimpern nieder, so als ob diese Anmutung sie beleidigt hätte.

– Ist es denn möglich, fuhr der Engländer fort, daß Sie zweiundzwanzig Jahre alt geworden, so schön sind und geliebt werden, ohne daß je ein Mann das Glück hatte, auch nur die geringste Auszeichnung durch Sie zu erfahren?

Jeanne schwieg einen Augenblick lang. Sie schien gedemütigt, und Sir Arthur glaubte zu sehen, wie sich auf ihren von Müdigkeit und Weinen blassen Wangen eine leichte, flüchtige Röte ausbreitete.

– Nein, Monsieur, antwortete sie schließlich; Ihr tut mir weh, wenn Ihr mich derart ausfragt. Ich habe nie gegen mein Gewissen gehandelt; und ich war nie in meinem Leben verliebt. Ich begreife, daß Ihr wissen wollt, ob ich meinen Paten in seinem Schmerz trösten kann; aber das ist nicht möglich. Wenn er sich mich nicht aus dem Kopf schlagen will, muß ich gehen.

– Jeanne, rief Sir Arthur tief bewegt und verwirrt, ich kann, ich darf Ihnen in diesem Augenblick keinen Rat geben. Ich bin Guillaumes Freund, und ich liebe ihn beinahe mehr als mich selbst; sein Leid betrübt mein Herz, und ich weiß nicht, wie ich ihn heilen soll. Ich bitte Sie nur um eins, nämlich nicht zu vergessen, daß ich Ihr ergebenster und sicherster Freund bin. Wenn Sie dieses Haus verlassen und auch ich selbst nicht mehr hier bin, versprechen Sie mir, daß ich erfahren werde, wo Sie sind, und daß Sie mir erlauben, Sie zu besuchen. Auch ich muß Ihnen ein Geheimnis anvertrauen; aber ein Geheimnis, dessen Sie sich nicht zu schämen brauchen, das schwöre ich bei meiner Ehre.

– Wohin soll ich denn gehen, wenn nicht in meine Heimat Toull-Sainte-Croix? antwortete Jeanne. Ich werde mich auf irgendeinem Pachthof bei La Combraille verdingen, weil dort das Gras gut ist und ich es mag, wenn die Tiere gut genährt sind, die ich verpflege. Und was Ihren Besuch angeht, so ist das nicht möglich, Monsieur; es würde dazu führen, daß man schlecht von mir spricht und von Euch auch; aber wenn Ihr mir etwas zu befehlen habt, dann könnt Ihr es dem Herrn Pfarrer von Toull schreiben. Er kann Geschriebenes sehr gut lesen, und er wird mir erzählen, was Ihr mich wissen lassen wollt.

– Das ist schön, Jeanne, antwortete Monsieur Harley, der immer gerührter war; und er machte eine Bewegung, um zum Zeichen des Abschieds ihre Hand zu nehmen. Aber er fürchtete, daß er unter den Umständen, in denen die sittsame Jeanne sich befand, das Vertrauen, welches sie in ihn hatte, zerstöre, und nachdem er sie mit ebensoviel Achtung gegrüßt hatte wie eine vornehme Dame, verließ er sie überstürzt und entschlossen, am selben Tage Boussac zu verlassen, um seinen jungen Freund zumindest von der Qual der Eifersucht zu befreien.

Jeanne, allein geblieben, dachte darüber nach, wie die Heiterkeit ihres Lebens soeben furchtbar durcheinandergeraten war sowie über das zärtliche Mitleid des Engländers für ihren Schmerz, da bemerkte sie unterhalb der Felsen einen schlecht gekleideten Mann, der wie ein Fuchs umherschlich und -kletterte. Er hatte eine Angelschnur in der Hand und einen Korb, den er von Zeit zu Zeit neben sich abstellte, wenn es ihm gelungen war, einen Felsen am Rand des Baches zu erreichen. Diese Stelle ist so steil, daß dort nie jemand entlanggeht. An der Grenze wäre dies ein Schmuggelpfad. In der Nachbarschaft einer Stadt ist es ein Weg für Diebe und Spione. Sein großer, verbeulter Hut fiel ihm über die Augen, und von der Höhe aus, von wo sie seine Bewegungen beobachtete, konnte Jeanne seine Gestalt nicht deutlich sehen. Indessen kam es ihr so vor, als erkenne sie die unschlüssige, bald langsame, bald schnelle Gangart des alten Raguet. Er angelte nicht und schien das Gelände zu erforschen oder den am anderen Ufer Vorübergehenden aufzulauern.

Beunruhigt ging Jeanne weiter und trieb ihre Kühe auf die andere Seite der Weide. Dieser Raguet versetzte sie in Angst und Schrecken, ohne daß sie hätte sagen können, warum. Er lebte immer noch mit ihrer Tante zusammen, und er mußte an Jeannes Geldsendungen teilgehabt haben, die sie der Grand'Gothe zugedacht, damit diese nicht im Elend versinke.

Als sie wieder im Haus war, erkundigte sie sich nach der Gesundheit ihres Paten. Marie war traurig; sie fand ihren Bruder abwechselnd niedergeschlagen und aufgeregt. Er sagte seltsame Dinge, beim geringsten Geräusch im Haus wurde er unruhig, und mehrfach hatte er nach Jeanne gefragt. Jeanne fand allerlei Vorwände, um nicht zu ihm zu gehen, obgleich Marie dies wünschte. Monsieur Arthur schrieb Briefe; er schien in Gedanken versunken. Jeden Augenblick ging er den Kranken besuchen und den Arzt befragen. Endlich, am Nachmittag, behauptete er, in Chambon zu tun zu haben, bei einem Notar, der ihm eine Investition in Grund und Boden angeboten habe; er packte einen sehr kleinen Koffer, bestieg sein Pferd, versprach, in zwei oder drei Tagen zurück zu sein und ritt in Richtung Bourbonnais davon.

Als es dunkel wurde, ging Jeanne auf die Weide, um Stücke neuer Leinwand einzusammeln, die sie dort bleichte und nachts oft ohne nachteilige Folgen liegen ließ. Aber der Mann, den sie in den Felsen gesehen hatte, kam ihr in den Sinn, und um nichts in der Welt hätte sie gewollt, daß durch ihre Nachlässigkeit die Wäsche des Hauses verschwinde.

Der Mond ging gerade auf und warf große, unbestimmte Schatten auf die Weide, als sie sich anschickte, ihr Leinen aufzuheben und einzurollen. Aber fast hätte sie es fallen lassen und die Flucht ergriffen, als sie die Stimme von Raguet hinter sich flüstern hörte: »Warte, schöne Jeanne, warte, ich will dir helfen!«

– Was wollt Ihr, und was macht Ihr hier? fragte Jeanne und versuchte, ihrer Stimme Kraft zu geben und das entrollte Leinen, das ihre Füße behinderte, auf die Schulter zu werfen.

– Das hast du nicht gedacht, daß du mich hier treffen würdest? fuhr Raguet spöttisch fort. Aber dein Galan ist gerade auf und davon, Jeanne. Er reitet fort auf einem großen Falben.

Jeanne hielt sich nicht mit Schwatzen auf, sie beschleunigte den Schritt und nahm den Pfad, der zum Garten führte.

– Du hast Angst vor Leinendieben, schöne Jeanne? sagte Raguet und folgte ihr. Du tätest besser daran, vor denen dich zu fürchten, die die Herzen junger Mädchen stehlen.

Und nach drei Schritten fuhr er fort: »Es ist also wahr, daß du einen Engländer heiraten wirst, schöne Jeanne? Was hätte bloß deine Mutter dazu gesagt?«

– Ihr lügt, sagte Jeanne, die sicherer wurde, je näher sie dem Garten kam; ich heirate niemanden.

– Man sagt allerdings, daß du sehr reich wirst und daß du es schon bist. Ich gehe davon aus, daß du deine Verwandten nicht vergißt, wenn du einmal Bürgerin bist.

– Ihr bedeutet mir nichts, sagte Jeanne, und das geht Euch nichts an.

– Der Engländer reitet bestimmt nach Toull-Sainte-Croix, um das Aufgebot bekanntzugeben, sagte Raguet weiter, der, wie gewöhnlich, sich ein Vergnügen daraus machte, die Leute zu erschrecken, indem er sie abends im Wolfsschritt verfolgte und ihnen Vorträge hielt, um seine Ränke zu schmieden. Aber du hättest in einem anderen Kirchspiel heiraten sollen, Jeanne. Das wird den Pfarrer Alain allzusehr schmerzen. Bestimmt gehst du morgen auch nach Hause? In den zwanzig Monaten, in denen man dich nicht gesehen hat, ist deine Tante vor Erschöpfung krank geworden. Das Fieber verläßt sie nicht mehr. Ich rechne damit, daß du sie nicht sterben läßt, ohne zu kommen und ihr guten Abend zu sagen?

– Stimmt es, was Ihr da sagt? fragte Jeanne und blieb

stehen, denn sie war an der Gartenpforte angelangt, und halbgeöffnet hielt sie sie zwischen sich und den nächtlichen Strolch. Meine Tante ist krank?

– Wo doch dein Engländer nach Toull reitet, kannst du ihn ja bei ein paar Leuten fragen lassen, ob es stimmt.

– Aber er reitet doch nicht nach Toull, dieser Herr?

– Du weißt genau, daß doch! Ich habe ihn ja bei den Pierres Jomâtres getroffen.

– Er reitet nach Chambon oder nach Bonat. Ich weiß nicht einmal, wohin er will; aber ich werde erfahren, ob Ihr mich belügt und ob meine Tante krank ist.

– O ja, das wirst du erfahren, wenn sie tot ist.

– Aber wenn sie erschöpft ist und krank, wie kommt es dann, daß Ihr nicht bei ihr seid? Sie hat einen Fehler gemacht, daß sie zu Euch gegangen ist, wo Ihr sie so schlecht pflegt!

– Ich, sagte Raguet, ich bin nicht mehr mit ihr zusammen! Ich habe sie vor zwei Monaten verlassen.

– Und wo wohnt sie jetzt, meine arme Tante?

– Ob sie im Loch der Farblosen wohnt oder mitten im großen Fischteich, wenn ihr das gefällt, das kümmert mich nicht.

– Ach, Ihr seid ein böser Mensch; ich hab es gewußt! antwortete Jeanne und schloß ihm die Pforte vor der Nase; sie ging zum Haus zurück, unsicher, ob sie am nächsten Tag davonlaufen und ihre Tante suchen und ob sie Raguets bösen Worten Glauben schenken sollte.

XX

Abschied von der Stadt

Guillaume war abends aufgestanden. Er war zur Vernunft gekommen, und es schien ihm besser zu gehen. Aber als er erfuhr, daß Sir Arthur abgereist war, begriff er, wie gütig und feinfühlend das Verhalten seines Freundes war, und er verspürte große Gewissensbisse wegen seines eigenen Verhaltens. »Wer weiß, dachte er, wie weit die erhabene Großmut Arthurs gehen mag? Er hat mein Geheimnis erraten und verzichtet vielleicht für immer auf Jeanne. Er sieht, daß ich sie liebe, und glaubt, ich sei wie er fähig, sie zu heiraten. Sie heiraten!... Ach, wenn sie mich liebte, wenn sie mit mir glücklich sein könnte, warum sollte nicht auch ich diesen Mut, diese Anständigkeit besitzen? Unglücklicher Narr! Ich habe versucht, sie vom rechten Weg abzubringen, sie zu verführen, und der Gedanke, ihr eine Liebe anzutragen, die ihrer und meiner würdig ist, wagt es nicht, sich in meinem ängstlichen, feigen Kopf festzusetzen! Und wäre ich außerdem imstande, das Opfer meines Freundes anzunehmen? Darf ich, nachdem ich der Vertraute seiner Liebe war, zu meinem Nutzen seine Hoffnungen bekämpfen und zerstören? Darf ich Jeanne ein unsicheres und zerquältes Herz anbieten, die Empörung meiner Mutter, Hunderte von Hindernissen, denen zu trotzen ist, Hunderte von Belästigungen vielleicht, die ertragen werden müssen, im Tausch gegen eine wolkenlose Zukunft, die ihr der edle Arthur bietet?«

Sämtlichen Ängsten, seiner Schwäche und allen Gewissensbissen preisgegeben, unterdrückte das traurige Kind auf seinem Lager Tränen und Erregung. Man war noch immer in Sorge um ihn. Der Arzt kam immer noch, und da er ihn nicht wirklich krank fand, gab er zu verstehen, daß irgendein seelischer Grund diese Verwirrung verursache. Guillaume unternahm unerhörte Anstrengungen, um seine Qualen zu verbergen. Zärtlich von seiner Mutter und Schwester befragt, machte er, statt sein Herz auszuschütten, mit einem Täuschungsversuch jedes spätere Bekenntnis fast unmöglich. Er beschwor sie, sich nicht mehr mit ihm zu befassen, weil er hoffte, daß man ihm Jeanne schicken würde für die Wache und daß er seinen Fehler wiedergutmachen könne, indem er sein verrücktes Verhalten zurücknehme und es dem Fieberwahn zuschreibe. Aber statt Jeanne kam Claudie und setzte sich in den großen Sessel; Jeanne, sagte sie, sei zu müde, um auch diese Nacht zu wachen. Guillaume, der sie ganze Monate hindurch unermüdlich erlebt hatte, begriff ihre Entscheidung und unterwarf sich ihr in bitterem Schmerz.

– Meine Freundin, Sie sehen, daß ich vor Kummer ganz erschöpft bin, sagte am nächsten Morgen Madame de Boussac zur Unterpräfektin. Der Verstand meines Sohnes wird wahrhaftig von ich weiß nicht welchen düsteren Gedanken heimgesucht. Der Arzt, der keine wirkliche Krankheit bei ihm findet, wundert sich und redet von einer seelischen Verwirrung. Bin ich dazu verdammt, dabei zuzusehen, wie Guillaume allmählich in einem Zustand versinkt, der für ihn schlimmer ist als der Tod? Bedauern Sie mich, machen Sie mir Mut, und da Sie so vieles durchschauen und aufdecken, klären Sie mich endlich auf, sofern Sie es können.

– Meine Liebe, ich habe es Ihnen hundertmal gesagt, antwortete die Unterpräfektin, die Medizin, die Ihr Sohn braucht, ist die Ehe. Sie haben ihn wie eine junge Dame erzogen, haben ihn gottesfürchtig und brav gemacht, das ist sehr gut; aber wenn Sie sein Zölibat andauern lassen, in dem er angeblich unbedingt leben will, dann wird er mit großer Gewißheit verrückt.

– Sprechen Sie dieses furchtbare Wort nicht aus und sagen Sie mir, ob Sie tatsächlich glauben, wie Sie es mir oft gesagt haben, daß Guillaume ohne mein Wissen verliebt ist.

– Das wäre möglich; aber seit ich ihn Tag für Tag beobachte, scheint er mir eher im allgemeinen als im besonderen verliebt zu sein.

– Was wollen Sie damit sagen?

– Daß er, wie ein junger Novize, den man ins Kloster gesteckt hat, in alle Frauen verliebt ist, die er zu Gesicht bekommt. Ich würde mich nicht wundern, wenn diese schöne Jeanne, die Sie so sehr verwöhnen und von gleich zu gleich behandeln, ihm im Kopf herumspukte. Sie wollen mir nicht glauben, Sie sind auf beiden Augen blind. Guillaume ist für dieses Mädchen entbrannt in einem Feuer, das von der Absicht her wenig keusch ist, wenn auch vielleicht in den Tatsachen; darüber äußere ich mich nicht. Aber sehen Sie doch die Überspanntheit des jungen Mannes! Er liebt Sir Arthur wie einen mittelalterlichen Waffenbruder. Er liebt seine Schwester fast wie ein Liebhaber, und er liebt auch meine Tochter.

– Meinen Sie?

– Es ärgert Sie, und doch ist es so. Oh, ich weiß genau, daß Sie unter Ihrem schlichten und bescheidenen Äußeren einen großen Ehrgeiz hinsichtlich Ihrer Kinder verstecken. Sie hoffen, daß Marie Sir Arthur heiraten wird. Und was Guillaume angeht, so rechnen Sie damit, in irgendeinem Winkel Ihrer Provinz eine fette Mitgift für ihn aufzutun. Ich bin nicht so reich wie Sie, allerdings ist Elvire das einzige Kind, und ich kann dafür bürgen, daß binnen eines halben Jahres eine Präfektur uns mindestens dreißigtausend Pfund Rente einbringt. Guillaume soll dieselbe Laufbahn einschlagen, und eines Tages wird er reicher sein, als wenn er weiterhin seine Ländereien anbaut: ein winziges Einkommen, das nur dem schönen Schein genügt.

– Meine Freundin, was mich betrifft, so täuschen Sie sich, erwiderte Madame de Boussac. Wenn ich zuweilen auch einen glanzvollen Traum für ihn gehegt habe, so bin ich doch vor allem mit seinem Glück und seiner Gesundheit beschäftigt. Wenn ich gewiß wäre, daß er in Elvire verliebt ist, würde ich nicht zögern, für ihn um ihre Hand zu bitten.

– Nun, er ist bestimmt in sie verliebt. Aber um Ihnen die Wahrheit zu sagen, das alles wird durchkreuzt von Launen und Wunderlichkeiten. Sie sehen ja, daß er sich tagelang mit ihr befaßt, und dann plötzlich denkt er an etwas anderes; er macht Verse, liest mit seiner Schwester Romane, betrachtet den Mond, und er betrachtet Jeanne;

er sieht, daß der hirnverbrannte Engländer in sie verliebt ist, und in dieser schlechten Luft verliert er den Verstand. Kommen Sie, zeigen Sie Entschlußkraft und schicken Sie Ihre beiden dummen Frauenzimmer nach Hause. Nehmen Sie zwei Bedienstete, die beide etwa fünfzig Jahre alt sind, lassen Sie diese Romane ins Feuer werfen, verlangen Sie, daß Guillaume uns regelmäßig Gesellschaft leistet, anstatt abends allein durch die Felder zu ziehen, und ich stehe dafür ein, daß er innerhalb von zwei Monaten seine Liebe zu meiner Tochter gesteht. Lassen Sie sie Hochzeit halten, schicken Sie sie ein wenig zu zweit auf Reisen, und dann werden Sie schon sehen.

– Ich sehe, daß Sie Jeanne als ein Hindernis für Ihre Absichten begreifen, und wenn ich dessen sicher wäre... würde ich sie fortschicken, auch wenn sie mir durch die Pflege Guillaumes große Dienste erwiesen hat.

– Geben Sie ihr eine Mitgift, verheiraten Sie sie mit einem Bauern, mit Ihrem Tölpel Cadet, und alles ist gesagt.

– Das möchte ich auch; aber wenn es Guillaume erzürnt? Ich wage es nicht. Die ganze Nacht über hat er nach Jeanne gefragt, und ich sage Ihnen, das hat mir zu denken gegeben, ob Sie nicht recht haben. Die Schönheit dieses Geschöpfs erregt ihn ein wenig zu sehr.

– Nun gut! sagte die Charmois nach ein paar Augenblicken des Schweigens, geben Sie ihm für einige Zeit Jeanne, und er wird sich beruhigen.

– Ich soll sie ihm geben? Aber was Sie da sagen, widerspricht jeder Moral, jeder Gottesfurcht!

– Wenn ich sage, Sie sollen sie ihm geben, dann bedeutet das: lassen Sie ihn sie nehmen. Eine gute Mutter muß über alles wachen, und wenn zuviel Sittsamkeit schädlich ist, dann muß sie vor gewissen Verirrungen, die stets unvermeidlich und manchmal auch notwendig sind, die Augen schließen.

– Wie können Sie mir zu so etwas raten, wo Sie doch gerade von einer Heirat mit Elvire gesprochen haben?

– Das beweist Ihnen, daß ich in dieser Sache meine Interessen nicht allzu eifrig betreibe und meine einzige Sorge der Rettung Ihres Sohnes gilt. Im übrigen, was geht es mich an, wenn mein zukünftiger Schwiegersohn vor der Heirat eine Geliebte hatte? Wenn es denn sein muß, besser Jeanne als eine andere; sie ist jung und von schöner Gesundheit. Sie ist nicht gerissen und wird ihn nicht an sich fesseln; er wird bald ihrer Dummheit überdrüssig sein; und da sie sanft und folgsam ist, wird sie sich ohne Murren vertreiben lassen. Es liegt an Ihnen, sie gut genug zu bezahlen, damit sie keine Anklage erhebt. Wir beide können dieses Opfer bringen, sobald Guillaume und Elvire Mann und Frau sind. Außerdem, wenn man es wollte, könnte Monsieur Léon Marsillat sie uns vom Halse schaffen...

– Schweigen Sie, meine Liebe, antwortete Madame de Boussac erschrocken. Mir scheint, das alles ist sehr verderbt, und Ihr Verstand ist teuflisch.

Die Unterpräfektin spottete über der Schloßherrin Skrupel. Diese verteidigte sich schwach, und die beiden redeten noch lange, jedoch so leise, daß Claudie vergebens am Schlüsselloch lauschte.

Bald nach dieser Unterhaltung wurde Jeanne von ihrer Patin in den Laubengang beordert und fand dort nur Madame de Charmois vor. Diese unverschämte Kreatur handelte ohne das Wissen der Madame de Boussac, und ihrer zynischen Veranlagung entsprechend sagte sie sich zu Recht, daß sie den entscheidenden Schlag führen müsse. »Jeanne, sagte sie zu dem jungen Mädchen, das erstaunt war, sich vor einen solchen Richter geladen zu sehen, Sie werden nun eine schwerwiegende Angelegenheit erfahren. Bereiten Sie sich auf eine gewisse Offenheit vor, und Sie werden sehen, daß alle zur Nachsicht aufgelegt sind. Ihre Patin weiß alles.«

Jeanne wurde rot und senkte den Blick. Aber eine instinktive Ergebenheit, die bei ihr Scharfsinn und Vorsicht ersetzte, ließ sie schweigen. Wenn diese Frau mir

Falschheiten erzählt, um die Wahrheit zu erfahren, dachte sie, wird sie nichts aus mir herausholen. Ich verrate das Geheimnis meines Paten nicht. Ich werde mich nicht über ihn beklagen. Ich möchte lieber nach Hause geschickt werden, als ihn ärgerlich zu machen.

– Wir wissen, daß die Verrücktheiten von Monsieur Harley Ihnen den Kopf verdreht haben, fuhr die Charmoise fort, und daß Sie gedacht haben, es sei ebenso leicht, von Monsieur de Boussac geheiratet zu werden wie von ihm. Glauben Sie mir, meine Liebe, das eine ist so unmöglich wie das andere, man täuscht Sie und macht sich lustig über Sie. Monsieur Harley ist in Italien verheiratet, ich weiß es, und was den Herrn Baron angeht, so würde seine Mutter es niemals erlauben. Er selbst würde sich schämen, auch nur daran zu denken.

– Wenn Monsieur Harley verheiratet ist und eine gute Frau hat, so freut es mich, das zu hören, antwortete Jeanne kalt vor geballter Verachtung. Was meinen Paten angeht, so bin ich nicht verrückt, und ich habe nie an das gedacht, was Sie da sagen, und er auch nicht.

– Sie lügen, Jeanne, sagte die Unterpräfektin und versuchte vergebens mit ihren großen, schwarzen Augen Jeanne zu erschrecken. Wir wissen alles, er hat es im Fieber gestanden. Er hat Ihnen versprochen, Sie zu heiraten, damit Sie ja sagen...

– In diesem Fall ist mein Pate recht krank; denn er hat etwas Falsches gesagt!

– Sie leugnen zumindest nicht, daß er Ihnen den Hof macht?

– Dazu habe ich Ihnen nichts zu sagen, Madame.

– Ich bringe Sie zu Ihrer Patin, und sie wird Sie der Lüge überführen.

– Da ich weder an etwas Böses gedacht noch Böses getan habe, habe ich vor nichts Angst, Madame.

– Sie sind sehr dreist, Mademoiselle Jeanne, und vielleicht möchten Sie einen Skandal. Nun, das wird nicht geschehen; auf Ihre scheinbare Tugendhaftigkeit geben wir nichts. Schlagen Sie sich das Hirngespinst, geheiratet zu werden, aus dem Kopf, und wir schließen vor dem übrigen die Augen, vorausgesetzt, daß es nicht zu lange dauert und Sie sehr vorsichtig und heimlich vorgehen, wie Sie es auch bisher getan haben.

Jeanne war so empört, daß sie nicht antworten konnte. »Ich spreche mit meiner Patin«, sagte sie und kehrte der Charmois schroff den Rücken, ohne auch nur ein Wort mehr hören zu wollen.

Zu Jeannes Unglück war Madame de Boussac in diesem Moment im Zimmer ihres Sohnes, und Jeanne wagte nicht, sie dort aufzusuchen. Sie wartete in den Fluren auf sie, aber Madame de Charmois konnte ihre allzu schwache Freundin rechtzeitig warnen. »Ich habe ein Wunder vollbracht, sagte sie und zog sie auf den Balkon von Guillaumes Zimmer. Ich habe mit Jeanne gesprochen, ich habe ihr einen Schrecken eingejagt, und wenn sie schuldig ist, wird sie unterliegen; wenn sie klug ist, unterwirft sie sich.«

– Was wollen Sie damit sagen? Was haben Sie getan? fragte Madame de Boussac; ich erzittere.

– Sie, Sie erzittern immer und handeln nie! Lassen Sie mich machen. Verlangen Sie, daß Jeanne heute nacht bei Ihrem Sohn Wache hält. Wenn sie sich verständigen, wird sie ihm mitteilen, daß es nicht möglich ist, Sie zu täuschen, und sie werden darüber nachdenken, sich freundschaftlich zu trennen. Wenn sie sich noch nicht verständigen, werden sie es, nach dem, was ich ihr begreiflich gemacht habe, und dieser Handel wird für die Zukunft keine Gefahr darstellen. Sie werden schon sehen! Wenn Guillaume morgen früh nicht sanftmütig und ruhig ist, dann hören Sie nie mehr auf meinen Rat.

– Aber das alles ist verbrecherisch! Dies war der letzte Verzweiflungsschrei des schlechten Gewissens dieser närrischen Mutter. Die Charmois erstickte die Gewissensbisse mit Drohungen. – Nun gut! sagte sie, wenn Sie den Dingen ihren Lauf lassen, dann seien Sie darauf gefaßt, daß Ihr Sohn wieder in den Zustand gerät, in dem er vor seiner Abreise nach Italien war, oder bereiten Sie sich darauf vor, ihn zur Abreise zu bewegen. Vielleicht werden die Reise und die Ablenkung ihn wieder heilen. Nur werden dafür ein oder zwei Jahre Abwesenheit nötig sein.

– Ach, das ist furchtbar! rief Madame de Boussac, ihn noch einmal verlieren, das ganze Leben ohne ihn verbringen, nur damit man um diesen Preis mit seiner Gesundung rechnen kann, das geht über meine Kräfte.

– Ich wußte es, dachte die Charmois. »Mein Herz, sagte sie, glauben Sie an meine Lebenserfahrung und an meine Zuneigung für Sie. Lassen Sie sich leiten, und vor allem, weigern Sie sich diesen ganzen Tag über, mit Jeanne zu reden; richten Sie es so ein, daß sie heute abend mit dem Kind allein ist, und ich verspreche Ihnen, daß weder er noch sie Sie morgen noch quälen.«

Madame de Boussac gab nach. Jeanne bat dreimal um eine Unterredung. Mit offenkundiger Härte wurde sie abgewiesen.

Jeanne ging ihre Kühe füttern, und nachdem sie Sorge getragen hatte, daß es ihnen bis zum nächsten Tag an nichts fehlte, streichelte sie ein weißes Kälbchen, das sie besonders liebte; sie suchte die zartesten Gräser aus, als ob sie ihm eine letzte Süßigkeit geben wolle; dann brachte sie alles sorgfältig in Ordnung, hielt einen Augenblick auf der Schwelle dieses Stalles inne, wo sie den einfachen Tätigkeiten, die ihr teuer waren, so süße Stunden gewidmet hatte, und machte ein großes Zeichen des Kreuzes, als wolle sie gewissenhaft eine Phase ihres Arbeitslebens beschließen.

Dann ging sie in ihr Zimmer im Türmchen hinauf, machte aus ihren nötigsten Kleidern ein kleines Paket, legte in Claudies Truhe ein paar Schmuckstücke, die ihre Patin ihr gegeben hatte und die sie ihrer Gefährtin schenken wollte. Sie nahm nur eine Kostbarkeit mit, ein goldenes Kreuz, das Marie ihr an ihrem Namenstag geschenkt hatte. Dann ging sie in Maries Zimmer hinauf, obwohl sie Marie von der Schießscharte des Türmchens aus hinten im Garten gesehen hatte. Sie wußte, daß sie ihr nichts sagen durfte, und im übrigen hätte sie sich nicht kräftig genug gefühlt, um ihr Lebewohl zu sagen. Aber sie wollte zumindest den Betstuhl und das Bett ihres lieben Fräuleins noch einmal sehen. Ein letztes Mal kniete sie vor der Alabastermadonna, an die sie gemeinsam so viele süße und unschuldige Gebete gerichtet hatten. Sie löste eine welke Blume aus der Girlande, die sie am Vorabend dort aufgehängt hatten, und steckte sie mit ihrem Rosenkranz an ihren Busen. Dann, als sie eben hinausgehen wollte, fand sie neben sich ein Kleid und einen Schal ihrer geliebten Mam'selle, und sie küßte sie lange, wobei sie bittere Tränen vergoß.

Als sie hinunterging, traf sie auf der Treppe Claudie, und sie umarmte sie, ohne ein Wort zu sagen.

– Wohin gehst du denn? fragte ihre Gefährtin, die sich über ihre roten Augen und ihr trauriges Lächeln wunderte.

– Auf die Felder, antwortete Jeanne.

– Die Zeit ist vorbei, sagte Claudie.

– Nein, nein, die Zeit ist gekommen, antwortete Jeanne; und überstürzt eilte sie weiter.

Am großen Hoftor stand sie Cadet gegenüber.

– Gehst du spazieren, meine Jeanne?

– Ich gehe zu uns nach Hause, mein Alter. Meine Tante ist ziemlich krank, und ich hätte schon heute morgen aufbrechen sollen.

– Gehst du denn so ganz allein, mein Herzchen? Unterwegs wird dich die Dunkelheit überraschen.

– Ach, ich kenne den Weg, und ich hab Finaud bei mir.

– Der Hund Finaud ist ein gutes Tier, aber könnte er dich verteidigen, wenn du schlechte Leute triffst?

– Ja doch, geh, hab keine Angst.

– Aber warum hast du mir das nicht heute morgen

gesagt? Ich hätte um die Erlaubnis gefragt, dich hinzubringen. . .

– Zwei weniger bei der Arbeit im Haus, das wäre zu beschwerlich für Claudie. Also, guten Abend, mein Cadet, halte mich nicht länger auf.

– Kommst du morgen zurück, Jeanne?

– Sobald ich kann, sagte Jeanne und lächelte ihm zu. Aber als sie ihm den Rücken zugewandt hatte, fing sie erneut an zu weinen und sagte sich, sie werde niemals zurückkehren.

Zehn Minuten nach Jeannes Aufbruch klopfte jemand verstohlen an die Tür von Léon Marsillats Kabinett.

– Was ist? sagte er in seiner schroffen Art.

– Seid Ihr allein, Herr Anwalt?

– Sie sind es schon wieder, Sie Strauchdieb? Was wollen Sie?

– Ein kleines bißchen Beratung, Herr Rechtsanwalt.

– Meister Raguet, ich bin Ihre schmutzigen Geschäfte leid. Außerdem ist das nicht meine Zeit. Gehen Sie zum Teufel.

– Ihr seid allzu ehrlich, Herr Anwalt; aber Ihr werdet mich schon anhören.

– Keineswegs. Gehen Sie, sage ich Ihnen, ich verteidige Sie nicht; Sie sind unverbesserlich.

– Oh, wenn Ihr mich erst einmal angehört habt, werdet Ihr mich so unschuldig finden wie Neuschnee.

– Ja, wie gewöhnlich! Noch ein nächtlicher Diebstahl, nicht wahr, oder eine Rache unter Schurken?

– Nein, nichts von alledem. Die Bösewichte sind immer hinter mir her. Haben sie sich jetzt doch in den Kopf gesetzt, daß ich mich als *Weibchen* verkleide und des nachts mit dieser lieben, armen Frau, der Gothe, umherziehe und bei den Gräben die Wäscherin spiele?

– Ich halte Sie auch für verdächtig, Steine gegen Leute zu werfen, die Sie bestrafen wollen.

– Überhaupt nicht, Monsieur, niemals! Ich war's nicht. Damals, als Jeannes Haus abgebrannt ist, habe ich gehört, daß schlechte Leute ihr diesen Streich gespielt haben, weil sie aus den Trümmern das Alteisen klauen wollten, aber ich glaube, ich weiß, wer es war, und mir hat man es angehängt.

– Nur Reichen leiht man gern . . . vor allem, wo ich Sie erkannt habe, Meister Raguet! Also, halten Sie den Mund.

– Oh, das glaubt Ihr? Aber Ihr habt Euch geirrt! . . . Was die Jeanne angeht. . .

– Noch einmal, halten Sie den Mund!

– Sie ist gerade vom Schloß weggegangen, das wissen Sie also?

Marsillat zuckte zusammen. Mit dem Auge des Geiers sah Raguet seine Unsicherheit, seine Abneigung, ihm Fragen zu stellen, seinen Wunsch, etwas zu hören, und er fuhr fort.

– Ja, Monsieur, ja! Ganz allein mit ihrem Hund. . . Sie geht nach Toull. . . Jetzt muß sie am Ausgang der Stadt sein. . . Sie geht schnell!

– Was hat das alles mit mir zu tun? fragte Léon. Sie belästigen mich, gehen Sie endlich!

– Ich gehe, und Eurem Knecht sage ich, er soll schnellstens Euer Pferd satteln.

– Der elende Kerl, sagte Marsillat zu sich, als er sah, wie der andere zum Stall ging, er tut, was er gesagt hat.

Fünf Minuten später setzte Marsillat den Fuß in den Steigbügel, verfluchte den bösen Stern, der ihm diesen widerlichen Helfershelfer seiner Schandtaten zugeführt, und kämpfte indes auch nicht gegen den wilden Instinkt, der ihn trieb.

In aller Eile durchquerte er die Stadt; dann aber dachte er, daß er Jeanne einen Vorsprung lassen sollte, damit er sie bei Einbruch der Dunkelheit erreiche; er verlangsamte und ritt im Schritt den steilen Weg entlang, über den man Boussac in dieser Richtung verläßt. Als er an die Stelle kam, wo der Weg sich gabelt, traf er Raguet, der sich mit den Ellbogen auf eine der kleinen baufälligen und durchbrochenen Mauern stützte, die mit ihren ausgezackten, trockenen Steinen die Büsche ersetzen, die dieser unfruchtbaren Erde fehlen.

– Sie hat den Weg nach Saint-Silvain genommen, sagte der elende Kerl ihm just in dem Augenblick, als der andere den nach Savau nehmen wollte.

Und als Marsillat seinem Ratschlag folgte, wobei er so tat, als ob er ihn nicht gehört hätte, da stellte Raguet sich vor sein Pferd und sagte: »Einem Dienst wie diesem gebührt doch eine Belohnung!« »Bringen Sie sich in Sicherheit, antwortete Léon, oder Sie werden zu spüren bekommen, aus welchem Holz mein Peitschengriff ist!« »Mein Gott, Jesus! murmelte der Gauner verblüfft; die Welt ist voll Undankbarkeit!«

XXI

Die Täuschung

– Dieser Räuber Raguet ist mein böser Genius, dachte Léon und ritt schneller, und wenn es eine Strafe des Himmels gibt, dann die, daß ich gezwungen bin, in dem Moment seine Hilfe anzunehmen, da ich sie zurückweise... Aber Jeanne ist so schön!...

Jeanne ging schnell; sie hatte bis Toull vier Meilen vor sich, aber das machte ihr keine Sorgen. Wenn es schon so tief in der Nacht ist, dachte sie, daß man mir bei der Mutter Guite oder beim Vater Léonard nicht öffnen will, dann warte ich beim Loch der Farblosen, bis es hell wird. Das ist ein *guter Ort*, und kein *böses Ding* wird es wagen, mich dort zu quälen.

Abergläubisch wie sie war, und vielleicht gerade auch weil sie es war, kannte Jeanne kaum Furcht. Seit ihrer Kindheit hatte ihr Geist sich allzu sehr am Wunderglauben genährt, als daß sie nicht der *Erkenntnis* vertraut hätte, die ihre Mutter ihr mitgegeben, und deren Eigenschaft, die bösen Farblosen und bösartigen Kobolde abzuwehren. Einst hatte sie oft in den ersten Herbstnächten das Hüten auf den Feldern bis Mitternacht ausgedehnt. Es ist in unserer Gegend Brauch, von Mitte Juli bis Ende September die Schafe im Abendtau weiden zu lassen, damit die, die man verkaufen will, fetter werden.

Während dieser Abendstunden auf den Feldern machen sich die kleinen Mädchen, die gewöhnlich braver sind als die großen, ein Vergnügen daraus, sich von einer Weide zur anderen Antwort zu geben, indem sie mit voller Stimme ihre alten Balladen und die bewundernswerten Melodien des Bourbonnais und des Berry singen, die so traurig, so zärtlich sind, und aus denen sich die feine Gesellschaft der Gegend so wenig macht. Gott sei Dank bewahren die Bauern sie und komponieren sogar noch welche; und dieweil die jungen Damen zum Klavier die seichtesten und scheußlichsten Opernneuheiten singen, lassen die Hirten das Echo der Felder ihre unbefangenen, reinen Melodien wiederholen, die unsere größten Meister selbst wohl gern ersonnen hätten.

Obwohl man die Abendgesänge noch nicht angestimmt hatte, konnte Jeanne sich nicht im Dunkeln draußen aufhalten, ohne sich in jene Zeit versetzt zu glauben, die für sie der unschuldigen und poetischen Erinnerungen voll war. Sie dachte daran, wie sie damals, als sie noch ein richtiges Kind war, ihre kleine Herde auf dem Anger geweidet und von ihren Gefährtinnen die schönsten Lieder gelernt hatte.

»Vor sechs Monden, als es Frühling war...«
»Waren einst drei kleine Schnitter...«
»Sing, Nachtigall, sing...«

Dann führte sie sich andere, ernstere Tage vor Augen, als sie, von ihrer Mutter in das geheimnisvolle Denken eingeweiht, sich von den verrückten Hirtinnen abgewandt hatte, die sich trafen, um die Angst zu beschwören und recht lose Lieder zu singen, bäuerliche Zoten, die in Wort und Weise im achtzehnten Jahrhundert an abgelegenen Orten recht ausgeprägt waren. Die *wissende* Tula hatte ihrer geliebten Tochter beigebracht, daß man Dinge, die man nicht versteht, auch nicht singen soll, weil das die bösen Geister anzieht, statt sie zu verscheuchen, und daß sie dann die unvorsichtigen Sängerinnen verrückt machen, wie es Claudie und anderen zugestoßen war. Jeanne, fest davon überzeugt, daß es nicht gleichgültig war, ob man nachts in der Einsamkeit dieses oder jenes Lied singt, hatte seitdem oft auf den wilden Hügeln der Marche oder den grünen Hängen des Bourbonnais sehr alte, historische Lieder gesungen – die Klagen des Bauern über die Ausschreitungen und das Elend der militärischen und feudalen Herrschaft:

Ich verfluche den Häscher,
Der den Bauern fängt, ihn bestiehlt,
Fängt und bestiehlt,
Und niemals gibt.

Und das naive Kriegslied, von dem Tula annahm, daß es für die Große Hirtin, die Jungfrau, komponiert worden war:

Kleines Hirtenmädchen,
In den Krieg du ziehst...
....
Sie trägt das Kreuz aus Gold,
Die Lilienblum am Arm;
Keine ist wie sie...

Und als das Echo in den Felsen die letzten Klänge wiederholte, erschauerte Jeanne in heiligem Schrecken, der nicht ohne Zauber war, und stellte sich vor, sie höre die klaren, feinen Stimmen der guten Farblosen, die sich mit der ihren vermählten und den Aufgang des Mondes grüßten, der gallischen Hekate, der schrecklichen Rächerin von Zoten und Meineiden, die die Druidinnen zu kränken befürchteten. Jeanne kannte weder die Worte noch die Zeiten, auf die sich diese unbestimmten, tiefgründigen Anschauungen bezogen. Von ihrer Mutter wußte sie nur, daß es einstmals heilige, unvermählt lebende Frauen gegeben hatte, die das Land beschützten und das Volk in die göttlichen Geheimnisse einweihten. In ihrer Deutung verschmolzen diese Priesterinnen mit den Farblosen: und an Orten, die mit Druidensteinen und Grotten überzogen sind, die einst den Druidinnen geweiht waren, spricht man immer noch unterschiedslos von den *Farblosen* und von den *Frauen*. Der Pfarrer Alain versicherte, daß zur Zeit Karls des Großen Bischöfe und Beamte noch gezwungen gewesen seien, Drohungen auszustoßen und energische Maßnahmen zu ergreifen, um die Bauern daran zu hindern, vor den Menhiren einen öffentlichen Kult abzuhalten. Wenn sich damals also Druidentum und Christentum noch das Terrain streitig machten, so ist es nicht erstaunlich, daß sich in unseren Tagen diese beiden Kulte in einigen überspannten Köpfen vermischen, angeregt durch das Wunderbare in den Überlieferungen. Unsere Bauern kennen das Christentum so wenig, die religiöse Erziehung, die sie erhalten, ist so elementar oder vielmehr so unbedeutend, daß das katholische Mysterium und das namenlose Mysterium der alten Kulte für sie gleichermaßen undurchschaubar sind. Tula beugte sich keineswegs den Predigten von Monsieur Alain, wenn er sie anklagte, ein wenig heidnisch zu sein, und Jeanne hielt sich für ebenso rechtgläubig wie ihre Mutter. Die Druidinnen, die heiligen Farblosen oder die heiligen Frauen waren in ihren Augen gute Christinnen, vom Himmel geschickte Seelen, ehemalige Asketinnen und Feindinnen der Engländer: und wenn ihre Mutter ihr erzählt hätte, daß sie gesehen habe, wie sie auf den Steinen von Ep-nell Opfer darbrachten, dann hätte sie dies ohne Zögern geglaubt. Jeanne d'Arc, deren vollständigen Namen sie nicht einmal kannte, die sie jedoch die schöne Jeanne und die Große Hirtin nannte, war möglicherweise für sie eine Farblose oder Druidin. Was bedeutet die zeitliche Ordnung dem Bauern schon? Seine Vorstellung ist für ihn alterslos. Er empfängt sie, er nährt sich an ihr und überträgt sie, stets jung und glanzvoll, auf die von ihm in die Welt gesetzten Kinder, die wie er als Kinder leben und sterben. Letztes Jahr habe ich von einem alten Bettler erfahren, wie zur Zeit des Philipp August die Engländer von einer Festung zurückgeschlagen wurden, die meinem Wohnsitz benachbart ist. Wunderbarerweise kannte er genau die Strategie und die Einzelheiten der Begebenheit, von welcher Seite aus angegriffen worden war, welche Ausfälle die Belagerten gemacht hatten, wie viele Kämpfer und wie viele Tote es gegeben hatte. Welcher Altertumsforscher, welcher Historiker hätte mir davon Mitteilung machen können? In dem Bericht gab es nur einen Irrtum: er behauptete, Augenzeuge all dieser Dinge gewesen zu sein, *vor der Revolution.* Aber darum war der Bericht nicht weniger wahr, er war in der Familie vom Vater auf den Sohn überliefert worden.

Jeannes Herz war gebrochen, als sie das Schloß von Boussac und die adlige Familie verließ, die sie mehr in ihr Herz aufgenommen hatte, als sie selbst in Wirklichkeit aufgenommen worden war. Die Ungerechtigkeit hatte ihr großen Schmerz bereitet und überraschte sie außerordentlich. Aber sie rechnete so sehr mit Gottes Güte und der Kraft der Wahrheit, daß sie sich sicher war, bald freigesprochen zu werden. In diesem Augenblick jedoch erinnerte sie sich an die Worte ihrer Mutter: »Es ist nicht gut, die Heimat und die Familie zu verlassen«; sie warf sich vor, dies vergessen zu haben, und sie beschloß, diesen Rat der höchsten Weisheit aus dem Mund der teuren Verstorbenen nicht mehr zu vernachlässigen.

Je weiter sie indessen fort war, desto leichter wurde ihr das Herz, und der Abendwind trocknete ihre feuchten

Augen. Die kräftige Bergluft, die sie seit langem nur halb geatmet hatte, gab ihr Mut und Hoffnung zurück. Als sie ihr Dorf verließ, hatte sie eine große Anstrengung gemacht, und sie hatte ein großes Opfer dargebracht, als sie in der Stadt blieb. Ohne Guillaumes Krankheit hätte sie sich nie dazu entschlossen. Sie glich einer wilden Pflanze, die am nicht kultivierten Boden hängt, der sie hervorgebracht, und seit sie sich in ein kultiviertes Gebiet hatte verpflanzen lassen, war sie nur dahinvegetiert. Sie war durstig und wollte in ihrem wahren Element wieder Wurzeln fassen und ihren Ursprungsfels umfangen. Bei jedem Schritt schien ihr, als werde der Himmel weiter, die Sterne klarer. Der Kirchturm von Saint-Martial de Toull erhob sich am Horizont wie ein rettender Leuchtturm. Er war wie in die dunkelblaue Luft geschnitten und schien zu wachsen, gleich einem Riesen. Seit fast zwei Jahren war er Jeanne, die ihn jeden Abend oben vom Schloß aus betrachtete, so klein und weit weg erschienen! Und wieder begann sie, von einem melancholischen Glück zu träumen. Ihre Tante war endlich von dem bösen Raguet getrennt, sie würde sie pflegen und gesundmachen. Dann würde sie wieder Hirtin sein, gleich in wessen Diensten. Sie fände die Schafe und Ziegen wieder, diese bescheidenen Tiere, die sie noch mehr liebte als die prächtigen und oft aufsässigen Kühe. Was bedeutete es ihr schon, ob sie die Besitzerin ihrer künftigen Herde war oder nicht? Ihre Liebe zu den Tieren und zur Arbeit wäre darum nicht geringer. Sie fände die süße Muße wieder, die langen, ununterbrochenen Träumereien der Einsamkeit. Sie würde sich zu singen getrauen, ohne von den Bürgern gehört zu werden; sie konnte beten und glauben, ohne von den Freidenkern verspottet zu werden. Jeanne hatte von Tag zu Tag mehr gespürt, wie sie in der Stadt erkaltete und behindert wurde. Sie sagte sich nicht, daß sie beinahe die Poesie verloren hätte; aber unbestimmt spürte sie, wie sie wieder zur Poetin wurde, je tiefer sie in die Wildnis vordrang. In eine süße

Ekstase versunken, hörte sie die kleinen Geräusche der Natur, die so lange verdrängt waren von den Stimmen der Menschen und vom Lärmen der rastlosen Arbeit im Umkreis der Wohnsitze der Reichen. Das Insekt auf der Weide und der Frosch im Sumpf unterbrachen kaum ihre eintönige Liturgie, wenn sie durch ihr Gebiet streifte, und alsbald danach stimmten sie mit neuer Inbrunst diese geheimnisvollen Litaneien an, die die Nacht ihnen eingibt. In der Ferne brüllte der Stier, und die Wachtel ließ ihren Liebesschrei über die Heide schweben, den sie mit aller Kraft auf höchste steigerte.

Plötzlich ließ der unheilvolle Schrei des *Totenvogels* (des Ziegenmelkers) alle diese glücklichen Stimmen in einem furchtsamen und bestürzten Schweigen erstarren, und Jeanne erbebte. Finaud blieb unvermittelt stehen und antwortete mit einem langen Heulen auf diesen Unglücksschrei. Ein Gedanke an den Tod zog durch Jeannes Geist. Sie versuchte, den Kirchturm von Toull zu schauen, den eine Wolke umhüllte, und ihr schien, als ob sie ihn nicht mehr sehen, nie mehr erreichen würde. Kalter Schweiß bedeckte ihre Stirn; sie blickte sich um und sah zu ihrer Rechten den Mont Barlot und die düsteren Pierres Jomâtres.

– Es ist ein böser Ort, dachte sie, und es wundert mich nicht, daß ich mich gemartert fühle, wenn ich so nah an den bösen Steinen vorübergehe. Man hat auf ihnen viele Leute getötet, *die Einstigen*, und die Seelen ohne Beichte verlangen Gebete. Sie bekreuzigte sich und fing an, das Ave aufzusagen, das einzige Gebet, das sie außer dem Vaterunser auswendig kannte, als Finaud anschlug und sich hinter ihr quer auf den Weg stellte, als wolle er einen Feind daran hindern, näher zu kommen. Jeanne drehte sich um und sah, wie ein Reiter im Schritt den steilen Pfad heraufkam, sie ging zur Seite, um ihn vorbeizulassen, und zog ihre Kapuze ins Gesicht, um ihre Jugend zu verbergen.

– Brav, Finaud, brav! Mit wem hast du's denn? sagte

Marsillat, dessen Stimme der Hund bald erkannte und schwanzwedelnd an seinem Steigbügel schnupperte. Wo zum Teufel willst du so spät hin, Jeanne? fuhr der Reiter fort und zügelte sein Pferd, um an Jeannes Seite zu bleiben, die immer weiterging. Wenn ich deinen Hund nicht erkannt hätte, wäre ich an dir vorbeigeritten, ohne auf dich zu achten. Guten Abend, meine *Alte*!

– Guten Abend, Monsieur, guten Abend, sagte Jeanne sanft, aber entschlossen, als wolle sie sagen: Geht Eures Wegs.

– Ach, du erstaunst mich, erwiderte Marsillat und hielt Fanchon am Zügel zurück. Ein Mädchen wie du sollte nicht so weit gehen ohne einen Freund, der sie verteidigt.

– Ich fürchte mich nicht, Monsieur Léon, der liebe Gott ist bei mir.

– Und dein Galan ist vielleicht nicht weit?

– Gut, gut, macht Euch nur lustig! Ihr wißt genau, die Galane und ich, das geht nicht zusammen.

– Ich sehe, daß das getrennt geht, aber ich denke, daß es sich wiederfindet.

– Neckt mich nicht, Monsieur Léon, ich bin nicht fröhlich.

– Wirklich, meine arme Jeanne? Haben sie dir auf dem Schloß Kummer gemacht?

– Ach, nein, Monsieur, dafür sind sie zu gut. Aber meine Tante ist ziemlich krank, und vielleicht gehe ich zu ihr, um ihr beim Sterben zuzusehen. Wißt Ihr etwas Neues über sie, Monsieur Marsillat?

– Warum fragst du mich das?

– Weil Ihr in Eurer Schreibstube alle möglichen Leute seht und vielleicht welche von zu Hause getroffen habt.

– Ich bin erst vor zwei Stunden von Guéret gekommen, und ich mußte sofort wieder zu meinem Gut La Villette aufbrechen. Wer hat dich von der Krankheit deiner Tante unterrichtet?

– Ei, es war dieser schlechte Mensch Raguet. Vielleicht hat er gelogen, um mir Kummer zu machen.

– Das ist wirklich ein schlechter Mensch, sagte Marsillat, der sogleich die List seines furchtbaren Helfers begriff und sich darauf einrichtete, sie mit seiner wunderbaren Begabung fürs Stegreifspiel zu nutzen. Er hätte es dir nicht sagen dürfen; ich wußte es schon seit langem und hätte es dir niemals gesagt.

– Aber das wäre nicht recht gewesen, Monsieur Marsillat; Ihr hättet mich gehindert, meine Pflicht zu tun.

– Das ist wahr, aber was willst du? Vielleicht hatte ich meine Gründe, es mir nicht so leicht zu machen, dir die schlechte Nachricht mitzuteilen.

– Sollte meine Tante in Gefahr sein?

– Das weiß ich nicht. Es ging ihr sehr schlecht, als ich sie vor acht Tagen bei mir zurückgelassen habe.

– Sie ist bei Euch, Monsieur Marsillat? Wo denn, bei Euch?

– In Montbrat; wußtest du denn nicht, daß sie seit zwei Wochen dort ist?

– Wirklich, ich wußte nichts davon. Und warum war sie denn bei Euch?

– Oh, dort ist sie immer noch. Was willst du? Sie ist eine böse Frau, die ich nicht mag, weil ich damals gesehen habe, wie sie dich unglücklich gemacht hat. Aber sie war selbst so unglücklich geworden, daß sie mir leid getan hat. Raguet, dieser Spitzbube, hat sie davongejagt, sie ist von Tür zu Tür betteln gegangen, und eines Tages ist sie nach Montbrat gekommen, wo ich war. Sie war so krank und schwach, daß sie in meinem Hof gestorben wäre, wenn ich sie nicht in die Küche geholt hätte, um ihr Wein und Suppe zu geben. Da bekam meine alte Magd, die du nicht kennst, die aber eine brave Frau ist, Mitleid mit ihr und hat mich gebeten, sie ein paar Tage dazubehalten, bis sie wieder in der Lage wäre, den Bettelsack und den Stock zu nehmen und fortzugehen. Ich habe dem guten Herzens zugestimmt, wie du dir denken kannst, und auch ein wenig deinetwegen, Jeanne; und seither ist sie in Montbrat, recht gut umsorgt, doch immer schlimmer dran, und vor allem beklagt sie sich, dich nicht zu sehen.

– Ach, mein Gott! Meine arme Tante! Aber es bricht mir das Herz, was Ihr mir da erzählt, Monsieur Léon! Hätte ich es doch nur früher gewußt! Ich wollte es fast nicht glauben. Ich hab ihr doch noch durch den englischen Herrn Geld geschickt, das letzte Mal, als ich welches bekommen habe. Er wollte die Steine von Ep-nell aufsuchen, und er war so gütig, es mitzunehmen. . .; aber das ist nicht einmal vierzehn Tage her, Monsieur Léon. Der alte Raguet hat mich belogen.

– Der alte Raguet . . . sagte Marsillat verwirrt, der alte Raguet wird dich in der Tat belogen haben. Halt! Das ist doch ganz einfach! Er wird das Geld für sich genommen haben, und er wird deine Tante mißhandelt und fortgejagt haben, damit er es ihr nicht zurückgeben muß. Sicher ist, die Gothe ist bei mir, seit . . . zwei Wochen, glaube ich; ja, seit gut zwei Wochen!

– Das kann gut sein, erwiderte die vertrauensselige Jeanne, denn seit der Zeit habe ich nichts mehr von ihr gehört. Monsieur Léon, Ihr seid sehr gütig! Das wundert mich nicht. Ich weiß, daß Ihr immer schon ein gutes Herz hattet. Ich danke Euch im Namen meiner Tante; ich besuche sie morgen in Montbrat, wenn Ihr erlaubt, und ich versuche, ein Pferd zu kriegen, um sie zurückzubringen.

– Und wo willst du sie hinbringen?

– Zu einem unserer Verwandten. Ich habe noch ein bißchen Geld, und außerdem sind es zu brave Leute, als daß sie eine alte Frau dem Elend überließen.

– Wie du willst, Jeanne; aber sie fällt mir nicht zur Last, das versichere ich dir.

– Ihr seid sehr großzügig, Monsieur Léon; nun, ich dank Euch recht schön! Verspätet Euch nicht um meinetwillen. Ich kann nicht so schnell gehen wie Ihr und Ihr nicht so langsam wie ich.

– Aber wo gehst du denn jetzt hin?

– Ich gehe nach Toull.

– Wozu, wo doch deine Tante nicht dort ist?

– Vielleicht ist sie dort, Monsieur Léon. Ihr seid nicht sicher, daß sie noch bei Euch ist.

– Doch, doch... in La Villette hat man mir gesagt, daß sie noch dort ist.

– Nun gut! Morgen früh, sobald die Sonne aufgegangen ist, werde ich dort sein.

– Und warum nicht sofort? Es ist doch nur noch eine knappe Wegstunde von hier, und du hast noch zwei bis Toull. Und um wieviel Uhr würdest du dort ankommen? Um ein Uhr nachts wird dir niemand mehr aufmachen.

– Oh, da täuscht Ihr Euch, Monsieur Léon, ich bin vor zehn Uhr dort, erwiderte Jeanne und sah zu den Sternen hinauf, dieser Uhr der Hirten, dank derer sie bis auf wenige Minuten genau die Uhrzeit kennen, je nachdem, wo der Große und der Kleine Wagen stehen.

– Aber wozu soll es gut sein, wenn du dich mit dieser unnützen Lauferei abplagst? Komm und besuche deine Tante in Montbrat; du schläfst in Ruhe aus und wirst morgen frühzeitig in Boussac sein, wenn du willst.

Jeanne schüttelte den Kopf. – Nein, Monsieur Léon, ich kann nicht in Montbrat schlafen.

– Und vor wem hast du Angst? Vor mir vielleicht?

– Das sage ich nicht, Monsieur Léon; aber man wird darüber klatschen.

– Und was könnte man sagen? Ich selbst schlafe nicht in Montbrat.

– Bleibt Ihr nicht dort?

– Nein, ich muß um elf Uhr zurück sein in Boussac. Ich reite nur nach Montbrat, um Papiere zu holen, die ich da gelassen habe, und ich reite zurück und arbeite die Nacht über in meinem Büro.

– In dem Fall, Monsieur Léon, reitet voraus, ich komme nach Montbrat, wenn Ihr wieder weg seid, und somit ist alles geregelt.

– Wie du willst, Jeanne, aber kennst du den Weg?

– Ach, den finde ich schon, Monsieur! Ich verlaufe mich nicht!

– Es geht hier entlang, sagte Marsillat, wir sind nahe beim Barlot. Dann links. Und er gab seinem Pferd die Sporen, aber nach dreißig Schritten blieb er stehen und stieg ab, so als suche er etwas. Jeanne stieß bald zu ihm und half ihm unbefangen, seine Reitpeitsche zu suchen, die er in der Hand hatte. Die Nacht war mittlerweile sehr finster. Man sah nur noch wenige Sterne. Der Weg war scheußlich, gespickt mit Felsen, gegen die die arme Jeanne auf Schritt und Tritt stieß.

– Willst du nicht, daß ich dich hinter mir aufs Pferd nehme? sagte Marsillat. In dieser schwarzen Nacht kannst du dich nie zurechtfinden, und es gibt Regen.

– Ach, das macht nichts, ich hab meine Kapuze.

– Aber das ist nicht gerade klug, daß ein Mädchen ganz allein in dieser verlorenen Gegend durch die Nacht läuft. Wenn dir ein Unglück zustößt, Jeanne, dann wäre ich dafür verantwortlich, weißt du! Los, steig auf, du kommst eine halbe Stunde früher an, und ich auch.

– Aber wartet doch nicht auf mich, Monsieur Léon.

– Doch, ich will auf dich warten und neben dir herreiten; ich habe Angst, daß dir etwas zustößt.

– Und was sollte mir zustoßen?

– Und was befürchtest du, könnte dir mit mir zustoßen? Wahrhaftig, du hast eine Angst vor mir, als wäre ich dieser Schuft, der alte Raguet!

– Ach nein, Monsieur Marsillat, ich weiß genau, daß Ihr ein Ehrenmann seid; aber Ihr scherzt gern, und mein Herz ist heute zum Scherzen zu schwer.

– Nein, meine arme Jeanne, ich scherze nicht. Sieh mal, seit einem Jahr lasse ich dich doch in Ruhe? Hattest du denn im übrigen jemals über mich zu klagen?

– O nein, Monsieur, es wäre nicht recht, das zu sagen.

– Nun gut! Also los! sagte Marsillat, nahm sie in die

Arme und setzte sie auf seinen Mantel, den er sorgfältig auf Fanchons Kruppe zusammenfaltete.

Jeanne hatte Angst, prüde zu sein und dadurch gar lästig, wenn sie eine Angst übertrieb, die sie selbst nicht richtig ausdrücken konnte. Sie beschloß, Vertrauen in Gott und in die Ehre des Wohltäters ihrer Tante zu setzen. Léon bestieg geschickt Fanchon, ohne seine schöne Amazone zu stören. »Im Ernst, halte dich gut hinter mir fest, sagte er, denn wir müssen uns beeilen, es fängt an zu regnen.«

– Nein, es regnet nicht, Monsieur Léon, sagte Jeanne.

– Ich sage dir, es wird in Strömen gießen. Los, lege deinen Arm um mich, oder du fällst runter, ich warne dich.

Um sie zu überzeugen, preßte er die Flanken seiner Stute, die davongaloppierte. Jeanne, die gezwungen war, sich festzuhalten, packte mit der einen Hand den Schwanzriemen und mit der anderen Marsillats Jacke. Kaum spürte er den Arm des jungen Mädchens an seiner Brust, da verscheuchte sein Herzklopfen die letzten Bedenken seines Gewissens. Um sie nicht zu erschrekken, richtete er kein Wort mehr an sie, und weniger als eine halbe Stunde später erreichten sie, trotz Dunkelheit und schlechter Wege, den Berg von Montbrat.

Das Schloß von Montbrat, welches die Bauern auch die Festung der Mille-Bras (der tausend Arme) nennen, sei es, daß sie den Namen entstellt, sei es, daß sie den richtigen Namen beibehalten haben, ist eine eindrucksvolle Ruine, die auf einem Berg gelegen ist. Die feudale Ruine ist auf römischen Fundamenten errichtet, die ihrerseits einst den Platz einer gallischen Festung einnahmen. Dieser Ort hat die fürchterlichen Kämpfe der *Cambiovicenses* aus Toull gegen Fabius erlebt. Ich glaube, daß man dort in der Umgebung noch Spuren des römischen Lagers und des gallischen Grabhügels findet. Aber man muß in diesen ehrwürdigen Dingen den Altertumsforschern vertrauen, die hier selbst, wie der

Pfarrer Alain, mehr auf den Glauben als auf das Wissen bauen.

Léon Marsillat war reich. Er hatte in der Umgebung von Boussac mehrere Besitztümer, unter anderem eine *Domäne* oder Bauernhof bei Lavaufranche, auf dem sich diese alte Ruine befand, die in einem Land, wo der Baustein und die Handarbeit so preiswert sind, den Besitz keineswegs wertvoller machte.

Der Bauernhof lag am Fuß des Berges, und Jeanne, die noch nie in Montbrat gewesen, bemerkte den Umweg nicht, den ihr Kavalier machte, um den bewohnten Ort zu meiden. Léon nahm einen steilen Pfad und führte seine Beute geradewegs zum Schloß, dessen alte Pracht er nicht vermißte, aber auf dessen Besitz er sich mittlerweile etwas einbildete. Sein Großvater, der Maurer, hatte diesen Landsitz gekauft, auf dem seine Vorfahren bestimmt nicht geherrscht hatten, und das verdrießliche, neidische Verwandtschaftsgefühl, das sich im Herzen der Adligen an den Überresten ihrer machtvollen Wohnungen festmacht, verursachte dem Plebejer Marsillat keine Illusionen. Und doch schöpfte er aus dem Gefühl, ein Schloßherr zu sein wie jeder andere, eine geheime Freude voll Ironie und Rachsucht gegen den adligen Hochmut ganz allgemein. Gerne hätte er auf das zerbrochene Wappen seiner Festung geschrieben: *»Mein Geld und meine Arbeit«*, und damit gewisse betont kühne Devisen gegen den Strich gebürstet.

Obgleich keines der Hauptgebäude mehr stand und nicht ein einziger Turm, bildete der Innenhof, umgeben von großen, mehr oder weniger bogenförmigen Mauerflächen, eine gut geschlossene Umfriedung dank der Sorgfalt, die man darauf verwendete, das Portal zu versperren, welches dereinst mittels starker Querbalken aus rohem Holz das Fallgatter verschlossen hatte, das mit einem soliden Vorhängschloß gesichert war. Diese Umfriedung diente dem Pächter dazu, in den Sommernächten seine Stute mit *Gefolge*, das heißt mit ihrem Fohlen, ins Grüne zu lassen. Das Gras war hoch und dicht in diesem Hof, den einst die Schritte der Bewaffneten wie den Boden einer Dreschtenne niedergestampft hatten.

– Warte, Jeanne, sagte Léon und half dem jungen Mädchen, auf die Erde zu springen, ich schließe die Schranke; dann führe ich dich durch die andere Tür zu dem Ort, wo deine Tante wohnt.

– Es ist also nicht hier? fragte Jeanne und suchte mit den Augen nach diesem anderen Ausgang, von dem man ihr sprach und den die Dunkelheit ihr nicht zu sehen erlaubt hätte, auch wenn er vorhanden gewesen wäre.

– Ja doch, nur mit der Ruhe, antwortete Léon, versperrte das Tor mit einem Vorhängeschloß und versteckte den Schlüssel in einer Mauerspalte, aus der er ihn genommen hatte. Laß mir die Zeit, auf dieser Seite hier abzusperren, damit mir Fanchon nicht gestohlen wird.

– Aber wo Ihr doch sofort wieder aufbrechen wollt, Monsieur Léon?

– Darum stelle ich sie ja auch nicht in den Stall. Wenn ich sie nicht abzäume, macht sie alles kaputt.

Fanchon, die nun vom Zaumzeug und selbst dem Sattel befreit war, den ihr Herr ihr behende abnahm, witterte und begrüßte mit freundschaftlichem Wiehern ihre friedliche Gastgeberin, die Stute des Pächters. Léon nahm Jeanne bei der Hand und führte sie zum Eingang eines Gebäudes, das durch den Einsturz der oberen Teile flach und unförmig geworden war. Die schmale, niedrige Tür und der zwischen fünfzehn Fuß dicken Mauern eingeschnürte Flur führten zu einem kleinen, runden Raum, der dem recht ähnlich war, den Jeanne im Schloß von Boussac bewohnte, mit dem Unterschied, daß die schmale, lange Spalte, die ihm Licht gab, als Fenster gelten konnte, und daß die Möbel, ohne kostbar zu sein, von einem gewissen Komfort waren. Es gab ein schönes Ruhebett, einige Sessel, auf einem Mahagonitisch vereinzelte Bücher, zwei Jagdgewehre, eine Geige, Florette und einen Strohhut, der an der Mauer hing. Aber es war zu dunkel, so daß Jeanne keine Beobachtungen anstellte, und obwohl sie sich ob der Stille und der Dunkelheit der Behausung ein wenig erschreckt fühlte, war sie noch weit davon entfernt zu mutmaßen, daß sie in Marsillats Zimmer war, allein mit ihm auf diesem Landsitz, wo ihre Tante nie um Gastfreundschaft gebeten und sie auch nie erhalten hatte.

XXII

Der Turm von Montbrat

Es gab auf der Domäne von Montbrat wie auf den meisten Pachthöfen, die vom Wohnsitz des Eigentümers weit entfernt sind, ein Absteige-Quartier, das Zimmer des Herrn genannt. Aber Marsillat hatte es vorgezogen, sich eines im Schloß einzurichten. Er hatte den einzigen Raum, der in der weitläufigen Ruine bewohnbar war, von Schutt befreien und ausstatten lassen; und er kam hierher bald, um in der Einsamkeit Inspiration zu suchen und die Wirkung seiner Redekunst zu studieren, die er anderweitig aus dem Stegreif ausübte, bald, um sich weniger achtbaren Beschäftigungen hinzugeben. Sein Türmchen von Montbrat war gleichermaßen ein Arbeitszimmer und so etwas wie das *kleine Landhaus* eines bürgerlichen Lebemannes. Der Ort war gut gewählt, keine indiskrete Nachbarschaft konnte über seinen geheimnisvollen Lebenswandel Kontrolle ausüben, und die Bauersleute, die in vierfacher Schußweite eines Gewehrs vom Schloß entfernt untergebracht waren, wußten sehr gut, daß man sie schlecht empfangen würde, eilten sie beim geringsten Geräusch herbei.

– Warte hier auf mich, sagte Marsillat zur zitternden Jeanne. Ich gehe Licht holen und meine alte Magd wekken, die mit den Hühnern schlafen geht, wie mir scheint.

– Ich gehe mit Euch, Monsieur Marsillat, sagte Jeanne,

die in diesem Turm nicht frei atmen konnte und zu befürchten anfing, daß es auf der Domäne Léons weder Hühner noch Mägde gebe.

– Nein, nein, du kennst die Räumlichkeiten nicht und würdest dir weh tun, entgegnete er. Diese alte Behausung ist voller Löcher und gefährlicher Stellen. Rühr dich hier nicht weg, Jeanne; ich komme wieder...

Hals über Kopf ging er hinaus und schloß Jeanne ein, die ernsthaft zu zittern anfing, als sie sich vergewissert hatte, daß die Tür von außen mit einem Schlüssel versperrt war. Indessen vermochte sie sich nicht davon zu überzeugen, daß Marsillat eines Verbrechens fähig wäre, und sie sagte sich, daß kein Angebot, kein Versprechen bei ihr etwas bewirken würde.

Marsillat dachte tatsächlich nicht daran, ein Verbrechen zu begehen. Er war zu sehr Skeptiker, um zu glauben, daß sich in einem solchen Bereich die Gelegenheit dazu ergeben könnte. Da er sich immer an kokette oder schwache Dorfmädchen gewandt, hatte er keine unnachgiebig gefunden; und da er die weibliche Tugend zutiefst verachtete, konnte er sich überhaupt nicht vorstellen, daß irgendeine ihm widerstehen könnte. Die Wildheit Jeannes schien ihm das Ergebnis eines übertriebenen Mißtrauens. »Für die braucht es mehr Zeit und Worte als für die anderen, sagte er sich; aber da ist nun endlich die Gelegenheit, die ich anderswo nicht finden konnte. Vier oder fünf Stunden lang miteinander eingeschlossen, da werde ich diese kalte Galathea schon bestürmen und entflammen, und sofern sie nicht aus Marmor ist, werde ich sie ohne Kampf und Lärm besiegen. Nur nicht mit brutaler Gewalt! sagte Marsillat weiterhin zu sich selbst; sie ist die Sache von Tölpeln, die List und Redekunst, Geist und Lüge nicht in den Dienst ihrer Leidenschaften zu stellen wissen. Ungeduldig und grob, können sie ihr Wollen nicht zügeln; sie greifen an, statt zu überzeugen; sie beherrschen und werden verflucht, statt zu siegen und sich lieben zu lassen.«

– Sich lieben lassen!... dachte der Anwalt, der hitzig im Hof hin und her lief und darauf wartete, daß sein Geist sich beruhige; sich lieben lassen, gefürchtet wie man war, und das innerhalb weniger Stunden! Der Prozeß muß geführt und gewonnen werden!... Wenn es Jeanne gelänge, mir zu entkommen, wäre mein Unternehmen erbärmlich und lächerlich. Morgen wäre ich ihretwegen das Gespött der ganzen Gegend. Es darf also nicht sein, daß Jeanne von hier weggeht, ohne mehr noch als ich dafür einzutreten, das Geheimnis zu wahren. Auf nun, dies ist ein Plädoyer, ein Duell, und nicht siegen heißt unterliegen. Zwischen Gegnern kann es keinen Vergleich geben.

– Jeanne, sagte er, als er eintrat, deine Tante ist heute morgen mit meiner Magd fortgegangen, die sie selbst nach Toull bringen wollte.

– Fortgegangen? Ist sie also nicht mehr krank?

– Sie hat sich etwas besser gefühlt; und es sieht so aus, als habe sie sich in diesem alten Haus gelangweilt; sie hatte Heimweh. Mein Pächter hat sie auf sein Pferd gesetzt und zu einem deiner Verwandten gebracht, ich weiß nicht, welchem. Jetzt können wir nach Boussac zurückkehren. Laß mir nur die Zeit, meine Papiere in der Tischschublade zu suchen.

– Ich sage Bescheid, daß man Euch ein Licht bringt, sagte Jeanne, die sich durch Marsillats letzte Worte sicherer fühlte. Im Dunkeln könnt Ihr doch Eure Papiere nicht finden.

– Im Gegenteil, sehr gut... Ich weiß, wo sie sind. Ich würde sie mit geschlossenen Augen finden. Geh nicht hinaus, Jeanne, die Bauersleute sind im Hof, und da sie nicht gesehen haben, wie du hereingekommen bist, möchte ich auch nicht, daß sie dich hinausgehen sehen.

– Aber vielleicht wäre es so noch schlimmer! sagte Jeanne. Warum sich verstecken, wenn man sich nichts vorzuwerfen hat?

– Diese Leute da haben eine sehr böse Zunge, und

wenn du dich nicht deinetwegen um ihre Reden kümmerst, so wäre es mir doch nicht sehr behaglich, das gebe ich zu, wenn sie auf meine Kosten ihre Witze machten. Dumme Menschen von ihrer Sorte haben mir den Ruf eines schlechten Subjekts eingebracht, und du siehst schon, meine *Alte*, daß ich vernünftiger bin, als dein Pate Guillaume es an meiner Stelle wäre und vielleicht auch dein englischer Freier.

– Sagt nicht solche Sachen, Monsieur Léon, und schickt Eure Bauern vom Hof, damit ich gehen kann.

– Sie sind gerade dabei, Fanchon eine Metze Hafer zu geben. Dann gehen sie von allein. Ich habe ihnen gesagt, daß ich zu arbeiten habe.

– Aber Ihr müßt Euch doch nicht einschließen.

– Doch! Die Frau hält gern Maulaffen feil; selbst hier würde sie mich aufscheuchen und mir von ihren Lämmern und Puten erzählen, tatsächlich aber, um zu sehen, ob ich allein bin.

– Das beweist, Monsieur Léon, daß Ihr einige Male in Gesellschaft hier wart.

– Pah! Ein- oder zweimal mit Claudie, du weißt doch! Damals war sie ein bißchen verrückt!

– Arme Claudie! Ihr habt ihr ganz schön weh getan, und nicht weniger! Ein so gutes Mädchen! Das war nicht gut von Euch, Monsieur Léon.

– Was willst du? Sonst hätte sie einen anderen Liebhaber gehabt, und besser ich als ein anderer; denn ich bin ihr Freund geblieben und lasse sie nie im Stich.

– Ja! Ihr glaubt, daß Geld und Geschenke über alles hinwegtrösten? Ihr irrt Euch. Ich sage Euch, daß Claudie beinahe jeden Abend weint. Aber nun genug davon, Monsieur Léon, gehen wir.

– Laß mir doch Zeit zum Atmen! Hast du etwa Angst, daß ich dich gegen deinen Willen festhalte? Du hältst mich für einen bösen Mann, Jeanne!

– Oh! Nein, Monsieur.

– Nun gut! Jetzt halte also einen Augenblick lang Ruhe. In einer Viertelstunde sind wir frei; setz dich und sprich nicht so laut. Ich suche meine Papiere.

– Ihr sucht sie ziemlich lange, Monsieur Léon... Ihr seid schuld, wenn ich zu spät nach Toull komme.

– Nach Toull?... Du willst also heute abend nicht nach Boussac zurück?

– Nein, Monsieur, denn ich will meine Tante sehen!

– Halt, Jeanne, da ist doch noch etwas. Bist du böse auf die Leute im Schloß?

– Oh, nein, Monsieur!... Da täuscht Ihr Euch! Ich liebe sie zu sehr, um auf sie böse zu sein.

– Nun gut! Sind sie böse auf dich?

– Das mag sein, Monsieur... Aber wenn das so ist, dann werden sie sich besinnen.

– Erzähle mir, was geschehen ist, Jeanne.

– Nichts, Monsieur. Ich habe nichts zu erzählen.

– Du solltest aber Vertrauen zu mir haben. Du bist ein gutes Kind, aber du kennst die vornehmen Leute nicht; und wenn du meinen guten Rat nicht annimmst, wirst du, ohne es zu wissen, etwas tun, was deinem Ruf und deinen Interessen schadet.

– Ihr redet mit mir, als wollt ich etwas gegen sie vorbringen, Monsieur Léon. Gebt Euch nicht die Mühe, mir zu raten, ich brauche keinen Anwalt.

– Anwälte und Professoren sind Leute, vor denen man nichts versteckt, und man bereut es nie, sie um Rat gefragt zu haben. Sei gewiß, Jeanne, daß ich alle Geheimnisse des Hauses kenne, welches du verlassen hast, und daß man mir morgen sagen wird, was du mir heute verschweigen willst. Madame de Boussac fragt mich in allen Angelegenheiten um Rat, und du wirst sehen, daß man mich zu dir schickt, morgen vielleicht, das sage ich dir, um dir Erklärungen zu geben oder dich um welche zu bitten. Wenn du als erste mir den Grund deiner Klagen nennst, kann die Versöhnung schneller stattfinden, und deine Interessen werden besser verteidigt.

– Ach, mein Gott, Monsieur Léon, da macht Ihr nun

aus all dem eine Affäre! Ihr braucht nicht so viel zu suchen, das versichere ich Euch; und wenn es wahr ist, daß man Euch alles sagt, dann könnt Ihr antworten, daß ich alles verzeihe.

– Jeanne, du bist mir gegenüber recht zurückhaltend, sagte Marsillat, der bisher aus einem gewissen Abstand gesprochen hatte und nun in dem Maße unmerklich näher kam, wie es ihm gelang, sie von einem eiligen Aufbruch abzulenken. Wenn ich dir sagen würde, daß ich bereits weiß, worum es sich handelt?

– Wenn Ihr es wißt, redet nicht mit mir drüber, antwortete Jeanne; ich hab auch so schon genug Kummer.

– Ich will dir keinen Kummer bereiten, meine arme Jeanne; das würde doch bedeuten, daß ich mir selbst welchen mache. Es ist meine Absicht, dir neuen zu ersparen. Ich sage dir, daß ich alles weiß, weil Madame de Boussac mich vor nicht mehr als acht Tagen ausgefragt hat, um zu erfahren, ob Guillaume dir den Hof macht.

– Ach, mein Gott! sagte Jeanne, in der großen Feinfühligkeit ihres Herzens durch diese leider nur allzu wahre Enthüllung verletzt, meine Patin hatte das Herz, mit Euch darüber zu reden?

– Sie hat es nicht geglaubt; aber die dicke Charmois hat es ihr so oft vorgebetet, daß sie anfing, sich Sorgen zu machen. Das muß dich nicht überraschen, Jeanne, eine Mutter erschreckt sich immer, wenn sie sieht, wie ihr Sohn leidet, und...

– Man will also unbedingt, daß ich der Grund von allem Übel bin, das Monsieur Guillaume geschieht?

– Die Charmois behauptet das; aber ich habe versucht, deiner Patin zu versichern und sie zu überzeugen, daß du bei all dem keine Schuld trägst.

– Das könnt Ihr ruhig wiederholen, Monsieur Marsillat. Ich habe mir nichts zuschulden kommen lassen, und mein Pate leidet nicht meinetwegen. Das ist unmöglich!

– Ach, wenn es darum geht, Jeanne, da kann ich dir nicht widersprechen. Ich weiß, daß du nicht kokett bist;

aber kannst du schwören vor Gott, daß du niemals deinem Paten Hoffnungen gemacht hast?

– Ja, Monsieur; ja, ich schwöre es vor Gott; und Ihr könnt es, ganz ehrlich, auch schwören!

– Ein junges Mädchen läßt jemanden gegen ihren Willen Hoffnung schöpfen, und vielleicht ohne es zu wissen. Aber du liebst, Jeanne; und derjenige, der dies in dir auslöst, sieht es, was immer du tun magst, um es vor ihm zu verbergen.

– Aber das ist doch falsch! rief Jeanne im Ton der Wahrhaftigkeit. Ich habe keine Minute lang Liebe für meinen Paten empfunden!

– Kannst du mir dein Ehrenwort geben, Jeanne? rief Léon ganz bewegt.

– Ja doch! Monsieur Léon! Aber was hat das mit Euch zu tun? Ihr wollt mir doch auch nicht glauben.

– Jeanne, ich glaube dir; ich schätze dich zu sehr, um dir nicht zu glauben. Ich bin dein Freund, dein einziger Freund, und ich will dich gegen die verteidigen, die dich ungerechterweise anklagen. Gib mir dein Wort und lege deine Hand in meine...

– Und warum das, Monsieur?

– Weil ich meine Ehre verpfände, um dich zu verteidigen, und das ist eine ernsthafte Angelegenheit, meine *Alte*. Du wolltest mich doch keinen falschen Eid schwören lassen! Nun, siehst du, morgen früh bin ich bei deiner Patin. Sie wird mich rufen lassen und mir deinen Fortgang mitteilen, vielleicht wird sie sich über dich beschweren, und ich werde so tun, als ob ich dich heute abend nicht getroffen hätte; aber ich kann sagen, daß ich genau Bescheid weiß über deine Gefühle für Guillaume und daß ich für deine Aufrichtigkeit einstehen kann. Dann wird deine Patin mich fragen, ob ich das beschwören will, und sie wird mich meine Hand in die ihre legen lassen, aber ich kann mich nicht dazu entschließen, wenn du mir gegenüber nicht eine entsprechende Verpflichtung eingehst. Gib mir also die Hand, Jeanne, als ob wir vor einem Richter stünden oder einem Priester, und schwöre mir, daß du Guillaume de Boussac nicht liebst.

– Wenn es Euer Gewissen beruhigt, sagte die treuherzige Jeanne und überließ ihre Hand Marsillat, will ich es tun, Monsieur Léon. Ich kann nicht sagen, daß ich meinen Paten nicht liebe, das wäre gelogen; aber ich kann beschwören, daß ich ihn liebe wie man seinen Bruder, seinen Vater und schließlich auch seinen Paten lieben soll!

– Gute, ehrliche Jeanne! sagte Léon und hielt geschickt ihre Hand fest, die sie zurückziehen wollte, man ist zu dir ziemlich ungerecht, und es ist verbrecherisch, dich so zu quälen. Dein Kummer beschwert mein Herz, und deine Tränen tun mir weh. Nunmehr sehe ich dich als meine Klientin und Schutzbefohlene an; ich setze mich für dich ein, nicht vor einem Gericht für kleinlichen Eigennutz, sondern vor einer undankbaren Familie, die heilige Belange mißachtet, die der Dankbarkeit und der Ehre. Wenn ich an all die Sorgen denke, die du dir um Guillaume gemacht hast...

– Ich klage meinen Paten nicht an, Monsieur Léon. Er hat nur einmal schlecht zu mir gesprochen, und ich bin sicher, daß er sich jetzt darüber ärgert. Mam'selle Marie ist ein Engel vom Himmel, und ich werd mein ganzes Leben lang um sie weinen. Meine Patin ist auch recht gut... und ich weiß nicht, wie sie hat annehmen können, daß ich ihren Sohn dazu bringen wollte, ihr nicht zu gehorchen und mich zu heiraten! Ach, wie kann meine Patin, für die ich mein ganzes armes Blut gegeben hätte, sich solche Lügen erzählen lassen!...

Die arme Jeanne brach in Tränen aus, und ganz ihrem Schmerz hingegeben, bemerkte sie nicht, daß Léon ganz nahe bei ihr auf dem Sofa saß, daß er seinen Arm um sie legte, entschlossen, sie an seine Brust zu drücken, und daß sein heißer Atem ihren gebeugten Alabasterhals streifte.

– Liebe Jeanne, sagte er mit bebender Stimme, du hast

recht, Guillaume zu beklagen anstatt ihn zu verdammen. Es ist ein Unglück, daß es ihm nicht gelingt, dich in ihn verliebt zu machen. Welcher Mann wäre nicht in das schönste und beste aller Mädchen verliebt?

– Sagt das nicht, Monsieur Léon, sagte Jeanne und erhob sich, ich bin weder schöner noch besser als eine andere, und ich bin recht unglücklich, daß man mir gegenüber solche Einfälle hat. Aber laßt uns gehen, Monsieur Léon, ich will nach Toull zurück.

– Es gießt in Strömen, Jeanne. Warten wir, bis der Regen aufhört.

– Oh, heute abend wird es nicht regnen, Monsieur, es ist bedeckt, aber es riecht nicht nach Regen.

– Höre, Jeanne, es regnet Bindfäden!

Jeanne lauschte. In der Nähe des Turms gab es einen kleinen Bach im Felsen, der dahinbrauste und das gleiche Geräusch machte wie starker Regen. Die genasführte Jeanne wollte dennoch gehen.

– Ich bitte Euch nicht, mit mir hinauszugehen und Euch durchweichen zu lassen, sagte sie; aber wir gehen nicht in dieselbe Richtung, und ich kann nicht länger bleiben. Guten Abend, Monsieur Léon.

– Nun gut! Warte, ich hole dir einen Schirm...

– Oh, damit kann ich nicht umgehen... Ich danke Euch, Monsieur Léon.

– Also, Jeanne, nimm ein kleines Paket für den Pfarrer von Toull mit. Ich will es versiegeln... Aber es gibt da eine andere Anklage gegen dich, fuhr er fort und tat so, als suche er eine Lampe, und du hast mir nicht gesagt, was ich antworten soll.

– Antwortet auf nichts, Monsieur Léon, und laßt zu, daß man mich anklagt, sagte Jeanne. Seht Ihr, das Unglück ist geschehen, und man würde sagen, daß ich unrecht hatte, nicht ins Schloß zurückzugehen. Man achtet mich nicht, vertraut mir nicht. Das reicht mir: mich, mich demütigt es, mich gegen so häßliche Dinge verteidigen zu müssen.

– Da ist allerdings eine Person, deren Verachtung dich schmerzen würde und deren Achtung du behalten möchtest, das ist Mademoiselle Marie.

– Oh, die wird mich nicht anklagen!

– Wenn sie hört, daß du schuldig bist!

– Man wird über diese Dinge nicht mit ihr reden, man wird es nicht wagen.

– Die Charmois ist zu allem fähig, bereite dich darauf vor, sie zum Schweigen zu bringen und dich vor deiner jungen Herrin zu rechtfertigen. Höre Jeanne, man sagt, daß auch der Engländer dir den Hof macht, und der Beweis für deinen Ehrgeiz ist deine Koketterie und deine Strenge ihm gegenüber, die ihn dazu gebracht haben, dich heiraten zu wollen.

– Was soll ich Eurer Meinung nach auf all das antworten, Monsieur Léon? Das ist eine Erfindung von Madame de Charmois. Der englische Herr hat mich niemals heiraten wollen, da er in einem anderen Land verheiratet ist...

– Er ist verheiratet?

– Diese Dame sagt es. Ihn also klagt sie an, ein ehrloser Mensch zu sein, wenn sie glaubt, er wolle zweimal heiraten. Soweit es mich angeht, ich weiß von all dem nichts, ich weiß nur, daß der Engländer nie ein Wort von Liebe oder Heirat zu mir gesagt hat.

– Kannst du auch das beschwören, Jeanne? Kannst du mir zum Beweis deiner Aufrichtigkeit noch einmal die Hand geben?

– Mit dem Händegeben ist es nun genug, Monsieur Léon; wenn Ihr meinem Wort nicht glaubt, dann ändern die Schwüre auch nichts.

– Jeanne, all das ist wichtiger, als du meinst. Wenn ein ehrenhafter Mann dich jetzt heiraten wollte und mich als Anwalt des Hauses Boussac, der über deren Angelegenheiten und dein Verhalten gut unterrichtet ist, um Rat fragen wollte...

– Ihr müßt ihm raten, sich darüber keine Gedanken zu

machen; ich will nicht heiraten. Ich hab es immer gesagt, und ich sage es wieder.

– Oh, darauf, meine Jeanne, würdest du nicht schwören!

– Ich schwöre es vor Gott und bei der Seele meiner lieben verstorbenen Mutter, rief Jeanne, die über so viele in ihren Augen beleidigende und unsinnige Verdächtigungen ganz aufgebracht war. Ja, ja, heute schwöre ich es noch lieber als an allen anderen Tagen!

– Um so besser, zum Teufel! dachte Léon. Da brauche ich mich nicht mit dieser Lüge herumzuärgern. »Nun gut, Jeanne, sagte er und näherte sich ihr erneut, du hast recht, hundertmal recht, dich nicht zu verloben. Alle diese Adligen haben gehofft, dich damit zu verführen, und du zeigst ihnen deinen Verstand und deinen Stolz, indem du dieses verrückte Ansinnen zurückweist... Ein Bauer, ein Arbeiter sind eines Schatzes nicht würdig, wie du einer bist... Warte mit der Liebe, in deiner Kraft und Freiheit, auf den Mann, der so glücklich sein wird, dir zu gefallen, und gräme dich nicht wegen dieses ersten Kummers, der dich beschwert. Die Ungerechtigkeit der Boussac und die Dummheit des Engländers bringen dich bei keinem in Verruf. Dir steht die Liebe noch bevor, wahrhaftig, von jetzt an.«

– Ich brauche niemandes Liebe, Monsieur Léon. Gott ist gut, er liebt alle seine Kinder.

– Ja, Gott ist gut, aber er befiehlt seinen Kindern, sich untereinander zu lieben. Deine Entlassung aus dem Schloß gibt dir unrecht...

– Ich wurde nicht entlassen, ich bin von mir aus gegangen.

– Gleichviel! Man wird es nicht glauben. Du wirst eine Zeitlang Beschuldigungen, Verleumdungen, Verfolgungen ausgesetzt sein. Du würdest gut daran tun, die Gegend ein wenig zu verlassen und dich zu verdingen, sei es in La Châtre... sei es in Guéret... ja, in Guéret. Das Gerücht von deinen unglücklichen Erlebnissen im Schloß von Boussac ist nicht bis dort vorgedrungen. Ich könnte für dich bürgen und dafür sorgen, daß du eine bessere Stelle findest als die, die du aufgegeben hast. Wenn du nicht so mißtrauisch wärst, würde ich dir anbieten, zu mir zu kommen, Jeanne... Aber nein, das lehnst du ab, ich weiß es; ich habe den Ruf eines Narren, und du hattest immer Vorbehalte gegen mich... Wenn du jedoch darüber nachdenken wolltest, würdest du sehen, daß ich der einzige bin, der dich geachtet und deinem Ruf keinen Schaden zugefügt hat. Ich habe mir einst ein paar Späße mit dir erlaubt... Aber als du mir gesagt hast, daß es dich betrübt, da habe ich aufgehört; sei gerecht. Und dann, je mehr ich dich kennengelernt habe, desto besser habe ich begriffen, daß du anders bist. Oh, ich achte dich, Jeanne, ich allein! Ich achte dich, weil ich weiß, was du wert bist. Ich, ich werde meine Liebe nicht zur Schau stellen und dich in der Gegend jedwedem Geschwätz aussetzen. Gib es zu, ich habe nie dazu beigetragen, daß man schlecht über dich redet; und selbst in der Zeit, wo ich dich leichtfertig behandelt habe, was ich mir vorwerfe und wofür ich dich aus tiefstem Herzen um Verzeihung bitte, habe ich dich nie willentlich beleidigt.

– Das ist wahr, Monsieur Léon, antwortete die gute Jeanne, die zu anhaltendem Mißtrauen nicht imstande war, ich mache Euch keinen Vorwurf, auch wart Ihr gütig gegenüber meiner Tante und mir, wofür ich Euch vielmals danke.

– Gütig, Jeanne!... Nun gut, versteh es wie du willst und danke mir, wenn du glaubst, mir etwas schuldig zu sein. Zumindest gibt es etwas, das du mir als Verdienst anrechnen solltest: dir niemals den Hof gemacht zu haben, und selbst in diesem Augenblick, wo ich mit dir allein bin, achte ich dich, als wärest du meine Schwester... Und dennoch, Jeanne, war auch ich in dich verliebt, anders und tausendmal mehr als die anderen. Du hast es nie erfahren; ich habe es dir nie gesagt, seit diese

Liebe ernst und tief ist, und jetzt sage ich es dir nur, damit du beruhigt bist. Es liegt mir fern, dein Unglück auszunutzen, du armes Waisenkind, arme Verlassene! Ich bitte dich nur um ein wenig Vertrauen, ein wenig Freundschaft, und für meine Opfer und Leiden wäre ich dann genug belohnt... Denn ich leide mehr als dein Pate, Jeanne! Ich spiele nicht den Kranken; ich stürze meine Familie nicht in Sorgen wie ein verwöhntes Kind; ich versuche nicht, an dein Mitleid zu rühren, indem ich dir sage, daß ich sterbe. Nein, im Gegenteil, ich lebe aus meiner Liebe heraus. Sie verzückt mich, wühlt mich auf; aber sie gibt mir den Mut, dich zu achten; und ich beklage mich nicht, unglücklich zu sein, vorausgesetzt, daß du selbst nicht unglücklich bist!

Jeanne hatte sich noch einmal erhoben, und sie versuchte, die Tür zu öffnen.

– Monsieur Léon, sagte sie, Ihr redet sehr ehrlich mit mir; aber von all diesen Liebesgeschichten verstehe ich nicht viel, und gegen meinen Willen, verzeiht mir, denke ich mir, daß es Spötteleien sind. Öffnet also Eure Tür, ich will gehen.

– Du hast das Schloß mit Gewalt zu öffnen versucht, sagte Marsillat und gab vor, sie nicht öffnen zu können. Jetzt weiß ich nicht, wie ich es machen soll. Gedulde dich, ich versuche es. Der Schlüssel ist herausgefallen, hilf mir beim Suchen.

Jeanne konnte sich nicht vorstellen, daß Marsillat den Schlüssel in der Tasche hatte. Unbefangen machte sie sich auf die Suche. Marsillat näherte sich ihr, und in all seiner Ungeduld legte er die Arme um sie.

– Laßt mich, Monsieur, sagte Jeanne und stieß ihn kraftvoll zurück, oder ich glaube, daß Ihr von allen Männern der falscheste seid.

– Wirklich, Jeanne, ich habe dich nicht gesehen, sagte Marsillat und entfernte sich wieder, und ich finde deine Angst ein bißchen lächerlich. Was befürchtest du denn von mir? Ich bitte dich nur um ein wenig Freundschaft, und du antwortest mir mit der sonderbarsten Verachtung.

– O Monsieur, ich erlaube mir nicht, Euch zu verachten, sagte Jeanne; aber ich möchte endlich nach Toull zurück, und es verdrießt mich schon, daß Ihr mich davon abhaltet! ...

– Ich schwöre dir, daß ich den Schlüssel suche ... Ich versuche, das Schloß aufzubrechen! Au! Ich habe mir die Hand verstaucht ... Wahrhaftig, Jeanne, es ist grausam von dir, mich derart unter Druck zu setzen und mir die Schuld zu geben.

– Ihr habt Euch weh getan, Monsieur Léon! Oh, das tut mir sehr leid! Wie soll man bloß hier herauskommen? Es ist schon spät in der Nacht ...

Jeanne ging zum Fenster und streckte die Hand hinaus:

– Er regnet nicht, sagte sie, dort fließt ein Bächlein, es hat uns getäuscht. Seht, Monsieur Léon, ich komme durchs Fenster hinaus. Es muß ziemlich niedrig sein, denn wir sind ja keine Treppe hochgestiegen.

– Großer Gott! Bleib hier, Jeanne! rief Léon, warf sich auf sie und packte mit dem Arm ihren Körper: dort ist ein Abgrund.

– Nun laßt mich los, Monsieur Léon, und drückt mich nicht so, ich hab keine Lust, mich umzubringen.

– Ach! sagte Marsillat und fiel aufs Sofa. Du hast mir eine Angst gemacht! ... Jeanne, Jeanne, du weißt nicht, wie sehr ich dich liebe, ich wußte es selbst nicht ... Allein der Gedanke, daß du dort hinunterfallen könntest, hat mir das Herz gebrochen: ach, wenn du es pochen fühltest! Wirklich, ich fühle mich, als ob ich sterben sollte.

Jeanne, verwirrt und immer sorgenvoller, schwieg; Léon desgleichen. Nach einigen Augenblicken, als sie bemerkte, daß er sich nicht rührte, versuchte sie erneut, die Tür zu öffnen, aber vergebens. Léon war unerschütterlich und dachte über ein Mittel nach, das geeignet wäre, ihre Vorsicht durch eine neue List einzuschläfern!

– Seid Ihr krank oder schlaft Ihr, Monsieur Léon? fragte Jeanne etwas ungeduldig.

– Ich leide tatsächlich, antwortete er mit dumpfer Stimme, ich leide sehr: ich habe mir die Hand verletzt, als ich diese Tür öffnen wollte, und ich kann sie nicht mehr benutzen. Unglücklicherweise habe ich in der linken Hand keine Kraft. Warte, Jeanne, mach es nicht ebenso, wenn du mich nicht zur Verzweiflung bringen willst. Es gibt ein Mittel hinauszukommen: ich werde durch dieses Fenster springen und dir von außen öffnen, falls ich mich beim Springen nicht umbringe.

– Oh, tut das nicht, Monsieur Léon, sagte Jeanne entsetzt.

– Was tun? Wir können nicht hinaus, und du willst keine Minute länger bleiben.

– Gemeinsam könnten wir gut die Tür einschlagen, Monsieur Léon!

– Wir würden sie auch zu zehnt nicht zum Wanken bringen; dies ist eine alte Gefängnistür, ganz mit Eisen beschlagen.

– Monsieur Léon, sagte Jeanne, von einem plötzlichen Schrecken gepackt, wenn Ihr mich betrogen habt, um mich hierherzulocken, wird Gott Euch dafür strafen!

– Ach, dieser Verdacht ist furchtbar, sagte Léon. Das ist zuviel, geh weg vom Fenster, Jeanne, und lebe wohl.

Jeanne hatte sich aus dem Fenster gelehnt. Das Wetter war ein wenig aufgeklart, und der aufgehende Mond erhellte den Horizont; aber der Schatten, den die umliegenden Hügel warfen, vertiefte die Dunkelheit, und der mit Heidekraut bedeckte Boden veschwamm vor Jeannes Augen, er war so undeutlich, daß sie nicht sagen konnte, ob er zehn oder fünfzig Fuß tief unterhalb des Turmes war. Der entschlossene und verzweifelte Ton Léons erschreckte sie. Sie machte eine Bewegung, um ihn aufzuhalten.

– Jeanne, sagte er und preßte sie an seine Brust, lebe wohl für heute nacht, lebe wohl vielleicht für immer! Andere haben dir, um dich zu verführen, schöne Versprechungen gemacht. Ich setze mein Leben aufs Spiel, um dir zu beweisen, daß ich dich nicht verführen will. Sage mir wenigstens Lebewohl und gib mir einen einzigen Kuß: den ersten und letzten meines Lebens!... Einen Kuß, Jeanne, und du erschreckst dich! Vor einer Stunde hätte ich dir hundert rauben können, und ich bitte dich demütig in dem Augenblick um einen, wo ich mich in den Abgrund stürze, um dich davon abzuhalten, vor mir Angst zu haben... Verwehre ihn mir nicht. Sieh mal, wenn ich hierbleibe, kann ich irre werden; dein Mißtrauen, dein Schrecken haben meinen Verstand erschüttert. O Jeanne, ohne alle deine Verdächtigungen wärst du heute nacht hier bei mir in Sicherheit gewesen... Jag mich jetzt fort... ja, jag mich fort, denn ich zittere und rede dummes Zeug... Lebe wohl! Jeanne, doch diesen einzigen Kuß!...

– Nein, Monsieur, sagte Jeanne und machte sich los; keinen Kuß, niemals! Nicht weil ich glaube, daß es ein großes Verbrechen ist; ich will Claudie nicht verurteilen. Aber für mich wäre es eine Todsünde, das sage ich Euch offen; und wenn ich zustimmte, würde ich ganz schnell danach aus diesem Fenster springen, nicht, um mich zu retten, sondern um mich zu töten.

– Ach, es ist dein Haß gegen mich! Ein tödlicher Haß! Oder es ist eine Herausforderung, sagte Marsillat mit verhaltener Wut, als er sah, daß alle seine Listen scheiterten. Jeanne, das ist sehr unvorsichtig von dir, und es scheint dir Freude zu machen, mit meinem Verstand und meinem Willen zu spielen.

– Nein, Monsieur Marsillat, sagte Jeanne sanft, es ist kein Haß. Ich hasse Euch nicht. Gott bewahre mich vor jeglichem Haß! Aber es ist ein Gelübde, ich muß es Euch sagen, und ich wäre verdammt, wenn ich es brechen würde.

– Ein Gelübde! rief Marsillat, in dem diese Vorstellung einen neuen Wahn entfachte. Ach, Jeanne, ohne dieses Gelübde würdest du mich vielleicht lieben. Nun gut, soll die Verdammnis mich treffen! Du kannst mir diesen Kuß nicht zugestehen, das gebe ich zu; und ich bitte dich nicht mehr darum. Aber du kannst mich nicht daran hindern, ihn dir zu rauben, und die ganze Sünde liegt bei mir... Nein, nein, es ist nicht deine Schuld, wenn du nicht die stärkere bist... Weigere dich, es ist deine Pflicht... aber laß mir mein Recht.

Marsillat verfolgte Jeanne, die im Kreis durchs Zimmer floh, als heftige Schläge die Turmtür erschütterten.

XXIII

Der Vagabund

Als Jeanne das Schloß verlassen hatte, unterrichtete Cadet, erstaunt über ihren plötzlichen Aufbruch, sofort Claudie. Claudie beeilte sich, es Marie mitzuteilen, und die besorgte und erschrockene Marie zögerte nicht, von ihrer Mutter für dies alles eine Erklärung zu verlangen. Madame de Boussac berief sich auf die hohe Politik der Madame de Charmois; und diese, die eine solche Lösung sehr viel besser fand als alle von ihr ersonnenen, hatte sich vorgenommen, ohne jedoch ihre Methoden darlegen zu wollen, Guillaume dahin zu bringen, daß er die Notwendigkeit dieser Trennung akzeptiere.

Und tatsächlich, nachdem Madame de Charmois sich an diesem Abend eine Viertelstunde lang mit Guillaume zurückgezogen hatte, wirkte der junge Mann niedergeschlagen und in sein Schicksal ergeben. Aber während die Unterpräfektin sich ob ihres Sieges vor der Schloßherrin rühmte, kleidete Guillaume sich eilends an, ging in den Stall hinunter, wo er, ohne jemandes Hilfe zu beanspruchen und absichtlich den Augenblick nutzend, da die Bediensteten mit dem Essen beschäftigt waren, selbst Sport sattelte, ihn leise durch eine Hintertür hinausführte, aufstieg und im Galopp die Straße nach Toull nahm.

Jeanne hatte mehr als eine Stunde Vorsprung, und er trieb sein Pferd zur Eile, da er sie einholen und zum Verzicht auf ihren Plan bewegen wollte, bevor sie Toull erreichte. Aber schon war er am Mont Barlot und den Pierres Jomâtres vorbeigeritten, ohne sie zu treffen, als er sich an der Wegbiegung Sir Arthur gegenübersah.

Die Nacht war überdies recht finster; aber da der Engländer sich auf einem höhergelegenen Wegstück befand, erkannte er ihn an den Umrissen seines großen Strohhuts und am Kragen seines wasserdichten Karrick, die sich in der klaren Luft abzeichneten.

– Bleiben Sie stehen, Freund, sagte er zu ihm, und erkennen Sie mich.

– Zu Pferd unterwegs? rief Sir Arthur; gelobt sei Gott! Mein lieber Guillaume ist geheilt!

– Ja, Arthur, geheilt, völlig geheilt, antwortete Guillaume mit veränderter Stimme. Ich habe Ihnen viel zu erzählen; aber vor allem sagen Sie mir, ob Sie Jeanne auf Ihrem Weg getroffen haben?

– Jeanne? Jeanne, um diese Zeit draußen? Seit Toull, von wo ich geradewegs komme, habe ich keine Menschenseele getroffen. Ich habe dort den Tag über mit dem Pfarrer Alain geplaudert, und niemand in Toull hat Jeanne erwartet. Erklären Sie mir...

– Arthur, Sie wissen alles. Sie haben erraten, daß ich Jeanne liebe, und darum sind Sie fortgegangen; aber was Sie vielleicht nicht wissen, Arthur, ist, daß ich sie gekränkt habe, und darum ist sie geflohen, auch sie. Mein Gott, mein Gott! Welches Entsetzen in mir wach wird! Wo kann sie sein?

– Aber wann ist sie denn aufgebrochen?

– Vor ein, zwei Stunden, ich weiß es nicht genau; die Minuten kommen mir vor wie Jahre, seit ich sie suche...

– Sie kann nicht weit sein, sagte Monsieur Harley. Wir wollen uns trennen. Ich gehe nach Toull zurück und werde in allen Hütten am Weg nach ihr fragen, und Sie machen es ebenso auf dem Weg nach Boussac. Sie hat sicherlich irgendwo haltgemacht.

– Sie haben recht, Arthur, trennen wir uns.

– Warten Sie, Guillaume, warum diese heftige Unruhe?... Welche Gefahr mag in einer Gegend auf Jeanne lauern, wo sie bekannt ist und wo die Bauern sanft und gastfreundlich sind?

– Mein Freund, ich fürchte, daß jemand bei mir zu Hause Jeanne noch mehr gekränkt hat als ich! Ich weiß es nicht... Ich ahne es... Aber ich kann meine Mutter nicht anklagen! Ich fürchte, daß Jeanne verzweifelt ist!

– Aber was können Sie zu ihrer Beruhigung beitragen, Guillaume? Sind Sie bevollmächtigt, sie zurückzubringen?

– Arthur, ihr Platz ist bei mir, an meiner Seite, zwischen meiner Schwester und mir!... Sie darf uns nicht mehr verlassen, und ich weiß, was ich ihr zu sagen habe, um sie über das Böse hinwegzutrösten, das ich ihr angetan.

– Wenn Sie entschlossen sind, ihr eine Zuneigung entgegenzubringen, die Ihrer und Jeannes würdig ist, können Sie mit mir rechnen, Sie kennen mich.

– Sie verstehen mich nicht, Arthur. Ich werde Ihnen alles erklären... Aber nicht jetzt; wir müssen Jeanne suchen und finden.

– Ihr könnt sie lange suchen! sagte eine hohle Stimme in ihrer Nähe. Guillaume wandte den Kopf und sah, gekrümmt unter einem Bettelsack und auf einen Stock gestützt, einen Mann, der wie ein Bettler aussah und der nun langsam zwischen seinem Pferd und dem Arthurs dahinging.

– Wer sind Sie, rief der Engländer und packte ihn mit kräftiger Hand am Kragen. Wissen Sie, wo die Person ist, von der wir reden?

– Wenn Ihr mich erwürgen wollt, kann ich es Euch nicht sagen, antwortete Raguet kaltblütig.

Die Dunkelheit gestattete es Guillaume nicht, die Gesichtszüge von Monsieur Kuhzügel zu erkennen, und im übrigen ist es zweifelhaft, ob sie sich seinem Gedächtnis eingeprägt hatten. Ihm schien dennoch, als ob diese unheilvolle Stimme ihm nicht unbekannt sei. Als er sah, daß Sir Arthur im Begriff war, ihn loszulassen, bemächtigte er sich seinerseits des Kragens seiner zerlumpten Jacke und wiederholte ihm die Frage des Engländers:

– Wer sind Sie?

– Ich bin ein armer Mann, der seinem armseligen Broterwerb nachgeht, antwortete Raguet; aber tut mir nichts und zerreißt mir meine Kleider nicht, mein guter Herr, das würde Euch nichts nützen.

Und Raguet drehte behende den Stockgriff in seiner hageren, flinken Hand, bereit, Sport bei Bedarf einen heftigen Schlag auf den Kopf zu versetzen und den Reiter zu nötigen, ihn loszulassen.

– Wackerer Mann, sagte Monsieur Harley sanft, falls Sie ein junges Mädchen auf diesem Weg gesehen haben, dann sagen Sie uns, wo sie sein kann, und es soll Ihr Schaden nicht sein.

– Welches junge Mädchen sucht Ihr? entgegnete Raguet und gab vor, nicht zu wissen, worum es sich handelte. Wenn es um Jeanne geht, die Tochter der Mutter Tula, die schöne Hirtin von Ep-nell, wie man sie in der Gegend nennt, so hab ich sie gesehen, hab sie sehr gut gesehen, und ich weiß, welchen Weg sie genommen hat. Aber da seid Ihr nicht, meine Kinder, und Ihr könnt die ganze Nacht von Toull nach Boussac spazieren, ohne sie zu treffen.

– Sagen Sie doch, wo ist sie? rief Guillaume. Beeilen wir uns!

– Und wenn ich es Euch sage und es schadet mir, was springt dabei heraus?

– Wieviel wollen Sie? sagte der Engländer.

– Ei! Monsieur, Ihr seid recht vernünftig und wißt, daß ein Dienst einen anderen wert ist. Und diese Dienste, das zahlt sich aus; das zahlt sich heutzutage sogar gut aus. Ihr habt keine allzu guten Absichten mit dem Mädchen, denn Ihr seid zu zweit, und sie hat kein Mittel, sich zu verteidigen, wenn sie Euch nicht will.

– Elender! Behalten Sie Ihre frechen Bemerkungen für sich und reden Sie, oder ich erwürge Sie! rief Guillaume außer sich und schüttelte den Vagabunden.

– Langsam, Kleiner, langsam, sagte Raguet; paßt auf, daß Ihr euch nicht verbrennt! So schikaniert man nicht die armen Leute, denn eines schönen Tages bereut man es.

– Beruhigen Sie sich, Guillaume, sagte Sir Arthur, und lassen Sie diesen alten Narren eine Erklärung abgeben. Also, Sie wissen doch wahrscheinlich, wer wir sind, und Sie wollen Geld. Sie bekommen welches; reden Sie schnell, oder wir glauben, daß Sie uns betrügen wollen, und dann hören wir gar nichts mehr.

– Ich weiß nicht, wer Ihr seid, antwortete der vorsichtige Raguet. Ich kenne Euch nicht. Ein armer Unglücksvogel wie ich, der kennt die großen Bürger nicht. Aber man weiß sehr gut, daß die großen Bürger nachts hinter den hübschen Mädchen herlaufen, und man weiß auch, daß die Jeanne von Ep-nell berühmt ist. Ihr seid nicht einmal die ersten, die sie hier suchen; ich habe eben schon einen anderen getroffen.

– Einen anderen! rief Guillaume und zitterte vor Wut. Reden Sie doch ... wo ist er?

– Er hat das Mädchen irgendwohin mitgenommen, wo Ihr es nie findet! antwortete Raguet listig. Guten Abend, meine lieben Herrn! Der liebe Gott stehe Euch bei!

Er machte eine unerwartet kraftvolle Bewegung, die man seiner gebrechlichen Gestalt nicht zugetraut hätte, befreite sich aus der krampfhaften Umklammerung Guillaumes und machte ein paar Schritte vorwärts, wobei er sich schüttelte wie ein Wolf, der der Falle entkommen ist.

– Wollen Sie einen oder zwei Louis d'or und uns die Wahrheit sagen? rief der bedachte, vorsichtige Monsieur Harley und war geschwind an seiner Seite.

– Fünfzig Francs von Euch und fünfzig Francs von Eurem Begleiter, mehr will ich nicht!... Aber wenn ich Euch sage, wo das Liebespaar ist, dann seid Ihr noch nicht da, sofern Ihr die Gegend nicht kennt; und außerdem muß man mehr als hundertmal unsere Wege gegangen sein, will man sich nicht verlaufen.

– Führen Sie uns hin, Sie bekommen hundert Francs.

– Oh, hundert Francs, um mich von meinem Weg abbringen zu lassen! Ein Mann in meinem Alter! Nichts da, das kann doch Euer Ernst nicht sein.

– Sagen Sie also, was Sie wollen, und gehen Sie voraus!

– Das ist gut das Doppelte wert!

– Gut, das Doppelte; und wenn Sie die Wahrheit sagen, dann bekommen Sie noch mehr. Aber wir wollen nicht betrogen werden, und hoffen Sie nicht darauf, uns in einen Hinterhalt zu locken. Wir sind bewaffnet, und wir sind mißtrauisch.

– Das heißt, daß Ihr Angst habt! Nun gut! Auch ich habe Angst... Die Wölfe haben Angst vor den Menschen, und die Menschen haben Angst vorm Teufel; alle haben Angst in dieser Welt.

– Wovor haben Sie Angst?

– Gleichfalls betrogen zu werden. Wenn Ihr mir, anstatt mich zu bezahlen, Eure Pistolen zeigt! Ich will Eure Namen wissen, damit ich morgen mein Geld bei Euch eintreiben kann, wenn Ihr heute abend nicht Wort haltet.

– Dieser Mann macht sich über uns lustig, sagte Guillaume zu seinem Freund. Es ist nicht möglich, daß Jeanne nicht allein ist, Arthur; schaffen Sie sich diesen Bettler vom Hals und lassen Sie uns weiterreiten.

Als Raguet sah, daß Monsieur Harley zögerte, besann

er sich eines Besseren. Er wußte nur zu gut, mit wem er es zu tun hatte, und fürchtete die Zahlungsverweigerung, und sein Mißtrauen war nur ein Spiel seines verächtlichen, spöttischen Gemüts.

– Hört mir zu, diese Sache ist gefährlich für mich; und zwar steckt da sicher für mehr als zweihundert Francs Gefahr drin. Aber es ist mir gleich, ich finde Euch und beschäme Euch vor allen Leuten, wenn Ihr mich nicht ehrlich entlohnt. Los geht's! Hier entlang!

Und er nahm den Weg nach Lavaufranche, den er seit einer halben Stunde aufmerksam bewachte.

– Ich versichere Ihnen, daß dieser Halunke uns in die Irre führt. Er bringt uns in irgendeine Räuberhöhle, und das alles hält uns nur auf.

– Lassen Sie es uns versuchen! sagte Monsieur Harley.

– Los, meine Herren, Ihr kommt kaum vom Fleck und habt doch acht Beine zur Verfügung.

– Sie kommen nicht voran, sagte der Engländer. Zeigen Sie uns den Weg, anstatt uns aufzuhalten und wie ein Frosch vor unseren Pferden herzuhüpfen.

– Meint Ihr, Monsieur? sagte Raguet und legte seinen Bettelsack unter einen großen Stein, wo er ihn mit Sicherheit wiederfinden würde, denn er war mit einem Kreuz bezeichnet und heiligte somit die verfluchte *Kreuzung der vier Wege* – das sind Orte, die stets dem Sabbath geweiht sind und vom Teufel aufgesucht werden, wenn man sie nicht durch fromme Zeichen schützt.

Und sogleich richtete der gebückte Bettler sich wieder auf; der dahinsiechende Greis schien Siebenmeilenstiefel angelegt zu haben, und er schickte sich an, so leichtfüßig vor den Reitern herzueilen, daß die Pferde Mühe hatten, ihm zu folgen.

Als er am Fuß des Berges Montbrat angelangt war, blieb er stehen:

– Hier ist es, Messieurs, sagte er, und Ihr werdet

mich bezahlen, oder ich wecke die Leute vom Pachthof, und Ihr kommt nicht, wie Ihr wollt, zum Tor des Schlosses von Monsieur Marsillat.

– Marsillat! rief Guillaume und erkannte endlich die Ruine, wo er einst mit dem jungen Rechtslizentiaten gespeist hatte.

Und er jagte den Bergpfad hinauf, dieweil Sir Arthur Raguet zwölf Goldstücke hinzählte, ohne den Griff seiner Pistole loszulassen, die er für alle Fälle während des ganzen Rittes bewaffnet in der Hand gehabt hatte.

– Jetzt lassen Sie meinen Zügel los, oder ich jage Ihnen eine Kugel durch den Kopf, sagte er zu dem Vagabunden und händigte ihm seinen Lohn aus.

Im Dunkeln sah Raguet das Gold des Engländers und das Metall seiner Pistole funkeln. Er gehorchte, nahm das Gold, zählte unbekümmert seine Louis d'or und stürzte dann hinter ihm her:

– Ihr findet den Schlüssel fürs Vorhängeschloß im Hof, sagte er, im ersten Stein rechts, ohne ihn kommt Ihr nicht hinein. Das Türmchen ist gleichfalls rechter Hand; auf dem Hof gibt es einen Gang und dann eine einzige Tür, die nicht so solide ist, wie sie aussieht. Ihr habt mich gut bezahlt, ich bin zufrieden. Marsillat ist ein Taugenichts, der einen armen Mann vor seiner Tür verhungern lassen würde. Wenn Ihr mich an ihn verkauft, bin ich ein toter Mann; aber vorher werdet Ihr von mir hören.

Und er verschwand.

Bald hatte Arthur Guillaume erreicht. Beherrscht hielt er den jungen Mann am Schloßtor fest.

– Freund, sagte er, was haben Sie vor? Es kann sein, daß man uns getäuscht hat; das ist sogar sehr gut möglich. Wie wahrscheinlich ist es, daß Marsillat Jeanne gegen ihren Willen vom Weg nach Toull hierhergeführt hat? Und Sie nehmen doch nicht an, daß dieses vornehme Wesen ihrem Entführer freiwillig gefolgt ist? Glauben Sie denn im übrigen, daß Marsillat eines solchen Verbrechens fähig wäre?

– Ich glaube, daß er zu allem fähig ist! Beeilen wir uns,

Arthur, mir sagt mein Gefühl, daß Jeanne hier ist, daß sie in Gefahr ist.

– Und doch ist es kaum zu glauben. Beruhigen Sie sich doch, Guillaume, und lassen Sie uns einen Vorwand suchen, der erklärt, warum wir zu einer solchen Stunde überraschend bei Ihrem Freund vorsprechen.

– Er, mein Freund! Das war er nie, der Feigling!

– Lieber Guillaume, die Eifersucht reißt Sie hin und führt Sie in die Irre. Marsillat ist vielleicht völlig unschuldig. Jedenfalls ist hier Selbstbeherrschung vonnöten. Mit welchem Recht machen wir bei einem Mann einen bewaffneten Hausbesuch, mit dem wir immer nur gute Beziehungen hatten? Guillaume, ich wage zu behaupten, daß Jeanne mir mindestens ebenso teuer ist wie Ihnen, daß ihre Ehre mir heiliger ist als meine ... Und doch kann ich mich nicht auf das Wort eines Banditen hin entschließen, sinnloserweise mit der Pistole in der Hand hier nach ihr zu fragen. Ich habe nicht gezögert, dem Banditen zu folgen, ich zögere auch nicht, Jeanne bis hin zur Wohnung von Monsieur Marsillat zu suchen; aber ich wünsche, daß alles gemäß den Gesetzen der Ehre vor sich geht, der Freundlichkeit und Billigkeit.

– Arthur, sagte Guillaume und drückte kräftig den Arm seines Freundes, es ist mir unmöglich, ruhig zu sein, mein Kopf brennt, und mir kocht das Blut in den Adern ... und doch bin ich Jeannes wegen nicht eifersüchtig, und ich bin nicht in sie verliebt ... zumindest bin ich es nicht mehr ... vielleicht bin ich es nie gewesen ... Es war ein Irrtum meiner Phantasie, ein verdammter Drang, der ohne mein Wissen in mir sprach! Arthur, Ihnen allein auf der Welt darf und muß ich dieses Geheimnis anvertrauen, denn Sie wollen und sollen Jeannes Gatte sein ... Jeanne ist die Tochter meines Vaters! Jeanne ist meine Schwester ... Urteilen Sie selbst, ob ich das Recht habe, sie bis in Marsillats Arme zu suchen, und ob es nicht meine Pflicht ist, sie einem Schurken mit der Waffe in der Hand streitig zu machen!

Monsieur Harley, der von dieser Enthüllung einen Augenblick lang wie betäubt war, gewann rasch seine Gelassenheit und Geistesgegenwart zurück.

– Guillaume, sagte er, lassen Sie mich als ersten reden, lassen Sie mich handeln und beherrschen Sie sich, was immer geschieht.

Er stieg ab, suchte den Schlüssel, den Raguet ihm bezeichnet hatte, und öffnete das Vorhängeschloß. Da er seinen jungen Freund daran hindern wollte, als erster zu handeln, ließ er ihn nach links um den Hof herumgehen und wandte sich, ohne es ihm zu sagen, zum Türmchen. Er drang in den Gang ein, stieß gegen Finaud, der seit einer Stunde geduldig an der Tür kratzte, hielt das Ohr an diese Tür und hörte Marsillats dröhnende Stimme, der mit Nachdruck die folgenden Worte sprach:

– Gleichviel, Jeanne. Dann eben gegen deinen Willen! Wegen eines Kusses wirst du nicht verdammt!

Und überstürzte Schritte hallten im Gewölbe wider, Arthur hörte so etwas wie zwei Hände, die verzweifelt gegen die Tür hämmerten und sie zu erschüttern versuchten.

– Lassen Sie mich, Monsieur Léon, Sie machen mir Angst, sagte Jeanne gleichzeitig mit veränderter Stimme. Wenn es ein Spiel sein soll, dann ist es recht grausam; ich möchte mich lieber umbringen, als mit diesen Dingen zu scherzen.

Da schlug Monsieur Harley, um Marsillat von seinen schuldhaften Absichten abzulenken, mit außergewöhnlicher Kraft gegen die Tür. Schon war Guillaume hinter ihm.

– Ach, ich danke dir, lieber Gott! rief Jeanne; da sind Leute und beschämen Euch, Monsieur Léon.

– Jeanne, sagte Marsillat leise, sei still, oder du bist tot!

– Ach, bringt mich um, wenn Ihr wollt, sagte Jeanne, ich schweige nicht.

Aber sie schwieg dennoch, als sie hörte, wie Marsillat sein Jagdgewehr lud, das er eilig aus dem Futteral genommen hatte und dessen Lauf er nun auf die Belagerer richtete.

– Jeanne, sagte er immer noch leise, der erste, der hier gegen meinen Willen hereinkommt, der wird es mir teuer bezahlen! Und wehe, du sagst ein Wort, schreist, bewegst dich ... dann öffne ich ... und ich töte! ...

– Monsieur Marsillat, antwortete Jeanne im selben Ton, um der Liebe Gottes willen, macht ruhig auf. Ich werde nichts sagen und mich nicht über Euch beklagen. Stürzt niemanden ins Unglück; ich möchte nur hinausgehen, niemand soll auf mich achten, und ich werde nie sagen, daß Ihr mir Angst habt machen wollen.

Man schlug immer noch gegen die Tür, so stark, daß sie in den Angeln erschüttert wurde. Aber da immer noch keine Worte fielen, dachte Marsillat ernsthaft, daß es nur Diebe sein könnten. Er gab dies Jeanne zu verstehen und befahl ihr, sich in den Alkoven zurückzuziehen, aus Furcht vor einer Kugel.

– Wenn es Diebe sind, sagte Jeanne, helfe ich Euch, Euch zu verteidigen, Monsieur Léon. Ich bin nicht ängstlich. Vorausgesetzt, daß ich danach hinauskomme, das ist alles, was ich will.

– Nun gut, mein tapferes Mädchen, sagte Marsillat entschieden und kaltblütig, nimm mein anderes Gewehr dort von der Wand, unterhalb des Kamins, stell dich hinter die Tür und reiche es mir, wenn ich das erste abgeschossen habe. Wer da? fügte er laut hinzu, was wollt ihr?

– Öffnen Sie, Monsieur Marsillat, sagte Sir Arthur, ich muß in einer dringenden und sehr eiligen Angelegenheit mit Ihnen reden.

– Oh, oh, mein Herr! antwortete Marsillat; Sie reden recht laut und schlagen recht kräftig gegen die Tür! Ist das Ihre Art, die Leute zu wecken? Lassen Sie mir die Zeit, mich anzukleiden. Du, sagte er schnell zu Jeanne, versteck dich hinter den Bettvorhängen, wenn du nicht willst, daß ich deinem eifersüchtigen Engländer die Zähne ausschlage.

– Ich soll mich hinter Eurem Bett verstecken? antwortete Jeanne. O nein, Monsieur, niemals! Ich will mich nicht verstecken.

– Wie du willst, sagte Marsillat. Du wirst dennoch als meine Geliebte gelten und wirst sehen, was dabei herauskommt! Wie es dir beliebt, mein Herzchen!

– Nun gut, Monsieur Harley! fuhr er mit lauter Stimme fort, wenn Sie es leid sind, meine Tür mit Faustschlägen zu liebkosen, sagen Sie es mir! Ich warne Sie, ich bin nicht allein! Und ich öffne Ihnen nicht. Warten Sie im Hof auf mich, und auf Abstand, bitte sehr. Ich werde herausfinden, wie ich Ihnen zu Diensten sein kann.

– Sie werden öffnen, Monsieur, rief Guillaume, der nicht imstande war, sich länger zu beherrschen, und uns die Mühe ersparen, die Tür einzuschlagen.

– Aha, Sie sind zu zweit? entgegnete Marsillat kalt und verächtlich. Nun gut, schlagen Sie die Tür ein, meine Herren, wenn Ihr Herz es befiehlt. Ich habe vier Kugeln zu Ihren Diensten bereit, denn ich beabsichtige nicht, Sie meine Geliebte sehen zu lassen.

– So kommt es zum Kampf auf Leben und Tod! rief Guillaume, denn auch wir sind bewaffnet, und wir wollen hinein.

Und er rüttelte mit einer Hand an der Tür, ganz außer sich vor Wut.

Marsillat sah, wie die Tür nachgab und der Riegel aus der frisch geputzten Wand brach, und er verzichtete auf den Gedanken, sich zu verteidigen. Es schien ihm seiner unwürdig, sich an einem eifersüchtigen Kind anders als durch Verachtung und Lächerlichkeit zu rächen. Er wich zurück, damit die Tür auf den Boden schlagen konnte, und suchte im Dunkeln Jeanne, um sie vor jeglichem Schaden zu schützen. Aber wie durch Zauberei war Jeanne verschwunden. Er glaubte, sie habe sich entschieden, sich hinter dem Bett zu verstecken, und er wollte sich eben vergewissern, als die Tür mit Getöse umfiel. Sir Arthur stürzte als erster mit leeren Händen herein und bildete vor Guillaume einen Schutzwall mit seinem Körper, trotz der rasenden Wut des jungen Mannes, der sich bemühte, an ihm vorbeizukommen, und in jeder Hand eine Pistole hatte.

– Sehr gut, meine Herren, wunderbar! sagte Marsillat. Ich könnte Sie empfangen wie Räuber, da Sie Gefallen daran finden, Ihre Eifersuchtsanfälle zu verbinden und gemeinsam in anstößiger und roher Weise meine Wohnung aufzubrechen. Aber Ihr lächerliches Verhalten erbarmt mich, und ich fordere Sie beide zur Genugtuung auf, die ehrlicher und tapferer ist als Mord; zwei gegen einen, auf gut Glück!

– Sofort, wenn Sie wollen, Monsieur, rief Guillaume. Der Mond geht auf, und Ihr Hof ist hell genug, damit wir den angemessenen Abstand einhalten können.

– Nein, meine Herren, morgen, sagte Marsillat; ich habe eine Frau hier, die ich nicht noch mehr erschrecken will. Ich werde die Ruhe bewahren, bis Sie mir die Ehre erwiesen haben, sich zurückzuziehen.

– Wir ziehen uns nicht zurück, solange wir Sie nicht verpflichtet und überzeugt haben, so hoffe ich, daß Sie diese Frau freilassen, sagte sehr kalt Monsieur Harley; denn wir wissen, Monsieur Marsillat, daß sie gegen ihren Willen hier ist.

– Sie lügen, rief Léon; und da Sie mich zur Verteidigung zwingen, erkläre ich Ihnen, daß Sie nicht so leicht zu meinem Bett kommen wie zu meiner Tür.

– Jeanne! rief Guillaume, kommen Sie heraus aus dem Ort, wo Sie versteckt sind, antworten Sie!... Befürchten Sie nichts, wir kommen, um Sie zu verteidigen.

– Sie sehen, meine Herren, sagte Léon ironisch, daß die »Person«, wie Sie Jeanne zu nennen belieben, nicht hier ist, oder aber, wenn sie hier ist, daß sie Ihren Schutz nicht eben wünscht, denn sie antwortet nicht.

– Wenn sie nicht antwortet, rief Guillaume, dann weil sie ohnmächtig oder tot ist; aber ob sie nun geschändet ist oder ermordet, so holen wir sie darum nicht weniger hier heraus, und gälte es, Sie im selben Moment als den letzten Feigling und Verbrecher zu brandmarken.

Der Mond schickte sich an, auf die Hügel am Horizont zu steigen, und der frische Wind, der so oft den Aufstieg dieses Gestirns begleitet, fegte die Wolken vor sich her. Die Helligkeit drang ins Innere des Türmchens ein, und Sir Arthur, dessen Blick ebenso klar und deutlich war wie sein Urteil, hatte sich bereits vergewissert, daß das Bett nicht benutzt worden war, die Vorhänge geöffnet waren, daß es in diesem kleinen Raum alter Bauweise keinen Schrank, kein Nebengemach gab, wo Jeanne sich versteckt haben konnte. Sie war also in dem Augenblick heimlich hinausgelangt, als Guillaume und er ins Zimmer gestürzt waren; sie mußte den ersten Augenblick der Verwirrung genutzt und rasch das Weite gesucht haben. Diese Überlegungen gaben Sir Arthur die Ruhe wieder, die ihn gerade verließ. »Guillaume, sagte er zum jungen Baron, lassen Sie sich nicht derart von Verdächtigung und Angst beherrschen. Jeanne ist nicht hier, sie ist schon in den Hof geflohen; gehen Sie zu ihr und lassen Sie mich mit Monsieur Marsillat reden.«

– Jeanne kann nicht lügen, Jeanne wird mir die Wahrheit sagen, rief Guillaume und eilte nach draußen. Wehe Ihnen, Marsillat, wenn ihr Zeugnis Sie verurteilt!

– Monsieur Marsillat, sagte Arthur, als er allein mit ihm war, ich erlaube mir nicht, Ihr Verhalten zu benennen, denn ich weiß nicht, mit welchen Kunstgriffen es Ihnen gelungen ist, Jeanne zu veranlassen, hierherzukommen. Aber ich weiß, daß sie unberührt davongekommen ist, und ich möchte gerne glauben, daß Sie gehofft haben, sie zu überzeugen, und nicht die Absicht hatten, ihr Gewalt anzutun.

– Verschonen Sie mich mit Ihren Bemerkungen über mein Verhalten und meine Absichten, Monsieur, antwortete Léon. Ich brauche niemandem Rechenschaft abzulegen; und Sie haben mir Ihr eigenes Verhalten und Ihre eigenen Absichten zu erklären. Ich erwarte von Ihnen sofortige Entschuldigungen oder eine baldige Wiedergutmachung.

– Hätte ich leichtfertig gehandelt, sagte Monsieur Harley, wäre ich hier hereingekommen ohne die Gewißheit, Jeanne vorzufinden, hätte ich nicht gehört, wie sie gegen Ihre Übergriffe aufbegehrt hat, kurz gesagt, hätte ich mich geirrt, dann würde ich mich in aller Form bei Ihnen entschuldigen und nicht darauf warten, bis Sie Genugtuung verlangen. Ich habe an Ihrer Tür gelauscht, ich habe dies zum ersten, und, wie ich hoffe, zum letzten Mal in meinem Leben getan. Ich schäme mich dessen nicht; denn ich bin nunmehr im Recht, die Ehre eines armen Mädchens gegen Ihre verbrecherische und unanständige Großmannssucht zu verteidigen. Da ich indessen dieser kostbaren Ehre in Ihren Augen den Glanz nehmen würde, wenn ich mich leichthin zum Sieger erklärte, freue ich mich Ihnen mitzuteilen, mit welchem Recht ich mich hier zwischen Sie und Jeanne gestellt habe.

– Ja, sagte Marsillat mit bitterem Lachen, genau das hätte ich gerne gewußt. Welches Recht haben Sie mehr als ich auf dieses sehr schöne Mädchen, das Sie gewiß nicht heiraten wollen, da Sie ja verheiratet sind?

– Verheiratet, ich? Wer hat Ihnen diese lächerliche Geschichte erzählt? Man hat Sie belogen, Monsieur; ich bin frei, und es ist meine Absicht, Jeanne einen Heiratsantrag zu machen, selbst nach der heiklen Prüfung, der sie sich hier unterzogen hat, selbst auf die Gefahr hin, daß Sie die Absicht hegen, mich bei dieser Gelegenheit lächerlich zu machen. Seien Sie also nicht erstaunt – ich komme als Anwärter auf Jeannes Hand, um sie gegen Ihre Beleidigungen zu schützen. Aus eigenem Antrieb wäre ich nicht gewaltsam bei Ihnen eingedrungen, und ich möchte glauben, daß Sie mir nach einigen Verhandlungen diese Tür geöffnet hätten, wenn nicht das Ungestüm unseres jungen Freundes sie gegen meinen Willen eingeschlagen hätte. Aber Guillaume ist getrieben von einer Erregung, die zutiefst zu seinem Charakter gehört, und von einem

Gefühl der Empörung und der Fürsorge, ich wage zu sagen einem väterlichen. Er ist in seiner Eigenschaft als Pate, das heißt als einziger Beschützer einer Waise, an Eltern Statt, zu mir gekommen, um mir ihre Hand zu gewähren und mich zu ihrem Verteidiger zu ernennen. Ich weiß, Monsieur, daß dies alles Sie sehr lächerlich anmutet, und ich weiß auch, welchem Sarkasmus ich mich ausliefere, wenn ich so offen mit Ihnen spreche; und da ich Sie von heute an als den Feind meiner Ruhe und Ehre in Vergangenheit, Gegenwart und Zukunft betrachte, fordere ich Sie auf, Tag und Stunde nach Ihrem Gutdünken festzusetzen, da Sie mir Satisfaktion geben werden.

– So also, Monsieur, stellen Sie, der Angreifer, sich als beleidigt und herausgefordert dar, weil es Ihnen gefällt, das Mädchen zu heiraten, das zu verführen der kleine Baron nicht fähig war? Das ist wunderbar! Ich akzeptiere die Rolle, die Sie mir zuschreiben, unter der Voraussetzung, mich mit Ihnen zu schlagen, das ist alles, was ich verlange.

– Fassen Sie es auf, wie Sie wollen, Monsieur; ich lasse Ihnen die Wahl der Waffen und alle Vorteile beim Duell. Ich bitte Sie nur, es auf morgen früh festzusetzen.

– Nein, Monsieur, ich plädiere übermorgen in einer Sache, von der die Ehre und Existenz einer achtbaren Familie abhängt. Heute ist Montag. Im Morgengrauen reise ich nach Guéret. Wir vertagen das Unternehmen bis zu meiner Rückkehr, das heißt auf Mittwochmorgen.

– Einverstanden, Monsieur, und ich gehe davon aus, daß Sie bis dahin weder eine andere Zusage für eine Genugtuung fordern noch sie gewähren.

– Ich verstehe Sie, Arthur, sagte Marsillat mit der Liebenswürdigkeit eines vollkommen ruhigen und mutigen Mannes. Sie wollen Ihren jungen Freund nicht meinem Groll aussetzen. Veranlassen Sie ihn, die Beleidigungen zurückzunehmen, mit denen mich zu beehren ihm soeben gefallen hat, und ich verspreche Ihnen, ihm zu verzeihen.

– Dazu werde ich ihn nie bringen, Monsieur, und ich werde es nicht einmal versuchen. Aber Ihr Unmut muß sich für den Augenblick mit einem Duell zufriedengeben, und Ihrer Ehre ist Genüge getan, wenn ich unterliege.

– Ich weiß, daß Guillaume ein Kind ist, und ich habe ihn genug im Schießen und Fechten unterwiesen, um mir ein solches Unternehmen nicht zu wünschen, mit dem ich allzu spielend fertig würde. Rechnen Sie also mit meiner Großzügigkeit, und setzen Sie zumindest für heute abend durch, daß er mich nicht zum Äußersten treibt.

– Da ich in dieser Hinsicht für nichts garantieren kann, seien Sie so freundlich, sich nicht weiter dem Jähzorn des jungen Mannes auszusetzen; ich gehe zu ihm und nehme ihn mit. Ich flehe Sie an, verlassen Sie dieses Zimmer nicht.

– Nun, ich verspreche es Ihnen, Arthur; aber vereinbaren wir denn weder Ort noch Waffen?

– Sie entscheiden. Morgen früh erwarte ich Ihre Nachricht und richte mich nach Ihren Plänen. Ich bin in keiner Kampfesart geübt, die Wahl ist mir also gleichgültig.

– Zum Teufel! Ihr Geständnis ärgert mich! Ich bin mit dem Schwert ebenso gut wie mit der Pistole.

– Ich weiß; um so besser für Sie.

– Wir losen!

– Wie Sie wollen!

Monsieur Harley grüßte Léon und ging rasch davon. Guillaume kehrte erregt zum Turm zurück. Er war allein.

– Arthur, rief er, Jeanne ist unauffindbar. Ich habe in allen Ruinen nach ihr gesucht. Sie kann nur im Turm sein. Marsillat hat sie irgendwo versteckt. Sie muß geknebelt sein oder im Sterben liegen! Ein furchtbares Verbrechen ist geschehen. Lassen Sie mich! Lassen Sie mich zu ihm! Ich erwürge den Verbrecher. Ich hole die Wahrheit aus ihm heraus; ich zerstöre seinen schändlichen Schlupfwinkel.

– Nein, Guillaume, nein! sagte Monsieur Harley. Ich habe alles beobachtet, sein Benehmen, seine Stimme und alle Einzelheiten seiner Behausung. Jeannes Hund ist mit uns in den Turm gekommen, er ist nicht mehr dort, ich sehe ihn hier nicht. Mir schien, als habe ich ihn draußen bellen und heulen gehört, während ich mit Léon sprach. Jeanne ist geflohen, zweifeln Sie nicht daran. Wir werden sie unterwegs finden.

– Ihr Vertrauen ist unvernünftig, Arthur! Wenn Jeanne hier ist, dann lassen wir sie in der Macht dieses Elenden! Nein, nein, ohne sie gehe ich nicht von hier fort!

– Halt, sagte Arthur und zeigte auf das düstere Portal der alten Festung, sehen Sie nicht, daß dort jemand steht! Das ist Jeanne! Bestimmt! Und sie eilten zum Fallgatter, an dem tatsächlich ein Schatten entlangschlich.

Aber es war nicht Jeanne. Es war Raguet, der Kuhzügel, der ihnen bedeutete, ihm zu folgen.

XXIV

Das Unglück

Raguet blickte sich im Gehen vorsichtig um, er bemühte sich, Guillaume und seinen Freund ins Freie zu locken.

– Ihr sucht das Mädchen, sagte dieser wachsame Spion, und ohne mich findet Ihr sie nie. Wieviel gebt Ihr mir dafür?

– Was du willst, Freund! antwortete Guillaume. Du hast uns nicht betrogen, und bei dir zählen wir nicht nach.

– Doch, mein Junge, zählt! Zählt! sagte Raguet und hielt seinen Hut hin.

Guillaume nahm eine Handvoll Geld aus seiner Tasche und warf es in den schmierigen Hut des Bettlers, tatsächlich ohne es zu zählen.

– Das ist in Ordnung, die Nacht ist nicht schlecht, sagte Raguet; *los, Kinder*, kommt mit mir.

Und er führte sie längs der äußeren Mauern des Schlosses bis zu einer Stelle, wo er stehenblieb. Das aus dem Schutt der Ruine gebildete Gelände war an dieser Stelle abgetragen und ausgehöhlt worden, so als habe man einen Abstand schaffen wollen zwischen dem Boden und dem schmalen, jedoch seiner alten Eisenstangen beraubten Fenster, welches dem Türmchen Licht gab, das Marsillat als Unterschlupf diente. Erde und Kies, die ehedem gegen die ersten Stockwerke aufgeschüttet worden waren, hatte man weiter weg abgeladen, und dieses Fenster befand sich nun etwa fünfundzwanzig Fuß oberhalb eines senkrechten Grabens, der die alte Mulde des Schloßgrabens teilweise wiederherstellte. Marsillat, der häufig die Nächte auf diesem einsamen und verlassenen Landsitz verbrachte, hatte seinen kleinen Winkel so gut es ging befestigt.

– Wohin führen Sie uns? fragte Guillaume, als er sah, wie Raguet mit der Stockspitze auf den Grund des Grabens zeigte.

– Dort ist sie, sagte Raguet sehr leise und versteckte sich hinter einem Trümmerstück, um nicht vom Fenster des Türmchens aus gesehen zu werden. Dann hob er seinen Stock, zeigte auf das Fenster, machte mit dem Stock eine Bewegung von oben nach unten und fügte im Ton grausamer Gleichgültigkeit hinzu:

– Es gibt nur ein kleines Mißgeschick: das Mädchen ist tot!... Geht jedoch nachsehen... Ich könnte es nicht beschwören... Ich habe sie fallen sehen, aber ich wollte nicht näher herangehen... bin nicht so dumm!... Wenn die Sache vor Gericht kommt, hängt man sie mir auch noch an.

Und Raguet verschwand wie beim erstenmal. Er fürchtete Marsillat; aber dieser, der von der Schwelle seines Türmchens aus den Abgang von Guillaume und Sir Arthur beobachtet hatte, suchte Jeanne auf dem Hof und rieb sich die Hände bei dem Gedanken, sie zitternd in eine Ecke gekauert zu finden.

Arthur und Guillaume waren schon auf dem Grund

des Grabens. Mehr tot als lebendig hasteten sie vergeblich durch das Dunkel. Jeanne war nicht da.

– Gnade im Himmel, sagte Arthur, dieses Mal hat der Vagabund uns betrogen.

– Leider nein! sagte Guillaume, denn da ist Jeannes Mantel! Und er hob den Umhang des jungen Mädchens auf.

Der Richtung des Grabens folgend, gelangten sie tief in die Schlucht, suchten immer weiter, aber trauten sich nicht länger, ihre düsteren Gedanken auszutauschen.

Tief unten in der Schlucht fließt ein schmales, kristallklares Rinnsal und plätschert zwischen den Felsen. Dort ist die Quelle, sie kommt zwischen großen weißen Steinblöcken aus der Erde, und mit einem leisen Geräusch, wie von anhaltendem Regen, ergießt sie sich nach draußen. Guillaume lief zu den Steinbänken und gab einen Freudenschrei von sich, als er ganz deutlich eine Frau neben der Quelle sitzen sah. Der Mond, frei von Wolken, schien hell auf sie hernieder. Da saß Jeanne, unbeweglich, bleich wie eine Tote, aber mit einem Lächeln auf den Lippen, die Hände übereinandergelegt, in einer träumerischen, ruhigen Haltung. Finaud lag zu ihren Füßen.

– Jeanne! rief Guillaume und sank neben ihr auf die Knie, du bist gerettet! Gott sei tausendmal Dank!

– Oh! Es ist nichts, überhaupt nichts, mein Pate, sagte Jeanne und ließ zu, daß er ihre Hände nahm und küßte. Guten Abend, Monsieur Arthur! Ihr seid also von Eurer Reise zurück? Es geht schon, danke!

– Jeanne, Jeanne, wo kommst du her? Wo warst du versteckt? Du bist also nicht gefallen? sagte Guillaume.

– Gefallen? Ja, ich glaube, ich bin etwas hart gefallen... Von Monsieur Marsillats Stute... Nein... ich weiß nicht mehr, mein Pate; ich habe ein wenig auf der Erde geschlafen; aber mein Hund hat so an mir gezerrt, daß er mich geweckt hat. Und dann bin ich aufgestanden; es ist nichts gebrochen, denn ich bin ein Stück Wegs gegangen. Aber ich bin vor Erschöpfung wie zerschlagen, und ich habe mich hierhergesetzt, um ein bißchen auszuruhen. Ich sehe meine Kühe nicht mehr. Claudie muß sie hereingeholt haben. Ach, mein Pate, es ist wohl an der Zeit, ins Haus zu gehen.

– Ja, nach Hause! Gute Jeanne, meine liebe Jeanne, oh, meine geliebte Schwester!

– Eure Schwester? Ist sie denn hier, das liebe Herz? Ich sehe sie nicht. Ach! Ich bin ganz betäubt, mein Pate. Ich weiß nicht, was mit mir ist.

– Guillaume, sagte Monsieur Harley leise, bringen Sie sie nicht zum Sprechen, regen Sie sie nicht auf. Sie hat sich aus dem Fenster gestürzt, das ist gewiß... Und Arthur drehte sich um und betrachtete zitternd die Höhe dieses Fensters, die in der Entfernung noch erschreckender aussah. Was für ein Sturz! sagte er, und was für ein Wunder Gott für uns getan hat! Ich hoffe, daß er keine Folgen zeitigt. Versuchen wir, sie zum Gehen zu bringen, und zwingen wir sie nicht, zu schnell ihr Gedächtnis wiederzufinden. In Boussac angekommen, wäre es klug, sie zur Ader zu lassen.

– Wir gehen, nicht wahr, mein Pate? sagte Jeanne und erhob sich mit Leichtigkeit. Ich habe beinahe Angst an diesem Ort hier, ich weiß nicht, warum; aber ich kenne die Gegend nicht. Sind wir auf der Schloßweide? Habt Ihr den alten Raguet gesehen?

– Raguet! sagte Guillaume und erinnerte sich endlich, wo er den Vagabunden getroffen hatte. Nein, Jeanne, hier ist kein Raguet. Komm, dein liebes Herzchen wartet auf dich und will dir guten Abend sagen, bevor sie schlafen geht.

Auf Guillaumes Arm gestützt, lief Jeanne mühelos; und Arthur, der die Pferde geholt, die er bei der Ankunft hinterm Schloßtor angebunden hatte, ließ sie hinter sich aufsitzen. Am Tal der Petite-Creuse entlang kamen sie zur Straße nach Boussac. Guillaume kannte das vom Mond beschienene Land; aber sie ritten im Schritt, so langsam wie möglich, da Sir Arthur befürchtete, bei Jeanne eine Nervenkrise hervorzurufen als Folge der furchtbaren Erschütterung bei ihrem Sturz. Bewegt, traurig und zärtlich, wagte der gute Monsieur Harley nur, das Wort an sie zu richten, um sie von Zeit zu Zeit zu fragen, wie es ihr gehe.

– Aber es geht mir gut, antwortete Jeanne überrascht. Warum fragt Ihr mich denn danach, Monsieur Harley? Ich bin nicht krank.

Jeanne hatte die Erinnerung an all ihre Bedrängnis verloren. Sie schien in Nachdenken versunken, und doch war ihr Denken nicht mehr als ein friedlicher, sanfter Traum. Die Nacht war klar und der Mond leuchtete. Immer noch hörte Jeanne das Zirpen der Grille und das Quaken der Frösche, wie vorhin, als sie auf dem Weg nach Toull war. Aber dieses Mal kehrte sie dem Kirchturm ihres Dorfes den Rücken, und es war ihr nicht bewußt. Alles verschwamm vor ihren Augen, in ihrer Erinnerung und zärtlichen Zuneigung verschmolz alles miteinander: das Wachen einst auf den Weiden des Bourbonnais, die morgendlichen Träumereien im Morgentau beim Schloß, ihre Ziegen in Ep-nell, ihre Kühe in Boussac, der gute Pfarrer Alain, die liebe Mam'selle Marie und auch ihre Mutter Tula, die in diesen glückseligen Bildern, die sie mit offenen Augen träumte, nicht mehr tot war. Manchmal neigte sie ihren schwachen Kopf auf die Schulter von Sir Arthur; und ihre ängstliche Schamhaftigkeit nahm die Anwesenheit dieses Freundes nicht wahr, doch spürte sie undeutlich, wie seine liebevolle, reine Gegenwart sie umhüllte, ohne daß sie es wußte.

Als unsere drei jungen Leute im Schloß von Boussac ankamen, war Mitternacht schon vorüber. Das Haus war fast wie ausgestorben. Die bekümmerte und bestürzte Claudie weinte allein in einer Ecke der Küche, und Cadet war nicht da, um die Pferde in den Stall zu führen. Er war selbst auf den Befehl von Madame de Boussac hin aufs Pferd gestiegen, um Guillaume zu suchen, dessen plötzlicher Aufbruch und lange Abwesenheit ihre lebhafteste Unruhe erregt hatte.

– Bis zehn Uhr war Eure Mama auf der Straße nach Toull, um auf Euch zu warten, sagte Claudie zum jungen Baron. Sie ist gerade erst zurückgekehrt, und Mam'selle Marie ist noch dort mit Madame de Charmois.

– Ich gehe Mademoiselle Marie beruhigen, sagte Monsieur Harley zu Guillaume; gehen Sie zu Ihrer Mutter und trösten Sie sie, und raten Sie Claudie, Jeanne gut zu pflegen. Unterwegs werde ich dem Arzt sagen, daß er ihr einen Besuch macht.

– Der Arzt ist noch im Haus, sagte Claudie. Bist du denn krank geworden, meine Jeanne?

– Es ist nicht schlimm, sagte Jeanne und umarmte sie.

Madame de Boussac grollte ihrem Sohn und weinte. Ganz gegen seine Gewohnheit nahm Guillaume die zärtlichen Vorwürfe seiner Mutter mit einem gewissen Hochmut und Ungeduld auf. Er behauptete, nicht zu verstehen, warum seit ein paar Tagen jeder ihn davon überzeugen wollte, daß er krank sei; er versicherte, daß er sich sehr gut fühle, daß ihm, wie früher auch schon so manches Mal, danach zumute gewesen sei, den Mondaufgang über den Pierres Jomâtres zu sehen, daß er unterwegs angehalten habe, um mit Sir Arthur zu plaudern, den er auf dem Weg aufgegriffen habe, und daß sie dann Jeanne getroffen, die ihre kranke Tante in Toull besucht hätte, daß sie das Mädchen hätten aufsitzen lassen und sie unglücklicherweise vom Pferd gefallen sei und daß sie schließlich im Schritt auf dem unteren Weg zurückgekehrt seien, um dieses arme Kind nicht zu ermüden, das vom Sturz ein wenig zerschlagen sei.

Die Geschichte war wahrscheinlicher und natürlicher als die Wahrheit selbst. Madame de Boussac zog sie nicht in Zweifel; allein, sie gab ihrem Sohn zu verstehen, daß es lächerlich und unpassend sei, seine Bedienstete aufsitzen zu lassen; dies gehöre zu den Angewohnheiten des Kleinbürgertums der Gegend, und es sei verabscheuungswürdig, dieses nachzuahmen. Da sie auf die Ungebührlichkeit Guillaumes empfindlicher zu reagieren schien als auf Jeannes Unfall, antwortete Guillaume verärgert und ein wenig verbittert, daß Jeanne in jeder Hinsicht seinesgleichen sei und er sich wundere über den Unterschied, den man in den Vorurteilen der Gesellschaft zwischen einer Person und einer anderen errichten wolle. Madame de Boussac fand ihn aufrührerisch; sie schimpfte mit ihm, weinte wieder und konnte ihn nicht dazu bewegen, das Ende ihres Tadels anzuhören.

– Liebe Mama, sagte er zu ihr, da ist etwas, was mich sehr beunruhigt; es ist der Unfall, der meiner Milchschwester zugestoßen ist, Ihrem Patenkind, dieser Freundin, diesem Kind des Hauses, die ich niemals als Bedienstete behandeln noch als solche betrachten kann, nachdem sie mich während meiner Krankheit so sehr gehegt und gepflegt hat. Sie werden gestatten, daß ich mich nach ihr erkundige und unsere Auseinandersetzung über die Überlegenheit meines Ranges und die Vortrefflichkeit meiner Person auf morgen vertage. Es war tatsächlich unrecht, Jeanne auf mein Pferd zu nehmen, da ich die beklagenswerte Ungeschicklichkeit besaß, sie fallen zu lassen. Ich gebe zu, dies ist die einzige Sache, die ich bitter bereue.

Einige Augenblicke später waren Madame de Boussac, Guillaume, Marie, Arthur und der Arzt um Jeanne versammelt, die von Marie in ihr Zimmer geholt worden war und die sich ihrerseits über die allgemeine Besorgtheit wunderte. Der Arzt wunderte sich gleichfalls. Jeanne, die sich nicht erinnerte, von wo sie heruntergefallen und die davon überzeugt war, daß das, was man sich von ihrem Unfall erzählte, die Wahrheit sei, hatte hingegen die genaue Erinnerung, auf frisch umgegrabener Erde auf ihre Füße gefallen zu sein, sodann auf die Knie, und während einer gewissen Zeit, die sie nicht bestimmen konnte, wie schlafend liegengeblieben zu sein.

– Nun, bei Gott! Es ist nur ein Schwindelanfall, sagte

der Arzt, die Überraschung, die Angst vielleicht. Sie leidet nirgendwo, also hat sie sich nichts getan. Man muß sich also nicht darum kümmern.

– Monsieur, sagte Sir Arthur und nahm ihn beiseite, der Fall ist schwerwiegender, als Jeanne es darzustellen vermag. Als das Pferd gescheut hat, befand es sich ganz am Rande der Straße von Toull, an der steilsten Stelle. Jeanne ist etwa dreißig Fuß tief gefallen, auf Rasen in Wirklichkeit, aber sie war länger als eine Viertelstunde ohnmächtig, und seither ist sie verwirrt. Sie weiß kaum, wo sie ist und was ihr geschehen ist.

– Das ändert die Diagnose, sagte der Arzt, und ich lasse sie sofort zur Ader. Eine Rückenmarksverletzung, ein Riß im Herzbeutel, eine Gehirnerschütterung sind in solchen Fällen sehr zu befürchten.

Nach dem Aderlaß kehrte Jeannes Farbe ein wenig zurück, und bald schlief sie ein in dem Bett, das Marie neben dem ihren hatte aufstellen lassen. Sehr in Sorge über ihre liebe Hirtin, wie sie sie nannte, wollte sie sie nicht einen Augenblick lang verlassen. Sir Arthur, der kräftiger war als Guillaume, bei dem auf starke Erregung stets eine große Niedergeschlagenheit folgte, dachte nicht einmal daran, sich hinzulegen. Beim geringsten Geräusch horchte er auf, und immer wieder ging er auf Zehenspitzen in den Flur, um zu lauschen, und er wurde erst ruhiger, als er sah, wie Jeanne in der Morgendämmerung frisch wie der Tag aus dem Zimmer ihres Herzchens kam, um die Luft der Felder einzuatmen. Jeanne glaubte, auch er sei soeben aufgestanden, und da sie ihn weiterhin für verheiratet hielt, empfand sie keinerlei Mißtrauen gegen ihn, sie reichte ihm freimütig die Hand und dankte ihm für alles, was er für sie getan hatte.

– Erinnern Sie sich an alles? fragte er sie.

– Ja, ja, Monsieur, heute morgen erinnere ich mich gut. Aber das ist gleich, man wird immer das aussagen müssen, was Sie gestern abend gesagt haben; das bringt alles in Ordnung und rettet Monsieur Marsillat vor einer gräßlichen Geschichte.

– Vergeben Sie also diesem schlechten Mann, Jeanne?

– Gott befiehlt, alles zu vergeben, und im übrigen ist Monsieur Marsillat nicht schlecht. Er wollte sich einen törichten Scherz mit mir machen. Ihr wißt, daß er ein Bursche mit schlechten Manieren ist: er will den Mädchen immer einen Kuß geben. Das war mir nicht recht, und ich versichere Euch, daß ich dem ein Ende gemacht hätte. Ich bin stärker, als er denkt, und er hätte mich nie geküßt. Aber er hat sich einen Spaß daraus gemacht, mich in seinem Zimmer einzusperren und mir allerlei Sachen zu erzählen, um mich am Gehen zu hindern. Man hätte meinen könne, daß er mich ins Gerede bringen wollte, indem er mich die ganze Nacht dabehielt. Als ich dann Eure Stimme und die meines Paten gehört habe, war ich sehr froh. Aber hat er nicht so getan, als ob er Euch alle beide meinetwegen umbringen wollte? Er hat sein Gewehr genommen und zu mir gesagt: »Wenn du nicht so tust, als ob du damit einverstanden wärst, daß du hier bist, dann schlage ich dem Engländer den Kopf ein.« Ich wollte nicht, daß er ein Unglück anstellte; in dem Augenblick sah er so aus, als wäre er verrückt, und was Ihr durch die Tür zu ihm gesagt habt, hat ihn so wütend gemacht, daß er mir sehr harte, böse Worte gesagt hat. So hat einerseits die Angst, daß er im Zorn irgend etwas Böses tun könnte, andererseits die Scham, dort von Euch entdeckt zu werden und mich nicht gegen das wehren zu können, was er gegen mich sagen würde, all das hat mich dazu gebracht, aus dem Fenster zu springen. Es war gerade Platz genug, um hindurchzugelangen, wenn ich mich anstrengte, und es ist mir gelungen. Er hatte mir gesagt, daß das Fenster hoch sei. Ich habe bereits vorher da hinaus fliehen wollen. Er hatte mir gesagt, daß ich mich umbringen würde; aber ich wollte lieber mich umbringen, als meinen Paten und Euch umbringen zu lassen. Außerdem waren das alles Lügereien.

Er wollte Euch nichts Böses antun, da bin ich mir jetzt sicher, und sein Fenster war doch nicht so hoch, denn ich habe mir überhaupt nicht weh getan, und wenn man mich nicht geschwächt hätte durch das Blutabnehmen, dann ginge es mir so gut wie immer. Gleichviel, ich bin sehr froh, daß das alles vorbei ist, und ich gehe auf die Felder. Es war einfältig von mir, all den Unsinn zu glauben, den man mir gestern erzählt hat. Ich sehe ja, daß mein Pate und meine Patin immer noch gut sind zu mir und daß mein liebes Herz mich immer noch liebt. Da ist nur Madame de Charmois, die mich haßt. Ich weiß nicht, warum; ich habe sie immer, so gut ich konnte, bedient, sie und die junge Dame.

Sir Arthur wollte Jeanne dazu bringen, ihm zu erzählen, was zwischen ihr und Madame de Charmois vorgefallen war; aber er mußte es aus den schüchternen und unvollständigen Antworten des jungen Mädchens erraten, denn sie war zu schamhaft und stolz, um die Ausdrücke wiederzugeben, deren die Gräfin sich bedient hatte, um sie zu kränken.

– Meine Liebe, sagte Madame de Boussac zu der Letztgenannten, während sie mit ihr die Schokolade in ihrem Schlafzimmer nahm, wo die Unterpräfektin, die sich über Gebühr wie ein Parasit verhielt, sie frühzeitig aufgescheucht hatte, Sie haben gar nichts erreicht. Ich weiß nicht, was Sie sich ausgedacht und gestern abend Guillaume erzählt haben, aber Ihrem Geheimnis fehlte es an gesundem Menschenverstand. Guillaume ist mehr in Jeanne verliebt als vorher. Meine beiden Kinder hat eine lächerliche Leidenschaft für dieses Mädchen gepackt. Wie Sie sehen, ist Guillaume wie ein Verrückter hinter ihr hergelaufen. Sie hat sich beinahe den Hals gebrochen, was den Wahnsinn meines Sohnes vermehrt hat. Meine Tochter geht so weit, sie in ihrem Zimmer schlafen zu lassen! Wenn ich mir eine Beobachtung gestatte, dann sind diese Kinder, die, ich weiß nicht warum, völlig überspannt wirken, kurz vor einem Aufstand gegen mich, und, was noch schlimmer ist, gegen die ganze Gesellschaft. Sie werfen mir Jeannes Dienste und Tugenden an den Kopf; ich selbst bin schwach, und im Grunde liebe ich sie, diese Jeanne. Ich werde nie vergessen, daß sie meinen Sohn gerettet hat. Als Sie sie gestern davongejagt haben, war ich wütend auf Sie. Heute morgen bin ich es, glaube ich, immer noch ein wenig; denn Sie haben allen weh getan, ohne die geringste Abhilfe zu schaffen.

– Was macht Guillaume heute morgen? fragte siegesgewiß und friedfertig die dicke Unterpräfektin.

– Er schläft.

– Um neun Uhr morgens schläft er noch? Und hat er heute nacht geschlafen?

– Tadellos, nach dem, was Cadet mir versichert hat, der ohne sein Wissen auf meinen Befehl die Nacht in seinem Zimmer verbracht hat.

– Ah! erwiderte die Charmois, wenn er gut schläft, ist er also von seiner Liebe geheilt.

– Sie hoffen es?

– Ich gebe Ihnen mein Ehrenwort, ich habe ihm gestern abend Zauberworte gesagt. Er ist hinter Jeanne hergelaufen, ganz einfach weil er sie wie seinesgleichen behandelt, und das mußte so sein; er will, daß man sie liebt und achtet, und darauf war ich gefaßt. Aber er ist nicht mehr verliebt, und er wird Elvire heiraten, wenn wir es wollen.

– Ich verstehe Sie nicht.

– Erraten Sie es nicht? Nun, so muß ich Ihnen helfen. Die Amme Guillaumes war vor Ihrer Heirat Bedienstete hier im Haus. Sie war schön, daran erinnere ich mich; sie war sittsam, mag sein, doch das kümmert mich nicht; nach zwei oder drei Jahren Ehe waren Sie eifersüchtig auf sie; Sie mögen unrecht gehabt haben. . . Aber schließlich hätte Jeanne die Tochter ihres Gatten sein können, und somit die Schwester Guillaumes.

– Großer Gott! Und das haben Sie meinem Sohn erzählt?

– Warum nicht?

– Aber das ist Unsinn! Das ist falsch! Monsieur de Boussac war in der Armee und hat Tula vor Jeannes Geburt nie gesehen.

– Das ist mir doch gleichgültig! Wer sollte denn Guillaume diese genauen Angaben machen? Er ist zu zartfühlend, um Erkundigungen einzuholen. Ich habe nur ein Wort gesagt, ein halbes Wort, und er hat es erraten.

– Aber Sie verleumden das Gedenken eines ehrenhaften Menschen!

– Die Ehre der Mutter Tula? Welch großer Schaden! Sie sind wie Ihre Kinder, meine Liebe!

– Aber Sie beschuldigen Guillaumes Vater! Sie setzen meinen Gatten in der Wertschätzung meines Sohnes herab!

– Wieso denn? Hängt denn die Ehre eines Mannes von solchen Dingen ab? Wenn ich Jeanne als Ihre Tochter ausgegeben hätte, dann wäre das etwas anderes. Aber in meiner Annahme paßte das alles wunderbar zu Guillaumes Lage. Ich habe meine Dichtkunst, meine Redekunst angewandt. Das Thema war geeignet: Guillaume in eine Bäuerin verliebt!... Sein Vater könnte es auch gut gewesen sein. Guillaume gibt sich seiner Leidenschaft hin!... Sein Vater hatte sich ihr hingegeben. Die Moral wäre, daß aus diesen Liebschaften arme Kinder hervorgehen, die im Bedienstetenverhältnis aufwachsen und früher oder später im Elend versinken, die der Verderbnis ausgesetzt sind, ihre Brüder treffen und zum Objekt inzestuöser Leidenschaften werden... Darüber hat Guillaume ausgerufen: »Danke, danke, Madame! Genug davon. Ich bin geheilt; Sie haben mir einen großen Dienst erwiesen. Aber meine Mutter soll es nie erfahren; sie soll an die Sittsamkeit meines Vaters glauben. Armer Vater! Mit welchem Recht sollte ich ihn tadeln, da ich selbst ihn beinahe nachgeahmt hätte, usf.« Nun gut! Zélie, lachen Sie doch ein wenig und beglückwünschen Sie mich!

Madame de Boussac ließ sich nicht lange bitten zu lachen, und schließlich bewunderte sie die Charmois und dankte ihr.

– Wenn ich mit Ihnen einverstanden bin, sagte sie, dann unter der Bedingung, daß Sie mir versprechen, Guillaume bald aufzuklären und ihm deutlich zu machen, daß Sie sich hinsichtlich der angeblichen Verwandtschaft mit Jeanne geirrt haben.

– Gut, gut! sagte die Charmois, wenn er einmal Elvires Gatte ist und Jeanne weit, weit weg. Wenn Sie sie hingegen hierbehalten, müssen Sie davon ausgehen, daß Guillaume sich stets für ihren Bruder hält und ich ihm, wenn es sein muß, Zeugen und Beweise liefern werde.

– Sie haben den Teufel im Leib! sagte Madame de Boussac.

Guillaume wachte unterdessen auf und klingelte, um nach Jeanne zu fragen. Groß war seine Überraschung, als er erfuhr, daß sie ihre Kühe hütete, als ob nichts wäre. Er lief zu seiner Schwester und sprach wie folgt zu ihr:

– Marie, unseres Freundes Traum vom Glück muß endlich Wirklichkeit werden. Auch muß Jeannes Los auf eine Höhe gehoben werden, die der ihrer Seele entspricht. Bis jetzt ist Harley schüchtern gewesen, Jeanne mißtrauisch und ungläubig, und wir, Marie, wir waren schwach und unentschlossen. Wir müssen aus dem Schatten der Unparteilichkeit heraustreten. Es ist Zeit, offen und tatkräftig darauf hinzuwirken, daß diese beiden Herzen, geschaffen, einander zu verstehen, sich nahekommen; diese beiden Existenzen, die, wenn man sie vorurteilslos besieht, füreinander gemacht zu sein scheinen.

– Du machst mir Angst, antwortete Marie; ich verstehe nichts von dem, was gestern geschehen ist; denn zufällig habe ich aus sicherer Quelle erfahren, daß Jeannes Tante nicht krank war. Es war dies also ein Vorwand, um uns zu verlassen. Irgend etwas muß ihr an uns mißfallen und ihr bitteren Schmerz bereitet haben. Mir scheint, daß es all diese Heiratsgerüchte sind, die sich gegen unseren Willen verbreitet haben, zu ihr gelangt sind und ihren Entschluß verursacht haben, uns zu verlassen. Du hast die Kraft gefunden, sie zu uns zurückzubringen. Sei gepriesen, mein Freund! Ich spüre, daß ich ohne Jeanne nicht mehr leben könnte. Ich liebe sie, Guillaume, ich liebe sie, als ob sie unsere Schwester wäre! Und wenn du willst, sage ich dir, daß mir gestern abend, als ich angstvoll auf euch gewartet habe, hundert romantische Träume durch den Kopf gegangen sind, hundert tolle Träumereien. Glaube mir, ich habe mich gegen meinen Willen dabei überrascht, wie ich über den Plan nachgedacht habe, die große Welt zu verlassen, diesen Rang abzulegen, der mir zur Last geworden ist, in die Einöde zu fliehen, Holzschuhe zu tragen und mit Jeanne im Heideland von Ep-nell Ziegen hüten zu gehen. Ja, ich hatte diesen süßen Traum, und ich würde nicht beschwören, daß er nie Wirklichkeit wird, falls ich hier leben muß, fern meiner schönen Hirtin, meiner *Jeanne d'Arc*, der Heldin aller *unveröffentlichten* Gedichte, die ich seit einem Jahr in meinem Herzen und in meinem Kopf habe!

– Liebe Marie, du anbetungswürdige Verrückte! antwortete der junge Baron und lächelte zärtlich, dein Traum wird ohne Erschütterung und Skandal, wird ohne daß die Deinen leiden Wirklichkeit werden. Jeanne wird Sir Arthur heiraten; sie werden in unsrer Nähe, werden bei uns leben. Sie werden unbebautes Land kaufen, das sie nach und nach fruchtbar machen, wo du noch lange mit deiner schönen Hirtin umherschweifen kannst, die alten bäuerlichen Weisen singen und die jungen Zicklein springen sehen kannst. Es steht dir auch frei, an Regentagen Holzschuhe zu tragen und dich für eine Hirtin zu halten. Aber damit dies alles geschieht, müssen wir uns beeilen und Jeanne das Vertrauen in uns zurückgeben. Sie muß wissen, daß niemand hier sie verführen und daß ein ehrenhafter Mann sie heiraten will. Vor allem muß sie ihre Kühe für heute aufgeben und den Tag mit uns dreien im Zimmer verbringen. Und endlich muß diese seltsame, aber glückliche Vereinigung heute abend beschlossen werden, damit Sir Arthur ernsthaft bei unsrer Mutter, ihrer Patin und natürlichen Beschützerin, um Jeannes Hand anhalten kann.

– Ach, sagte Marie, wie mein Herz klopft! Und ich habe Angst, aus diesem süßen Traum zu erwachen!

Es wäre schwierig, die unschuldige und anhaltende Überraschung Jeannes zu beschreiben, als sie im Zimmer von Marie zwischen ihrem lieben Herzchen und ihrem Paten saß, der lebhaft mit ihr sprach, und sah, wie Monsieur Harley sich verneigte und beinahe vor ihr niederkniete und sie bat, ihre Zustimmung zu geben und ihn zu heiraten. Es war mühselig, ihr geringes Vertrauen und die Wirkung der Lügen von Madame de Charmois zu überwinden. Dennoch, als Sir Arthur ihr sein Ehrenwort gegeben, daß er niemals verheiratet gewesen, und als Jeanne vernommen, daß ihr Pate und ihr Herzchen sich für die Redlichkeit ihres Freundes verbürgten, da wurde sie ernst, nachdenklich, kreuzte die Hände auf dem Knie, neigte den Kopf und gab keine Antwort. Sie schien nichts mehr zu hören und still für sich zu beten, damit sie vom Himmel erleuchtet werde. Ihr Gesicht war belebt, ihr Busen leicht erregt. Niemals war sie so schön gewesen; und Marsillat, der sie so oft mit Galathea verglichen, hätte gesagt, daß sie soeben das heilige Feuer des Lebens zum ersten Mal empfangen habe.

Aber dieser Glanz war von kurzer Dauer. Allmählich wurde Jeanne so bleich, wie sie es am Vorabend, nach ihrem Sturz, gewesen war. Die starren Augen verloren ihren Glanz, ihr Mund fand den Ausdruck von Zurückhaltung und Festigkeit wieder, der ihr eigen war.

– Nun, Jeanne! sagte Marie und schüttelte sie, als ob sie sie aus ihrer Versunkenheit aufwecken wollte, willst du denn nicht glücklich sein?

– Mein liebes Herzchen, antwortete Jeanne und küßte ihr die Hände, Ihr wünscht mir gewissermaßen mehr Gutes als Euch selbst, und ich liebe Euch beinahe so sehr, wie ich meine verstorbene Mutter geliebt habe. Da könnt ihr selbst beurteilen, ob ich Euch nicht gern eine Freude machen möchte! Ihr, mein Pate, Ihr tut alles, um mich wegen dem bißchen Schmerz zu trösten, den Ihr mir angetan, woran ich mich, das versichere ich Euch, nicht mehr erinnere. Seid gewiß, daß ich in Euch ebensoviel Vertrauen habe wie in Eure Schwester. Und was Euch betrifft, Monsieur, sagte sie zu Sir Arthur und nahm herzlich seine Hand, so sehe ich, daß Ihr ein verständiger Mann seid, ein gutes Herz und ein wirklicher Christ. Ich empfinde für Euch ebensoviel Freundschaft, als wenn Ihr kein Engländer wärt. Glaubt also nicht, daß ich etwas gegen Euch habe. Aber so wahr ich Jeanne heiße und Gott gut ist, so wäre mir, selbst wenn ich Euch heiraten möchte, dies nicht erlaubt. Seid mir darum nicht böse und glaubt nicht, daß ich mir einen Spaß daraus mache, Euch abzulehnen; ich würde sogar sagen, daß es mich bekümmert, wenn es nicht eine Sünde wäre, so unzufrieden Gottes Willen zu tun.

– Jeanne, sagte Monsieur Harley, ich kenne Ihre Gründe nicht, aber ich glaube, sie erraten zu haben. Gestern habe ich den ganzen Tag über mit Monsieur Alain gesprochen; und auch wenn er das Geheimnis Ihres Vertrauens nicht verraten hat, ahne ich, daß Sie unter der Macht religiöser Vorbehalte stehen. Ich halte es nicht für unmöglich, daß die Religion selbst diese schlecht begründeten Vorbehalte außer Kraft setzt. Gestatten Sie also, daß ich Ihnen morgen den Herrn Pfarrer von Toull bringe, damit er mit Ihnen spricht und in letzter Instanz entscheidet, ob Sie mich abweisen müssen oder mir Hoffnung lassen dürfen.

– Es würde mir große Freude machen, Monsieur Alain wiederzusehen; er ist ein guter Priester und gerechter Mann; aber er ist nur ein Priester, und er kann nichts an dem ändern, was man dem lieben Gott schuldet. Laßt ihn kommen, wenn Ihr wollt, Monsieur. Ich rede mit ihm, soviel es Euch gefällt. Aber glaubt nicht, daß mich das zum Heiraten bringt. Nachdem Monsieur Alain mich angehört hat, wird er Euch sagen, so wie ich, daß ich nicht heiraten kann.

– Jeanne, ich hoffe, daß du dich irrst, sagte Mademoiselle de Boussac, und daß dein Pfarrer dich bewegt, deine Meinung zu ändern. Du bist sehr blaß, meine liebe Hirtin, und ich fürchte, daß du deinem Herzen Gewalt antust, wenn du dich weigerst.

Jeanne errötete leicht und wurde danach nur um so blasser.

– Ich habe ein wenig Kopfweh, sagte sie; ich will hier nicht länger bleiben, eingesperrt in ein Zimmer, und nicht arbeiten. Ihr seht, Monsieur Harley, daß ich eine komische Dame wäre! Laßt mich an meine Arbeit gehen, mein Herz.

XXV

Schluss

Das Geheimnis und das Ergebnis der Unterhaltung von Jeanne mit ihren drei Freunden blieben geheim, und sie erschien erst nach Sonnenuntergang wieder im Schloß.

– Ich habe nie so ein Mädchen gesehen! sagte Cadet, als er sie eintreten sah; sie ist halbtot und arbeitet immer noch! Willst du dich denn so schnell zugrunde richten, böse Jeanne?

– Warum redest du so mit mir, böser Cadet, sagte Jeanne lächelnd. Hast du dich jedesmal umgebracht, wenn das große Pferd meines Paten dich abgeworfen hat?

– Das zählt hier nicht, sagte Claudie und betrachtete Jeanne, ich weiß nicht, ob du gefallen bist oder nicht, ich weiß nicht, wo du an diesem Abend warst; aber dein Gesicht und dein Mund sind so weiß wie ein Laken; und wenn du immer so aussähest, würde man Angst vor dir kriegen. Du ähnelst der Großen Farblosen!

Indessen kehrte Jeanne am nächsten Morgen auf die Felder zurück. Aber sie gestand Claudie, daß sie in der Nacht kein Auge zugetan hatte. Mademoiselle de Boussac hatte sie wieder in ihrem Zimmer schlafen lassen; und Jeanne, aus Angst, ihre liebe Mam'selle zu wecken, hatte sich still verhalten und nichts gesagt, trotz der Qualen der Schlaflosigkeit. Dennoch versicherte sie, nur einen kleinen Kopfschmerz zu haben. Vielleicht war Jeanne so abgehärtet, daß sie Schmerzen heldenhaft ertrug. Vielleicht war sie auch von so außergewöhnlicher und vollkommener Beschaffenheit, daß körperlicher Schmerz ihr nichts anhaben konnte. Der Arzt, der sie am Morgen untersuchte, ob ihrer Blässe etwas beunruhigt und mißtrauisch gegenüber der Gelassenheit ihrer Antworten, fragte Claudie, was sie davon halte.

– Ach, Monsieur, was wollt Ihr, sagte sie, es gibt Leute, die sich nie beklagen. Jeanne gehört zu denen, die nie etwas sagen. Wißt Ihr, man kann nie sagen, ob sie leiden oder ob sie den Schmerz nicht spüren.

Guillaume und Arthur hatten bei Morgengrauen ihre Pferde bestiegen, um den Pfarrer von Toull zum Mittagessen ins Schloß einzuladen. Dies war der Morgen, der zunächst für das Treffen von Marsillat und Monsieur Harley gewählt worden war. Aber Marsillat hatte am Abend vorher einen Boten geschickt, der ausrichten sollte, daß er in seinem Prozeß Einspruch einlegen müsse und erst in zwei Tagen frei sei, Guéret zu verlassen, sobald er seine Sache gewonnen oder verloren habe. Der körperliche Mut Léons und seine Gewandtheit im Umgang mit allen Waffenarten waren bekannt genug, so daß er nicht befürchten mußte, des absichtlichen Zögerns und der Nachlässigkeit beschuldigt zu werden, und sicherlich war er voll Ungeduld, sich Sir Arthur gegenüberzusehen. Aber er dachte, daß dieses Duell und die Ereignisse, die es veranlaßten, bald allgemein bekannt wären, daß man sein Verhalten tadeln würde und ihn vielleicht für lächerlich hielte, was er besonders fürchtete. Er wußte nichts von Jeannes Sturz; Raguet hatte er nicht wiedergesehen. Dieser Elende, der lange Zeit darauf aus war, Marsillat in der Hoffnung auf eine Belohnung dienlich zu sein, womöglich gegen dessen Willen, hatte sich in seinen begehrlichen Träumen durch des Anwalts Widerwillen und Verachtung enttäuscht gesehen. Er war außer sich, daß der letztgenannte von seinen Ratschlägen Nutzen gehabt, ohne sie zu bezahlen; und als er an der Wegkreuzung des Mont Barlot durchs Dunkel irrte, in eben dem Augenblick, als Léon Jeanne dazu überredete, nach Montbrat zu kommen, da hatte er vielleicht vernommen, in welcher Weise der Anwalt sich über ihn äußerte. Aus Rachsucht wie aus Bestechlichkeit hatte er sich gegen ihn gewandt, und von nun an wich er ihm aus, denn er fürchtete seinen Groll; aber das alles wußte Léon nicht. Er dachte, daß Jeanne sich unter dem Siegel der Verschwiegenheit im ganzen Schloß von Boussac über ihn beschwere, daß das ganze Schloß ihn verurteile und die ganze Stadt ihn bald verhöhnen werde; und da er kaum erwarten konnte, sich reinzuwaschen von dem, was er sein *Fiasko* nannte, wollte er zumindest dazu ein Gegengewicht schaffen, in Form eines großen Erfolges seiner Redekunst. Er hatte einen schönen Fall; er legte Wert darauf, die Verteidigung zu übernehmen, ihn glanzvoll zu gewinnen und die Wunden seiner Selbstachtung unter dem Lorbeerkranz seines Ruhmes zu verbergen, wie er sagte.

Guillaume, der ganz mit Jeanne und Arthur beschäftigt war, schien Marsillat vergessen zu haben. Er schmiedete Rachepläne, die viel leidenschaftlicher waren als die Arthurs; aber er verheimlichte sie und wetteiferte insgeheim in freundschaftlicher Ergebenheit mit dem, den er bereits als seinen Bruder ansah und der seinerseits dieselbe Absicht verfolgte, nämlich die Tage seines Freundes zu schützen, indem er als erster in einem für den einen wie den anderen gefährlichen Treffen sein Leben aufs Spiel setzte.

Monsieur Alain wurde nach dem Mittagessen unter dem Vorwand eines Spaziergangs auf die Weide geführt; und während Arthur, Guillaume und Marie auf der Lauer lagen, um die beiden *Charmoises* am Stören zu hindern, plauderte der gute Pfarrer von Toull hinter den Felsen mit Jeanne. In der Einsamkeit war es Monsieur Alain gelungen, die Wirrnis in seinem Kopf zu beseitigen. Er hatte alle Fischteiche im Berg von Toull untersucht und die Mineralquelle nicht gefunden, die die Königin der Farblosen hatte verschwinden lassen. Aber um so mehr begeisterte er sich für diese Entdeckung; er kratzte die Erde auf, sammelte alte Münzen und Legenden und war ganz und gar zum Altertumsforscher geworden; das heißt, er hatte die Jugend und ihre schmerzhaften Erregungen vergessen. Sein Haar wurde schon grau, und mit dreiunddreißig Jahren hatte er die Haltung eines Greises. Das für das Pays Marchois typische Fieber hatte dazu beigetragen, daß die Schritte dieses armen, ehrlichen Pastors schwerfällig und sein Denken mutlos geworden.

– Meine Tochter, sagte er zu Jeanne, Sie haben Keuschheit, Armut und Demut gelobt, ich weiß, aber...

– Es gibt kein *aber*, Monsieur Abbé, antwortete Jeanne. Meine verstorbene Mutter hat mir dieses Gelübde befohlen, als ich erst fünfzehn Jahre alt war, und Ihr habt mir erlaubt, es jedes Jahr an Ostern zu erneuern, wenn ich die Heilige Kommunion empfing.

– Ja, mein Kind, aber Ihr erstes Gelübde war ein wenig durch seinen heidnischen Charakter beeinträchtigt; denn Sie haben auf den Stein von Ep-nell Ihren Eid abgelegt, und das ist ein Tabernakel, dessen Heiligkeit ich nicht anerkennen darf. Somit ist dieses erste Gelübde in meinen Augen ungültig und bindet Sie nicht, um so weniger, als seine Ursache eine nichtige Täuschung war. Das wissen Sie mittlerweile.

– Die Ursache, die Ursache, Monsieur Abbé! Die Ursache war nicht schlecht. Meine Mutter hat geglaubt, daß die Farblosen vom Mont Barlot Böses mit mir im Sinn hatten, weil sie mir diese drei Münzen in die Hand gelegt haben; und sie hat gesagt, ich müsse, um mich dagegen zu schützen, ein dreifaches Gelübde vor der Jungfrau ablegen: das Gelübde der Armut, wegen der Goldmünze; das Gelübde der Keuschheit, wegen des großen Talers; das Gelübde der Demut, wegen der Fünfsousmünze... So war die Sache... Daran kann ich nichts ändern.

– Aber Sie haben diese Gelübde nicht begriffen. Sie waren ein Kind.

– O doch, ich habe sie gut verstanden!

– Aber Sie haben sie aus Gehorsam Ihrer Mutter gegenüber abgelegt.

– Es hat mir Freude gemacht, ihr zu gehorchen und auch der Heiligen Jungfrau zu gefallen und der Großen Hirtin zu ähneln, die mit ihren Gelübden das Wunder vollbracht hat, die Engländer aus unserem Land zu jagen.

– Sehr gut. Aber die Heilige Jungfrau, die haben Sie die Große Farblose genannt? Gestehen Sie es, Jeanne!

– Was macht das schon, daß wir sie so nennen, Monsieur Abbé? Das ist für sie keine Schande.

– Und Sie haben geglaubt, daß sie Ihnen helfen würde, den Schatz zu finden und das goldene Kalb zu bezwingen.

– Sie hat der Großen Hirtin geholfen, Städte und Schlachten zu gewinnen! Sie konnte mir doch helfen, das Goldloch zu finden, das alle Menschen auf Erden reich machen soll. Ich habe es mir nicht aus Habsucht gewünscht, Herr Pfarrer, denn ich habe ja das Armutsgelübde abgelegt. Und es war auch nicht, um einen Gatten zu finden, denn ich habe das Keuschheitsgelübde abgelegt. Es war auch nicht, damit man über mich redet, denn ich habe gelobt, demütig zu sein und Hirtin zu bleiben.

– Aber jetzt, Jeanne, müssen alle diese Träume vom

Schatz, vom Krieg gegen die Engländer, vom Reichtum der ganzen Welt, die Sie so lange gewiegt haben, ausgeträumt sein. Sie sollen nicht mehr daran denken, sehen Sie, und vielleicht bedeutet es mehr Glück und Verdienst, wenn Sie einen reichen, menschlichen und wohltätigen Mann heiraten, der unser Land anbauen läßt, unsere Sümpfe trockenlegt und die Bewohner durch seine Arbeit glücklich macht.

– Ich weiß das alles nicht, Monsieur Abbé. Es ist möglich; und wenn es so ist, schätze ich die guten Absichten dieses Mannes sehr. Aber ich kann mein Gelübde nicht brechen. Ich habe es frei für mich entschieden; und Ihr könnt sagen, soviel Ihr wollt, daß die Ursache des Gelübdes nichtig sei, weil die drei Münzen von den drei Herren kommen und nicht von den drei Farblosen, ich meinerseits sage, daß das Gelübde gilt, und man darf sich über diese Dinge nicht hinwegsetzen.

– Gott ist mein Zeuge, daß ich Ihnen nicht rate, sich darüber hinwegzusetzen! Die Verpflichtungen gegenüber Gott und Ihrem Gewissen sind hundertmal heiliger als die gegenüber den Menschen. Aber es gibt vermessene Gelübde, deren Gültigkeit die Kirche nicht anerkennt und die Gott zurückweist, wenn ihr Grund wertlos oder schuldhaft ist.

– Schuldhaft, Monsieur Abbé? Wo mein Gelübde das Ziel hatte, alle Armen auf Erden glücklich zu machen!

– Geben Sie zu, daß Ihr Versprechen auf einem Irrtum begründet war, auf einem gröblichen Aberglauben. Ihr Herz ist wunderbar gütig, Ihre Absicht erhaben; aber Ihr Geist ist nicht erleuchtet, Jeanne, und Sie müssen mir glauben, daß ich von Gewissensfragen ein wenig mehr verstehe als Sie.

– Und dennoch, Monsieur Abbé, als Ihr mir erlaubt habt, mein Gelübde in der Kirche zu erneuern, da habt Ihr es für gut gehalten!

– Das glaube ich immer noch; aber darum ist sein Grund doch nichtig. Zu der Zeit wußte ich all das nicht, was ich heute über den Aberglauben von Toull weiß; Und ihr, ihr habt eine Art, euch in Bildern auszudrükken, die bewirkt, daß man glaubt, ihr sprächet von Gott, wenn ihr manchmal vom Teufel redet.

– O nein, Monsieur Abbé! sagte Jeanne etwas verärgert, ich bete nicht den Teufel an!

– Das sage ich nicht, meine gute Jeanne; aber ich sage, daß die Kirche nunmehr alle Ihre Gelübde lösen könnte.

– Die Kirche, Monsieur Abbé? Die Kirche von Toull-Sainte-Croix?

– Nein, mein Kind, die Kirche von Rom.

Jeanne senkte folgsam den Blick. Sie hatte ihren Pfarrer schon von der Römischen Kirche reden gehört. Aber wie bei allen Bauern stellte das Wort Kirche in ihrem Geist ein schönes Gebäude dar, ein Objekt besonderer Andacht, zu dem nur die Reichen pilgern konnten.

– Ich glaube an die Tugend der Römischen Kirche, sagte sie; aber trotzdem gibt es keine Kirche, die höher steht als Gott.

Der Pfarrer versuchte, sich verständlich zu machen. Er sprach vom Papst. Auch die Bauern hören manchmal vom Papst reden. Sie nennen ihn den *Großen Priester*, und Jeanne konnte sich nicht daran gewöhnen, ihn anders zu nennen.

– Ich habe mein Versprechen nicht dem *Großen Priester*, auch nicht der Römischen Kirche oder der von Saint-Martial in Toull gegeben, sagte sie, sondern dem lieben Gott im Himmel, der Großen Jungfrau und meiner lieben, verstorbenen Mutter. Die hat anders geredet als Ihr, Monsieur Abbé; und über meine Gelübde sagte sie mir jeden Tag, daß sie mein ganzes Leben lang gälten und daß es glücklicher für mich sei zu sterben, als mich selbst zu verraten.

Der Pfarrer sprach noch vom Oberhaupt der Kirche, dem Nachfolger der Apostel, der die Himmelsschlüssel empfangen hat und die Macht, auf Erden die Seelen zu binden und zu lösen. Jeanne war erstaunt, sogar gegen ihren Willen ein wenig entrüstet über die Macht, die Monsieur Alain einem Menschen zugestand.

– Das alles ändert nichts daran, sagte sie, daß ich auf den Stein von Ep-nell einen Eid abgelegt habe, während der Leichnam meiner armen, verstorbenen Mutter dort lag und unser Haus abbrannte, und daß ich nie gegen meine Gelübde verstoßen habe, niemals heiraten und nie, und sei es auch aus Liebe, einen Mann küssen werde. Ihr seht, Monsieur Abbé, daß die Seele meiner Mutter mir Vorwürfe machen, die Große Jungfrau mir ihre Freundschaft kündigen und der liebe Gott mich strafen würde. Was einmal geschehen ist, kann man nicht ändern, und es ist unnütz, daran zu denken.

Nichts vermochte diese auf heilige Weise fanatische Entscheidung Jeannes ins Wanken zu bringen; und Monsieur Alain, der ihr seine Fragen schließlich mehr stellte, um sie auf die Probe zu stellen, denn um sie zu überzeugen, war, als er sich von ihr trennte, von einer Bewunderung ergriffen, die er seinen jungen Freunden anvertraute, die jedoch Sir Arthur nicht davon abhielt, in tiefe Traurigkeit zu versinken. Er näherte sich Jeanne, sah sie schmerzlich berührt an und entfernte sich ohne ein Wort, entschlossen, ihren Glauben zu achten und seine eigene Liebe zu besiegen, sofern er die Kraft dazu hätte.

Der Pfarrer nahm Abschied von Madame de Boussac, die, da sie den wahren Grund seines Besuches nicht kannte, ihn sehr unterhaltsam und sonderbar fand. Sie versuchte, ihn noch ein wenig auf die Ethymologien anzusetzen; aber niemand half ihr dabei. Noch eine Stunde zuvor hatte die Hoffnung Jeannes Freunde heiter gestimmt. Jetzt versuchten sie vergebens zu lächeln.

Monsieur Alain wollte sich eben zurückziehen, und schon führte man sein Pferd vor, als Marie in ihr Zimmer ging, um ein Buch zu holen, welches sie ihm versprochen hatte. Sie fand Jeanne auf ihrem Betstuhl knieend, bleich wie die Alabasterjungfrau, an die sie ihr Gebet richtete, die Augen offen und wie farblos, die

Hände gefaltet und der Körper steif und nach vorne geneigt. Ihr starrer Blick und ihre Haltung entsetzten Mademoiselle de Boussac.

– Jeanne, rief sie, was hast du? Antworte mir, woran denkst du? Bist du krank? Hörst du mich?

Jeanne bewegte sich nicht, ihr Mund war geöffnet. Marie berührte sie, sie war kalt wie Eis, ihre Glieder waren steif wie die einer Statue. Auf Maries Schreien hin eilten alle herbei. Man glaubte zunächst, Jeanne sei tot. Der Arzt war nicht weit; er ließ sie erneut zur Ader, und Jeanne kam wieder zu Bewußtsein. Aber sie gab ein Zeichen, daß sie leise mit dem Pfarrer reden wollte; und als man sie gemahnte, noch nicht wieder zu sprechen, weil sie zu schwach war, sagte sie mit erloschener Stimme:

– Es ist mir von oben befohlen.

Als alle sich entfernt hatten, sagte Jeanne zu Monsieur Alain mit einer Stimme so schwach, daß er Mühe hatte, sie zu verstehen:

– Ich fühle mich krank, und es mag sein, daß ich sterbe. Ich will also die Beichte ablegen, Monsieur Abbé, so gut ich kann... Ihr wißt... dieser Engländer? Wo ist er? Nun gut! Ich habe an ihn gedacht, ich habe etwas zu oft an ihn gedacht.

– Gegen Ihren Willen zweifellos, meine Tochter?

– Ach, gewiß! Aber ich konnte nicht anders; und vor allem seit gestern, die ganze Nacht über hatte ich ihn vor Augen. Ist das eine Todsünde, Herr Pfarrer?

– Nein, bestimmt nicht, mein Kind. Es ist nicht einmal eine Sünde, da es unfreiwillige Gedanken sind.

– Aber gerade eben noch, auf der Weide, als ich mit Euch gesprochen habe, empfand ich so etwas wie ein Bedauern darüber, daß ich mein Gelübde erfüllen muß. Nicht, daß ich hätte heiraten wollen, daran habe ich nie gedacht; aber es hat mich bekümmert, diesem Herrn, der so gut ist, so viel Kummer zu machen.

– Nun! Jeanne, glauben Sie, daß ich Schritte veranlassen soll beim Heiligen Vater, damit Sie von Ihrem Gelübde losgesprochen werden?

– Ach, niemals, Monsieur Abbé! Im übrigen geht es nicht darum; sondern um den Frieden meiner Seele. Meine geliebte Freundin im Himmel da droben würde mir vorwerfen, da bin ich sicher, daß ich Gefühle für einen Engländer habe, und ich schäme mich, so schwach zu sein. Aber als er mich auf der Weide so angesehen hat, als ob er mir Lebewohl sagen wollte, da hat es mir das Herz zerrissen. Sie müssen mir dafür die Absolution erteilen, Monsieur Abbé.

– Haben Sie ähnliche Gefühle für einen anderen gehabt, Jeanne?

– Ach nein, Monsieur, niemals. Ich hatte Kummer wegen meines Paten, aber das ist nicht dasselbe. Das werfe ich mir nicht vor...

– Nun! Verzeihen Sie mir die Fragen, meine Tochter, aber wenn ich Ihnen die Absolution geben soll, muß ich Ihr vielleicht geschwächtes Gedächtnis stützen; Monsieur Léon Marsillat...

– Ach, der! sagte Jeanne...

Aber sie war zu erschöpft, um mehr zu sagen; sie vermochte nur, mit engelsgleicher Sanftheit zu lächeln, in die sich ein wenig schelmischer fraulicher Stolz mischte. Der Pfarrer gab ihr die Absolution; und sie schien einzuschlafen. Als sie aufwachte, hielt Marie ihre Hand; Guillaume, blaß und bestürzt, kniete an ihrer Seite; Monsieur Harley stand unbeweglich da und schien wie gelähmt. Der Arzt hatte ihm schreckliche Worte gesagt:

– Der Fall ist sehr ernst, dieses junge Mädchen könnte jeden Augenblick sterben.

Indessen schien Jeanne sich von der Krise zu erholen. Sie lag auf dem Bett ihres geliebten Herzchens und wurde von ihr gepflegt; sie schien sich einer großen Ruhe zu erfreuen und versicherte, gar nicht zu leiden.

– Das verwundert mich, sagte der Arzt, sie müßte schlafen oder leiden.

Aber man wußte nicht, woran man sich halten sollte. Claudie hatte wohl erklärt, daß Jeanne zu denen gehörte, die sich nicht beklagen: gehörte sie zu denen, die leiden? Marie dachte, daß ihr Wesen wie das der Engel sei, die keinen anderen Schmerz kennen als den des Mitleids mit den Menschen.

Nach ihrer Beichte schien Jeanne ihr Bedauern überwunden oder ihren Skrupeln abgeschworen zu haben, denn sie sah Monsieur Harley ohne Erregung an, und als sie das Lebewohl von Monsieur Alain entgegennahm, der gezwungen war, in sein Pfarrspiel zurückzukehren, bevor es dunkel wurde, sagte sie ihm, daß ihre Seele Frieden gefunden habe. Gegen Sonnenuntergang gab sie Cadet und Claudie ein Zeichen, zu ihr zu kommen.

– Meine Kinder, sagte sie, wenn ich sterben sollte, müßt ihr euch um Finaud kümmern, ja?

Cadets Antwort war ein Schluchzen, Claudie rief aus tiefster Seele:

– Stirb nicht, Jeanne; lieber möchte ich für dich sterben.

– Ach, ich habe keine Lust zu sterben, sagte Jeanne lächelnd. Geht und tragt das Abendessen auf, meine Kinder; man hat es meinetwegen schon lange genug hinausgezögert. Mein Pate, mein Herzchen, Ihr müßt essen gehen. Mir geht es sehr gut, Gott sei Dank! Kommt nachher wieder, wenn Ihr wollt.

– Ja, ja, gehen Sie essen, sagte der Arzt, der Jeannes Arm hielt. Der Puls ist gut. Heute geschieht nichts mehr.

– Monsieur Harley, sagte er zu Sir Arthur und folgte ihm auf den Flur, vor Ablauf einer Viertelstunde ist dieses Mädchen tot. Mademoiselle de Boussac ist sehr empfindsam und liebt sie sehr. Guillaume ist, glaube ich, sehr verliebt in sie. Diese armen Kinder sind von allzu zarter Gesundheit, um einem solchen Schauspiel beizuwohnen. Nehmen Sie sie mit und lassen Sie nichts durchblicken, Sie sind ein ruhiger und starker Mann. Befehlen Sie Claudie, hinunterzugehen und dort zu bleiben; sie schreit sonst das Haus zusammen... Und kommen Sie dann zurück! Es kann sein, daß wir zwei kaum genug sind, um die Kranke bei ihren letzten Krämpfen festzuhalten.

Monsieur Harley trug den Tod in der Seele, er folgte Punkt für Punkt den vernünftigen Anweisungen des Arztes. Als er zurückkehrte, lief Cadet ihm entgegen, der mit dem letzteren bei Jeanne geblieben war, und lachte. »Oh, der Jeanne geht es besser, sagte er und klatschte in die Hände, da singt sie nun. Ach, was bin ich froh! Ich hab geglaubt, sie müßte sterben!«

– Geh und trage das Abendessen auf, rief ihm der Arzt zu. Du siehst, wir brauchen dich nicht. Monsieur Harley, fügte er hinzu, schließen Sie Fenster und Türen; man braucht diesen Todeskampf nicht zu hören, und nehmen Sie all Ihren Mut zusammen. Ein Ende wie dieses ist heftig und furchtbar. Es ist ein Gehirnschlag; die Krise fängt an... Es wird nicht lange dauern.

Die furchtbare Selbstbeherrschung des Arztes ließ den unglücklichen Arthur vor Verzweiflung und Schrecken erstarren. Jeanne, die mit bläulichen Wangen und strahlenden Augen auf dem Bett saß und ihren Hund streichelte, sang mit kräftiger, klangvoller Stimme:

Dort, wo die Zeit geblieben,
Wo ich einst im weißen Kleid
Auf der Schwelle meiner Tür saß...

Aber der Doktor hatte sich geirrt. Das Ende Jeannes sollte ebenso sanft und schicksalsergeben sein wie ihr Leben. Ihre Stimme wurde süßer und war, als sie die Verse eines anderen Liedes ihrer Heimat sang, von himmlischem Klang:

Als ich durch die Wolken schreite,
Hör ich das Lied von meinem Tod.
Am Ufer des Bächleins
Trauert man um mich...

– *Ahh, hier bin ich! Ahh, hier bin ich!* Finaud, mein kleiner Hund, mein Hund Finaud! *Hierher, hierher! Holaa, holaa! Weiter, weiter! . . . Hier rüber, hier rüber! . . .*

– Was sagt sie, mein Gott! rief Monsieur Harley und faltete die Hände.

– Sie sammelt ihre Herde und will gehen; sie feuert ihren Hund an, sagte der Doktor. Sie glaubt, sie sei auf der Weide. . . Sie phantasiert.

– Monsieur Harley, ich möchte mit Euch reden, sagte Jeanne plötzlich mit fester Stimme. Ihr seid ein guter Mann, ein gottgefälliger Mann. . . Mein geliebtes Herzchen ist ein Engel vom Himmel. . . Ich befehle Euch vom lieben Gott und von der Heiligen Jungfrau, sie zu heiraten. . . Und dann, hört Ihr, geht nach Toull-Sainte-Croix, ruft alle Leute im Ort zusammen und richtet ihnen aus von mir, was ich Euch gleich sage: Es gibt in der Erde einen Schatz. Er gehört keiner einzelnen Person, er gehört allen. Solange wie einer ihn sucht und für sich nehmen und behalten will, wird ihn keiner finden. Diejenigen werden ihn finden, die ihn mit allen teilen wollen; und die das tun, werden reicher als alle, auch wenn sie nur fünf Sous haben wie ich . . . wie ich . . . und wie die Heilige Theresa. . . Das sollt Ihr ihnen sagen, das ist die *Erkenntnis*, die wahre *Erkenntnis*, die meine Mutter mir hinterlassen und von der sie mir gesagt hat, ich solle sie mit allen teilen, sobald ich den Schatz gefunden habe. Wenn sie Euch nicht zuhören, dann können sie noch lange das alte Lied singen:

Sagt mir, meine Mutter,
Wo die Franzosen nun sind?
Sie sind im Elend,
Wo sie immer schon waren.

Jeannes Stimme war von himmlischem Klang, aber sie wurde immer schwächer.

– Monsieur Harley, sagte sie, wartet, geht noch nicht

fort; legt mir den Rosenkranz in die Hände... Ist er dort? Ich fühle ihn nicht; meine Hände sind tot. Ihr werdet mein liebes Herzchen lieben, nicht wahr! Ach, mein Gott, da, vor mir ist die Große Farblose; wie weiß sie ist! Sie leuchtet wie die Sonne... Unter ihren Füßen ist der goldene Stier! Lebt wohl, meine Freunde!... Lebe wohl, mein Cadet; lebe wohl, meine Claudie... Seid ihr da? Betet für mich zum lieben Gott... Empfehlt ihm meine arme Tante und meinen Paten... Und mein liebes Herzchen? Ach, ich sehe sie!... Guten Abend, meine liebe Mam'selle, die Sonne geht unter... und der Kirchturm von Toull ist zu sehen. Jetzt bin ich da, Gott sei Dank!...

Jeanne streckte den Arm aus und wollte Sir Arthurs Hand ergreifen, den sie für Marie hielt. Aber wie sie gesagt hatte, ihre Hände waren tot, und ihr Arm hing steif aus dem Bett. Arthur bedeckte ihn mit Küssen, die sie nicht mehr fühlte. Sie hatte aufgehört zu leben...

Guillaume, Arthur und Marie, zuerst vor Schmerz wie zerbrochen, faßten wieder Mut und beerdigten Jeannes Körper auf dem Friedhof von Toull, neben dem Tulas und der anderen Verwandten.

Trotz der Vorsichtsmaßnahmen Sir Arthurs duellierte Guillaume sich mit Marsillat. Jener hatte, als er von Jeannes Sturz und Tod erfuhr, seinen ganzen Hochmut verloren, war bei Sir Arthur gewesen und hatte sich an seiner Brust angeklagt und aufrechten Herzens geschluchzt. Der hatte ihm alles verziehen und fand, daß seine Gewissensbisse Strafe genug waren. Aber Guillaume war seinetwegen weiterhin außer sich. Seine Mutter hatte die Täuschung aufgeklärt und ihm, damit er über den Verlust Jeannes hinwegkomme, gesagt, daß dieses Mädchen nicht seine Schwester war und sein konnte. Diese neuerliche Enthüllung hatte den Schmerz des jungen Mannes nur noch stärker aufgewühlt. Er klagte Madame de Charmois und Marsillat wegen des Todes dieses reinen Opfers an, und sein Zorn gegen Léon kannte keine Grenzen mehr. Er forderte ihn so erbittert heraus, daß er den hitzigen Anwalt zwang, trotz seiner Geduld und Großzügigkeit, die er bei dieser Gelegenheit unter Beweis stellte, sich mit ihm im Kromlech der Pierres Jomâtres zu schlagen. Marsillat hatte alles in der Welt getan, um dieses Äußerste zu vermeiden. Er hatte zu viele Vorteile über Guillaume, und doch verletzte der ihn schwer am Schenkel. Marsillat hinkte von da an, was seinem Erfolg bei den Schönheiten in der Stadt und auf dem Land seltsam abträglich war. Eine Mißbildung oder eine Schwäche, so wenig auffällig sie auch sein mag, stößt den Bauern mehr ab als eine bittere Häßlichkeit an einem wohlgestalteten Körper. Auch Claudie spürte jene Wirkung des Mißgeschicks ihres Liebhabers; oder vielmehr konnte sie ihm, als sie den wahren Grund von Jeannes Tod erfahren oder erahnt hatte, nie mehr verzeihen.

Marie und Arthur waren lange Zeit untröstlich. Aber Jeanne hatte Monsieur Harley ihren letzten Willen diktiert, und er machte es sich zur Pflicht, ihn zu erfüllen. Nach Jeanne war Marie für ihn die vortrefflichste aller Frauen. Die gemeinsame Zuneigung zu dieser lieben Verstorbenen bildete zwischen ihnen ein heiliges Band. Sie heirateten ein Jahr nach ihrem Tod und gingen für einige Zeit mit Guillaume auf Reisen, um ihn von seinem finsteren Schmerz abzulenken. Endlich kam der junge Baron wieder zu Kräften und heiratete keineswegs Elvire de Charmois, die zum großen Unbehagen ihrer Mutter lange ledig blieb.

Guillaume war nicht ohne Gewissensbisse. Er warf sich bitter vor, Jeanne zu sehr oder zu wenig geliebt und seine Leidenschaft nicht zur rechten Zeit besiegt zu haben, oder aber sie nicht heldenhaft aufgegeben zu haben, indem er seinem Patenkind eine edle und ergebene Liebe schenkte wie Sir Arthur. Aber zu irgend etwas, so sagt man, ist das Unglück gut. Und es stimmt, falls die Reue uns reinigt. Dafür war Guillaume ein Beispiel. Es waren keine glanzvollen Taten; er blieb ein Träumer und liebte die Einsamkeit; aber in all seine Beziehungen zu den

Menschen, die ihm nach dem Vorurteil der Zeit untergeordnet waren, brachte er eine Barmherzigkeit und eine Freundlichkeit mit, die jedem Beweis standhielten. Er ahmte hierin nur seine Schwester und seinen Schwager nach, deren Ideen und großherzige Taten dieser elenden und verdammten Zeit, in der wir leben, ein Jahrhundert voraus zu sein schienen.

Marsillat hatte eine harte Lektion gelernt. Er gewöhnte sich das liederliche Leben ab; aber in seiner tiefsten Seele war er zu egoistisch, um diese üble Leidenschaft nicht durch eine andere zu ersetzen. Der politische Ehrgeiz wurde zum Anreiz seines Denkens und zum Hirngespinst seines Lebens.

Nachwort

»Mein liebes Kind«, schreibt Honoré de Balzac an George Sand, »ich habe gerade *Jeanne* gelesen, und ich beglückwünsche Sie dazu; in all Ihren Werken haben Sie nichts Besseres gemacht, und Sie haben uneingeschränkt das Lob Ihres alten Freundes Dom Marc.« Mehr Gewicht vielleicht, da an eine Dritte, Balzacs Geliebte Madame Hanska gerichtet, haben folgende Zeilen: »Es ist besser, in diesem köstlichen Paris zu leiden und zu leben, wo man den *Juif errant* bewundert und *Jeanne* mit Schmutz bewirft, die gewiß ein Meisterwerk ist. Lesen Sie das, es ist erhaben! Ich neide ihr *Jeanne*; ich wäre dazu nicht imstande. Das ist von einer Vollkommenheit, die Person, versteht sich, denn es gibt so manches, was lächerlich ist; es ist schlecht komponiert. Nebensächliches (einiges davon) ist dieses herrlichen Textes unwürdig. Bei den Landschaften ist der Pinsel von Meisterhand geführt.«

Balzac weiß sehr gut, wovon er spricht, denn im selben Jahr, 1844, schreibt er seinen Bauernroman *Les Paysans*, in dem er indes eine andere Partei vertritt als George Sand: die des Adels und seiner Kultur. Auch ihr guter Freund und begeisterter Bewunderer, der Schriftsteller Henri de Latouche, lobt *Jeanne* als Meisterwerk. Um so erstaunlicher mutet das allgemeine Schweigen der Kritik an.

George Sand ist mit *Jeanne* nicht nur eines ihrer geschlossensten und vollendetsten Frauenbildnisse gelungen; mit der Beschreibung von Jeannes Sterben hat sie eine der ergreifendsten Szenen in der Literatur geschaffen.

Und in einer anderen Hinsicht ist dieser Roman wichtig. *Jeanne*, im Jahre 1844 nach *Consuelo* verfaßt, ihrer umfangreichsten und größten literarischen Tat, gehört einem ganz neuen Genre an, das, auch wenn es in der Luft zu liegen schien (man denke etwa an Jeremias Gotthelf), so doch von Sand gleichsam erfunden wurde, dem Genre der Dorfromane, der »romans champêtres«, deren berühmteste *La petite Fadette* und *La Mare au Diable* sein werden. Zwar waren Elemente dieses Romantyps schon in *Simon, André*, im frühen Roman *Valentine* und vor allem in *Mauprat* angeklungen, aber in *Jeanne* stehen erstmals Menschen aus dem Volk, Bauern, mit ihrer Mentalität, ihrer Lebensweise im Mittelpunkt der Erzählung.

Die kritische Bemerkung Balzacs trifft sich mit George Sands eigenem Eindruck. Sie selbst zeiht den Roman der Unvollkommenheit, und dafür macht sie nicht nur äußere Zwänge verantwortlich. Sie beklagt es als Fehlentscheidung, Jeanne aus ihrem Milieu herausgerissen zu haben, und sie ist unzufrieden mit ihrer Lösung des Problems der Sprache.

George Sand war, als sie diesen Roman schrieb, vierzig Jahre alt, eine erfahrene Schriftstellerin, eine Berühmtheit nicht allein in Frankreich, sondern auch in Deutschland, wo jedes Buch sofort nach seinem Erscheinen übersetzt wurde. Sie hatte ganz in der Nähe von Boussac, einem der beiden Orte der Handlung von *Jeanne*, auf Schloß Nohant, den größten Teil ihrer Kindheit und ihres Erwachsenenlebens verbracht. Es war der Besitz ihrer Großmutter im Berry, dem Herzen Frankreichs. Zwar war sie, die mit richtigem Namen Amantine-Aurore-Lucile Dupin hieß, väterlicherseits eine Adlige (die Mutter hingegen von einfacher Herkunft), doch sie hatte mit Dorfkindern gespielt, war mit dem alten Erzieher ihres Vaters in die umliegenden Dörfer und Flecken geritten und hatte das Leben der Bauern sozusagen von innen her kennengelernt. Im Jahre 1828 war sie vor ihrem brutalen, für die Zeit eher typischen Ehemann nach Paris geflohen und hatte sehr bald darauf zum Zwecke des Geldverdienens zu schreiben begonnen, Zeitungsartikel zunächst, und dann mit ihrem Geliebten Jules Sandeau unter dem Pseudonym J. Sand den ersten Roman. In den Werken ihrer ersten Schaffensperiode, die derjenigen der »romans champêtres« voranging, war das zentrale Thema die Leidenschaft, die Passion einer Frau (»romans de passion«). Nachdem sie begonnen hatte, sich mit den sozialen und politischen Themen ihrer Zeit auseinanderzusetzen, wandelte sich das Zentrum ihres schriftstellerischen Interesses, entstanden die Dorfromane.

George Sand war als erste ihres Geschlechts im modernen Sinne von Beruf Schriftstellerin, womit bezeichnet sein soll, daß die Produktion von Literatur für sie materiell notwendig war. Zwar besaß sie Immobilien, zumindest stand ihr deren Nießnutz nach der Scheidung von Casimir Dudevant im Jahre 1837 wieder in vollem Umfang zu (vorher hatte sie vom Ehemann, der, wie in der Zeit üblich, die ganze Verfügungsgewalt über ihren Familienbesitz innehatte, eine magere Apanage bezogen), aber die Mittel waren gering; auch brauchte sie Geld, um ihren vielen Freunden zur Seite zu stehen, zu der Zeit ihrem philosophischen Lehrer und Freund, dem Sozialisten Pierre Leroux, der in Boussac weilte und zur Herausgabe der Zeitschrift *L'Éclaireur de l'Indre* eine Druckmaschine benötigte.

Viele ihrer Werke erschienen zunächst als Fortsetzungsromane in einer Pariser Zeitschrift, ein damals geläufiges Verfahren. So auch *Jeanne*. Das Konzept des Fortsetzungsromans war vom heutigen verschieden. Er bestand aus sogenannten »Feuilletons«, das heißt, aus in sich relativ geschlossenen Einheiten, was eine andere Art der Komposition des Romans bedingte. Sie arbeitete unter Zeitdruck, einmal aus Geldgründen, zum anderen auch wesentlich deshalb, weil ein Autor der Zeitschrift *Le Constitutionnel*, bei der sie unter Vertrag stand, ausgefallen war und der Verleger Véron, der gut bezahlte, dringend einen berühmten Ersatz brauchte. *Jeanne* wurde nicht als fertiger Roman abgeliefert, sondern während Sand schrieb, erschienen bereits die fertigen »Feuilletons«, eine Form, die sie im übrigen recht hinderlich fand.

Aus all dem muß man die von Balzac und ihr selbst angesprochenen Mängel erklären. Latouche hält ihr beispielsweise vor, daß die männlichen Charaktere nicht von Anbeginn an klar konturiert gewesen seien und sich erst in ihrer jeweiligen Stellung zur Heldin entwickeln, auch daß einige Ereignisse nicht hinreichend vorbereitet seien. Übrigens hat sie, gleichfalls aus dem Zeitdruck heraus, ein altes Thema wiederaufgenommen, für das sie drei Jahre vorher schon ihre Vorbereitungen getroffen hatte, indem sie beispielsweise den Dorfschullehrer von Toulx-Sainte-Croix (so wird der Ortsname heute geschrieben) aufgesucht und zur Geschichte des Ortes befragt hatte.

Eine Lösung mußte auch für die Sprache gefunden werden. Ihr eigener Stil erschien ihr bei diesem Thema ungeeignet, das wissen wir aus der Vorbemerkung. Das Problem wird verstärkt durch die beiden verschiedenen Umgebungen, in die sie ihre Akteure versetzt, dem unterschiedlichen Sprachverhalten in Stadt und Land. Die Aufgabe, die sie sich stellte, Bauern zu Romanhelden zu machen, war neu, es gab keine Vorbilder. Der Berrichoner Bauer spricht eine sehr markante Mundart, die Sand gut kannte und studiert hatte. Viele seiner Begriffe und Redewendungen hat sie verwendet, doch um der allgemeinen Verständlichkeit willen nicht konsequent, sondern in bereinigter Form. Sie versuchte, einen Mittelweg zwischen der Mundart und dem Hochfranzösischen einzuschlagen, was ihr hinsichtlich Jeannes Redeweise den Vorwurf der Trivialität eingetragen hat. Eine Schwierigkeit, die sie nicht zu ihrer Zufriedenheit zu lösen vermochte. In der deutschen Übersetzung findet notwendigerweise eine weitere Bereinigung statt. Eine schwäbisch oder hessisch redende Jeanne? Unvorstellbar!

Und all diesen Problemen zum Trotz ist George Sand ein tief empfundenes, wunderbares Werk gelungen. Die Rezeptionsgeschichte hält den Dorfromanen vor, romantisierende Gemälde ländlicher Idyllen zu sein, und sie negiert in der Regel ihren sozialkritischen Charakter. Tatsächlich ist es Sands Anliegen, die Bauern nicht mehr als »Hammelherde«, sondern als Individuen zu sehen, was bisher Adligen und Bürgerlichen vorbehalten war. Nachdem die Revolution von 1789 gescheitert, oder, je nach Interpretation, zumindest partiell gescheitert und damit die Verderbnis großer städtischer Bevölkerungsgruppen offensichtlich geworden war, setzt sie um so mehr auf die Bauern als die Bevölkerungsgruppe, die nicht nur zahlenmäßig das weitaus größte Gewicht habe, sondern auch wegen ihrer Klarheit, Tugend und Kraft, und die in ihrer archaisch-christlichen Religion dem Göttlichen näher sei als die Menschen der Zivilisation. Freilich war sie sich auch der bäuerlichen Halsstarrigkeit, der Unbelehrbarkeit und des Konservativismus bewußt.

In *Jeanne* stehen sich die beiden sozialen Milieus gegenüber. Auf der einen Seite Toull-Sainte-Croix mit seiner Landschaft, der Natur und den Zeugnissen der keltischen Zivilisation, der ganzen Archaik also, die Zeitlosigkeit suggeriert, aus dem historischen Raum herausfällt, genauer noch, der Geschichtlichkeit ihr Beharren entgegensetzt und der städtischen Verderbnis Werte von zeitloser Gültigkeit; auf der anderen Seite Boussac, zwar eine Kleinstadt nur, wo indessen die moderne Zivilisation Einzug gehalten, die Revolution einen negativen Umformungsprozeß in Gang gesetzt hat. Da ist Marsillat, der neue Bürger, für den alles käufliches Objekt ist, insbesondere die Frau und der Adelsbesitz, dieser gleichwohl hier in ruinösem Zustand; Marsillat, der glaubt, die Welt in seinem Sinne manipulieren zu können; da ist die »Charmoise«, die Kupplerin, die in ihrer grenzenlosen

Unwürde, Marsillat ähnlich, jedes und jeden für käuflich und korrumpierbar hält; da ist mit Madame de Boussac der alte Adel, der ohne inneren und äußeren Halt, ohne Gefühl für Werte, diesen Neubürgern nichts Eigenes entgegenhalten kann; ebenso passiv und unbestimmt ihr romantischer Sohn, dessen Begehren erzeugt wird durch das Begehren anderer, der abhängig ist von Marsillat und Sir Arthur. Mutter und Sohn de Boussac sind typisch für den Adel der Restaurationszeit, indolent und gestaltlos. Dieser Welt im Niedergang, in der Neues noch keine Form hat, steht die mit sich selbst weitgehend identische bäuerliche Lebenswelt gegenüber. Zudem leben damals noch 90% der Franzosen auf dem Lande.

Jeanne ist die reinste, die idealtypische Tochter ihres Standes; sie stammt aus Rousseaus »Goldenem Zeitalter«. George Sand hat diese Idee vom Bauern nicht nur in *Jeanne* formuliert: »Wir hatten dieser Tage eine Hochzeit... Sechzig fröhliche Bauern... Der Lärm ist nicht gering, doch Sie müßten das gesehen haben, um sich eine Vorstellung vom Goldenen Zeitalter zu machen...«[1]

In Jean-Jacques Rousseaus Konstrukt[2] ist der einzelne Mensch, der *homme naturel*, sich selbst genug, ruht in sich selbst. Egoismus und Konkurrenzkampf sind ihm fremd, Zurücksetzung und Schädigung des anderen undenkbar. Die Liebe im Sinne von *passion* ist ihm unbekannt, da alle Menschen gleich und vollkommen sind; er ist unschuldig und verfügt über gute Sitten; neben dem Selbsterhaltungstrieb ist ihm die *commisération*, das Erbarmen, eigen. Er redet mit der Stimme der Natur, nicht der der Vernunft, die die Menschheit erst im Laufe ihrer Entwicklung erwirbt. Die gesunde Lebensweise in der Natur macht ihn kräftig und widerstandsfähig und glücklicher als den Zivilisationsmenschen. Auch der Begriff der Vervollkommnungsfähigkeit, wie Sand ihn benutzt, entstammt dem Rousseauschen Entwurf. Dem *homme naturel* kommen diese Fähigkeit und die Willensfreiheit nur potentiell zu. Tatsächlich gibt es keinen Fortschritt. Neben dem *amour de soi-même*, dem Selbsterhaltungstrieb, hat der Mensch die Eigenschaft, andere nicht leiden sehen zu können, die Güte, *bonté*, ist ihm angeboren. Das Leben in natürlichen, einfachen, freien Gemeinschaften und die einfache Art der Bedürfnisbefriedigung machen ihn friedfertig. Er ist frei, *indépendant*, seine Freiheit beruht auf der materiellen und seelischen Autarkie. Die Tätigkeit des Hirten, Quelle von Ruhe und leidenschaftslosem Müßiggang, entspricht der Selbstgenügsamkeit.

Diese knappe Skizze des Menschen im »Goldenen Zeitalter« läßt erkennen, wie nah George Sand ihrem philosophischen Meister ist (den ihr die aufgeklärte Großmutter nahegebracht hatte), wenn sie dem Leser Jeannes Bildnis vorlegt. Jeanne als *homme naturel* ist im nachrevolutionären Frankreich, das sich der Ideen Rousseaus als unwürdig erwiesen hat, dem Untergang geweiht, wenn sie in die Zivilisation verpflanzt wird.

Eines der wichtigen Denkbilder des Romans ist also die Konfrontation der Ideen der Revolution von 1789, die in Rousseau einen ihrer radikalsten Vordenker hatte, mit den Ergebnissen der gescheiterten Revolution, mit dem Zivilisationszustand allgemein, wo der *amour-propre*, die Eigenliebe mit ihrer Grenzenlosigkeit und Gefräßigkeit, das natürliche Mitleiden erstickt und der Mensch zum Mittel von ehrgeizigen Wünschen und Besitzstreben wird. So gesehen scheint die Gegenüberstellung von Toull-Sainte-Croix mit Boussac keineswegs als Fehler, sondern hat eine innere Logik.

In den »romans champêtres« verteidigt George Sand den ungebildeten Bauern, die Welt seiner Subkultur, gegen den Städter, ob adlig oder bürgerlich, in dem sie den ausmacht, der die archaische Welt ausbeutet, vergewaltigt und schließlich zerstört. Diese apokalyptische Sicht findet ihren innigsten Ausdruck in Jeannes Sterben. Das heilige Mädchen, mit sich selbst eins, geht in die Fremde, wo sie sich selbst entfremdet werden soll. Um ihre Integrität, ihr Einssein, zu wahren, bleibt konsequenterweise nur der Tod. Sand glaubt, daß jede Trennung von der Natur den Menschen dem Untergang weihe. Im Tod wird die Trennung aufgehoben; in der Agonie bewegt Jeanne sich auf das Land ihrer Geburt (*naissance*) zu, und der Tod ist die Pforte zum spirituellen Leben, zur Erkenntnis (*con-naissance*). Jeannes Tod spiegelt die schmerzliche Zerrissenheit der Welt.

George Sand hat das Leben der Bauern ihrer Heimat gründlich erforscht. Sie hat sich ihre Mythen, Legenden, Märchen erzählen lassen, hat zu diesem Zweck an Hochzeiten und anderen Festen teilgenommen, sie hat die sichtbaren Bräuche und Traditionen, die Gesänge und Musik aufgeschrieben, Genealogien und Denkmäler studiert. Das alte Land Berry ist das Herz Frankreichs, ist die Landschaft, wo sich die fundamentalen Dramen der französischen Geschichte abgespielt haben: die keltischen Rituale, die römische Okkupation, die Inbesitznahme durch die Engländer. Toull-Sainte-Croix erscheint als der Geburtsort des alten Frankreich. Hier ist es noch voller Lebenskraft und widersteht dem pervertierten, postrevolutionären Frankreich. Diese Verbindung wird verstärkt durch die Evozierung, ja, Ineinssetzung Jeannes mit *Jeanne d'Arc*, der jungfräulichen Kämpferin, der größten Heldin der französischen Geschichte.

Das Thema der Weiblichkeit drängt sich auf, kann indessen in der Vielschichtigkeit, die es bei Sand hat, nur angerissen werden. Die soziale Frage und die Frage nach der Stellung der Frau in der modernen Gesellschaft sind für sie nicht voneinander zu trennen. Die Frau ist der Natur, dem Göttlichen, näher als der Mann, sie ist Natur; die Männer hingegen unterwerfen diese, wie auch die Frau, und bewirken die Trennung des Menschen von der Natur. Das Goldene Zeitalter ist in Jeanne inkarniert, das moderne, bürgerliche Frankreich in Marsillat. Sand setzt die Frau, Jeanne, ineins mit dem Volk, den Bürger, den Städter mit Marsillat. Im Roman *Jeanne* bezahlt die

Frau das männliche Streben nach Verdinglichung mit dem Tod. Zwischen den Möglichkeiten der Selbstzerstörung und des Aufbegehrens wählt George Sand selbst die zweite Alternative. Sie studiert, befreit sich aus der Ehe und gestaltet ihr Leben außerhalb der gesellschaftlich definierten Frauenrolle. Vielleicht kann sie das, weil sie zwei Schichten angehört, durch den Vater dem Adel, durch die Mutter, die Pariser Vogelhändlerstochter Sophie-Victoire Delaborde, dem Volk. Jeanne ist, wie das Volk, unwissend, einfältig und schwer beweglich. Es gibt keine echte Annäherung zwischen der männlichen und der weiblichen Welt, zwischen Stadt und Land. Die Gleichheit mit den Männern ist unmöglich, der Weg zum bewußt handelnden, modernen Subjekt verwehrt. Passiv ist sie vom männlichen Begehren umzingelt, das ihr die Luft zum Atmen nimmt, ihre Sexualität benutzen und somit ihr Geschlecht reduzieren will. Jeannes ahistorische Weiblichkeit, die zur historischen Form der Unterwerfung in der Ehe – hier in der Parodie der Ehepolitik dargestellt – nicht bereit ist, bleibt zur Unfruchtbarkeit verurteilt. Wie schon ihr Vorbild, die heilige Jungfrau von Orléans, gerät sie in Versuchung, und wie diese wählt sie die Asexualität; ihrer beider Weg ist der der Heiligkeit in Keuschheit, Armut, Demut. Die weibliche Gottheit ist im männlichen Boussac machtlos, Jeanne ist ungeschützt; sie ist in der Fremde und damit ihrer Macht, ihren Zauberkräften entfremdet. Ihr einzig möglicher Schutz, Sir Arthur, der auf dem Weg ist, sie zu erkennen und als Subjekt anzuerkennen, ist selbst ein Fremder, die Verständigung deshalb verstellt. Erst der Tod verschafft ihr Integrität. Und mit ihrem Tod bewirkt sie Positives: Die beiden Personen, die lern- und entwicklungsfähig sind und ein offenes Herz haben, werden ein Paar. Es fällt auf, daß dieses Paar aus der Struktur des Begehrens herausfällt.

In anderen Romanen beschreiten die Heldinnen andere Wege, z. B. im späten Werk *Nanon*, 1872, vier Jahre vor

Sands Tod geschrieben, oder in *Mauprat*. In diesen beiden Geschichten wird die Liebe möglich, weil Mann und Frau sich aufeinanderzubewegen, indem sie über die Fähigkeit verfügen oder lernen, ihre verdrängten männlichen beziehungsweise weiblichen Anteile zu leben. Wie Nanon, Emilien, Edmée oder Bernard ist auch Jeanne (gleich ihrem Vorbild Jeanne d'Arc) androgyn, doch fehlt der männlich dominierte Part. Grundsätzlich sieht George Sand in der Metapher vom Androgyn das Modell für die positive Beziehung der Geschlechter. Vielleicht ist sie darum heute wieder so modern.

Heidrun Hemje-Oltmanns

Anmerkungen

1 zitiert nach: Gisela Schlientz: Ich liebe, also bin ich. Leben und Werk von George Sand. München 1989, S. 245.
2 Jean-Jacques Rousseau: Discours sur l'Origine de l'Inégalité. Œuvres complètes. Paris 1959.

Inhalt

Vorbemerkung 5
Prolog 9
I. Die gallische Stadt 20
II. Der Friedhof 33
III. Das Haus der Toten 45
IV. Das Gewitter 61
V. Die Gelehrtheit des Landpfarrers 71
VI. Das Himmelsfeuer 87
VII. Der Stein von Ep-nell 98
VIII. Die Wäscherin 110
IX. Abschied vom Dorf 121
X. Heiratspläne 137
XI. Der Aprilscherz 152
XII. Ein exzentrischer Gentleman 163
XIII. Bruder und Schwester 174
XIV. Sir Arthur 191
XV. Eine schlaflose Nacht 203
XVI. Die Velleda vom Mont Barlot 216
XVII. Die große Hirtin 229
XVIII. Die Heuernte 241
XIX. Die Liebe eines jungen Mannes 254
XX. Abschied von der Stadt 269
XXI. Die Täuschung 281
XXII. Der Turm von Montbrat 296
XXIII. Der Vagabund 312
XXIV. Das Unglück 329
XXV. Schluß 345
Nachwort 361

George Sand im dtv

Ein Winter auf Mallorca
Hrsg. und übertragen von Ulrich C. A. Krebs
Mit zahlreichen Illustrationen
dtv 2157

Sie sind ja eine Fee, Madame!
Märchen aus Schloß Nohant
Mit Zeichnungen von George Sand
Hrsg. v. Hans T. Siepe
dtv 2197

Nimm Deinen Mut in beide Hände
Briefe
Mit zahlreichen Abb.
Übersetzt u. hrsg. v. Annedore Haberl
dtv 2238

Nanon
Roman
Übersetzt und mit einem Nachwort versehen von Heidrun Hemje-Oltmanns
dtv 2282

Sie und Er
Übersetzt von Liselotte Ronte
Mit 10 Zeichnungen von Alfred de Musset und Eugène Lami und einem Nachwort von Bodo Guthmüller
dtv 2295

Mauprat
Geschichte einer Liebe
Aus dem Französischen übersetzt und mit einem Nachwort versehen von Heidrun Hemje-Oltmanns
dtv 2300

Lélia
Roman
Neu übersetzt von Heidrun Hemje-Oltmanns
Originalausgabe
dtv 2311 (März)

Correspondance
Briefe
dtv 9234

Maurois, André: Das Leben der George Sand
dtv 10439

Klassiker der italienischen Literatur

Dante Alighieri:
Die Göttliche Komödie
Aus dem Italienischen übertragen von Wilhelm G. Hertz. Nachwort von Hans Rheinfelder und Anmerkungen von Peter Amelung
Dünndruck-Ausgabe
dtv 2107

La Divina Commedia – Die Göttliche Komödie
Italienisch und deutsch
Herausgegeben, übersetzt und kommentiert von Hermann Gmelin
Vollständige Ausgabe
6 Bände, 2900 Seiten
dtv/Klett-Cotta 5916

Vita nova
Das neue Leben
Nach der revidierten Übersetzung von Karl Federn herausgegeben und kommentiert von Anna Coseriu und Ulrike Kunkel
Zweisprachige Ausgabe
dtv 2199

Alessandro Manzoni:
Die Verlobten
Mit 440 Illustrationen
Mit einem Essay von Umberto Eco
Übersetzt und mit einem Nachwort versehen von Ernst Wiegand-Junker
Dünndruck-Ausgabe
dtv 2142

Die Nonne von Monza
Aus dem Italienischen übersetzt und mit einem Nachwort versehen von Heinz Riedt
dtv 2192

Die Schandsäule
Romanchronik
Mit einem Vorwort von Leonardo Sciascia
Herausgegeben und aus dem Italienischen übersetzt von Wolfgang Boerner
dtv 2205